Cette petite chose étrange qu'on appelle l'amour

Du même auteur
aux Éditions J'ai lu

NE RIEN REGRETTER
N° 11343

MOLLY

CANNON

Cette petite chose étrange qu'on appelle l'amour

Traduit de l'anglais (États-Unis)
par Véronique Fourneaux

J'AI LU

POUR elle

Si vous souhaitez être informée en avant-première
de nos parutions et tout savoir sur vos auteures préférées,
retrouvez-nous ici :

www.jailu.com

Abonnez-vous à notre newsletter
et rejoignez-nous sur Facebook !

Titre original
CRAZY LITTLE THING CALLED LOVE

Éditeur original
Forever
Hachette Book Group, New York
By arrangement with Grand Central Publishing, New York

En souvenir de Larry, mon frère bien-aimé.
Son fameux « Jambon dans le trou »
était un régal pour nous tous.
Et à mon mari, Bill. Il fallait que ce fût toi.

Remerciements

Je me dois de couvrir d'éloges mon étonnante éditrice Michele Bidelspach dont la patience et la perspicacité sont d'authentiques trésors, ainsi que Megha Parekh dont les notes perspicaces concernant le manuscrit m'ont aidée à trouver la voie. J'ai une chance folle de travailler avec elles. Merci à elles deux !

Je tiens à remercier Kallie Shimek, directrice de la production, et Diane Luger pour la couverture. Il me faut également saluer tout le personnel aussi efficace qu'amical de Grand Central Publishing, dont bien sûr Amy Pierpont et Selina McLemore. Ce fut un plaisir de les retrouver à la conférence RWA.

Je veux remercier mon fabuleux agent Kim Lionetti, de BooksEnds Literary, pour ses aimables conseils et son pilotage constant du navire. Elle a également un goût très sûr en matière de joueurs de football.

Les Lit Girls – Jessica Davidson, Mary Malcolm, Misa Ramirez, Kim Quinton, Beatriz Terrazas, Tracy Ward, Wendy Watson, Jill Wilson – et, pour cet ouvrage tout particulièrement, un grand merci à Kym Roberts.

Chris Keniston qui m'encourage, me pousse et assure en permanence mes arrières. Et Mabsie Bonnick, toujours là pour faire la fête. J'aime ça, faire la fête !

Comme toujours, je remercie ma famille pour son extraordinaire soutien et tout spécialement ma fille Emily Williams, qui s'est surpassée. Elle a lu, relu, m'a tenu la main, m'a emmenée jouer aux fléchettes et boire de la bière sans jamais se plaindre, pas une seule fois. Du moins pas devant moi. Je t'aime, Em !

1

— T'absenter en ce moment ? C'est hors de question.

Sur ces paroles, Diego Barrett, premier chef cuisinier chez *Point d'Orgue*, refit face à son fourneau comme si le sujet était clos.

Etta retint un sanglot avant d'essuyer une larme. Dire qu'elle avait pensé être amoureuse de ce type…

— Je ne te demande pas la permission, Diego. Ma grand-mère vient de mourir et je pars pour le Texas afin de m'occuper des préparatifs de la cérémonie.

Il s'activa dans la cuisine du restaurant sans jamais la regarder, souleva des couvercles, touilla une marmite ici, goûta une sauce là.

— Et ta sœur, alors ? Elle habite au Texas. Pourquoi ne pourrait-elle pas se débrouiller de tout ça ?

Il partit à grandes enjambées vers la table sur laquelle étaient posées les prévisions de menus et les listes d'ingrédients.

— Comment veux-tu que je trouve quelqu'un pour te remplacer dans un délai aussi court ? Demain soir doit avoir lieu la réception Mann, et ces gens-là peuvent asseoir comme briser notre réputation. Tu te souviens, Etta ? La réception Mann ? La superbe opportunité pour laquelle on a tant travaillé ?

— Si seulement tu pouvais cesser de fulminer assez longtemps pour m'écouter, je te le dirais. Mimi me remplacera demain soir, et tout se passera comme sur des roulettes. En tout cas, je vais m'absenter une semaine au minimum. Révise le planning en conséquence.

— Pour l'amour de Dieu, pourquoi ne peux-tu pas attendre un jour ou deux ? Pourquoi faut-il que tu partes tout de suite ? Nous avons besoin de toi ici.

— La question que tu devrais plutôt me poser, vois-tu, c'est « Tu vas bien, Etta ? Y a-t-il quelque chose que je puisse faire pour t'aider ? »

Tel un enfant gâté, il s'essaya au chantage affectif :

— Tu sais très bien le genre de pression qui me pèse sur les épaules. Je te remercie d'y ajouter une charge supplémentaire.

— Et moi, je te remercie pour ton soutien, Diego, repartit-elle en enlevant son tablier pour commencer à rassembler ses affaires.

— Ah, tu veux du soutien ? Que penses-tu de ça, comme soutien : si tu pars maintenant, ne prends même pas la peine de revenir, lui lança-t-il, hors de lui, en s'asseyant devant la table.

Sans plus réfléchir, elle empoigna une jatte de soupe froide, une délectable vichyssoise, et la lui renversa sur les genoux.

— Voilà. Fin de la soupe du jour.

Le hurlement d'indignation de Diego et une forte odeur de poireaux l'accompagnèrent alors qu'elle prenait la porte.

Donnie Joe Ledbetter détestait les enterrements.

Dans son costume noir léger, il frissonna alors qu'un vent inhabituellement mordant balayait l'Everson Memorial Gardens. Les rafales fouettaient les gens endeuillés rassemblés autour du cercueil afin de rendre un dernier hommage à la très regrettée Hazel Green. Connue de tous sous le nom de Miz Hazel, elle avait eu une vie haute en couleurs et connu une mort prématurée à l'âge de soixante-huit ans. Dieu ait son âme.

Hazel manquerait à tout le monde à Everson, Donnie Joe compris. Elle avait été pour lui sa plus proche voisine et une sorte de grand-mère par procuration. Elle s'était montrée aussi une inépuisable source de conseils non sollicités – certains bons, d'autres plus discutables. Dernièrement, elle avait en outre été son associée en affaires.

Il ne prenait pas son trépas à la légère, et avait tout de suite accepté de se joindre aux porteurs du cercueil quand on le lui avait demandé. Car il avait eu une réelle affection pour cette vieille dame. Dommage qu'il ne pût en dire autant de sa petite-fille.

Il laissa dériver son regard sur Etta Green, revenue à Everson quelques jours auparavant pour s'occuper des funérailles de sa grand-mère. Le chagrin n'excusait pas tout, et surtout pas l'attitude revêche qu'elle avait adoptée depuis son arrivée. Oh, ce n'était pas qu'il ait eu directement affaire à elle, mais elle bousculait tout et tout le monde sur son passage et, comme d'habitude, il n'avait pas fallu longtemps pour que cela fasse le tour de la ville. Si à un moment ou à un autre tous avaient eu envie de la remettre vertement à sa place, personne ne l'avait fait, par respect pour Miz Hazel. Elle était à présent perchée sur l'une des quelques chaises disposées pour la famille devant la bière, son petit corps compact vibrant, comme empli de colère.

Un sacré numéro, celle-ci.

Il observa son visage marqué par le chagrin alors que le vent ébouriffait ses cheveux bruns coupés court. Elle était entièrement vêtue de noir et serrait les poings sur ses genoux, comme si elle se retenait de les agiter en direction du ciel pour lui reprocher de lui avoir aussi tôt enlevé sa grand-mère adorée. Ses escarpins noirs pointus battaient nerveusement contre l'herbe sèche et jaunie. À croire qu'elle comptait frapper les tibias de la première personne qui oserait venir lui exprimer ses condoléances. *Pas de risque,* songea Donnie Joe, il comptait garder ses distances.

A contrario, sa sœur aînée, Belle, était arrivée à Everson juste à temps pour l'office. Ah, Belle. Donnie Joe ne l'avait pas revue depuis cet été, des années plus tôt, où ils avaient vaguement flirté ensemble. La très jolie jeune fille était devenue une femme séduisante et, selon toutes apparences, d'humeur égale. Sagement assise, les chevilles croisées, elle portait une robe grise très simple au style accentué par un chapeau noir à larges bords. Le voile qui lui dissimulait le visage lui donnait des airs d'actrice italienne. Elle pleurait en silence derrière cet écran tandis qu'immobile à son côté, sa fille, Daphné, regardait droit devant elle sans gigoter ni se trémousser comme la plupart des enfants qu'il connaissait. En fait, la fillette ne laissait voir aucune sorte d'émotion.

Donnie Joe aurait bien aimé pouvoir se montrer aussi stoïque, mais la mort de Miz Hazel l'avait frappé plus durement qu'il ne l'aurait prévu. En dépit de sa mort prématurée, elle avait eu une belle vie, et l'affluence au cimetière attestait du nombre de gens qu'elle avait touchés. Transi, perdu au milieu des pierres tombales, il se prit à réfléchir à sa propre vie. Qui verserait une larme si d'aventure il partait demain à la rencontre de son Créateur ? Quelqu'un en avait-il vraiment quelque chose à faire, qu'il vive ou qu'il meure ? Il y avait là de quoi faire cogiter un homme.

Le prédicateur baptiste demanda à toute l'assemblée d'incliner la tête et de prier. Puis, après un chorus d'« Amen », il conseilla aux porteurs de faire leurs adieux en plaçant la fleur qu'ils avaient à la boutonnière sur le cercueil blanc déjà à demi descendu dans la fosse. Donnie Joe défit l'épingle retenant le bouton de rose à son revers et se mit en ligne derrière ses pairs. Chacun dit rapidement adieu à Miz Hazel et plaça sa rose près de l'énorme gerbe reposant sur le cercueil. Donnie Joe sentit ses yeux le piquer et en attribua le reproche au vent mordant. Une fois son tour arrivé, il s'immobilisa et prit le temps de la réflexion.

— Adieu, Miz Hazel. Vous allez me manquer, dit-il d'une voix étranglée.

Il releva la tête et rencontra bien involontairement le regard d'Etta Green. Elle haussa un sourcil comme si elle doutait de sa sincérité, et peut-être aussi de sa virilité. Mais bon sang, quel était son problème à cette femme ?

Ébranlé, il détourna les yeux et fit un pas en avant, son bouton de rose à la main.

Son pied se prit dans une racine à moitié enterrée, une racine de l'imposant grand chêne qui allait veiller sur le dernier repos de Miz Hazel. Il perdit l'équilibre, agita les bras… et tomba. Son ami et pair porteur de cercueil Mitchel Crowley tenta de le rattraper, mais ne réussit à saisir que le coin de son veston alors qu'il s'affalait sur la bière, écrasant la gerbe de fleurs au passage. La moitié de la foule en resta stupéfaite, l'autre éclata de rire comme si la cérémonie commençait à devenir intéressante.

Sonné un instant, il resta là, la joue pressée contre le bois vernis et les fleurs écrasées, les mains refermées sur les bords sculptés de la bière. Le parfum entêtant des fleurs lui envahit les narines et il sentit un picotement révélateur.

— Aaaa-tchoum !

— À tes souhaits, Donnie Joe ! hurla quelqu'un dans la foule.

Cela suffit à le faire réagir. Il se redressa sur les mains et les genoux dans une pluie de roses, d'œillets et de marguerites afin de se redresser. Bien sûr, une myriade de téléphones portables jaillit de toutes les poches afin d'immortaliser la scène.

Mitchell réussit enfin à lui empoigner le bras et l'aida à se remettre sur pieds.

— Reprends-toi, mon pote. Elle va nous manquer à tous, mais elle est bien mieux là où elle est maintenant.

— Désolé. Bon sang, je suis vraiment désolé.

Donnie Joe se redressa, rajusta sa tenue et épousseta son pantalon. Des murmures parcoururent la foule, tous se demandaient probablement s'il avait bu avant de venir.

Indubitablement choquées, les petites-filles de Miz Hazel s'étaient remises debout, et il leva une main dans leur direction pour leur présenter ses excuses. Belle Green souleva son voile, révélant son visage strié de larmes. Puis elle lui sourit et cligna de l'œil avant de laisser redescendre la voilette. Les poings toujours serrés, Etta Green darda sur lui un regard assez incandescent pour lui roussir tous les poils du corps. Toujours assise, la jeune Daphné se colla son pouce dans la bouche.

Etta détestait les hommes de loi. Le dos raide comme un piquet, assise dans un grand fauteuil de cuir à oreillettes face au bureau éraflé de Me Corbin Starling, elle attendait impatiemment le début de la lecture du testament de sa grand-mère. Elle ne détestait pas précisément Me Starling. Il avait l'air d'être relativement sympathique, mais traiter avec tous ceux qui exerçaient une profession juridique ne lui avait jamais apporté rien de bon. Par conséquent, plus tôt ils en auraient terminé, plus vite elle pourrait reprendre le chemin de Chicago.

Carrément affalée dans le fauteuil sur sa gauche, sa sœur, Belle, passait son temps à vérifier ses messages et envoyer des textos. Elles avaient rendez-vous à 10 heures et étaient arrivées avec dix minutes d'avance. Il était à présent 10 h 05. Après les avoir accueillies en leur offrant une tasse de thé ou de café, l'avocat de leur grand-mère s'était mis à compulser des papiers sur son bureau sans plus s'occuper d'elles. Etta consulta sa montre et commença à taper du pied. Elle n'avait jamais brillé par sa patience, et l'immensité du chagrin éprouvé lors de la perte de mamie Hazel menaçait de faire dérailler sa maîtrise de soi déjà défaillante.

Me Starling sembla remarquer son impatience et leva les yeux de ses papiers.

— Désolé pour le retard. Nous pourrons commencer dès que M. Ledbetter sera là.

Etta immobilisa son pied.

— M. Ledbetter ? Vous voulez dire, Donnie Joe Ledbetter ?

Le crétin qui s'était donné en spectacle au cimetière ? Le souvenir qu'elle en gardait était celui d'un adolescent prétentieux et vaguement trouble-fête. *Bonté divine.*

— Oui. Certaines dispositions le concernent.

Belle se pencha en avant en offrant à Me Starling un point de vue généreux sur son décolleté avantageux. Etta sentit l'irritation la gagner. Selon sa sœur, la tenue correcte pour aller voir le notaire familial, c'était un corsage de soie rouge très décolleté sur un jean ajusté.

— Je crois savoir que Donnie Joe et mamie Hazel s'étaient beaucoup rapprochés avant sa mort, interjeta-t-elle.

— Ah, oui ? repartit Etta en se tournant vers elle. Comment le sais-tu ?

— J'ai pas mal discuté avec Donnie Joe après l'enterrement, hier après-midi. Mamie Hazel ne tarissait pas d'éloges à son propos et vantait l'aide qu'il lui apportait pratiquement tous les jours.

Etta se remit à taper du pied. Donnie Joe Ledbetter était le plus proche voisin de sa grand-mère. Elle revit les vacances d'été que sa sœur et elle avaient passées chez leur grand-mère. Elle gardait un souvenir très vivace de ce garçon adolescent, séducteur, baratineur, trop beau pour être honnête et toujours en train de plus ou moins chercher les ennuis.

Tel était Donnie Joe, à l'époque comme maintenant. D'après ce qu'elle avait entendu dire, il avait monté une sorte d'entreprise de piscines. Maintenant qu'elle y pensait, il lui revint que sa grand-mère faisait très souvent référence à lui ces derniers temps, au cours de leurs fréquentes conversations téléphoniques. Elle se rendit compte, percluse de regrets, qu'elle était alors trop occupée à parler de ses propres problèmes pour vraiment écouter en détail ce que lui racontait sa mamie.

Elle eut pour premier instinct de penser qu'il avait tiré profit de la nature confiante de sa grand-mère. Mais en fait, que lui importait qu'il ait réussi à gagner l'affection de la vieille dame et qu'ensuite elle lui ait laissé deux ou trois babioles par testament ? Vraiment, qu'est-ce que cela pouvait lui faire ?

Cependant, il aurait au moins pu avoir la décence de se présenter à l'heure afin qu'elles puissent mettre un terme à cette ultime épreuve. Elle avait pratiquement terminé ce qu'elle avait à faire à Everson, et maintenant que mamie Hazel n'était plus, elle ne voyait aucune raison de prolonger son séjour au Texas plus longtemps que nécessaire. Car même si elle avait assuré à Diego que tout se passerait bien en son absence, elle ne pouvait s'empêcher de se faire du souci.

Enfin, un coup fut frappé contre le chambranle et Donnie Joe passa la tête dans l'étude.

— Désolé pour le retard, Corbin.

Me Starling se leva aussitôt.

— Entre, Donnie Joe. Nous sommes prêts à commencer.

Donnie ôta son chapeau de cow-boy et l'accrocha à la patère.

— J'ai été appelé en urgence à la maison de retraite. Le chauffage de la piscine avait des ratés, et si le planning des séances de barbotage n'est pas respecté, ça se paie très cher avec les seniors. Encore une fois, je vous présente mes excuses.

— Bonjour Donnie Joe, lança Belle en levant les yeux de son téléphone pour le gratifier d'un de ses sourires éblouissants.

— Belle.

Il lui retourna un sourire tout aussi lumineux, puis salua Etta d'un infime signe de tête.

— Bonjour Etta.

Il tira une chaise près de son fauteuil et s'y installa, jambes écartées et prenant bien plus que sa part d'espace dans la pièce. Il avait tout du fanfaron dégingandé et Etta se surprit à se hérisser sans vraiment en connaître la raison. Elle se déplaça légèrement dans son fauteuil afin de ne pas l'avoir dans son champ de vision, ce qui ne l'empêcha pas de sentir son eau de toilette.

Me Starling s'éclaircit la gorge et commença à s'adresser gravement à ses trois interlocuteurs, aussi se concentra-t-elle sur ses propos.

— C'est une bien triste occasion pour nous tous. Hazel était, pour ma famille et moi-même, une excellente amie. Elle va beaucoup nous manquer et je suis sincèrement désolé pour vous, les filles.

Il croisa les mains sur son bureau et poussa un gros soupir.

— Ceci est le testament rédigé par votre grand-mère il y a trois ans et demi, à l'occasion de son soixante-cinquième anniversaire.

Il ouvrit le dossier posé devant lui et en entama la lecture :

— Je soussignée Hazel Faye Green, saine de corps et d'esprit, déclare léguer ce qui suit :

• Mon rang de perles et les boucles d'oreilles assorties, la boîte de recettes familiale et ma collection complète des romans policiers de Nancy Drew, je les laisse à mon arrière-petite-fille Daphné Jonquil Green.

• Ma broche tortue en émail, mes albums de Joni Mitchell et mon combi Volkswagen, je les laisse à ma cousine Babeth Cross.

• Ma maison, son contenu et son terrain de deux hectares, je les laisse à mes petites-filles Etta Place Green et Belle Starr Green. Je leur fais confiance pour veiller à conserver la maison, propriété de notre famille depuis plus de cent ans.

Signé :
Hazel Faye Green

Etta se laissa aller dans son fauteuil en luttant de nouveau contre les larmes. Les dispositions du testament étaient plus ou moins conformes à ses attentes, mais entendre énoncer les mots à voix haute n'avait fait que ressusciter la douleur de son départ.

La maison de mamie. Quand elle était enfant, cette demeure avait toujours été un havre de paix, un endroit où fuir le cirque incessant qu'était le mariage pour le moins chaotique de ses parents. C'était dans cette même maison, avec l'aide de mamie Hazel, qu'elle avait appris à faire la cuisine. Elle en aimait les moindres recoins, les moindres fissures, les plafonds hauts, les planchers lustrés. Ils se refermaient autour d'elle et la réconfortaient autant que les châles que crochetait sa grand-mère. Édifiée par un lointain aïeul et transmise de génération en génération, la maison était toujours debout, robuste, en dépit de la succession de ses occupants. Elle se laissa un instant égarer par la connexion à ceux qui y étaient passés avant elle. Leur père étant mort quatre ans plus tôt, la maison leur appartenait maintenant, à Belle et elle.

Cependant, elle n'envisagerait jamais sérieusement d'y vivre. Sa vie était à Chicago, et elle devait y retourner au plus tôt.

En principe. Mais si, bien sûr qu'elle devait y retourner. Diego n'avait sûrement pas parlé sérieusement quand il lui avait dit qu'il la virait. De toute façon, il ne pouvait pas réellement la mettre à la porte. Elle était tout de même en partie propriétaire de l'établissement. Et était-ce si grave de lui avoir renversé une jatte de soupe froide sur les genoux ? Elle pouvait se laisser aller autant que lui à un coup de sang. Ce n'était pas la première fois que l'un ou l'autre se servait de casseroles pour souligner un propos, et ce ne serait pas la dernière non plus. Même si la passion amoureuse s'était grandement émoussée entre eux, ils partageaient toujours une passion commune pour leur travail, ainsi que le désir de faire de *Point d'Orgue* l'un des restaurants les plus cotés de Chicago. C'était justement pour cela qu'ils formaient une si bonne équipe. Malheureusement, Diego détenait la majorité des actions, ce qui la désavantageait.

Mais revenons à nos moutons. Pour autant qu'elle fût concernée, la cousine Babeth pourrait continuer à habiter dans la maison si elle le voulait. Elle pourrait même louer une chambre si ça pouvait l'aider à arrondir ses fins de mois.

Ou alors, peut-être Belle aurait-elle envie de revenir s'installer à Everson. C'était une ville sympathique, le cadre idéal pour élever une enfant de huit ans, et cela permettrait à la petite Daphné d'avoir un foyer stable. Une chose qu'elle n'avait jamais connue en huit ans d'existence. Oui, sa sœur et elle avaient encore à discuter d'énormément de choses. Elle jeta un coup d'œil à Donnie Joe. Mais à propos, pourquoi était-il venu ? Le testament n'avait pas une seule fois mentionné son nom. Elle tourna un regard interrogateur vers l'avocat.

— Maître, vous nous avez dit que certaines dispositions concernaient Donnie Joe. Je ne comprends pas.

Me Starling s'empara d'un autre dossier, bien plus épais. Il l'ouvrit lentement et poussa un soupir.

— Ainsi que je vous l'ai précisé, votre grand-mère a rédigé le testament dont je viens de vous faire lecture il y a plus de trois ans. Il se trouve que, depuis, les circonstances ont changé.

— De quelle manière ? voulut savoir Belle en levant les yeux de son téléphone.

— Ces dernières années, votre grand-mère a eu un peu de mal à joindre les deux bouts et, pour l'énoncer le plus simplement possible, la maison qu'elle vous a léguée ne lui appartenait plus en totalité.

Etta s'avança sur l'extrême bord de son siège.

— Que voulez-vous dire ? Bien sûr que la maison appartenait à mamie Hazel. Elle me l'aurait dit si elle avait eu des difficultés.

— Eh bien, pourquoi ne leur expliquerais-tu pas toi-même, Donnie Joe ?

Etta tourna lentement la tête vers l'homme assis près d'elle. Il ne souriait plus et prit un ton d'homme d'affaires.

— Afin de parer à certaines de ses dépenses, votre grand-mère est venue me proposer une transformation de sa maison afin d'en faire une source de revenus. Un Bed & Breakfast pour être précis.

Vous avez peut-être remarqué que des rénovations ont déjà été effectuées.

En fait, oui, elles avaient bien vu quelques petits changements, mais les avaient attribués aux lubies de rénovation coutumières de mamie Hazel. Elle passait son temps à repeindre les murs, à changer les rideaux, à bricoler dans sa maison.

— Un Bed & Breakfast ? Cela était-il son idée ou la vôtre, monsieur Ledbetter ? Je présume que vous avez un intérêt financier dans ce projet ? Ce doit être la raison de votre présence ici ce matin, s'exclama Etta, outrée, en bondissant sur ses pieds.

Pour elle, il incarnait la forme la plus méprisable du moins-que-rien – un minable, un menteur, un escroc qui avait odieusement tiré avantage de la confiance de sa si douce grand-mère. Elle avait instinctivement renoncé au tutoiement de leurs jeunes années pour revenir à un « vous » bien plus formel. Bien plus distant.

Me Starling se leva aussitôt.

— Miss Green, je vous certifie que cette idée était bien celle de votre grand-mère mais, oui, il est exact que Donnie Joe a fait dans l'affaire un gros investissement, une mise de fonds récupérable à la fin des travaux. La plus grande peur de votre grand-mère était de perdre sa maison, votre maison de famille, et sa mort prématurée laisse tout ceci en suspens. À moins que, toutes deux, vous soyez disposées à mener son projet à bien.

Etta regarda Belle, que tout ceci paraissait ennuyer prodigieusement, puis se retourna vers les deux hommes.

— Bien, fit-elle d'un ton pincé, que faut-il retenir de tout ceci ? Où en sommes-nous ?

— Ce qu'il faut retenir, c'est que Donnie Joe est déjà en partie propriétaire de la maison de votre grand-mère. Et que, si un seul des contrats de construction déjà signés n'est pas honoré par votre sœur et vous, il en deviendra pleinement propriétaire.

2

— Moi je dis : laissons-lui la maison.

Belle gravit les marches du perron de la maison familiale telle une star et se laissa choir sur la vieille balancelle en bois.

— Eh bien moi je dis : plutôt mourir !

D'un coup de pied, Etta se débarrassa de ses chaussures et rejoignit sa sœur sur la balancelle. Les chaînes grincèrent quand elles se mirent à la faire lentement aller d'avant en arrière.

— Il est impossible que nous laissions Donnie Joe avoir la maison de mamie, puisque l'un de ses derniers souhaits était qu'on la conserve dans la famille. Et as-tu pensé à Babeth ? Si on ne peut garder la maison, où va-t-elle aller ?

Spacieuse demeure à un étage, la maison familiale était blanche avec des volets bleu sarcelle, et était dotée d'un vaste porche accueillant. Les habitations voisines n'étaient pas très éloignées car le terrain de deux hectares s'étendait principalement sur l'arrière de la résidence et descendait en pente douce vers la rivière. Enfant, Etta en avait exploré les moindres recoins, et même si elle n'était pas souvent revenue à l'âge adulte, elle gardait en mémoire d'infiniment précieux souvenirs de ses étés de jeunesse chez mamie Hazel. Il était hors de question qu'elle n'essaie pas de sauver la maison.

Au terme de leur réunion chez l'avocat, ayant dû s'absenter pour régler un problème qui ne pouvait attendre, Donnie Joe avait accepté de passer les voir après le déjeuner afin de discuter des solutions envisageables. Etta n'était pas particulièrement pressée de le revoir. Pas le moins du monde même. Trop de choses restaient en suspens. Aucune d'entre elles n'avait une chance d'être réglée dans l'après-midi.

Donnie Joe Ledbetter ?

Un de ceux avec qui elle n'avait aucune envie de traiter en ce moment… *Bonté divine, mamie, à quoi pensais-tu ?*

Belle prit la parole. Bien sûr et comme d'habitude, toutes ses préoccupations ne concernaient qu'elle :

— En tout cas, je n'ai pas la moindre envie de devenir aubergiste dans ce trou paumé. Tu me vois avec un tablier à froufrous à faire cuire des muffins, à poser des pastilles de menthe sur les oreillers et à tenir le compte des rouleaux de papier hygiénique ? Pas de mon vivant.

La mine horrifiée de sa sœur fit rire Etta.

— Je ne sais pas. Si tu voulais, tu ferais probablement fureur dans un tablier à froufrous, répondit-elle avant de dériver vers l'idée qu'elle avait eue un peu plus tôt dans la journée : Je me disais que ça pourrait être sympa pour Daphné de pouvoir rester assez longtemps quelque part pour terminer l'année scolaire là où elle l'a commencée.

— Daphné n'a aucun problème. Aller de-ci de-là l'a rendue adaptable, rétorqua Belle avant de lui donner un petit coup de coude : Exactement comme nous.

Etta dévisagea sa sœur comme s'il venait soudain de lui pousser une seconde tête. Ulcérée par son attitude nonchalante, elle s'exclama sans plus réfléchir :

— Tu oublies de préciser qu'elle est névrotique et peu sûre d'elle. Exactement comme nous. Tu sais que j'aime Daphné comme ma propre fille, mais elle n'a pas le comportement d'une enfant de huit ans. On dirait une instit' rassie et coincée.

Elle s'interrompit et se donna mentalement une rafale de claques. Jamais elle n'apprendrait à garder pour elle-même ses opinions.

Cependant, Belle ne sembla pas s'en offusquer outre mesure.

— Tu t'inquiètes trop. Elle est fille unique, et les enfants uniques se comportent toujours en adultes. Maintenant, si tu as fini d'insulter mes talents maternels, pourrait-on revenir au sujet du jour, autrement dit, la maison de mamie Hazel ? Pourquoi est-ce qu'on ne vendrait pas nos parts à Donnie Joe, qu'il en fasse ce que bon lui semble ? Un peu d'argent frais me serait bien utile, pour tout te dire.

— Si tu avais réellement écouté ce matin au lieu d'envoyer des textos au monde entier, je pense que le fond de l'histoire se résume à cela : il n'y a pas d'argent du tout. À moins que nous n'ayons envie de consacrer notre temps et notre énergie à ce projet de Bed & Breakfast qu'avait mamie Hazel. Et même en ce cas, un quelconque profit reste hypothétique.

— Sommes-nous supposées tout laisser tomber et venir nous installer ici, tout ça parce que mamie

Hazel a eu une idée stupide avant de casser sa pipe ? Non, merci. J'ai un fabuleux nouveau petit ami qui m'attend à Houston, et je pense qu'il pourrait bien être prêt à me demander en mariage. Et toi, qu'en est-il de ton précieux boulot dans ton précieux restau de Chicago ? Ne me dis pas que Diego n'est pas déjà en train de péter les plombs à l'heure qu'il est.

Etta se renfrogna à la mention de son ami-associé-ex-amant. Ils avaient rompu neuf mois auparavant. En tant qu'amants, évidemment, car ils étaient toujours liés par leur partenariat dans *Point d'Orgue*. Ils s'étaient arrangés à l'amiable pour continuer à travailler ensemble au restaurant. Cependant, cela faisait un moment que la tension augmentait entre eux, et son brusque départ pour l'enterrement de mamie Hazel n'avait sûrement rien arrangé.

— Il n'a pas été particulièrement ravi par mon départ, se contenta-t-elle de répondre.

Depuis, il avait fait montre d'un silence aussi suspect qu'inhabituel. Pensée inconfortable qu'elle relégua dans un coin de sa tête. Même si la rupture avait été une décision mutuelle, il se montrait depuis plus morose, plus agressif avec le personnel, et elle avait toujours su que c'était un problème auquel elle devrait faire face un jour ou l'autre. Pour l'instant cependant, elle pouvait seulement lui téléphoner et tenter d'obtenir une trêve.

— Alors, tu as un fabuleux nouveau mec ? reprit-elle. Peux-tu me dire en quoi il est différent des deux ou trois derniers ?

Belle poussa un soupir, le genre de soupir rêveur qui n'augurait jamais rien de bon.

— Roger Fisher. Il est beau, riche, et il n'arrête pas de me faire comprendre qu'il voudrait m'emmener passer de longues vacances à Paris. Bien sûr, je lui ai répondu que ce n'était pas possible. Qui donc s'occuperait de Daphné ?

— Je croyais que « riche » était un adjectif indissociable de tous tes nouveaux mecs.

Belle sourit.

— Exact, mais Roger a un avantage de plus que les autres, et non des moindres. Il n'est pas marié.

— Alors ça, c'est un progrès.

— Manie le sarcasme autant que tu veux, Etta. Ça ne changera pas le fait que je ne veux rien faire pour décourager Roger. Si je l'épouse, Daphné aura toute la sécurité dont elle a besoin.

— Tout cela est bel et beau mais nous avons toujours le problème de cousine Babeth. Mamie Hazel aurait voulu que nous nous occupions d'elle et tu le sais très bien.

Belle se leva.

— Tant qu'on n'aura pas discuté avec Donnie Joe, il est inutile de prendre la moindre décision, tu es d'accord ? Je vais aller chercher Daphné et voir ce qu'elle veut pour déjeuner.

Etta attendit d'entendre claquer la porte moustiquaire derrière sa sœur pour se lever elle aussi. Elle récupéra ses chaussures, entra à son tour et s'immobilisa dans le vestibule pour admirer la profusion de plantes et de fleurs envoyées par les voisins et amis de sa grand-mère. Elle entreprit d'en détacher toutes les cartes d'accompagnement en songeant au travail de réponses qui l'attendait. Une manière comme une autre d'occuper son temps en attendant l'arrivée de Donnie Joe. Les démonstrations d'amitié pour sa grand-mère n'avaient rien de surprenant. Tout le monde aimait Miz Hazel.

Elle alla chercher les cartes vierges fournies par l'entreprise de pompes funèbres et s'installa devant le secrétaire à rouleau de sa grand-mère, dans le grand salon. Elle connaissait beaucoup de ces noms et il lui fut facile de rédiger de sincères remerciements aux expéditeurs de ces témoignages d'affection. Elle feuilleta les cartes et parcourut les noms. Bertie Harcourt. La propriétaire du *Rise-N-Shine Diner*, le lieu où la plupart des habitants d'Everson aimaient aller prendre un petit déjeuner agrémenté de potins. Milton et Bitsy Jones. Lui, il tenait le salon de coiffure-barbier et, comme mamie Hazel, Bitsy avait fait très longtemps partie du conseil d'administration du Garden Club. Hooter et Maude Ferguson. Dooley et Linda Parker. La gorge serrée, les yeux brûlants, elle lut toutes les gentilles choses qu'ils avaient écrites à propos de sa grand-mère.

Elle n'arrivait toujours pas à assimiler la réalité de sa mort. C'étaient les petites choses de la vie qu'elle regrettait le plus. L'écouter lui raconter des anecdotes familiales confortablement installées sur le porche, cuisiner à ses côtés, et ses câlins ! Mamie Hazel faisait les plus beaux câlins du monde. Les ennuis, les inquiétudes, tout disparaissait entre ses bras aimants, et ce réconfort, elle ne le connaîtrait plus jamais. Elle ferma les yeux et prit un instant pour se reprendre. Il fallait qu'elle tienne bon si elle voulait gérer le problème de la maison et celui de Donnie Joe.

Elle se remit au travail, rédigea d'autres petits mots de remerciement, mais avait tout juste entamé la pile de cartes quand celle qu'elle saisit la fit se figer et retenir son souffle. Elle lui était personnellement adressée.

Très chère Etta,
Reçois tout mon amour et ma compassion pour la perte de ta grand-mère adorée.
Affectueusement,
Diego

Elle sourit. Elle n'obtiendrait jamais d'excuses explicites de la part de Diego mais, dans son vocabulaire, cela signifiait que tout était pardonné. Et aussi : « S'il te plaît, rentre vite à la maison. » Cela voulait dire que personne ne travaillait aussi dur qu'elle et qu'en son absence le restaurant était ingérable. Ces derniers temps, on l'avait de plus en plus souvent poussée à abandonner ses fourneaux pour prendre en charge l'aspect administratif de l'entreprise, les commandes de fournitures, l'élaboration des plannings du personnel, le règlement des factures, toutes ces corvées quotidiennes indispensables.

Pendant ce temps, Diego pouvait se concentrer sur la cuisine proprement dite. Au début, elle avait franchement renâclé, et cette courte absence inciterait peut-être Diego à davantage l'apprécier. Quand elle lui téléphonerait, plus tard dans la journée, elle lui exposerait tous les drames entourant la mort de son aïeule. De son côté, il lui raconterait comment se passaient les choses au restaurant, il lui dirait comment s'était déroulée la ô-combien-importante réception Mann. Et puis, ils riraient de l'incident *soupe froide sur les genoux*. Ou pas. Peut-être était-il encore un peu trop tôt pour aborder le sujet.

Elle tourna les yeux vers la fenêtre en entendant des pneus faire crisser le gravier de la longue allée menant à la maison. Sans bouger du secrétaire, elle regarda Donnie Joe arrêter son pick-up gris métallisé et en descendre. Il leva les yeux vers la bâtisse, puis passa le bras dans l'habitacle pour en extraire un cartable de cuir avachi.

Donnie Joe Ledbetter.

Même son nom faisait remonter des souvenirs d'étés passés à Everson. Pas forcément les meilleurs. Cela lui rappelait ces années gauches de l'adolescence, quand chaque jeune fille commence à s'interroger sur la femme qu'elle voudrait bientôt devenir. Une époque où, soudain, flirt et taquineries s'apparentent à des passe-temps essentiels.

Elle n'avait jamais été très bonne en opérations de séduction. Cette façon qu'avaient garçons et filles de parler d'une chose avec des mots et d'en dire une autre avec leurs yeux. Ça ne lui était jamais venu naturellement. En fin de compte, essayer de faire comme tout le monde était pour elle une perte de temps totale. Aussitôt qu'un garçon lui adressait la parole, Belle entrait en scène et Etta devenait transparente. C'était Belle le trophée, la blonde de rêve, celle qui mettait en feu les cœurs et les hormones des garçons. Très tôt consciente qu'elle ne pouvait rivaliser avec sa sœur, Etta avait vite baissé les bras.

Et un garçon tel que Donnie Joe ? Déjà à l'époque, il était dangereux, sûr de lui, il exsudait la testostérone. En bref, il était inatteignable. Pour elle, s'entend. Elle se souvenait très bien de lui. Il était au nombre de ceux qui faisaient cercle autour de Belle dans l'espoir de trouver le moyen de l'impressionner. Comme Etta était la petite sœur, il lui avait prêté un minimum d'attention, apparemment persuadé de se gagner ainsi des points dans l'estime de Belle. Il la taquinait sur sa petite taille, se moquait de sa manie d'avoir toujours le nez dans un livre, lui reprochait en riant son trop grand sérieux. Bien sûr, elle rougissait et souriait chaque fois comme une bécasse. Et, bien sûr, elle avait développé un gros béguin pour lui, un béguin à sens unique. D'accord, elle n'avait pas été la première adolescente sur terre à rêver d'un garçon inaccessible, mais quand même, c'était un peu gênant d'y repenser. Ce béguin avait connu une fin brutale quelques mois plus tard, lorsqu'elle avait appris qu'il avait emprunté la décapotable Chevy Bel Air 1955 rouge cerise de mamie Hazel pour aller faire une virée et l'avait bousillée. Elle adorait cette voiture. Mamie Hazel avait dû finir par lui pardonner, mais Etta ne se sentait pas l'âme aussi généreuse.

Alors qu'il remontait l'allée, elle s'offrit le luxe de l'admirer un instant. Malgré tous les griefs qu'elle avait contre lui, une chose était cependant indéniable : il était très bel homme. Grand, sacrément baraqué. Un torse solide, des bras musclés. Quant à elle, elle préférait les hommes plus sophistiqués, plus policés. Peut-être, mais il aurait fallu qu'elle soit aveugle pour ne pas remarquer son charme. Un jean élimé lui gainait les cuisses et il portait dessus un tee-shirt blanc sous une chemise en flanelle écossaise. De simples vêtements de travail mais, bizarrement, ils ne semblaient pas aussi simples sur lui. Donnie Joe avait tout d'une publicité pleine page de magazine titrant « Le voici, mesdames. Venez vite prendre votre dose de travailleur sexy à tomber par terre ». Pour une fois, il n'avait pas son chapeau de cow-boy vissé sur la tête, et elle put contempler à loisir sa masse de cheveux brun-roux. Épaisse et souple, elle lui fit penser à une crinière de lion. Et la façon dont il se déplaçait fit naître en elle l'image d'un grand chat. Joueur, mais dangereux. Toujours prêt à bondir.

D'ailleurs, justement, il était en ce moment même prêt à planter les griffes dans sa maison de famille. Elle ferait tout aussi bien de ne pas se laisser distraire par ses charmes animaliers de surface et garder en mémoire la véritable nature dissimulée dessous. Elle bondit sur ses pieds en entendant ses bottes marteler les lattes du porche et ouvrit la porte avant même qu'il ait eu le temps d'appuyer sur la sonnette. Avant de se forcer à l'accueillir aimablement.

— Entrez, Donnie Joe, lui dit-elle en l'emmenant vers le living-room. Asseyez-vous, je vais prévenir Belle de votre arrivée.

Donnie Joe ne manqua pas le sourire crispé d'Etta et ne fut pas loin de s'esclaffer devant sa politesse de façade. Sans parler de ce vouvoiement ridicule. Elle ne l'aimait pas, c'était une évidence. Pas de problème. Traiter avec elle n'était de toute façon pas ce qu'il aurait eu envie de faire pendant un de ses jours de congé. Mais elle était quand même une femme, aussi fit-il ce qu'il faisait toujours avec les femmes. Il lui adressa son plus beau sourire et répondit :

— Bien sûr, Etta. Prends ton temps.

Il la vit pincer imperceptiblement les lèvres, comme si ses tentatives d'amabilité lui laissaient un goût amer dans la bouche. Eh bien, ce n'était pas gagné. Pas du tout, même. Etta était aussi petite que sa grand-mère, pas plus d'un mètre cinquante-six ou cinquante-sept, et toutes les deux avaient des yeux bruns qui flamboyaient quand elles étaient agacées. En revanche, celle-ci avait tout de la bagarreuse. Mignonne, et fougueuse. Il aimait ça d'habitude, mais il avait bien trop à faire maintenant pour se préoccuper de ce genre de broutilles, sans compter que l'attitude suspicieuse d'Etta Green n'allait pas tarder à lui donner de sérieuses migraines. De cela il était certain.

Il attendit qu'elle ait quitté la pièce pour s'installer sur le canapé de velours bordeaux de Miz Hazel, qui lui rappelait toujours le capitonnage des bancs d'église de son enfance. Il fit courir les doigts sur l'accoudoir et regarda le tissu changer de couleur selon le sens. En faisant tout pour ignorer ce serrement dans son ventre, son envie de voir arriver en trombe Miz Hazel dans la pièce, un gros morceau de gâteau à la main et les yeux pétillants d'excitation à la pensée de sa nouvelle proposition pour le futur Bed & Breakfast. En quête de son opinion et faisant de ses idées les plus farfelues les meilleures après l'invention du fil à couper le beurre. Il devait bien reconnaître que le plus gros de son enthousiasme pour le projet était mort en même temps qu'elle, mais il ferait de son mieux pour respecter ses dernières volontés. Pour ce faire, cependant, il avait besoin de l'accord de ses petites-filles.

Un bruit de pas lui parvint aux oreilles. Il leva les yeux et découvrit un regard vert bien trop sérieux posé sur lui. L'arrière-petite-fille de Miz Hazel s'était plantée sur le seuil de la salle de séjour. Vêtue d'un jean et d'un tee-shirt décoré d'un dragon violet, les cheveux blonds retenus en queue de cheval, elle devait avoir huit ans, si ses souvenirs étaient exacts.

— Bonjour, la salua-t-il avec un sourire qui, généralement, faisait fondre la réserve de toutes les femmes, quel que soit leur âge.

Elle eut pour seule réaction de se rapprocher de lui et de lui tendre la main.

— Comment allez-vous ? Je m'appelle Daphné.

Devant ce ton solennel, il reprit une expression plus sobre, prit sa petite main dans la sienne et la serra.

— Je suis enchanté de faire ta connaissance, Daphné. Je m'appelle Donnie Joe.

— Est-ce que vous connaissez ma mère ? lui demanda-t-elle en l'observant attentivement.

— Eh bien, j'ai connu ta mère quand elle était plus jeune. Elle venait passer tous les étés ici, chez ton arrière-grand-mère Hazel. Ça fait un moment que je ne l'ai pas revue mais, oui, je la connais.

— Je ne pense pas que nous resterons longtemps ici. J'ai entendu maman parler à Roger au téléphone. Il veut l'emmener à Paris avec lui.

Si Donnie Joe ne sut que penser ni que faire de cette information, il comprit très vite que la petite fille semblait évaluer l'ampleur de son intérêt.

— À Paris, vraiment ? Ça en fait un grand voyage, répondit-il afin de dire quelque chose.

Il fut heureusement sauvé par le gong, autrement dit, l'arrivée de Belle et d'Etta, suivies de la vieille cousine de Miz Hazel, Babeth Cross. Il se leva aussitôt pour aller serrer cette dernière dans ses bras.

— Bonjour Babeth. Dis-moi, comment est-ce que tu tiens le coup ?

— Ça va, Donnie Joe. Elle me manque, pour sûr, mais ça va.

Dépassant tout juste le mètre cinquante, Babeth Cross devait renverser la tête en arrière pour le regarder. Âgée de quatre-vingt-deux ans, elle veillait à ne revêtir que des tenues confortables, et celle du jour consistait en une sorte de caleçon long violet sous une tunique hawaïenne à motifs d'animaux sauvages. Des baskets rouges complétaient l'ensemble. *Elle a fait un effort*, songea-t-il aussitôt, car c'était l'une de ses tenues les plus classiques.

— Si tu as besoin de quoi que ce soit, tu siffles. Compris, mon chou ?

Le regard de la vieille dame pétilla comme s'il lui avait proposé un bain de minuit en tenue d'Ève, et elle lui décocha un grand sourire.

— Tu l'as dit, mon grand. Je le ferai, sûr que je le ferai, lui répondit-elle avant de tendre une main à Daphné : Allez, viens, ma chérie. Laissons les adultes parler de trucs ennuyeux comme tout, et allons manger un morceau de ce gâteau au chocolat qu'a envoyé Mme Burris, tu veux ?

Si Daphné prit la main de Babeth, elle ne s'en arrêta pas moins devant Donnie Joe.

— J'espère que nous nous reverrons avant notre départ, lui dit-elle en lui tendant de nouveau la main.

Donnie Joe s'accroupit afin d'être à son niveau et lui serra cérémonieusement la main.

— Je l'espère bien, Daphné. Ça a été un honneur de te connaître.

Tous gardèrent le silence jusqu'à ce que la vieille dame et l'enfant aient disparu dans la cuisine.

— Est-elle toujours aussi sérieuse ? voulut savoir Donnie Joe.

Belle s'assit sur une chauffeuse et croisa les jambes.

— Pas toujours. Seulement avec les inconnus.

Il remarqua qu'Etta haussait un sourcil mais ne pipait mot. Elle prit place à un bout du canapé et lui à l'autre. Il saisit son cartable et en sortit plusieurs dossiers.

— Je crois que nous ferions mieux de nous y mettre, commença-t-il. Voici les plans que votre grand-mère avait pour cette maison. Elle en a dessiné chaque détail, et je peux vous dire qu'elle a passé des heures dessus afin qu'ils correspondent exactement à ce qu'elle voulait. Les chambres du premier étage ont été refaites en majeure partie. Toutefois, elle avait pour rêve d'ajouter un jacuzzi dans chaque salle de bains, mais ça, c'était pour plus tard.

— Cela me semble inutilement extravagant, marmonna Etta.

Il l'ignora et poursuivit :

— Les nouveaux appareils, placards et comptoirs pour la cuisine seront installés cette semaine, puis il y aura la piscine extérieure et le coin jacuzzi. Le plan était de faire installer le jacuzzi le mois prochain et d'avoir la piscine opérationnelle cet été.

— Une piscine ? Une vraie piscine ? Laissez-moi deviner. Ça, c'était votre projet.

Encore une fois, il l'ignora et reprit :

— Miz Hazel avait aussi des idées pour les espaces extérieurs, dont celle d'attirer des mariages et des grandes réceptions. La construction du pavillon des fêtes débute dans deux semaines. La date d'ouverture pour la première phase a été fixée à la Saint-Valentin.

— Oh, hé, une seconde. La prochaine Saint-Valentin ? Elle n'est qu'à quelques semaines d'ici ! s'exclama Etta en se levant pour faire les cent pas. Et vous en parlez comme si le Bed & Breakfast était déjà une affaire qui roulait. Nous n'avons même pas encore discuté de nos autres options.

Belle adressa un sourire à Donnie Joe, comme pour lui demander d'excuser la grossièreté de sa cadette.

— Etta se fait du souci pour Babeth, précisa-t-elle.

— Et toi, tu ne t'inquiètes pas pour elle ? rétorqua Etta en lui faisant face. Tu espères peut-être qu'elle ira vivre dans ce vieux camping-car Volkswagen que mamie Hazel lui a laissé ?

Donnie Joe intervint avant que la conversation s'envenime.

— À moins bien sûr que je ne doive mettre la maison sur le marché, ce que nous essayons justement d'éviter, elle pourra rester ici aussi longtemps qu'elle le voudra.

— Oui, mais n'oubliez pas qu'elle a quatre-vingt-deux ans. Combien de temps va-t-elle pouvoir vivre seule et prendre soin d'elle-même, maintenant que mamie Hazel n'est plus là ? Et que voulez-vous dire, si vous *deviez* mettre la maison sur le marché ? Êtes-vous en train de signifier que si nous n'acceptons pas cette transformation en Bed & Breakfast, vous la vendrez sans notre consentement ?

— Écoutez, moi non plus je n'ai rien demandé de tout cela, mais j'ai déjà une entreprise à faire tourner, finit-il par s'énerver. Backyard Oasis me prend énormément de temps. Votre grand-mère avait de grands projets pour cet endroit et, pour elle, j'adorerais voir le Bed & Breakfast terminé et fonctionnant à plein régime. Seulement, et à moins que quelqu'un ne veuille prendre le relais, j'ai les entrepreneurs à payer et je dois arrêter les frais.

Etta voulut le regarder de haut, il fit de même. Ce n'était pas une crevette haute comme trois pommes à genoux qui allait l'intimider, toute tête de mule fût-elle.

Finalement, elle répondit :

— J'habite à Chicago, Belle vit à Houston. Vous ne vous attendez tout de même pas à ce que nous venions nous installer ici ?

— Je n'attends rien du tout. La balle est entièrement dans votre camp. Bien sûr, vous aurez peut-être envie d'envisager l'éventualité d'un partenariat longue distance, une fois un plan d'action raisonnable mis en route. Pour ma part, je ne vois pas pourquoi cela ne pourrait pas fonctionner, pour l'instant tout du moins. La technologie rend possible toutes les formes de communication… même depuis Paris. N'est-ce pas, Belle ?

Etta lui jeta un regard curieux auquel il répondit :

— Daphné m'a raconté que sa mère veut aller à Paris.

— C'est exact, repartit Belle en souriant. Nous pourrions communiquer par Internet, Etta. Ça nous laisserait le temps de régler tous les détails.

— Et cela vous laisserait, en gros, libre de faire tout ce que vous avez envie de faire ? demanda Etta à Donnie Joe.

Il leva une main.

— Voilà que vous recommencez avec vos soupçons tous azimuts et, pour vous dire le fond de ma pensée, je commence à en avoir assez.

Être considéré comme l'aigrefin de service finissait par franchement l'agacer.

— Comme je viens de vous le dire, la balle est dans votre camp, ajouta-t-il.

Etta se mordit les lèvres tandis qu'elle bouillait, moulinait, soupesait. Il entendit presque s'entrechoquer les rouages dans sa tête avant qu'elle lui refasse face et énonce, sans mâcher ses mots :

— Avant de seulement *envisager* d'accepter quoi que ce soit, je veux avoir le temps d'étudier chaque détail des plans de mamie Hazel. Je veux voir tous les contrats et devis qu'elle a signés ou prévoyait de signer, je veux les factures des travaux déjà effectués, et je veux parler à un homme de loi concernant les modifications en matière de zonage et de taxes foncières. Pour finir, je veux une déclaration écrite selon laquelle Babeth pourra rester ici tant qu'elle vivra.

Il hocha la tête en souriant.

— Aucun problème. En fait, ça me semble un point de départ raisonnable.

Le téléphone de Belle sonna. Elle jeta un coup d'œil à l'écran, se renfrogna, se leva et s'en fut vers la porte.

— Flûte ! Il faut que je prenne cet appel. Mais bon, on dirait bien que vous avez tout sous contrôle, vous deux, alors à un de ces jours, Donnie Joe.

— À plus.

Il se tourna vers Etta sans tenter de dissimuler sa surprise.

— Elle ne compte pas revenir ?

— Autant vous y faire tout de suite, Donnie Joe, répondit Etta en se rasseyant. C'était probablement le dernier coup de main que nous recevrons jamais de sa part.

— Cela ne vous dérange pas ? s'insurgea-t-il en se carrant les mains sur les hanches.

— C'est ce que j'ai appris à attendre d'elle. Mais j'ai une autre question.

— Allez-y, répondit-il en se blindant à l'avance.

— Toute cette histoire de communications longue distance, c'est très bien pendant la durée des rénovations, mais qui va faire tourner la boîte une fois qu'elle sera ouverte ? Et s'il vous plaît, ne me répondez pas Babeth. Une telle somme de travail la tuerait dans l'heure.

— Non. En fait, votre grand-mère avait déjà choisi quelqu'un pour ce travail.

Il ouvrit un des dossiers, passa à la dernière feuille, et désigna un paragraphe, à peu près au milieu de la page.

— C'est juste là.

Il tourna le dossier vers elle afin qu'elle pût lire ce qui était écrit. Etta Green. Son nom était imprimé en lettres majuscules.

— C'est vous qu'elle avait choisi.

3

— Cette plaisanterie n'a absolument rien d'amusant. Et je vous le dis tout net, cela ne risque pas d'arriver. Du moins de mon vivant.

Furieuse, Etta frappa du poing le dossier, dont quelques pages s'envolèrent pour atterrir par terre. À en croire ces papiers, sa grand-mère avait décidé que, elle, Etta, dirigerait l'endroit. La grosse boule qui avait élu résidence dans sa poitrine depuis le trépas de sa mamie chérie menaça de la suffoquer. Elle ne croyait cependant pas que c'était un appel depuis l'au-delà. Mamie Hazel était au courant de sa rupture avec Diego et elle savait qu'ils luttaient pour maintenir leur partenariat à flot. Etta comprit soudain que sa grand-mère avait simplement voulu lui offrir une porte de sortie en cas d'échec du restaurant. Ce n'était rien de plus qu'une proposition de travailler toutes les deux. Mais grand-mère n'était plus.

Donnie Joe lui sourit.

— J'avais comme le sentiment que ce passage vous déplairait mais je vous dis juste ce que voulait votre grand-mère. Elle a toujours rêvé que vous reveniez un jour pour l'aider à gérer ce Bed & Breakfast. Pourquoi pensez-vous qu'elle ait prévu autant d'argent dans la réfection de la cuisine ? Vous êtes un grand chef, et elle pensait qu'une belle cuisine toute neuve vous appâterait suffisamment pour vous donner l'envie de revenir vivre ici.

Elle était sur le point de hurler qu'il n'avait aucune idée de ce dont il parlait. Elle se contint pourtant :

— Ce n'est pas parce que j'ai passé mes étés ici quand j'étais plus jeune qu'Everson est ma ville, surtout maintenant que mamie Hazel n'est plus là. Et préparer des plats recherchés dans un restaurant haut de gamme n'a rien à voir avec produire de la boustifaille pour chambre d'hôtes.

Elle eut honte de la condescendance de son commentaire, mais si Donnie Joe voulait des excuses, il pouvait attendre longtemps. Elle lui prit les papiers des mains et posa le doigt sur le paragraphe suivant :

— Et ça, qu'est-ce que c'est ? *Chez Etta* ?

— C'est le nom qu'elle avait choisi. Plutôt futé, non ?

— Futé rien du tout. Ça tourne à la mauvaise plaisanterie.

Le mal de tête qui la menaçait depuis ce matin s'épanouit alors en véritable migraine. Donnie Joe arborait toujours ce sourire ringard, le sourire dont il se servait probablement depuis le jour de sa naissance pour aplanir son chemin dans l'existence. Il s'en servait comme d'une arme destinée à faire fondre l'opposition, à abattre les défenses et balayer les objections avant même qu'elles aient pu être énoncées. Surtout si l'opposant était une opposante. La coupe fut pleine. Elle fit un pas vers lui, se planta si près qu'il dut baisser la tête pour la regarder, et agita le doigt dans sa direction.

— Mettons tout de suite les choses au clair, espèce de… espèce de pompeux garçon de piscine. Je ne vous aime pas et je ne vous fais absolument aucune confiance. Et ce *Chez Etta* ? Si c'est une tentative pour m'amadouer, c'est raté.

— Ce n'était pas mon idée, fit-il en levant haut les mains pour protester de son innocence.

— Je pense que vous avez réussi Dieu sait comment à embobiner ma grand-mère pour qu'elle accepte votre projet ridicule et que, maintenant, vous imaginez pouvoir m'embobiner aussi. Vous vous pointez ici avec ce sourire grotesque et des flots de charme adolescent. Eh bien, que ce soit dit une fois pour toutes, monsieur. Je ne suis pas ma grand-mère et on ne m'embobine pas.

Il recula d'un pas et posa le dossier sur la table basse. D'une voix douce et étrangement nostalgique, il répondit :

— Au moins nous sommes d'accord sur un point. Vous n'êtes pas votre grand-mère.

Ils se fusillèrent des yeux une bonne minute, et ce fut elle qui détourna la première le regard. Quand Donnie Joe reprit la parole, ce fut d'une voix cassante et la lueur d'humour dans ses yeux avait laissé place à une autre, assez proche de la rage.

— Je vous encourage à revoir attentivement ce dossier que je vous laisse, à le passer au peigne fin, à consulter un homme de loi – ou deux douzaines si vous préférez, autant qu'il en faudra pour votre tranquillité d'esprit. En fait, j'insiste sur ce point avant que nous pensions seulement à établir de nouveaux papiers de partenariat.

Il empoigna son cartable et s'en fut vers la porte. Plus que soulagée de le voir s'en aller, elle lui emboîta le pas sans dire un mot. Les choses étaient loin d'être réglées, mais la mort de mamie Hazel avait fait choir une bouse de vache de la taille du Texas dans sa vie bien ordonnée, et il allait lui falloir du temps pour y voir un peu plus clair.

Déjà sur le porche, Donnie Joe se retourna et la fixa au travers de la porte moustiquaire :

— Une dernière chose, miss Green, je n'apprécie pas de voir mon intégrité mise en doute, mais j'ai fait preuve d'indulgence à votre égard uniquement par respect pour votre grand-mère. Soyons très clairs : tout – et je dis bien *tout* – dans ces plans est né directement dans sa tête. Par conséquent, si vous décidez de laisser tomber, gardez bien présent à l'esprit que ce sera le rêve de Miz Hazel qui s'effondrera, pas le mien.

D'un bond, il descendit du porche, grimpa dans sa camionnette et démarra sans jeter un regard en arrière. Ses dernières paroles résonnèrent dans les oreilles d'Etta bien longtemps après que le crissement de ses pneus sur le gravier se fut éteint.

Juché sur un tabouret de bar, une bière entre les mains, Donnie Joe essayait de comprendre où était passée sa bonne humeur coutumière. Quand Irène Cornwell vint lui proposer de danser avec elle, il put tout juste réussir à lui sourire en répondant :

— Peut-être plus tard, chérie.

Il perçut les coups d'œil inquiets que lui jetaient régulièrement les habitués de *Chez Lu-Lu*, qui l'évitaient soigneusement ce soir-là. Bref, c'était le moment idéal pour partir d'ici.

Bien sûr, la mort de Miz Hazel l'avait attristé, et il allait lui falloir un bon moment pour accepter la réalité de ce trépas. Mais la dernière chose qu'aurait voulue sa vieille copine, c'était bien que tout le monde se comporte comme un troupeau de fichus grincheux. Il leva sa bière en hommage silencieux à Miz Hazel et en but une grande lampée. Justement, en parlant de grincheux, difficile de croire qu'Etta Green était du même sang que Miz Hazel. Plus différente, c'était impossible. Cette fille avait dû pousser sur une branche esquintée de l'arbre généalogique familial. Une branche hérissée d'épines et entourée de barbelés. Cette langue de vipère qu'elle avait... il y avait de quoi faire fuir un homme aussi vite que ses pieds voudraient bien l'emmener. Normalement, il ne lui serait jamais venu à l'idée de lui reprocher d'être contrariée par cette histoire de Bed & Breakfast. C'était inattendu et cela tombait mal pour elle.

Cela tombait mal pour tout le monde.

Seulement, les soupçons de cette pimbêche à son égard l'empêchaient d'éprouver la moindre compassion pour elle. Qui plus est, elle n'était pas la seule que la mort de Miz Hazel avait coincée entre l'enclume et le marteau. Il ne voyait aucune échappatoire facile à cette situation délicate. Si beaucoup pouvaient mettre en doute sa maturité, il avait fait en sorte que personne, jamais, n'ait une raison de douter de son honnêteté.

Cette suspicion lui restait vraiment en travers de la gorge.

D'accord, il était d'un abord facile, d'accord, il aimait s'amuser, et il n'allait en demander pardon à personne. Toutefois, dès que cela touchait le domaine des affaires, il prenait tout très au sérieux. Il avait peut-être grandi dans les mauvais quartiers d'Everson, sur l'autre rive d'Old Town Creek, et là-bas, les gens l'avaient catalogué dans la catégorie incurable bon à rien, tout comme le reste de ceux qui passaient pour sa famille. Mais ils n'avaient fait que renforcer sa détermination à leur prouver qu'ils avaient tort. Sur toute la ligne.

Son travail acharné avait fini par payer et il avait trouvé un plaisir et une fierté inattendus de s'être fait tout seul, là, dans sa ville natale. Propriétaire de la société Backyard Oasis, il s'était enfin gagné le respect des hommes d'affaires d'Everson. Son entreprise avait extrêmement bien marché ces six dernières années, surtout dans le domaine des jacuzzis haut de gamme et équipements d'extérieur. Les braseros avaient aussi été une trouvaille de génie. Mais ces derniers temps, la crise avait poussé les acquéreurs de piscines à se raréfier, alors que c'était le domaine dans lequel il gagnait le plus d'argent. Si les affaires ne reprenaient pas très vite, il finirait comme tout le monde, à courir après le travail. Autrement dit, il aurait besoin de récupérer l'argent qu'il avait investi dans le Bed & Breakfast. Il n'y avait pas à tergiverser sur ce point.

En attendant, il n'était pas question de laisser miss Etta Green débarquer en ville à califourchon sur son balai de sorcière et balayer son travail acharné comme si de rien n'était. Ce n'était pas parce qu'elle était furieuse contre le monde entier que cela devait retomber sur lui.

D'ailleurs, qu'est-ce qui n'allait pas chez ces deux frangines ? Bon sang, leur grand-mère venait de leur léguer la maison familiale et elles se comportaient comme si c'était un épouvantable fardeau. Certaines personnes, vraiment, ne savent pas apprécier ce qu'elles ont. De son côté, on ne risquait pas de lui léguer une maison de famille, à moins bien sûr qu'il compte la cahute délabrée de l'autre côté de la rivière. Alors que la maison de Miz Hazel, en voilà un legs dont il aurait été fier.

Mais assez pensé à Etta Green. Il n'avait pas la plus petite idée de ce qu'elle allait décider à propos de la maison et, au point où en étaient les choses, il n'était pas sûr de s'en soucier. En fait, une seule chose restait sûre, il n'allait pas la laisser lui gâcher une belle soirée de vendredi chez *Lu-Lu*.

Il pivota sur son tabouret et inspecta le bar en se disant qu'il serait temps d'accepter la proposition d'Irène. Il la repéra très vite de l'autre côté de la salle bondée. Elle portait une minijupe rose, un corsage blanc à fanfreluches et des bottes de cow-boy blanches. Semblable à un superbe gâteau, elle donnait envie de fondre dessus pour y planter les dents.

Bennie Martin l'avait entraînée à l'écart et paraissait lancé dans l'un de ses nombreux et captivants sujets de conversation. Son préféré était l'arthrite de sa mère ; la différence entre la mayonnaise maison et celle du supermarché pouvait durer presque un après-midi entier, et il pouvait radoter indéfiniment sur la transmission à remplacer sur sa Buick préhistorique. De quoi qu'il lui parlât en ce moment même, Irène semblait fascinée. Elle écoutait, elle souriait, elle hochait la tête, mais elle ne berna pas Donnie Joe. Car ses pieds battaient imperceptiblement la mesure, ses épaules de même. Cette femme désirait danser de toutes les fibres de son être. Donnie Joe déserta son tabouret et partit dans sa direction. Il savait comment donner réalité à au moins un des rêves de la jeune femme. D'autant plus qu'il était grand temps de donner le coup d'envoi de cette soirée.

Dans la chambre qu'Etta avait décrétée être la sienne dès le début de ses séjours d'été à Everson bien des années auparavant, le lit à colonnes était jonché de papiers. La pièce avait été entièrement rénovée depuis sa dernière visite. Le lit était habillé d'une couette vert sauge, et des rideaux identiques pendaient à la haute fenêtre. La banquette de fenêtre était parsemée de coussins neufs et un nouveau tapis à fleurs recouvrait le sol. En revanche, une seule chose n'avait pas changé. Le grand fauteuil, idéal pour s'y lover et se plonger dans un bon livre, se trouvait toujours dans l'angle, sous son lampadaire. Tout était superbe, et à présent qu'elle prenait le temps de l'observer, Etta réalisait tout le travail qu'avait effectué sa grand-mère dans la vieille bâtisse.

Mais ces papiers... Bonté divine. Elle en avait les yeux qui n'étaient pas loin de se croiser. Elle avait lu tous les contrats, étudié tous les devis, toutes les idées audacieuses que sa grand-mère avait jetées sur le papier. Des pages et des pages de pensées, de plans, d'idées pour son Bed & Breakfast. Et cela n'incluait même pas le travail qui avait déjà commencé. La construction de la cuisine devait débuter immédiatement. Pour couronner le tout, mamie Hazel avait déjà inséré des publicités dans plusieurs revues de B&B et trois couples avaient déjà réservé. Elle avait aussi ouvert un site Web basique sur lequel on trouvait des photographies de la maison et l'annonce officielle du grand dîner d'inauguration, le jour de la Saint-Valentin.

Etta prit note d'informer Donnie Joe que le nom sur les brochures était l'*Everson Inn on Old Town Creek*. Pas top, comme nom, mais bien meilleur que *Chez Etta*, c'était sûr. Old Town Creek, c'était la rivière qui coulait à l'arrière de la propriété, et elle songea qu'ajouter son nom à l'appellation du B&B avait dû sembler l'ultime touche romantique à sa chère mamie.

Elle exhala un gros soupir et enfouit le visage dans l'oreiller. Il allait falloir prendre une décision très vite. Sa grand-mère s'était manifestement investie à fond dans cette entreprise, et peu importait dans quelle tête avait tout d'abord germé l'idée. Le prénom Donnie Joe apparaissait régulièrement dans les notes. Donnie Joe conseille ceci. Donnie Joe suggère cela. Donnie Joe, encore et toujours lui. Son empreinte figurait à chaque phase du projet. L'idée était peut-être venue de mamie Hazel, mais Etta n'était pas encore disposée à écarter l'idée qu'il avait profité de son manque d'expérience pour en tirer profit. Elle redressa, ferma les yeux et s'adossa à la tête de lit.

— Vite, debout, Etta. Il faut que je sorte d'ici et toi, tu m'accompagnes, petite sœur.

Vêtue d'une robe piège-à-mecs jaune vif, Belle sautait sur place au pied du lit. Maquillée, apprêtée, elle était prête à sortir faire la fête.

— Enfile un truc sexy et allons danser.

— La journée a été longue. Je n'ai pas l'énergie de faire dans le sexy, ronchonna Etta.

— Oh, pour l'amour de Dieu, Etta. Vas-tu cesser un jour de te conduire comme une vieille rombière ? Il est 20 heures et on est vendredi soir, tout de même !

— Et Daphné ?

— Elle dort comme un ange, et Babeth m'a promis de s'en occuper, alors tu sors de ce lit et tu te prépares. Je te préviens, il n'y a pas de non qui tienne.

— Quand bien même j'aurais envie d'y aller, ce qui n'est pas le cas, je n'ai rien à me mettre.

— Celle-là, je l'avais prévue ! s'exclama Belle en lui jetant à la tête la tunique turquoise pailletée qu'elle cachait derrière son dos. Enfile ça sur ton caleçon noir. Sur moi c'est une tunique, sur toi ça fera une mignonne petite robe.

— Assise, Belle. Avant d'accepter quoi que ce soit, il faut qu'on parle.

Belle déplaça deux ou trois dossiers et se jucha sur le bord du lit.

— Si c'est à propos de la maison, tu as gagné. J'ai déjà téléphoné pour faire transférer ici le dossier scolaire de Daphné. J'ai décidé qu'on resterait dans le coin jusqu'à ce que tout soit réglé.

— Ah oui ?

Belle tripota la housse de couette.

— Il y a quelques petites choses que je ne t'ai pas dites.

— Genre ? fit Etta, dont la tête commençait à tourner.

Belle s'allongea sur le ventre.

— Je me suis fait virer de mon boulot, il y a quinze jours.

— Désolée. Pourquoi ne m'as-tu rien dit ?

— J'étais gênée, et je pensais que Roger m'aiderait. Lamentable, je sais.

— Et maintenant ?

— Ce coup de fil, tout à l'heure, c'était lui. On s'est disputés et je lui ai dit que je m'installais à Everson. Je crois que c'est fini.

— Oh, Belle.

— Attention, je ne dis pas que je veux diriger un B&B. Pas du tout, mais j'ai envie de participer pendant que Donnie Joe et toi réglez tous les problèmes.

— Tu sais qu'il va falloir que je retourne bientôt à Chicago.

— Bien sûr, bien sûr, mais ce soir, ça ne nous ferait pas de mal de sortir et de relâcher un peu la pression. S'il te plaît ?

Etta fusilla sa sœur du regard, mais celle-ci avait posé sur elle des yeux de biche implorants, ceux qu'elle réservait ordinairement aux hommes déjà aux trois quarts terrassés par ses charmes.

— Allez, Etta. Ça va être drôle de passer un peu de temps toutes les deux.

Si elle continua à renâcler et marmonner, Etta se leva quand même du lit.

— D'accord, mais tu vas devoir me promettre que c'est juste pour danser. Pas question de rentrer à la maison avec un cow-boy dont tu seras tombée raide dingue amoureuse au hasard d'une gigue.

— Croix de bois croix de fer, s'écria Belle en tapant dans ses mains et en sautillant sur place.

Etta gagna la salle de bains afin de se changer. Parfois, il était vraiment difficile de se souvenir que, des deux, c'était Belle l'aînée.

4

Donnie Joe fit virevolter Randi Kay Simpson autour de la piste. Son humeur s'était nettement améliorée grâce à la musique entraînante et l'assortiment de jolies femmes qui avaient accepté ses invitations à danser au cours de la soirée. Il était heureux. Il était serein. Il commençait de nouveau à se sentir lui-même.

Une agitation soudaine dans la salle attira son attention. La porte de *Chez Lu-Lu* fut ouverte et une brutale rafale de vent mugit à l'extérieur avant de balayer dans la salle ce qui ne pouvait qu'être synonyme d'ennuis. Les sœurs Green s'engouffrèrent dans l'établissement en riant, en frissonnant et en démêlant avec les doigts leurs cheveux ébouriffés par la bourrasque. Elles se débarrassèrent de leurs manteaux en cherchant une table des yeux… et la bonne humeur retrouvée de Donnie Joe baissa d'un, voire de plusieurs crans.

Il les perdit de vue alors que Randi Kay continuait à lui parler de Sam, son mari.

— Alors je lui ai dit, Sam, je ne peux pas croire que tu veuilles aller pêcher ce week-end, particulièrement ce week-end.

— Qu'est-ce qu'il a de spécial, ce week-end ? s'enquit-il tout en apercevant du coin de l'œil Etta, vêtue d'un machin scintillant bleu-vert.

Il reporta son attention sur Randi Kay.

Elle fit une adorable moue.

— C'est notre anniversaire des trois ans et demi.

— Trois ans et demi, voyez-vous ça ?

Belle lui apparut également. Elle était en jaune et semblait un rayon de soleil dans cette glaciale nuit d'hiver.

Randi Kay poussa un soupir, et il se concentra sur elle.

— Oui. Trois ans et demi, reprit-elle. Avant, Sam était si romantique.

Donnie Joe l'emmena derrière un couple qui réussit heureusement à lui bloquer la vue sur les sœurs Problème.

— Qu'a dit Sam pour sa défense ?

Randi Kay fronça les sourcils, ses yeux s'embuèrent un peu.

— Il a dit que c'est bête de fêter les demi-anniversaires. Il a dit que maintenant qu'on est mariés, il ne devrait pas avoir à prouver tous les six mois l'ampleur de son amour pour moi. Il a dit que je serais la bienvenue si je voulais aller à la pêche avec lui, mais que tout était déjà arrangé et qu'il n'allait pas modifier ses projets. Il m'a dit aussi que je pourrais partager son sac de couchage mais qu'on dormirait dans la même tente que Gus et Boomer.

— Alors, il t'a invitée ? s'exclama Donnie Joe tout en penchant légèrement la tête pour tenter de repérer les sœurs Green.

Il se rendit très vite compte de ce qu'il était en train de faire et fit virevolter Randi Kay, qui se mit à rire.

— Ce n'est pas rien, tu sais, lui garantit-il. Pose la question à tous les types que tu voudras, ils préféreraient tous offrir un bijou à leurs femmes plutôt que les emmener à une partie de pêche.

Elle porta un regard méfiant sur lui.

— Vous, les hommes, est-ce que vous vous réunissez pour faire ce genre de trucs juste pour vous couvrir les uns les autres ?

— Je dis juste que tu devrais peut-être accepter la proposition de ce bon vieux Sam. Je parie qu'il sera ravi.

— Ou alors peut-être que je devrais trouver le moyen de célébrer cet anniversaire sans le « bon vieux Sam ».

Elle donna de l'emphase à ses paroles en se collant un peu plus à Donnie Joe. Quelques années auparavant, il aurait non seulement remarqué l'invitation mais l'aurait probablement prise au mot sans se poser de questions. Aujourd'hui, il n'était pas un saint mais il veillait à éviter tout ce qui dépassait le flirt anodin avec les femmes mariées.

Par conséquent, et en homme semi-réformé qu'il était, il recula d'un pas et rétablit une distance raisonnable entre Randi Kay et lui.

— Même si ça doit me briser le cœur, je vais te donner un conseil qui va à l'encontre de mes propres intérêts. Munis-toi d'une tente et vas faire un tour vers cet emplacement de pêche. Si tu ne le fais pas, tu vas broyer du noir et finir par faire une chose que tu regretteras. Je te parie qu'il ne faudra pas plus de deux secondes à Sam pour décider de partager une tente avec sa jolie femme de trois ans et demi plutôt qu'écouter Gus et Boomer ronfler toute la nuit.

— Mince alors ! s'écria Randi Kay en s'immobilisant au milieu de la piste de danse. Tu crois vraiment que je devrais faire ça ?

— C'est bien lui qui t'a invitée, n'est-ce pas ? repartit Donnie Joe en souriant.

Elle tapa dans ses mains comme une écolière.

— Oh, merci, Donnie Joe ! Tu sais toujours ce qu'il faut dire.

La chanson n'était pas terminée, mais elle se pendit à son cou, lui colla un gros bisou sur la joue et fila en trombe vers la sortie. En lui criant par-dessus son épaule :

— On t'invite bientôt pour la petite friture, promis !

Il agita la main et la regarda s'en aller, un peu étonné de la pointe d'envie fugace qui venait de le saisir. Randi Kay avait quelqu'un contre qui s'énerver, quelqu'un à surprendre, quelqu'un avec qui se rabibocher. Tous les aspects des relations qu'en général il évitait comme la peste. Il le faisait pour d'excellentes raisons, se remémora-t-il avec vigueur. Par exemple, la notion de devoir se souvenir de demi-anniversaires lui collait des boutons. Il s'ébroua tel un chien au sortir d'un bain afin de chasser cette impression aussi inhabituelle que dérangeante, puis quitta la piste de danse.

Pour se diriger vers le bar, il dut effleurer Belle Green au passage. Elle dansait avec Arnie Douglas qui, manifestement déjà tombé sous son charme, souriait comme un ravi de la crèche. Personne n'avait vu Arnie ne fût-ce qu'ébaucher un sourire depuis l'hiver 2006, quand sa femme, Lurlene, l'avait plaqué sans prévenir pour un guitariste minable de Fort Worth. En général, il se tenait à une extrémité du bar, foudroyait sa bière des yeux et envoyait valser quiconque tentait de nouer une conversation. Et voilà qu'il rayonnait mieux qu'une station-service, la nuit sur l'autoroute. Belle avait cet effet-là sur les hommes. Elle leur donnait le sentiment d'être vivants, vigoureux, heureux d'avoir été enroulés autour de son petit doigt. Donnie Joe atteignit le bar et, avant de se jucher sur un tabouret, se retourna une dernière fois vers la piste pour la regarder parler et rire comme si Arnie était l'homme le plus passionnant sur cette terre. Belle, c'était vraiment quelque chose.

D'un geste, il attira l'attention du barman.

— Peux-tu me servir une autre bière, Mike ?

— Sûr, Donnie Joe, rétorqua l'intéressé en sortant une bière pour la poser devant lui. Ces sœurs Green, sûr qu'elles font parler par ici, pas vrai ?

Donnie Joe éluda d'un geste.

— Oh, Belle a toujours attiré l'attention.

— Etta aussi, on dirait, fit Mike en montrant l'espace fléchettes du menton.

Plusieurs hommes y étaient rassemblés autour d'elle. Dans ce machin bleu-vert étincelant, elle faisait penser à une gamine ayant essayé – et chipé – les vêtements de sa mère. Il immobilisa sa bière à mi-chemin de sa bouche quand elle lança une fléchette. Tous ses admirateurs hululèrent quand la pointe se ficha au centre de la cible. Etta leva la main et la claqua contre celle de Brent Mullins et de Stan Jones en signe de victoire.

— Elle est en train de mettre la raclée à Harley Otis, commenta Mike.

— Je n'y crois pas, répondit Donnie Joe, les yeux plissés.

Il s'efforça d'ignorer les cris qui montaient régulièrement de cet angle de la salle. S'il s'était agi de quelqu'un d'autre, il aurait soupçonné le joueur de fausser le jeu, de la laisser gagner, mais peu d'hommes prenaient les fléchettes aussi au sérieux que Harley Otis. Il regarda Etta lui donner une petite tape sur l'épaule, passer son bras sous le sien et l'entraîner en direction du bar.

Donnie Joe envisagea sérieusement de s'en aller, pas sûr d'être prêt pour un deuxième round avec elle. D'un autre côté, c'était son bar, sa ville et personne n'allait l'en chasser. Surtout pas une nana minuscule, revêche, agressive et acariâtre telle qu'Etta Green. Elle riait et n'avait pas du tout l'air revêche ou acariâtre. *En revanche, elle est toujours aussi minuscule*, songea-t-il avec une certaine satisfaction. Puis il connut un instant de pure folie où il se demanda ce que ça lui ferait de la faire rire comme ça. Instant qu'il chassa très vite d'une gorgée de bière avant de reposer un peu trop brutalement sa chope sur le bar.

En arrivant devant le bar avec Harley, Etta ne s'assit pas mais s'adressa à Mike.

— Cela te dérangerait beaucoup que j'aille faire un tour dans la cuisine, Mike ? Dès que j'en ai l'occasion, je n'arrive jamais à résister à l'envie de parler recettes avec les cuistots.

— Mais je t'en prie, répondit le barman en souriant. Peut-être pourras-tu donner quelques tuyaux à Bob et Vera sur la façon d'améliorer le rata qu'ils font passer pour du chili con carne.

Carabistouilles que tout cela, Donnie Joe le savait. Pour preuve, tous les trophées culinaires remportés par le chili con carne de la maison, rangés par ordre chronologique au-dessus du bar.

— Tu plaisantes ? J'espère bien que c'est eux qui m'en donneront, des tuyaux ! s'exclama Etta en partant vers la porte située derrière le bar.

Et Donnie Joe fut plus que ravi de la voir disparaître. Même s'il pouvait l'entendre plaisanter et rire dans la cuisine. Elle avait un rire à la fois grave et musical alors que celui de Vera évoquait plus un gloussement, et que celui de Bob lézardait les murs. Il but une autre gorgée de bière en s'efforçant de les ignorer tous, mais ils semblaient s'amuser comme des fous. Après tout, rien d'étonnant à ce que la conception de l'amusement de miss Green se situe dans une cuisine tapissée de graisse plutôt que sur une piste de danse, comme toutes les autres femmes normalement constituées. Sa sœur Belle, par exemple.

Celle-ci dansait maintenant avec Dave Bingham. Il était vieux, genre conservé dans le formol, mais il avait toujours belle allure sur une piste de danse. Donnie Joe les regarda exécuter une figure compliquée, puis Dave la fit basculer à la fin de la chanson. Quand il l'aida à se redresser, Belle posa les deux mains sur son torse en riant et agita les cheveux, communiquant son ravissement à tous ceux qui la regardaient. Et Dave avait gagné vingt ans. Cette fille, c'était une fontaine de jouvence sur talons hauts.

Il entendit s'ouvrir la porte battante de la cuisine et tourna les yeux pour apercevoir Etta qui en sortait à reculons en riant. Toutes pensées concernant Belle s'évaporèrent. Jusqu'à son apparition tout à l'heure chez *Lu-Lu*, Donnie Joe avait à peine regardé Etta quand elle lui avait cherché des poux dans la tête à propos de tout et n'importe quoi. Ce soir, elle semblait détendue, heureuse, souriante.

Cette transformation ne fut pas loin de lui couper le souffle. Elle dit quelque chose à Gros Bob qui l'avait suivie, et le grand cuistot la prit dans ses bras pour la serrer contre lui. Elle se retrouva carrément les deux pieds soulevés de terre. Donnie Joe se leva à moitié de son tabouret, prêt à intervenir, persuadé qu'Etta allait frapper Bob une fois qu'il l'aurait déposée sur le sol. Elle ne lui semblait pas fille à se laisser manipuler ainsi. Mais elle afficha un sourire encore plus grand, tapota l'épaule de Bob et lui dit à bientôt. Gros Bob sourit lui aussi et réintégra sa cambuse.

— Hé, Mike, sers ce qu'elle voudra à cette adorable jeune personne. C'est pour moi, lança Harley alors qu'Etta se juchait sur un tabouret entre Donnie Joe et lui.

— Eh bien, merci Harley, répondit-elle avant de tourner la tête vers Mike et de commander, dans un déluge de scintillements : Je vais prendre une bière light pression.

Apparemment, le ton acariâtre lui était spécialement réservé, constata Donnie Joe.

— Tout de suite, rétorqua Mike.

Donnie Joe secoua la tête, dégoûté, et tenta de déterminer comment les hommes d'Everson pourraient survivre à cet assaut en règle – et à double canon – des sœurs Green tout en conservant intacte leur virilité. Il était sûr qu'à la prochaine étape ils feraient des ronds de jambe et picoleraient des panachés.

— Hé, Donnie Joe, tu connais Etta, n'est-ce pas ? lui cria Harley.

Il inclina la tête, effleura son chapeau du doigt et répondit :

— J'ai eu ce plaisir.

Il aurait d'ailleurs préféré se casser une jambe. Mais il était trop bien élevé pour le préciser.

— Ravie de vous revoir, Donnie Joe, lança-t-elle en souriant.

Pour tous les observateurs, ils semblaient les meilleurs amis du monde. Comme s'ils n'avaient pas passé la moitié de la journée à s'arracher mutuellement les yeux à propos de ce qu'il fallait faire pour ce fameux Bed & Breakfast. D'ailleurs, en parlant d'yeux, il ne manqua pas de remarquer un éclair tranchant dans ceux d'Etta.

Harley le désigna du menton pour prévenir la jeune femme :

— Vous feriez mieux de vous méfier de lui, Etta. Il se targue d'être un homme à femmes.

— Ah, vraiment ?

Elle se tourna et l'examina comme si elle était la reine du jour et avait du mal à croire qu'il ait pu être autorisé à entrer dans un cercle aussi sélect.

— Grillé.

Donnie Joe écarta les bras comme s'il venait d'être pris la main dans le sac.

— J'admets une affection certaine pour les femmes. Rien de tel qu'une femme qui sent bon, qui est douce et facile à vivre pour qu'un homme soit en harmonie avec le monde.

Difficile de lui faire comprendre plus clairement qu'elle n'entrait dans aucune de ces catégories. Même si, pour être tout à fait juste, elle était assise si près de lui qu'il dut reconnaître qu'elle sentait très bon. Un délicat mélange d'effluves de fleurs et de vanille.

Elle haussa un sourcil.

— Vous semblez terriblement concerné par le tempérament des femmes. J'aurais cru que la plupart des hommes appréciaient un soupçon de combativité, pour donner de temps à autre du piquant à l'affaire. Je devine que vous avez seulement besoin que la femme en question vous contemple avec admiration et vous dise à quel point vous êtes beau et fort ?

— Auriez-vous lu mon journal intime, miss Green ? l'interrogea-t-il, séducteur, en se penchant vers elle.

— Hé, oh, intervint Harley, manifestement alarmé. Je n'ai pas voulu amorcer une querelle. J'ai juste pensé la prévenir de faire attention à toi, Donnie Joe.

— Ne vous en faites pas, Harley, rétorqua Etta en lui donnant une petite tape sur le bras. Nous nous comprenons parfaitement. N'est-ce pas, Donnie Joe ?

Elle le gratifia d'un sourire si sirupeux qu'il aurait pu être mis en bouteille et versé sur des crêpes.

S'il fut conscient que ce sourire dissimulait moquerie et sarcasme, une sensation étrange et inattendue lui tordit cependant la poitrine à la voir le regarder ainsi. Il se massa le torse et chercha à changer de sujet.

— Et… je ne voulais pas en parler, Harley, mais ne vient-elle pas de te damer le pion aux fléchettes ?

— Exact, elle l'a fait.

Au lieu d'avoir l'air contrarié, il sourit à Etta comme s'il venait de remporter tout seul une course en tandem.

— Je parie qu'elle pourrait en faire autant avec toi, mec. Tu devrais lui proposer une partie.

Etta porta sur lui un regard aussi évaluateur que hautain alors qu'il repoussait la suggestion d'un grognement. Dans le coin, tout le monde savait qu'il était le roi des fléchettes. Et la plupart des gens n'osaient même pas le défier. Ce serait une façon sans risque de la remettre à sa place. Il envisagea brièvement l'idée, mais elle avait l'air si heureuse en ce moment... autant la laisser profiter de sa victoire. Il lui mettrait la pâtée, mais un autre jour. Il s'en ferait même un plaisir si elle continuait à se comporter de manière aussi arrogante et désagréable.

— Êtes-vous une sorte de crack aux fléchettes, Donnie Joe ?

Une forte envie de la traîner devant la cible et de lui faire baisser pavillon le tenailla, mais il préféra la jouer nonchalant.

— Je me débrouille. Mais si vous avez réussi à battre Harley, vous êtes probablement trop forte pour moi.

Ça ne fait jamais de mal de préparer le terrain à l'avance.

Harley, qui avait un ego mâle démesuré dès qu'il était question de compétition, et peu disposé à reconnaître la supériorité de Donnie Joe sur lui, laissa échapper un petit ricanement.

— Donnie Joe, elle est bien trop forte pour toi, ironisa-t-il.

Belle se matérialisa derrière eux trois.

— Mes beaux messieurs, puis-je vous voler ma sœur une petite minute ?

Harley se transforma en une masse de gélatine devant les charmes de Belle et parut perdre jusqu'à la faculté d'énoncer trois mots à la suite.

Donnie Joe sourit et répondit, avec juste ce qu'il fallait de sarcasme :

— Elle est tout à toi, Belle.

— Merci, messieurs.

Elle saisit le poignet d'Etta et l'entraîna à l'écart. Donnie Joe se retourna vers sa bière en se disant qu'il était temps de rentrer. Sa bonne humeur en avait jusque-là, et lui aussi.

— Es-tu prête à rentrer à la maison ? Parce que moi, je le suis, commença Etta.

Belle la conduisit vers un angle plus isolé.

— Presque, mais j'ai promis une danse à Ted, là-bas, répondit-elle.

Elle agita les doigts pour saluer un grand rouquin efflanqué qui fit de même à son encontre. Etta fut prête à parier que le dénommé Ted n'avait jamais agité grand-chose avant de se retrouver face au pouvoir absolu qu'était Belle.

— Ensuite, je serai prête à partir. Mais d'abord, tu devrais inviter Donnie Joe à danser.

— Hein ? Donnie Joe ? Je ne crois pas, non.

Plutôt se planter un clou dans l'œil.

— Pourquoi pas ? Tu vas travailler avec lui, bon sang, et je dois te dire que tu ne t'es pas montrée très amicale avec lui, aujourd'hui.

— Pas très amicale ? J'ai été amicale. J'avais juste besoin de m'assurer qu'il était réglo.

Son irritation contre Belle et son attitude « ce n'est pas mon problème » menaça de refaire surface. Si sa sœur ne parvenait pas à se sentir concernée par le problème Bed & Breakfast, qu'elle garde ses opinions pour elle !

— Oui, et ensuite, tu as passé tout l'après-midi et la moitié de la soirée à examiner les papiers de mamie Hazel. Conclusion, quelle est ton opinion, maintenant ?

— Je n'en suis encore pas tout à fait sûre, mais il semble bien que nous soyons obligées de faire les choses à la manière de Donnie Joe, à moins de vouloir perdre carrément la maison.

L'admettre à voix haute ne fut pas chose facile, même si cette conclusion lui était venue bien plus tôt, quand elle avait tous les papiers et les notes de mamie Hazel répandus autour d'elle.

— Moralité : tu vas danser avec lui. Et tu vois si vous pouvez repartir d'un bon pied.

— Pourquoi moi ? Je ne l'aime pas. Pourquoi, toi, tu n'irais pas danser avec lui ?

— Parce que même après ton retour à Chicago, tu seras celle qui finira par traiter avec lui, repartit Belle en passant un bras sous le sien.

— Tu m'expliques encore comment ça marche ? grommela Etta.

— Ça marche ainsi, parce que je sais que tu feras tout ce qui est en ton pouvoir pour conserver la maison de mamie Hazel dans la famille. Parce que tu es ainsi. Et tu es bonne dans le domaine, sœurette. Alors, facilite-toi la vie et va agiter le drapeau blanc. Une danse et on rentre à la maison.

Etta poussa un gros, un énorme soupir et tourna les yeux vers l'homme en question, toujours penché sur sa bière. Tout près de lui, une blonde en sweat-shirt vert ajusté lui murmurait quelque chose à l'oreille. Il se redressa et murmura quelque chose en retour. La blonde sourit et s'assit sur le tabouret voisin.

— Il paraît occupé pour l'instant.

— Il discute juste. Va les interrompre et dis-lui que c'est important.

— Important ? Pour toi, peut-être.

— Etta ! fit Belle d'une voix sévère.

Elle savait très bien jouer les grandes sœurs quand ça l'arrangeait.

— Une danse et on y va, promis ?

Cela faisait longtemps qu'Etta était prête à s'en aller, mais Belle n'arrêtait pas de trouver un nouvel homme à captiver.

— Croix de bois croix de fer, fit Belle, une main sur le cœur.

— D'accord, mais ne t'avise pas de changer d'avis. Je suis sérieuse, Belle, lança-t-elle au dos de sa sœur, déjà partie rejoindre Ted sur la piste.

Etta repartit vers Donnie Joe avec autant d'entrain et de joie de vivre qu'un gamin qu'on traîne par l'oreille chez le dentiste. La blonde avait disparu, tout comme Harley. Ne pas avoir de témoins à cette mascarade allait la lui rendre un tout petit peu plus facile. De toute façon, il allait probablement l'envoyer bouler et ce serait tout aussi bien.

Sur un soupir sonore, elle se planta à côté de l'intéressé.

— Voulez-vous danser ?

— C'est à moi que vous parlez ? s'enquit Donnie Joe en relevant le nez de sa bière.

— Vous voyez quelqu'un d'autre assis par ici ? Je vous ai demandé si vous vouliez danser.

Il se redressa sur son tabouret et l'examina, un œil fermé, comme si elle était la plus étrange espèce de coléoptère qu'il eût jamais vue.

— Avec vous ? Vous me demandez si je veux danser avec vous ?

— Bien sûr, avec moi, pas avec le pape.

Ils se mesurèrent du regard une bonne minute.

— Oh, laissez tomber, reprit-elle tout d'un coup. Je savais que c'était une mauvaise idée.

— J'en déduis que cette mauvaise idée n'était pas *la vôtre*, rétorqua-t-il en désignant Belle du menton.

Pourquoi prendre des gants plus longtemps ? songea-t-elle.

— Effectivement. Belle a pensé que vous et moi devrions repartir de zéro. Elle s'est dit que, dans la mesure où nous allons travailler ensemble sur la maison, nous devrions tenter de la jouer cool.

Il se pencha en arrière pour l'examiner de la tête aux pieds.

— Eh bien, quand une femme me dit qu'elle a envie de la jouer cool, c'est généralement une proposition très tentante.

Elle s'efforça d'ignorer qu'il venait de finir de la déshabiller des yeux et qu'elle aurait préféré conserver ses vêtements.

Il se pencha de nouveau vers elle et poursuivit :

— Mais dans votre cas, je ne suis même pas sûr que vous connaissiez la signification du mot « cool », et vous ne me faites résolument pas l'impression d'une femme qui joue beaucoup.

— Hé, attendez une minute. Je joue. Je joue tout le temps.

Bonté divine, elle devait avoir l'air d'une véritable abrutie. Et d'ailleurs, pourquoi s'embarrassait-elle de justifications vis-à-vis de ce type ?

Le mouvement d'épaule de Donnie Joe lui indiqua qu'il ne la croyait pas.

— Peut-être bien, mais la dernière fois que nous avons discuté, vous m'avez accusé d'être un minable, un bon à rien, un serpent qui essayait d'arnaquer votre grand-mère.

— Je ne l'ai pas dit dans ces termes précis, et vous pouvez sûrement comprendre que j'avais besoin de temps pour évaluer la situation, répliqua-t-elle avant de plisser le nez et d'ajouter, sans aucune conviction : Mais peut-être devrais-je m'en excuser.

— Mais faites donc ! Je ne vous interromprai pas.

— D'accord, je suis désolée, lança-t-elle à toute vitesse, mais pour être franche, j'ai accepté cette idée de repartir de zéro seulement parce que Belle m'a juré qu'on pourrait rentrer à la maison après une danse ensemble. Elle a les clefs de la voiture et, si ça ne tenait qu'à elle, elle resterait ici à flirter toute la nuit.

Il secoua la tête comme s'il était extrêmement déçu.

— Je pense que ce sont les excuses les plus tordues et les plus hypocrites que j'aie jamais entendues.

Il ne comptait pas lui faciliter les choses, mais elle aurait dû s'en douter.

— Alors, vous voulez danser, ou pas ? Belle nous observe comme un aigle sa proie.

Il resta là un instant, sembla envisager toutes les options, puis repoussa sa chope en homme qui vient de perdre une rude bataille.

— Eh bien, allons-y, dit-il en se levant et en lui tendant la main. Je vais la « jouer cool » si vous faites de même, miss Green.

— Autant qu'on en finisse, soupira-t-elle.

Elle lui prit la main, et fut aussitôt frappée par sa force et sa chaleur alors qu'il l'entraînait vers la piste de danse. Bien sa chance : la chanson rythmée se termina et fut remplacée par une valse lente. Avant qu'elle ait pu amorcer la moindre résistance, il la serra près de lui et commença à la faire évoluer sur la piste. Sans même prendre en compte les éventuelles conséquences, elle inhala son odeur d'homme soigné. Sapristi. Il sentait bon. Sous sa main, son épaule était solide et ses jambes gainées de jean effleuraient les siennes. Donnie Joe se mouvait avec la grâce de l'homme qui sait guider une femme. *Dans tous les sens possibles*, songea-t-elle dans un instant d'insouciance. Cela faisait bien longtemps qu'elle ne s'était plus perdue sur une piste de danse entre les bras d'un homme. Il la fit virevolter et elle baissa les armes. Elle se laissa mener.

Juste une danse. Cela faisait également bien longtemps qu'aucun homme ne lui avait plus fait éprouver cette chaleur paresseuse juste sous la peau. Avant même de s'en apercevoir, elle avait niché sa tête contre son torse. Et le morceau arrivait à son terme.

Un vacarme soudain à l'entrée du bar attira leur attention. La porte fut ouverte et une brutale rafale de vent s'engouffra dans la salle en hululant avant de pousser à l'intérieur un grand type charpenté vêtu d'un trench-coat. Un homme qui arborait une mine mécontente. Debout près de l'entrée, il scruta l'assistance des yeux et poussa un véritable mugissement.

— Belle ! Belle Green, ramène-toi immédiatement ici !

Belle s'arracha aussitôt aux bras du pauvre Ted comme s'il était couvert de poux.

— Roger ? Mais qu'est-ce que tu fiches ici ?

Elle courut vers lui, bras grands ouverts, lui sauta dans les bras et il la fit virevolter sur place.

— Je suis venu t'emmener à Paris, bébé. Et je n'accepterai aucune dérobade.

5

Assise à une table d'angle chez *Lu-Lu*, Etta était persuadée que Belle n'allait plus tarder à réapparaître. Elle l'avait perdue de vue après l'irruption de Roger, leurs retrouvailles et leur départ des lieux. Toutefois, elle supposait que sa sœur reviendrait bientôt lui présenter son fabuleux Roger et, au minimum, lui confier les clefs de la voiture afin qu'elle puisse rentrer à la maison – comme elle voulait le faire depuis… des heures. Elle avait dansé avec Donnie Joe. Sa part du marché était remplie.

Elle avait également perdu de vue son cavalier après leur tour de piste. L'apparition pour le moins tapageuse de Roger lui avait épargné la gêne du « Merci pour la danse », et lui-même en avait profité pour s'esquiver sans demander son reste.

Elle pianota impatiemment des doigts sur la table en scrutant une nouvelle fois la salle. Toujours aucun signe de Belle, mais son regard percuta celui de Donnie Joe qui, dos tourné au bar, inspectait lui aussi la foule des danseurs. Elle détourna les yeux mais perçut qu'il commençait à se diriger vers elle. Et quand une paire de bottes se matérialisa sous ses yeux, elle ne put que constater sa présence.

— Qu'est-il donc arrivé à votre voyage de retour ?

La question fut posée sur un ton rogue, voire grincheux.

— Oh, je suis sûre qu'elle est quelque part par là et qu'elle va bientôt revenir, répondit Etta en se tordant le cou pour regarder derrière lui. Je me fais un plaisir de l'attendre.

— Comme vous voudrez, mais je m'en vais, au cas où ça vous intéresserait.

Elle releva brusquement la tête.

— Est-ce une proposition de me ramener ?

Elle n'avait pas prévu d'énoncer cela comme s'il venait de suggérer une balade de rêve avec Cupidon en personne mais, à voir son sourcil aussitôt levé et son sourire en coin, elle avait dû manquer son but.

— De mon point de vue, on dirait bien que vous avez été abandonnée à votre sort et, comme j'habite la maison voisine, cela ne fera en rien de moi un saint.

Il avait adopté un ton si acariâtre qu'elle ne put elle aussi que sourire.

— Ce ne serait pas une mince affaire si j'en crois ce que j'ai entendu dire, mais présenté comme cela, j'apprécie, Donnie Joe.

Sans rien ajouter, il se détourna et s'en fut vers la sortie. Elle se leva et lui courut après, obligée de trottiner trois pas quand il n'en faisait qu'un. Ils étaient à la moitié du chemin quand un vieux type attrapa Donnie Joe par le bras.

— Gaffe, Donnie Joe, Ray Odem est dans l'arrière-salle, prêt à te tailler en pièces, paraît-il.

— Qu'est-ce que j'ai encore fait cette fois, Elroy ? fit Donnie Joe en continuant sa route vers la sortie, Etta en remorque.

— Selon lui, tu as dit à Sue Ann qu'elle était très jolie quand tu l'as croisée à l'épicerie hier, répondit Elroy, apparemment très excité.

Donnie Joe balaya ces paroles comme autant de moucherons insignifiants.

— Elle était très jolie et je n'ai vu aucune raison de garder ça pour moi.

— Et tu l'as embrassée sur la joue, poursuivit Elroy, dont les sourcils se confondaient maintenant avec la naissance de ses cheveux.

— Ah, oui ? M'en souviens pas, repartit Donnie Joe en souriant, comme s'il était très fier de lui-même.

Hors d'haleine, Elroy tenta de le suivre et son ton se fit solennel :

— Tu connais la jalousie maladive de Ray, fils, et je crois que tu t'amuses beaucoup à le mettre en rogne. Il est déchaîné maintenant.

Donnie Joe s'arrêta net et fit face au vieil homme.

— Très bien. Ne t'en fais pas. On va sortir par la porte latérale. Allez, venez, Etta.

Et il bifurqua vers une autre sortie.

Il lui ouvrait la porte quand une voix d'homme vociféra :

— Donnie Joe, si tu es là et si tu es un homme, viens me retrouver dehors, sale voleur de femmes !

Donnie Joe traversa le parking comme si de rien n'était. Et comme s'il n'avait rien entendu.

— Mais à quoi tout cela rimait-il ? voulut savoir Etta en faisant rouler le gravier dans sa semi-course pour rester à sa hauteur.

— Rien du tout.

Donnie Joe avait son chapeau baissé bas sur la tête, lui rendant impossible de distinguer son visage.

— Rien du tout ? Mais ce type voulait vous démolir !

Et ça ne lui faisait ni chaud ni froid ? Incroyable…

— Je vous l'ai dit, ce n'est rien du tout. Je suis sorti quelques mois avec sa femme quand nous étions encore au lycée. Il s'imagine que toutes ces années après, je brûle encore d'amour pour elle.

— Est-ce le cas ?

Donnie Joe souffrant d'un amour sans retour ? En voilà un concept intéressant, et intriguant.

— Il ne reste même pas une malheureuse petite cendre. Que puis-je dire ? répondit-il en remontant son chapeau et en lui faisant un clin d'œil. Je semble inspirer naturellement la jalousie dans certains ménages.

— Vous en tirez fierté, apparemment.

— Je dis juste ce qui est.

— Pourquoi ne va-t-il pas vous chercher querelle chez vous ?

— Ray opère selon une sorte d'étrange code de conduite. Il a décidé de me chercher querelle qu'en public.

En atteignant sa camionnette, il lui ouvrit la portière passager et attendit.

— Je devrais probablement vous prévenir que quand on voit une femme grimper dans ma camionnette, ce n'est jamais très bon pour sa réputation, lui fit-il remarquer alors qu'elle s'installait sur le siège.

— Je crois que je peux gérer cela, Donnie Joe, répondit-elle en le regardant. Et puis, si certains me voient, ça pourrait améliorer la vôtre, qui sait ?

— Vous avez peut-être raison, s'esclaffa-t-il en refermant la portière.

Le trajet se passa en silence, du moins jusqu'au moment où elle prétendit qu'elle pouvait rentrer à pied depuis chez lui. Il lui jeta un regard signifiant qu'il n'en était pas question, et insista sur le fait qu'il faisait nuit. Il ne la déposerait que devant la porte de sa maison.

Quand il engagea son véhicule dans l'allée, Etta éprouva soudain le besoin d'ajouter quelque chose :

— J'ai encore du mal à croire que Belle soit partie sans me laisser les clefs de la voiture.

Elle se tut un court instant, puis :

— De quoi suis-je en train de parler ? Bien sûr que je peux le croire ! explosa-t-elle, agitée, en changeant de position sur le siège.

La lumière allumée sous le porche projeta des ombres mouvantes sur le visage de Donnie Joe quand il se tourna vers elle.

— Vous voyez ce que je disais ? Ça ne me faisait pas vraiment faire un détour de vous raccompagner.

— Je vous en suis reconnaissante. Depuis mon arrivée, les choses ne se sont pas passées très civilement entre nous deux.

Le moteur tournait au ralenti devant la maison de mamie Hazel.

Donnie Joe eut pour seul commentaire de hausser un sourcil.

— Bon, eh bien, bonne nuit en ce cas, conclut-elle.

Alors qu'elle ouvrait la portière, Donnie Joe lui posa une question :

— Que va-t-il se passer maintenant ?

— Comment ça ?

Une main sur la poignée de la porte, elle lui refit face.

— Avec Daphné. Va-t-elle aller à Paris avec Belle ?

Etta poussa un soupir.

— Je pense qu'aucune des deux ne va aller quelque part. Belle venait de me dire qu'elle comptait rester un moment à Everson. Elle a même inscrit Daphné à l'école.

— Elle vous a dit cela avant l'arrivée de Roger, n'est-ce pas ?

— Oui, c'est vrai. Parfois, la pauvre Daphné est trimballée de-ci de-là comme un bagage supplémentaire. En règle générale, Belle est une bonne mère, mais elle se laisse facilement aveugler par un bel homme. Enfin, surtout s'il a de l'argent.

— Vous l'avez trouvé bel homme, ce type ? s'enquit Donnie Joe en se redressant sur son siège.

Cette réaction aussi automatique que typiquement masculine amusa Etta, et elle ne put résister bien longtemps à l'envie d'en rajouter.

— Vous plaisantez ? C'est sans doute le plus bel homme que j'aie jamais vu. Ces cheveux bruns ondulés, ces épaules ?

Donnie Joe secoua la tête comme si son opinion n'avait que très peu d'importance.

— Bref, revenons-en à Daphné. Qu'en est-il de son père ? Est-ce qu'elle passe du temps avec lui ?

— Non. Elle ne sait même pas qui il est. Dès sa naissance, Belle a été catégorique sur le fait qu'elle ne le dévoilerait pas.

— Ce qui signifie qu'un pauvre idiot du coin a une fille dont il ne sait rien ?

— Je n'en sais rien non plus. Belle le lui a peut-être dit mais, pour une raison ou une autre, elle a décidé, et clamé haut et fort, qu'il ne figurerait pas dans le tableau familial. Fin de l'histoire.

— Désolé, ça ne me regarde pas. En fait, ce ne sont vraiment pas mes affaires.

— En parlant d'affaires, Belle va rester mais moi, il va falloir que je retourne bientôt à Chicago. D'ici quelques jours, je pense.

— Aussi vite ?

Il afficha un sourire aussi immense que dénué de toute hypocrisie. À le voir, il était facile de deviner qu'il était ravi de se débarrasser d'elle.

— C'est vous qui avez prétendu que nous pourrions tout gérer par téléphone et courriels.

— C'est exact, et c'est vous qui avez pensé que j'essayais d'arnaquer tout le monde.

Ce rappel la fit tressaillir et elle finit par reconnaître :

— J'ai encore quelques réserves en effet. Il est possible que je mette le holà sur deux ou trois choses.

— Comme ?

— La piscine, pour commencer. Je ne vois pas pourquoi nous aurions besoin d'une telle dépense.

— Quand était-ce, la dernière fois que vous avez passé l'été dans le Texas ?

— Il fait chaud, je suis d'accord, mais…

— Mais les recherches de votre grand-mère lui ont appris qu'une piscine est l'un des principaux aménagements que les gens recherchent quand ils choisissent un B&B, l'interrompit Donnie Joe. Sur le long terme, ça aidera à accroître les revenus.

— Eh bien, nous pourrons en reparler plus tard. Je n'espère pas tout régler ce soir.

— Qu'avons-nous réglé, en fait ?

— Je vais admettre que je vous ai peut-être mal jugé sur plusieurs points.

Mais probablement pas tous, songea-t-elle, têtue. Elle n'allait sûrement pas lui allouer une confiance totale mais, pour l'instant et dans l'avenir immédiat, elle n'avait guère d'autre solution. Il allait falloir qu'elle travaille avec ce type.

— Voyez-vous ça ?

L'éclairage du tableau de bord suffit à Etta pour remarquer sa mimique suffisante. Il se pencha un peu vers elle.

— Qu'est-ce qui vous a amenée à cette conclusion ?

Il glissa le bras sur le dossier et, l'espace d'un instant, elle se retrouva prisonnière de ces yeux verts.

— Je parie que c'est mon agilité sur la piste de danse, je me trompe ? reprit-il.

Elle s'efforça de ne pas rire, mais échoua lamentablement.

— S'il vous plaît. J'espère que ce n'est pas votre conception du flirt, parce que ce doit être le truc le plus ringard qu'on m'ait jamais servi dans le domaine. Franchement, ça marche, ça ?

Elle aurait attendu tellement mieux d'un homme à femmes si réputé.

Son amusement parut au début le courroucer, mais il finit par se détendre et rire, lui aussi.

— D'accord, vous avez raison. Ce n'était pas franchement à la hauteur.

— J'espère bien, rétorqua-t-elle en lui donnant une petite tape sur le bras. Vous avez tout de même une réputation à soutenir, Donnie Joe.

Il poussa un soupir et s'adossa à sa portière.

— Je dois reconnaître que je ne suis pas au top de ma forme cette semaine.

— Elle n'a pas été facile, concéda-t-elle.

— Je ne vous le fais pas dire, mais ce n'est pas une excuse.

Ce côté ouvert et presque vulnérable lui plut, et la fit sourire.

— Comme je vous le disais, j'ai étudié tous les papiers de mamie Hazel cet après-midi, et j'ai pu mesurer la somme de temps et d'énergie qu'elle a consacrée à ce projet.

— J'avais parfois du mal à la suivre, opina-t-il.

Elle mit sa fierté dans sa poche pour ajouter :

— J'ai aussi pu apprécier à quel point elle comptait sur votre aide, Donnie Joe.

Toute taquinerie envolée.

— Elle me soumettait ses idées, mais c'était elle qui avait la vision générale de l'ensemble. Je lui donnais des avis ou des conseils seulement quand elle m'en demandait, en général sur la matérialisation de ses idées.

— Par conséquent, vous comprenez ce qu'elle voulait mieux que personne. Je vais être très claire : je veux être impliquée dans les décisions à venir mais, comme je dois rentrer chez moi, il faudra qu'elles se prennent au cours de consultations longue distance. C'est tout ce que je peux vous proposer pour le moment.

Il l'étudia dans la pénombre et elle sentit le poids de son regard.

— Inutile de préciser qu'il va falloir, à un moment ou à un autre, faire des choix difficiles. Qui va diriger le Bed & Breakfast sur le long terme ? Pourra-t-on compter sur Belle ? Que va-t-il advenir de Miz Babeth ?

— Je sais, je sais. Je n'essaie pas de fuir mes responsabilités mais là, tout de suite, j'ai pas mal de choses à régler à Chicago. Le reste va devoir attendre.

— Une de ces choses à régler ne concernerait-elle pas un homme, par hasard ?

Elle songea à Diego, et à sa propre carrière qui pourrait bien être dans la balance.

— Mais d'où vous vient une idée pareille ?

Le regard de Donnie Joe lui sembla la transpercer.

— Je suis réputé avoir un excellent instinct en matière de femmes.

— Ah, vraiment ?

Elle se sentit un peu désarçonnée, mais trouva infiniment plus facile de se concentrer sur le fait qu'il pouvait être du dernier horripilant.

— Eh bien, vous pouvez garder vos instincts pour vous, merci, asséna-t-elle.

— Je vais prendre ça pour un oui, rétorqua-t-il avec un sourire nonchalant.

— Dans ce monde, tout ne tourne pas toujours autour des sentiments.

Sitôt énoncée, cette phrase lui parut totalement sainte-nitouche.

Il fit basculer son chapeau sur sa tête.

— Pas tout, effectivement. Juste la plupart des choses qui nous mettent à cran. Et vous êtes l'une des femmes les plus à cran que j'aie jamais connues.

Elle préféra ne pas répondre et choisit d'ouvrir la portière pour descendre de voiture.

— Vous remarquerez que je quitte à présent calmement votre voiture… avec ma réputation toujours intacte.

Il la dévisagea, un sourire taquin jouant sur ses lèvres.

— Faites attention, Etta Green. Si vous n'étiez pas sur le point de regagner Chicago, je pourrais considérer cela comme un défi.

Elle eut presque la tentation de lui retourner ce sourire, mais il était déjà si imbu de lui-même qu'elle y résista.

— Bonne nuit, Donnie Joe. On reste en contact.

— Bonne nuit, Etta, et encore merci pour la danse.

Elle gagna la porte principale et se retourna pour agiter la main. Pas question de le lui avouer, mais si elle se sentait à cran, comme il disait, cela avait tout à voir avec sa fabuleuse manière de danser.

Donnie Joe jeta ses clefs sur le comptoir de sa cuisine, sortit une bière du réfrigérateur et alla s'asseoir sur le porche arrière de la maison. Il s'étendit sur son fauteuil relax préféré et s'efforça de laisser les sons nocturnes – bruissement des branches agitées par le vent, aboiement de chiens au loin, sourd vrombissement de la circulation – l'apaiser, mais rien à faire. Il était aussi agité que les rafales qui lui balayaient la figure. Il porta sa canette à ses lèvres sans parvenir à se souvenir de la dernière fois qu'il était rentré aussi tôt un vendredi soir.

Le vieux chat jaune ayant élu domicile dans la grange arriva d'un pas nonchalant et sauta sur le fauteuil près du sien. Il braqua son regard jaune-vert sur Donnie Joe, puis fit trois tours sur les coussins avant de s'y installer.

— Bonsoir Gabe. Comment ça va pour toi ?

L'animal miaula plusieurs fois afin de lui narrer les événements du jour. Un vrai moulin à paroles, ce vieux Gabe. Donnie Joe tendit la main pour lui grattouiller le sommet de la tête. Le chat entreprit aussitôt de ronronner – plus fort qu'un moteur diesel – et cette berceuse apaisa enfin Donnie Joe. Il ne savait pas encore qu'il aimait les chats quand il avait acquis cette maison et fait la connaissance du vieux greffier hirsute qui allait avec. Cela faisait plusieurs années que la maison était vide, et nul ne savait quand Gabe avait décidé d'élire domicile dans la grange, derrière la bâtisse. Miz Hazel et Miz Babeth nourrissaient l'irascible bestiole, qui gardait cependant ses distances vis-à-vis de tous les autres humains. Jusqu'à l'arrivée de Donnie Joe. Le chat avait certainement perçu en lui un frère vaurien et ils étaient vite devenus les meilleurs amis du monde. Gabe avait appris bon gré mal gré à tolérer les visites chez le vétérinaire mais demeurait suspicieux envers quiconque n'était pas Donnie Joe.

— Je sais, je suis rentré de bonne heure. Vraiment lamentable, mais j'ai bien peur de ne pas être de bonne compagnie ce soir.

Gabe cilla lentement, parut assimiler ses paroles, puis entreprit de se lécher une patte de devant.

La réalité, c'était qu'il avait eu envie de rentrer bien avant qu'Etta ne vienne l'inviter à danser. L'arrivée en ville des sœurs Green n'était pas passée inaperçue, c'est le moins qu'on puisse dire. La superbe Belle avait semé le désarroi en chaque citoyen mâle tandis que lui-même devait composer avec la mauvaise humeur d'Etta. Oh, ce n'était pas qu'elle ne fût pas jolie, du moins quand elle prenait la peine de sourire. En fait, elle en devenait même carrément radieuse Un benêt aurait pu s'y laisser prendre et rêver de trouver le moyen d'effacer ses mines ronchons pour la faire décrocher un sourire.

Il aurait dû s'estimer heureux qu'ils aient conclu une trêve, en dépit de ses excuses moins qu'enthousiastes. Il n'allait pas prétendre que la nouvelle de son prochain départ ne l'avait pas réjoui. Une relation de travail longue distance, la plus longue et la plus éloignée possible, lui conviendrait à merveille. Seulement, il n'avait pas non plus cru son assertion selon laquelle elle était prête à le laisser faire à sa manière. Elle lui avait déjà apporté la preuve qu'elle comptait bien remettre en question chacun de ses choix, comme si telle était la seule manière d'honorer les souhaits de sa grand-mère. Veiller aux intérêts de Miz Hazel était une chose, se laisser pourrir la vie par sa petite-fille, une autre. Non, tout irait infiniment mieux s'il ne l'avait pas dans les jambes.

Toutefois, il devait avouer qu'elle l'avait pris par surprise en l'invitant à danser. Surtout avec affiché en grandes lettres sur sa figure que c'était bien la dernière chose dont elle avait envie. En temps normal, il prenait comme un défi le fait qu'une femme ne veuille pas danser avec lui. C'était comme une écharde dans son ego. Mais essayer de comprendre Etta Green équivalait à vouloir lire un texte rédigé en chinois. Lui qui se targuait de parler couramment le « langage femme », il ne comprenait rien à Etta Green. Cela n'empêchait pas qu'il ait plus que noté sa féminité pendant qu'elle dansait dans ses bras. Pour commencer, elle sentait… le paradis. Une touche de vanille mariée à une autre fragrance plus élégante lui avait agréablement taquiné les sens. Ensuite, elle avait trouvé tout de suite sa place entre ses bras. Étonnant, vu son gabarit, guère plus haut que sa table de chevet. Peut-être, mais sa tête s'était placée au centre de son torse, et quand elle l'avait penchée pour darder sur lui ses yeux d'un brun perçant, il en avait raté un pas. Et puis elle s'était nichée contre son corps comme pour y élire résidence. Le plus bizarre, c'était qu'il avait presque été désolé de voir arriver la fin de la danse. En tout cas, elle lui avait montré un autre aspect d'elle-même. Il l'avait vue rire et baisser la garde une minute ou deux. Mais son tempérament acide et chatouilleux allait forcément réapparaître et il préférait alors ne pas se trouver dans les parages.

Quand l'heure était venue de s'en aller, il avait tenté de l'ignorer. Elle était assise toute seule à une table. Mais avec ce machin scintillant bleu-vert qu'elle portait, elle ne cessait de lui aimanter l'œil. Il avait voulu ne pas remarquer la façon dont elle scrutait régulièrement, et en vain, la salle à la recherche de Belle. Il s'était dit que ce n'était pas son problème. Mais alors, pas du tout. Toutefois, et avant même de savoir ce qu'il faisait, il s'était vu lui proposer un bout de route. Laisser une femme en plan n'était tout bonnement pas dans ses gènes et cela avait, en quelque sorte, constitué sa B.A. du jour.

Elle était montée dans sa camionnette et son parfum avait envahi l'habitacle. Il allait y flotter des jours et des jours. Il ne parvenait pas à décider si c'était ou non une bonne chose. Revenait aussi à sa mémoire la conversation qu'ils avaient eue concernant le père de Daphné. Comment réagirait-il, lui, s'il apprenait un jour qu'il avait un enfant quelque part, un enfant qu'on ne lui aurait pas permis de connaître ? Beaucoup d'hommes esquivaient ce genre de responsabilité, et peut-être avait-ce été le cas pour le père de Daphné. Lui, en revanche, n'agirait jamais ainsi. Il savait trop qu'aucun enfant ne mérite d'avoir des parents négligents comme les siens l'avaient été avec lui.

En attendant, il était prévu que Miz Babeth s'installe lundi dans une de ses chambres d'amis quand débuteraient les travaux dans la cuisine, et il en était presque impatient. Ce serait agréable d'avoir quelqu'un à qui parler le soir, en dînant. Agréable aussi, d'avoir quelqu'un pour occuper l'espace de sa vieille et grande maison vide. Quand il était petit, cette maison appartenait à l'une des familles les plus en vue d'Everson. Elle symbolisait pour lui tout ce qu'il avait rêvé de posséder plus tard.

Le jour où il avait pu se l'offrir avait marqué une grande victoire sur son passé, signifiant aux yeux de tous qu'un garçon né sur la mauvaise rive de l'Old Town Creek pouvait réussir. C'était du moins ce qu'il s'était dit. En y vivant, toutes ces pièces vides avaient surtout servi à lui rappeler que, succès ou pas, il était toujours seul. Il tenta d'évacuer cette pensée pour le moins dérangeante et se leva.

— On va bientôt avoir de la compagnie, Gabe, alors on ferait peut-être bien d'aller vérifier si les draps ont été changés dans la chambre d'amis.

Gabe lui miaula son accord, bondit de son coussin et le suivit à l'intérieur.

Personne ne frappe à la porte de ma chambre, tenta de se convaincre Etta en se recouvrant la tête de son oreiller. Elle ne demandait pourtant pas grand-chose, cinq petites minutes de sommeil supplémentaire avant d'affronter la journée à venir. Il lui faudrait tout d'abord vérifier les horaires de vols pour Chicago. Un départ lundi serait parfait, dans la mesure où elle serait assurée que Babeth et Belle étaient bien installées. Une fois là-bas, il lui faudrait définir des mesures concrètes pour la gestion du futur B&B, comme demander à Me Starling de rédiger de nouveaux contrats de partenariat. Mais ça, peut-être Donnie Joe pourrait-il s'en occuper et les lui faxer. Ce qui signifiait qu'il faudrait lui poser la question. Ce serait leur première communication longue distance. Certes, ce n'était pas l'idéal, mais elle ne pouvait faire mieux.

D'autres coups résonnèrent contre la porte. Plus fort.

— Etta ? C'est Babeth, entendit-elle à travers le battant. Réveille-toi, chérie, il faut que je te montre quelque chose.

— Entre, Babeth, fit-elle en envoyant valser son oreiller. Je suis réveillée. Enfin, tout comme.

Elle s'assit dans son lit et se frotta les yeux.

La porte s'ouvrit sur une Babeth manifestement agitée, qui avait enfilé une robe de chambre en éponge orange sur son pyjama de flanelle écossais bleu. Elle avait les cheveux hérissés de bigoudis rose fluo.

— Excuse-moi de te réveiller ainsi, mais voici ce que j'ai trouvé sur la table de la cuisine en me levant. J'ai pensé que tu voudrais savoir tout de suite ce que c'est, s'exclama-t-elle en traversant la chambre au petit trot pour tendre une enveloppe à Etta. C'est Belle qui nous a écrit un mot.

Etta s'empara de l'enveloppe, aussitôt saisie de la vieille appréhension familière dès qu'il s'agissait de sa sœur.

— Bonté divine, que nous a-t-elle encore fait ? s'écria-t-elle en sortant la note, et en la lisant à haute voix : *Ma chère, ma merveilleuse famille...*

Etta jeta un regard à Babeth.

— Elle cherche d'emblée à nous amadouer, pas bon, ça !

— Continue, la pressa Babeth.

— ... *Je pars à Paris avec Roger. Que vous dire ? Je n'en reviens encore pas.*

Je vous appelle bientôt dès que j'ai plus de détails.

Je vous aime,
Belle
P.-S. Etta, sois un amour et vérifie l'inscription de Daphné à l'école !

Etta bondit du lit, se prit les pieds dans la couette et ne fut pas loin de se retrouver le nez par terre.

— Non, mais tu y crois, toi ? fulmina-t-elle. Je te jure, la prochaine fois que je la vois, je la tue. De mes propres mains. Daphné est au courant ?

Babeth fit non de la tête.

— Je suis passée la voir en venant, elle dort toujours.

Etta chiffonna la feuille dans son poing et entreprit de faire les cent pas dans la chambre. Comment était-elle censée apprendre à la fillette que sa mère était partie pour Paris avec un type, en la laissant derrière elle sans même la prévenir ?

— Où est mon téléphone ? Je vais essayer de la joindre. Elle ne répondait pas hier soir, mais elle se trompe lourdement si elle s'imagine qu'elle peut esquiver comme ça ses responsabilités !

— Cette petite a toujours été quelque peu impulsive, hasarda Babeth.

— Oui, mais elle ne s'est jamais montrée négligente en ce qui concerne Daphné, rétorqua Etta en attrapant son téléphone sur la table de chevet.

Boîte vocale. Etta tapa du pied par terre tandis que Belle lui demandait de laisser un message, puis :

— Belle Starr Green, tu nous en as fait des coups tordus dans ton existence, mais là, tu te surpasses. Que veux-tu qu'on raconte à ta fille ? Combien de temps seras-tu absente ? Un détail en passant, j'avais prévu de rentrer à Chicago lundi.

Et qu'est-ce que je fais maintenant, tu peux me le dire ? Rappelle-moi. Très vite. *Très vite, j'ai dit.*

Elle referma son téléphone d'un coup sec et se remit au lit.

Babeth s'assit près d'elle et lui tapota le bras.

— Retourne à Chicago quand tu voudras, chérie. Daphné pourra rester avec moi. Ce n'est probablement que l'affaire d'un jour ou deux avant que Belle revienne. Tu l'as dit toi-même, elle a toujours été une bonne mère. Un peu écervelée parfois, mais elle adore cette enfant.

Etta répondit par un grognement, pas vraiment d'humeur à vanter les mérites de sa sœur.

— Ça va très bien aller pour nous deux, insista Babeth. En plus, si on a besoin de quoi que ce soit, Donnie Joe habite la maison voisine.

— Donnie Joe ? Je ne veux pas que tu aies à t'embêter avec lui.

L'idée même déplut fortement à Etta.

— Ce n'est pas un embêtement, pas du tout. De toute façon, je déménage demain chez lui, et Daphné pourra venir avec moi.

— Déménager ? Pourquoi diable voudrais-tu déménager chez Donnie Joe ?

Etta sentit sa tête se mettre à tourner, car Babeth passait du coq à l'âne sans discontinuer.

— Je suis sûre que je te l'ai déjà dit, répondit la vieille dame en agitant la main. Ce sera simplement pour la semaine à venir pendant les travaux de la cuisine. Les ouvriers vont commencer à tout démonter lundi matin pour pouvoir la refaire. Ça va être le bazar ici, sans compter que l'eau et l'électricité seront régulièrement coupées. Donnie Joe avait pensé que ce serait plus simple si on allait s'installer chez lui, Hazel et moi, jusqu'à ce que ça soit terminé.

— Comme c'est prévenant de sa part, commenta Etta de mauvaise grâce.

— Je sais que tu es sceptique, mais il a toujours été un excellent voisin pour nous, voulut lui expliquer Babeth, les larmes aux yeux. Et nous attendions cette semaine de camping chez lui avec impatience. Hazel disait en riant que ça serait un peu comme des soirées pyjama, même si nous n'avons plus franchement l'âge.

Elle sourit et essuya une larme qui avait coulé sur sa joue.

— Elle avait le chic pour toujours trouver un côté amusant aux choses qui nous arrivaient.

Etta sentit à son tour les larmes monter. Elle passa les bras autour de Babeth et la serra fort contre elle.

— Je vais voir avec Donnie Joe si on ne pourrait pas reprogrammer les travaux de la cuisine. Maintenant que l'enterrement est passé, tu mérites bien d'avoir un peu de calme et de paix.

— Ne fais surtout pas ça, ma chérie. Le calme, la paix, c'est ce dont j'ai le moins besoin en ce moment. Il vaut mieux pour tout le monde que les travaux se poursuivent comme prévu. T'ai-je dit que je fabrique des jetés de lit pour chaque chambre, que les clients pourront emporter en partant ? Moyennant finances, évidemment. J'avais un peu laissé tomber mes patchworks, mais maintenant, j'ai des tas d'idées pour de nouveaux motifs, de nouvelles couleurs.

La culpabilité s'empara d'Etta. À part veiller à ce que Babeth ne finisse pas à la rue, elle n'avait pas réellement accordé beaucoup d'importance à ce que pensait et ressentait la vieille dame à propos des transformations de la maison. Originaire d'Everson, la cousine Babeth y avait enseigné plus de trente ans au lycée. Elle ne s'était jamais mariée, n'avait jamais fondé aucune famille, mais il revint à Etta que mamie Hazel faisait parfois, et très vaguement, référence à un homme qui lui aurait brisé le cœur en épousant une autre femme. Sa retraite prise, cousine Babeth avait emménagé avec mamie Hazel, et toutes deux partageaient la maison depuis.

— Dis-moi, Babeth, ça t'emballe, ce projet de Bed & Breakfast ?

— Mon Dieu, oui. Ça va faire revenir un peu de vie dans cette vieille baraque. Maintenant que Hazel n'est plus là, c'est important de continuer. Pour elle.

— Tante Etta ?

Toutes deux tournèrent la tête vers la porte, sur le seuil de laquelle se trouvait Daphné.

— Bonjour, ma beauté, viens par ici.

Etta tapota le lit près d'elle, et Daphné vint se nicher entre les deux femmes.

— Tu sais où est maman ? J'arrive pas à la trouver.

Etta ne se sentit pas le cœur de lui annoncer d'emblée la trahison de Belle, aussi s'efforça-t-elle de distraire l'attention de sa nièce. Elle fit comme d'habitude, elle orienta la conversation sur la nourriture.

— J'étais justement en train de dire à Babeth que je pourrais nous faire ma recette spéciale de pain perdu pour le petit déjeuner. Qu'en penses-tu ? Tu crois que tu pourrais m'aider à les saupoudrer de sucre ?

Daphné se mit à rebondir sur le lit, le visage fendu d'un immense sourire.

— Chouette ! J'adore quand tu fais ton pain perdu. Je pourrai aussi verser du sirop d'érable dessus, dis ? Faut que j'aille m'habiller avant ?

— Non. Offrons-nous un instant de folie douce et allons faire la cuisine en pyjama. Pour tout te dire, je ne vais peut-être pas m'habiller avant midi.

— Moi non plus, enchaîna Babeth.

— Et moi non plus ! conclut Daphné en riant, tout excitée à cette perspective inhabituelle.

Cette enfant a besoin de rire, songea Etta. Elle attrapa une main de Daphné, Babeth l'autre, et toutes deux la tirèrent hors du lit.

— Et maman, elle est où ? demanda encore la petite fille alors qu'elles s'en allaient vers la cuisine.

Etta l'aida à se jucher sur un des tabourets hauts disposés devant le comptoir avant de répondre :

— Ta maman et moi, nous sommes sorties hier soir, quand tu dormais.

Daphné s'installa plus confortablement sur son tabouret et balança les pieds.

— Je dormais pas vraiment, tu sais. Elle est venue m'embrasser, et j'ai fermé très fort les yeux pour qu'elle croie que je dormais.

— Espèce de petite coquine, lui lança Etta en sortant des œufs et du lait du réfrigérateur. Bon, donc nous sommes sorties, nous sommes allées danser chez *Lu-Lu*, et elle a reçu une visite surprise de Roger.

Les pieds de Daphné se figèrent aussitôt.

— Roger est venu ici ?

— Elle m'a semblé vraiment ravie de le voir.

— Il veut l'emmener à Paris, déclara Daphné, solennelle.

— Et c'est ce qu'ils ont décidé de faire.

Par égard pour sa nièce, Etta fit son possible pour paraître s'en réjouir. Elle trouva une miche de pain au levain dans la boîte à pain, la posa sur la planche à découper et entreprit de la débiter en tranches épaisses.

Le menton tremblant, Daphné écarquilla les yeux.

— Elle est partie ? Sans me dire au revoir ?

C'est définitif, je vais la tuer.

— Je suis sûre qu'elle l'a fait, chérie. Je suis certaine que tu dormais vraiment quand elle est rentrée hier soir. Il était très tard et elle n'a sûrement pas voulu te réveiller.

Une mort lente et douloureuse, infligée par cette scie à pain.

Persuadée que ses pensées flottaient au-dessus de sa tête lisibles comme des bulles de B. D., Etta lâcha précipitamment son couteau, attrapa la cannelle et entreprit d'en verser une pincée dans un bol.

— Maman m'a laissée ici ? Pour combien de temps ? voulut savoir Daphné.

Avant de se coller son pouce dans la bouche.

Etta cassa les œufs tout en s'efforçant de trouver quelque chose de rassurant à lui dire. Elle n'était pas excellente en la matière. Mais si elle dérapait et lâchait quelque chose à ne pas dire ? Elle pourrait aggraver sans le vouloir le chagrin de sa nièce.

— Eh bien, ta maman n'a pas précisé exactement combien de temps elle sera partie, mais je pense que toutes les trois, nous allons beaucoup nous amuser. N'est-ce pas, Babeth ?

Babeth acquiesça et alla serrer Daphné dans ses bras.

— Tu sais, fillette, je me disais qu'en plus des jetés de lit les chambres ici ont grand besoin d'animaux en chiffon, comme ça les gens se sentiront plus chez eux. Ça te plairait de m'aider à en fabriquer ?

Daphné marqua une hésitation, puis demanda :

— Est-ce qu'on pourra faire aussi des dinosaures en chiffon ?

Le visage de Babeth, ridé comme une vieille pomme, s'éclaira d'un immense sourire.

— Quelle idée brillante, Daphné ! Je pense que des dinosaures en chiffon, c'est exactement ce qui manque à cette maison.

— J'approuve ! Une idée en or, ma chérie, enchaîna aussitôt Etta.

Le spectacle de sa nièce qui s'efforçait si courageusement de faire face à la situation lui donna envie de pleurer. Seulement, il était hors de question que la fillette comprenne à quel point sa mère avait provoqué la fureur de sa tante, à quel point elle l'avait déçue. Elle se composa alors un sourire serein alors qu'elle passait la tête dans le placard, y empoignait la poêle et la posait sur la cuisinière. Tout en imaginant, bien sûr, sa sœur chérie en train de rissoler dans l'ustensile.

Son fantasme d'assassinat fut interrompu par un coup frappé à la porte arrière.

6

Donnie Joe toquait à la porte. Il la poussa juste assez pour passer la tête à l'intérieur.

— Bonjour mesdames. Babeth, je suis venu te rappeler le déménagement chez moi demain soir. Les ouvriers viendront tout démonter lundi matin, et ça va être un vrai chantier ici, vous le savez.

Daphné sauta à bas de son tabouret pour courir à lui.

— Bonjour, Donnie Joe ! Je vais faire des dinosaures en chiffon avec Babeth et Etta du pain perdu. Tu en veux ?

— Des dinosaures en chiffon ? C'est pas un peu bizarre de manger ça au petit déjeuner ? Est-ce que ça a le même goût que la dinde ?

— Mais non, bêta ! C'est le pain perdu qu'on va manger au petit déjeuner, s'esclaffa la petite fille. Les dinosaures en chiffon, on va les faire pour les chambres.

— Ouf, je respire. J'ai cru un instant qu'il y avait du brontosaure au menu.

Des arômes de café fraîchement passé et le parfum de la mixture magique que fouettait Etta dans cette jatte avaient attisé ses sens dès l'instant où il avait posé un pied dans la cuisine. Tout cela sentait divinement bon. Il se frotta le ventre et baissa les yeux sur la fillette.

— Je te remercie de l'invitation, mais je ne voudrais pas m'imposer.

Un rapide coup d'œil à Etta lui permit de constater que – une fois n'était pas coutume – elle n'avait pas l'air trop mécontente de le voir. En fait, elle souriait, d'un sourire je-suis-ravie-de-vous-voir qui le déstabilisa du tout au tout. Et le mit en alerte. Elle avait passé un tee-shirt « Chicago Museum » gris délavé sur un pantalon de pyjama écossais rouge, et ses cheveux courts partaient dans tous les sens. En bref, elle avait l'air adorable. Réflexion qui fit sonner d'autres alarmes dans sa tête. Il refusait de lui associer ce mot, « adorable ». Jamais de la vie. Pour lui, elle appartenait au genre « femelles à éviter ». Et ce n'était pas un sourire qui allait changer cela. Certes non. La trêve qu'ils avaient réussi à conclure la veille était peut-être seulement due au tour pendable que Belle avait joué à sa sœur. Si elle n'était que temporaire, il en profiterait le temps que les orages reviennent.

Elle retourna se planter devant la cuisinière et alluma le feu sous la poêle.

— Vous êtes le bienvenu, si ça vous tente. Et puis, il faut aussi que je vous parle de quelques petites choses.

— Oh, oh, qu'ai-je encore fait, maintenant ? s'enquit-il en suspendant son chapeau à la patère fixée sur la porte.

— Pas de panique, vous n'êtes pas concerné cette fois. Et, d'après ce que j'ai entendu, c'est plutôt nous qui allons nous imposer.

Elle fit tomber un morceau de beurre dans la poêle et commença à tremper les tranches de pain dans le mélange œufs et lait.

— Que voulez-vous dire ? demanda-t-il avec méfiance.

Babeth, qui sortait des assiettes du placard, se retourna pour les disposer sur le plan de travail.

— Mes bagages sont prêts pour aller chez toi, Donnie Joe, mais nous avons eu un petit changement de dernière minute dans nos plans.

Il alla lui passer un bras autour des épaules.

— Attends, Babeth. Tu ne peux pas rester ici pendant les travaux. On avait déjà réglé cela.

— Ne t'en fais pas, je n'ai pas changé d'avis, mais maintenant, Etta et Daphné ont aussi besoin d'un endroit où habiter, lui apprit-elle en lui tapotant le bras.

Donnie Joe tourna les yeux vers Etta alors que la panique montait en lui. Elle ne partait plus comme prévu ? Cela ne pouvait signifier qu'une seule chose : des ennuis.

— Je croyais que vous deviez rentrer à Chicago ?

Elle lui décocha un immense sourire, comme pour lui annoncer la meilleure nouvelle du jour.

— C'est exact, enfin, ça l'était. Mais j'ai eu une bien meilleure idée. Daphné et moi allons rester ici avec Babeth jusqu'au retour de voyage de Belle. N'est-ce pas, Daphné ?

La façon résignée dont la fillette hocha la tête lui fit un autre coup au cœur.

Sur le moment, Donnie Joe ne pensa pas vraiment du bien de Belle Green, mais il jugea préférable de dissimuler son opinion derrière un enthousiasme de façade.

— Eh bien dites donc, je dirais que ça, c'est une idée trop belle pour passer à côté.

— Nous pouvons très facilement aller dans un motel. Habiter chez vous n'est pas une obligation, poursuivit Etta.

Elle était visiblement désireuse de lui faire comprendre qu'il n'était responsable ni d'elles, ni de rien. *Ça alors*, était en train de penser Donnie Joe. *Je ne vais pas laisser les parentes de Miz Hazel aller attraper des puces dans un motel miteux de bord de route.*

Pas alors qu'il avait beaucoup de place à partager. Sûr que, s'il le faisait, le fantôme de sa vieille voisine viendrait lui tirer les oreilles la nuit. Oui, mais... avoir Etta Green dans les jambes jour et nuit ? Ils passeraient sûrement leur temps à se sauter mutuellement à la gorge. Fichtre, il méritait une médaille pour l'avoir seulement envisagé. En revanche, une chose était sûre : tergiverser et tourner autour du pot n'allait rien changer à un fait indéniable : il n'avait pas franchement le choix. C'est pourquoi il serra les dents et reprit, magnanime :

— Ne soyez pas bête, voulez-vous ? Tout ceci a été réglé il y a déjà pas mal de temps, et je ne vois aucune raison d'y changer quoi que ce soit maintenant. Il y a toute la place qu'il faut chez moi. Et puis... plus on est de fous, plus on rit, n'est-ce pas ?

— On va vraiment aller habiter chez toi, Donnie Joe ? l'interrogea Daphné, toute ragaillardie.

— Si tante Etta est d'accord, répondit-il avant de tourner la tête vers elle et de hausser des sourcils interrogateurs.

— C'est la solution la plus pratique, Etta, pépia Babeth.

— S'il te plaît, dis oui, tante Etta, ça va être si rigolo ! s'écria Daphné en sautillant sur place.

Un tel enthousiasme fit sourire Donnie Joe. Certes, affirmer que la perspective d'avoir Etta Green sous son toit n'allait pas lui provoquer des brûlures d'estomac aurait été mentir, mais pour Babeth et Daphné, il se promit de faire de son mieux pour cacher ses réactions. Et puis... qui sait ? Cela leur donnerait peut-être une chance d'aplanir les problèmes avant qu'elle quitte la ville pour de bon.

Il adressa un clin d'œil à Daphné et alla jeter un regard dans la poêle.

— Si nous faisions un échange, Etta ? Je prends un peu de ce pain perdu qui sent divinement bon, et Daphné et vous pouvez prendre une de mes chambres vides pour la semaine.

Daphné tira alors sur la manche d'Etta.

— C'est un marché d'enfer, tante Etta ! Tu crois pas ? Alors, on peut ? On peut aller habiter chez Donnie Joe ?

Elle sautillait comme un cabri à présent.

Il vit sur le visage d'Etta l'instant exact où elle renonça. Apparemment, l'idée ne lui plaisait pas plus qu'à lui, mais il comprit aussi qu'elle n'avait pas le cœur de décevoir sa nièce.

— Bon, d'accord. Mais il faut nous promettre que si nous vous encombrons, Donnie Joe, vous nous le direz aussitôt. Nous irons alors nous installer au *Caravan Motel*, sur la route 80.

— Youpi ! s'égosilla Daphné. Faut vite que j'aille chercher Sarge.

— Minute, petite demoiselle, nous n'irons nulle part avant demain soir, l'intercepta Babeth avant qu'elle sorte au triple galop de la cuisine. D'abord, le petit déjeuner et, ensuite, nous aurons tout le temps pour préparer ce que tu vas emporter.

— Oh, pardon, cousine Babeth.

Daphné lui décocha un sourire radieux et grimpa sur son tabouret. Etta transféra le pain perdu sur deux des assiettes posées sur le comptoir, et la petite fille versa du sirop d'érable dessus avant de les saupoudrer intégralement de sucre. Donnie Joe ne put retenir une grimace en la voyant en mettre partout, mais elle riait, et il songea en toute logique que, pour l'instant, elle semblait avoir oublié que sa mère avait pris la poudre d'escampette en la laissant derrière elle.

— Allons déguster ceci dans la véranda, Daphné, déclara Babeth en prenant les deux assiettes. Vous deux, rejoignez-nous quand vous serez prêts.

Daphné sauta à bas de son tabouret et la suivit en lançant :

— Il va falloir que tu t'occupes de saupoudrer les autres de sucre, Donnie Joe.

— Je devrais pouvoir m'en sortir, petite, rétorqua-t-il en attrapant la boîte et en la faisant passer de main en main.

Une fois Daphné hors de portée d'oreilles, il se tourna vers Etta :

— Alors, que s'est-il passé avec Belle ?

— Ma sœur chérie s'est carapatée à Paris avec son Roger au beau milieu de la nuit mais, toujours prévenante, elle nous a laissé un mot disant en substance : « Je rentrerai quand je rentrerai. Prenez soin de Daphné. » Ça m'a mise dans une rage noire. J'étais persuadée qu'elle aurait répondu à ce type qu'elle ne pouvait aller nulle part pour le moment, ajouta-t-elle en transvasant le reste du pain perdu sur les deux dernières assiettes. Voulez-vous du café ?

— Volontiers. Vous savez, j'ai vraiment assez de place chez moi pour que tout le monde soit à l'aise, si c'est ce qui vous préoccupe. Et ce n'est qu'une question d'un jour ou deux avant qu'elle rentre, n'est-ce pas ?

Il saupoudra le sucre sur les assiettes.

— Je sais, soupira-t-elle avant de s'appuyer des deux mains au comptoir. Après les scènes que je vous ai faites, je ne parviens pas à croire que vous soyez aussi gentil. Hier soir, et encore ce matin. Je vous en suis reconnaissante, Donnie Joe. Combien de temps peut durer un voyage à Paris, à votre avis ? Même si je dois vraiment retourner à Chicago, grâce à ma chère sœur, je n'ai pas d'autre choix que rester ici pour le moment.

— Dès lors, je devine que notre accord de communiquer seulement par textos et courriels va devoir être ajourné pour les temps à venir…

— Je vais essayer de ne pas être dans vos jambes, rétorqua-t-elle avec un sourire.

— Ne vous en faites pas pour moi. Vous savez qu'une équipe d'ouvriers sera là à la première heure lundi pour démonter tous ces placards, répondit-il en ouvrant la porte du cellier pour jeter un coup d'œil à l'intérieur.

— C'est ce que m'a appris Babeth. Je crois que je ferais mieux de me mettre en quête de cartons vides. Il va bien me falloir la majeure partie du week-end pour tout emballer dans cette cuisine. Comment diable Babeth a-t-elle pu s'imaginer une seconde qu'elle pourrait s'en charger seule ? Même moi, je suis un peu dépassée par la tâche à venir.

Donnie Joe se hérissa. S'imaginait-elle vraiment qu'il avait prévu de laisser Babeth – et Miz Hazel si elle avait encore été de ce monde – s'atteler à un tel ouvrage sans les aider ?

— Ne vous en faites pas, tout est prévu. De l'aide va nous arriver dans l'après-midi. Je n'ai jamais pensé que votre grand-mère et Babeth pourraient faire cela toutes seules. Sans l'enterrement, le terrain aurait déjà été largement déblayé cette semaine.

Etta éteignit le gaz et posa la poêle sur l'évier.

— Je vous prie de m'excuser. Je vais réellement devoir cesser de vous sous-estimer, Donnie Joe.

Il éluda d'un geste en simulant une fausse modestie.

— C'est une erreur que font beaucoup de gens. Avec mon allure un peu juvénile et ma personnalité bon enfant, les gens oublient souvent que je suis également un redoutable homme d'affaires.

Le regard qu'elle lui lança était limpide : elle n'était pas impressionnée.

— Je vais tenter de m'en souvenir. Êtes-vous prêt à aller petit-déjeuner ?

— Je pourrais manger un dinosaure.

Il prit les deux assiettes et la suivit pour rejoindre Babeth et Daphné dans la véranda.

Pelotonnée dans son fauteuil près de la fenêtre de sa chambre, Etta contemplait le jardin derrière la maison. C'était une scène paisible et reposante même au cœur de l'hiver. Des allées bordées de grands arbres dénudés partaient vers des parterres impeccablement entretenus. Au bout, une barrière en bois ouvrait vers les pâturages. Rien n'avait encore éclos mais bientôt, le jardin serait une profusion de couleurs éclatantes. Mamie Hazel adorait jardiner. Cela lui fit penser qu'elle allait devoir trouver un jardinier pour s'en occuper. Ce ne serait pas une mince affaire mais, pour l'instant, ce n'était pas urgent. Peut-être Babeth aurait-elle quelques idées à lui soumettre.

Elle avait passé la plus grosse partie de la journée à aider à emballer la montagne de pots, de casseroles, d'argenterie et d'ustensiles entassés dans la cuisine. Même Daphné s'y était mise et – sous la supervision de Babeth – avait soigneusement enveloppé les verres dans du papier journal. Quel fourbi. *À croire que mamie Hazel avait acheté tous les gadgets culinaires possibles et imaginables,* se disait Etta au fur et à mesure qu'ils vidaient placard après placard, tiroir après tiroir. Une chose était sûre : il y avait assez de vaisselle pour un régiment, et donc pour le futur Bed & Breakfast. Toute la nourriture contenue dans le cellier en avait été sortie, et les denrées périssables avaient émigré du réfrigérateur à celui de Donnie Joe. Comme promis, ce dernier avait recruté une cohorte de citoyennes d'Everson pour les aider dans cette tâche, et tout s'était passé comme sur des roulettes. Bertie Harcourt était arrivée avec une provision de cartons. Bitsy Jones avec des journaux, du papier bulle et du gros scotch. Maude Ferguson et Linda Parker s'étaient chargées de transférer toute la nourriture chez Donnie Joe, et tout ce petit monde avait rivalisé d'enthousiasme et de bonne humeur afin de terminer le travail au plus vite. Donnie Joe y avait bien entendu pris sa part et, avec son aide, tous les cartons avaient été étiquetés et entreposés dans la grande salle de séjour, en attendant de réintégrer la nouvelle cuisine à la fin de la semaine. En partant, toutes les femmes avaient recommandé à Etta de les appeler si elle avait besoin d'aide. C'était bête, mais leur gentillesse l'avait attendrie. La pensée d'avoir été à deux doigts de laisser Babeth affronter seule ce déménagement fit renaître la culpabilité en elle.

Donnie Joe avait prétendu qu'il ne pouvait pas décevoir les femmes présentes chez *Lu-Lu* un samedi soir. Avant de partir, il lui avait fait un clin d'œil et lui avait proposé de le rejoindre si elle avait envie d'une partie de fléchettes. Il serait sûrement surpris si elle acceptait un jour de relever le défi. Ce serait l'occasion de le remettre à sa place. Peut-être, mais aujourd'hui, il lui avait tout de même sauvé la vie. Elle avait alors prétexté sa fatigue pour remettre son invitation à un autre jour. L'insigne petit plaisir de lui rabattre le caquet allait devoir attendre encore un peu.

Pour l'instant, en tout cas, elle avait bien plus urgent à faire. Appeler Diego par exemple. Cela faisait trop longtemps qu'elle atermoyait depuis la réception du texto de Mimi, leur chef adjointe, qui disait : « Diego très bizarre depuis la soirée Mann. Reviens fissa. » Bah, il n'y avait probablement pas de quoi s'affoler. Mimi avait une nette tendance à tout dramatiser.

De toute façon, rentrer sur le champ n'était plus dans le domaine du possible. Qui sait, peut-être Diego allait-il la surprendre en faisant preuve de compréhension. Ils s'étaient connus à l'école de cuisine, et la connexion avait été instantanée entre eux car, à l'époque, ils avaient les mêmes rêves, les mêmes espoirs d'avenir. Ils s'entendaient très bien au lit aussi. Avant. Le plus beau, dans tout cela ? Eh bien, la première fois qu'il avait fait la connaissance de Belle, non seulement Diego l'avait tout juste remarquée, mais il ne s'était pas non plus mué en imbécile bredouillant essayant désespérément de l'impressionner. Ce jour-là, il s'était gagné auprès d'Etta son respect plein et entier. Bien sûr, leur relation s'était modifiée au fil du temps, surtout après leur rupture neuf mois auparavant, mais l'essentiel était leur amour commun pour *Point d'Orgue*. Ils allaient devoir trouver le moyen de régler tous les problèmes, afin de continuer à y travailler ensemble.

Elle empoigna son téléphone, appela la liste de ses contacts et pressa la touche Appel avant de se trouver une énième excuse pour éviter cette confrontation avec Diego. Il était simultanément assez tard en ce samedi soir pour que le coup de feu soit passé et assez tôt pour pouvoir encore le trouver au restaurant. Elle le connaissait bien et savait qu'il devait être en train de se détendre devant un verre de vin avec les employés. Le combiné sonna cinq fois avant qu'il réponde.

Il ne la gratifia même pas d'un « salut » ou d'un « comment vas-tu ? », commençant abruptement :

— Etta, je t'attendais aujourd'hui. Que s'est-il passé ?

L'entrée en matière était pour le moins abrupte, mais elle le perçut à l'aise, content, et pas furieux contre elle comme elle s'y était attendue.

— Bonsoir Diego. Écoute, je suis désolée mais j'ai dû affronter d'autres complications.

« Diego, il faut qu'on y aille », entendit-elle s'impatienter une femme un peu plus loin.

— Attends une seconde, Sandra, il faut que je prenne cet appel.

— Sandra ? Comme Sandra Mann ?

Il ne l'appelait plus « miss Mann » ? Bon ou mauvais signe ? Elle ne fut pas capable de le déterminer. Sandra Mann était une mondaine réputée à Chicago qui pouvait faire d'un club ou d'un restaurant l'endroit incontournable, si elle décidait qu'il était sa saveur du moment. Cela faisait des mois maintenant que Diego s'efforçait d'y parvenir. Le jour où était enfin arrivée sa réservation, tout le personnel s'en était trouvé survolté.

— C'est exact. Elle a des idées extraordinaires pour le restaurant. Alors, dis-moi. Quel est ton problème maintenant, Etta ?

Son problème ? Déjà, Sandra Mann avait des « idées extraordinaires » pour *son* restaurant et son absence empêchait Etta d'y apposer ou non son veto. Vraiment tout ce dont elle avait besoin en ce moment ! Cette Sandra Mann avait accumulé une petite fortune en épousant un vieux beau richissime. À présent veuve, elle adorait utiliser son argent pour s'offrir toutes ses « fantaisies », financer un spectacle, un nouveau club sympa, ou un restaurant. Diego aurait échangé l'âme de leur entreprise contre le soutien d'un riche donateur. Parfois, son ambition prenait le pas sur sa fidélité à leur vision commune.

Elle ferma les yeux et s'exhorta à ne pas imaginer le pire.

— Il est impossible que je rentre maintenant, je dois veiller quelques jours sur ma nièce.

— Ta nièce ? Mais que se passe-t-il ? Où est ta sœur ?

Alors qu'il la pressait de questions, elle entendit Sandra Mann insister :

« Viens, Diego chéri. »

Chéri ? Seigneur. Elle laissa échapper un gros soupir et se lança :

— Elle est partie à Paris. Et ai-je mentionné que la maison de ma grand-mère va être transformée en Bed & Breakfast ?

— Un Bed & Breakfast ? Quel rapport avec toi ?

— Son inauguration est déjà prévue pour le jour de la Saint-Valentin, et...

— Tu seras absente jusqu'à la Saint-Valentin ? C'est ça que tu veux dire ? J'ai essayé de me montrer compréhensif, mais là, ça devient n'importe quoi, Etta.

— Je n'ai jamais dit que je serais absente aussi longtemps, j'essaie juste de te donner une idée de ce qui me tombe sur les bras en ce moment. Peut-être...

Diego ne lui laissa pas le temps de s'expliquer davantage.

— Etta, je suis désolé mais il faut que j'y aille.

Manifestement, Sandra trépignait toujours en arrière-plan, aussi Etta concéda-t-elle sa défaite.

— Je comprends que l'instant n'est pas propice pour cette discussion. Tu me rappelles demain ?

— D'accord. Apparemment, nous allons devoir discuter de beaucoup de choses.

Oh, bon sang. Il semblait gonflé à bloc, tout comme il l'était chaque fois qu'il plongeait tête la première dans un nouveau projet, et cette fois-ci elle n'était pas là pour le retenir par le pan de chemise.

— En effet. Bonne soirée, Diego.

— J'arrive, Sandra. Bonne soirée, Etta.

Il raccrocha.

Elle se perdit dans la contemplation de son téléphone.

Il lui avait à peine laissé le temps d'en placer une, avait sauté directement aux conclusions et coupé la communication aussi vite que possible dans la mesure où Sandra Mann l'attendait. Etta s'était attendue à ce qu'il soit contrarié, et l'aurait très bien compris. Il essayait de diriger une entreprise, leur création, et le fait qu'elle ne soit pas là pour que tout se passe bien n'était juste pour personne. Seulement voilà, la vie n'est pas toujours juste. La crise cardiaque foudroyante de mamie Hazel ne l'avait pas non plus été. Le fond du problème était que, pour Diego, il n'y avait que *Point d'Orgue*, et il aurait voulu qu'il en aille de même pour Etta. Qui ne pouvait faire l'impasse sur ses obligations familiales. Il fallait que Belle rentre à la maison. Tout se résumait à cela.

Sous le coup d'une impulsion, elle rédigea un texto pour Mimi, « Dis-moi tout. Que se passe-t-il ? » mais changea d'avis avant de presser la touche Envoi. Impliquer Mimi dans tout ceci n'était pas juste non plus. Du moins, pas encore. Mieux valait attendre que Diego la rappelle.

La maison était trop silencieuse. Cela faisait des heures que Babeth et Daphné étaient au lit mais elle était bien trop à cran maintenant pour songer à se coucher. D'habitude, quand elle ne trouvait pas le sommeil, elle s'affairait quelques heures à la cuisine jusqu'à ce qu'elle ait résolu ce qui la travaillait, quoi que ce fût. Cuisiner était son mode de méditation, son anxiolytique, son exutoire, sa façon de canaliser peurs et frustrations. Mesurer des ingrédients, les combiner en portions exactes et les transmuter en un plat de roi, telle était sa thérapie personnelle. Manque de chance, ce n'était pas ce soir qu'elle allait pouvoir s'y adonner.

Lui revinrent en mémoire toutes les heures où mamie Hazel lui avait appris à cuisiner, ici même, dans cette maison. Sa grand-mère lui avait patiemment enseigné toutes ses recettes, l'avait laissée faire ses expériences et l'avait encouragée à tenter de nouvelles combinaisons, de la plus simple à la plus élaborée. Elle savait que c'étaient tous ces après-midi passés dans la cuisine de sa grand-mère qui l'avaient poussée à s'inscrire dans une école de cuisine.

Chaque fois qu'elle revenait la voir, elles préparaient un gâteau à la compote de pommes, le tout premier qu'elles avaient fait ensemble alors qu'elle n'était encore qu'une toute petite fille. Attablées ensuite devant un thé bouillant et de grosses parts de gâteau, elles parlaient pendant des heures et résolvaient tous les problèmes du monde.

C'était devenu une tradition. Un rituel familier sur lequel elle comptait pour se rassurer et ranimer ses forces. Un sanglot lui échappa, ses yeux s'emplirent de larmes à la pensée qu'elle ne partagerait plus jamais cela avec sa mamie Hazel.

Sur un coup de tête, elle saisit le journal intime de sa grand-mère et grimpa à l'étage. Elle n'y était encore pas montée depuis son arrivée. Du plus loin que remontaient ses souvenirs, la famille avait toujours vécu au rez-de-chaussée. La maison était vaste. Enfant, elle considérait le premier étage comme un endroit obscur et mystérieux, avec ses pièces fermées où personne n'allait jamais. À présent, elles allaient toutes devenir des chambres pour les hôtes. Transformées en espaces clairs et accueillants, les gens pourraient y oublier leurs tracas quotidiens. Elle ne parvenait pas à savoir si elle appréciait ces changements ou non.

Sa grand-mère avait fait une multitude de croquis, émaillés de notes en tous sens, mais Etta ne savait pas encore à quel point avaient avancé les travaux. L'escalier donnait sur un vaste palier duquel partaient deux couloirs étroits donnant chacun sur deux chambres, et se terminant tous deux par une salle de bains. Plus d'une seule salle de bains à l'étage, c'était un véritable luxe pour la plupart des B&B qu'elle connaissait, et ce serait forcément un atout aux yeux des clients. Moins ils avaient à partager, mieux c'était.

En se rapprochant de la première chambre, elle remarqua une note manuscrite scotchée sur la porte. « Clafoutis aux cerises », y avait écrit sa grand-mère de son écriture déliée. Elle se souvint alors que mamie Hazel avait spécifié dans son journal que chaque chambre porterait le nom d'un dessert fait maison. Elle ouvrit la porte, appuya sur l'interrupteur et comprit aussitôt la signification de la note. Des murs vanille encadraient un grand lit en acajou surmonté d'une épaisse couette rouge cerise. Les oreillers, blancs, étaient brodés de cerises éparses. Le plancher brillait et, dans un angle, un grand fauteuil rouge et blanc attendait le lecteur sous un lampadaire. À sa manière, c'était charmant. Un peu trop rustique pour elle, qui préférait les lignes nettes et moins de fioritures, mais cela correspondait tout à fait à l'idée qu'on se fait généralement d'un Bed & Breakfast.

Elle referma la porte et passa à la chambre suivante. « Gâteau aux myrtilles », était-il indiqué sur la petite note scotchée sur la porte. Elle tourna la poignée et ouvrit. Cette chambre-là n'était pas encore terminée. Les murs avaient déjà été peints en bleu lavande très pâle et des draps d'un bleu plus soutenu attendaient sur une causeuse. Il manquait les rideaux aux fenêtres, mais un tapis dans les teintes de violet et de bleu couvrait le sol sur un côté du vieux lit bateau. Elle n'eut aucun mal à imaginer le résultat final : davantage de chichis et de fanfreluches.

De l'autre côté du palier, elle tomba sur la chambre « Crumble aux prunes ». Draps prune et murs teinte biscuit. Elle referma la porte et gagna la dernière. « Pudding à la banane ». Elle sourit en découvrant ce nom, puis ouvrit la porte. Toutes les surfaces évoquaient la crème anglaise ou la meringue avec un mélange de jaune pâle, crème, beige et blanc. Là aussi, il y avait pléthore de ruchés, d'oreillers à volants et de fanfreluches. Etta soupira avant d'entrer et de se laisser choir sur un fauteuil. Elle retrouvait partout la personnalité de sa grand-mère.

À cet instant, elle eut le sentiment que sa mamie essayait de la réconforter, d'amoindrir la peine et la frustration qui avaient élu domicile dans son cœur ces derniers jours.

Les clients s'installeraient dans ces chambres et échapperaient quelque temps à leur vie de tous les jours. Ce serait pour eux une retraite apaisante. Cette maison n'avait-elle pas justement représenté la même chose pour elle alors qu'elle grandissait ? Un havre de paix, un moment de répit ? Quand ses parents ne se disputaient pas, ils se réconciliaient et leurs enfants n'existaient plus. Enfant, Etta avait toujours été persuadée qu'être une petite fille sage pouvait tout arranger. Elle faisait la cuisine, le ménage et tout le reste, y compris ses devoirs, de bon cœur. Surtout, elle couvrait Belle. Quand sa sœur faisait des bêtises, Etta était là pour tout arranger, tout nettoyer. Une tâche épuisante dans la mesure où Belle faisait absolument tout ce qui lui passait par la tête. Qu'elle fasse le mur pour aller retrouver un garçon ou qu'elle sèche l'école pour aller faire les boutiques avec ses copines, Etta s'efforçait toujours de minimiser les dégâts. Ici en revanche, chez mamie Hazel, elle pouvait juste penser à ce qui la rendait heureuse, elle.

Si on y consacrait ce qu'il fallait d'efforts, et avec la bonne personne pour la diriger, cette auberge pourrait vraiment marcher du tonnerre. Elle le percevait à présent. Seulement cette personne, ce n'était pas elle. Il restait tant à faire, à décider, et tant de ces décisions étaient liées à Donnie Joe. En toute franchise, elle le soupçonnait de vouloir retirer ses billes du projet afin de s'en laver les mains. Mais, en toute honnêteté cette fois-ci, comment le lui reprocher ? Tout comme elle, il avait une autre entreprise à faire tourner. Cousine Babeth paraissait pressée de voir avancer les travaux. Cependant, même si Donnie Joe éprouvait de la compassion pour elle, il n'avait pas à se sentir responsable de son devenir.

Elle se leva, se débarrassa de ses chaussures et s'étendit sous la couette jaune pâle du lit. Les larmes qu'elle retenait depuis des jours et des jours ruisselèrent sur ses joues et trempèrent l'oreiller. *Et puis après ?* songea-t-elle en s'autorisant enfin à pleurer cette grand-mère qu'elle avait tant aimée. Elle pleura jusqu'à ce qu'elle n'eût plus de larmes en réserve, jusqu'à se sentir épuisée. Le sommeil qui l'avait tant fuie depuis des jours lui sembla enfin accessible. Elle avait besoin d'aide, c'était une évidence, mais elle ne savait plus vers qui se tourner. Peut-être qu'en fermant les yeux juste une seconde la réponse lui apparaîtrait. Une réponse qui serait la solution à tout.

7

— On se réveille, rayon de soleil.

Une voix d'homme guillerette l'incitait à émerger de son rêve. Un beau rêve dans lequel elle préparait une sauce béarnaise parfaite devant un panel de chefs étoilés. Les béarnaises lui posaient toujours des problèmes. C'était son challenge personnel, une sorte de fardeau lui pesant sur les épaules et dont la réussite la mettait toujours au défi. Pourtant, ça aurait dû être enfantin. Elle avait beau être un chef reconnu, elle avait beau avoir fait mille fois ses preuves, la béarnaise de ses rêves lui échappait essai après essai. Mais pas maintenant. Pas dans ce rêve. Le panel de juges était terriblement impressionné par son talent et son calme olympien malgré la pression.

Etta étira les bras et ouvrit un œil afin de voir qui venait la déranger ainsi.

— Donnie Joe ? s'exclama-t-elle en se dressant dans le lit. Que faites-vous ici ?

D'instinct, elle tira la couette sur elle, baissa les yeux, et s'aperçut qu'elle était intégralement vêtue. Nom d'une pipe. Elle s'était endormie au premier étage la veille au soir et n'avait visiblement jamais regagné son propre lit.

— Oh, flûte ! Quelle heure est-il ? Une fois encore, que fabriquez-vous ici ?

Il resta où il était, un sourire ravi sur les traits, et la regarda s'extirper de sous la couette.

— Eh bien, je ne dors pas toute la journée comme certains, et je m'occupe à rendre service. Miz Babeth m'a demandé de monter ça au premier, expliqua-t-il en désignant du menton une pile de boîtes qu'il avait posées sur la commode. Ce sont des babioles et d'autres bitoniaux que Miz Hazel avait commandés pour les chambres. J'ai vu cette porte ouverte et je vous ai entendue ronfler, alors j'ai décidé d'entrer pour mener ma petite enquête.

— Je ne ronfle pas ! se rebiffa-t-elle en se passant une main dans les cheveux.

Le sourire de Donnie Joe s'élargit.

— *Mea culpa*. Ça doit être le vieux Porter qui se sert encore de sa tronçonneuse. Mais étant donné qu'il est 10 heures passées – vous m'avez demandé l'heure, n'est-ce pas ? –, je me suis dit que vous auriez peut-être envie de voir le temps qu'il faisait. Babeth et Daphné ont déjà emporté leurs sacs chez moi. Elles ont pensé que le travail d'hier dans la cuisine vous avait exténuée et ont décidé de vous laisser faire la grasse matinée.

— 10 heures ? Oh, mon Dieu, vous vous moquez de moi, n'est-ce pas ? Elles sont déjà chez vous ? Elles sont parties sans m'attendre ?

Elle s'efforça de sortir le deuxième pied toujours chaussé de sous la couette, mais perdit l'équilibre.

— Attention ! fit Donnie Joe en la rattrapant par le coude et en l'aidant à se remettre d'aplomb. Quand je suis parti tout à l'heure, elles mangeaient des flocons d'avoine. Mais elles ont laissé un mot sur la table de la cuisine pour vous dire où elles étaient.

Elle se rassit sur le lit, un peu étourdie et pas vraiment dans son assiette.

— Hier soir, je suis montée voir tout ce qu'avait déjà fait mamie Hazel. Je me suis endormie en réfléchissant à ce qu'il reste à faire, et en me demandant qui diable allait bien pouvoir s'en occuper.

— Je croyais qu'on avait réglé ce point. Vous deviez rentrer à Chicago et me laisser faire.

— Oui, mais comme je suis toujours là, ça ne me semble plus vraiment équitable.

— Un souci en particulier ?

— Déjà, pour commencer, je me demande à quel genre de profit on peut s'attendre pour un endroit comme celui-ci. Même si les chambres sont louées chaque week-end, ce dont je doute, serait-ce suffisant pour en tirer bénéfice ? En résumé, je ne vois pas comment vous pouvez rentrer dans vos frais sans finir par vendre cette maison.

— Laissez-moi me préoccuper de cela. Et ayez un peu la foi, que diable ! C'était ce que votre grand-mère passait son temps à répéter.

Il fit le tour de la chambre des yeux, puis s'assit sur la causeuse.

— Alors, c'est la chambre Pudding à la banane, ici. Je ne l'avais pas vue terminée.

— Qui a trouvé ces noms, à propos ? Enfin, je veux dire… Gâteau aux myrtilles ? Est-ce que ça ne vous paraît pas un peu nunuche, tout cela ?

— Non. Miz Hazel pensait que le seul fait d'entendre ces noms de desserts maison aussi plaisants à manger que réconfortants évoquerait des souvenirs agréables chez les gens. Et j'aurais tendance à être d'accord avec elle.

— Si vous le dites, répondit-elle, peu convaincue.

— Je le dis.

Il étira ses longues jambes et s'installa plus confortablement.

Etta n'eut aucune envie de reconnaître à quel point Donnie Joe était beau, ainsi installé sur la causeuse et éclairé par la lumière matinale. Un homme beau et viril perdu dans ces soieries et ces fanfreluches faisait un tableau extrêmement séduisant. Un peu déstabilisée, elle s'efforça de retourner à ses moutons :

— D'accord. Mais que pensez-vous de la décoration, Donnie Joe ? Cette chambre, par exemple, vous ne la trouvez pas trop chichiteuse pour un homme ? Enfin, pour être tout à fait franche, elle l'est déjà trop pour moi.

Il posa deux doigts sur l'accoudoir de la causeuse et suivit les rayures ivoire. Puis il se redressa et fixa sur elle un regard évaluateur, avant d'arborer un sourire entendu.

— Vous savez, rayon de soleil, si la femme qui l'accompagne est jolie, un homme se contrefiche de la décoration de la chambre.

Soudain mal à l'aise, elle regarda sa main glisser sur le tissu. Il était futé, pas de doute. Il n'y avait qu'à le voir, assis là, innocent en diable, caressant l'accoudoir comme s'il s'était agi du bras de sa maîtresse. S'il s'imaginait qu'elle était ne fût-ce qu'un peu sensible à ses manipulations aussi flagrantes qu'éhontées, il allait devoir réviser sa copie. Elle passa à l'offensive.

— Oh, bien sûr, tout se résume au physique d'une femme, n'est-ce pas ? Voila une attitude tellement masculine…

— Bon sang, oui. Je suis un homme. J'aime les jolies femmes, rétorqua-t-il en souriant. Mais ce qui compte vraiment, c'est ce qu'éprouve un homme quand il est avec une femme.

Elle secoua la tête, consciente d'avoir essayé d'amorcer une dispute pour rien.

— D'accord.

Il avait cet effet-là sur elle. Elle avait déjà commencé à comprendre qu'avec la plus anodine des remarques il pouvait la mettre sur la défensive. Peut-être, mais cette fois encore, elle doutait de l'innocence réelle de ses remarques.

Il se leva et se planta les mains sur les hanches.

— Quand un homme accepte d'aller dans un Bed & Breakfast, vous pouvez être certaine que c'est pour faire plaisir à une femme. C'est cela, le plus important.

— Bon, bon, vous avez probablement raison.

Elle refusa de se le représenter dans cette chambre en train de faire plaisir à une femme. Elle se leva en rajustant ses vêtements.

— Comment allons-nous trouver des gens prêts à payer pour séjourner ici ? Où est l'intérêt de venir dans cette ville dépourvue de tout attrait touristique ?

— Venez, je vais vous montrer quelque chose, répondit Donnie Joe en se dirigeant vers la porte.

Elle le suivit.

— Où allons-nous ?

— Vous verrez.

Il dévala l'escalier, gagna la cuisine, sortit de la maison et se dirigea vers l'une des voiturettes de golf rénovées garées contre le mur du garage.

— Grimpez, Etta. Permettez que je vous emmène faire un petit tour.

Il ponctua sa proposition d'un clin d'œil, tel un adolescent lui promettant une soirée d'enfer.

Plantée près de la voiturette, elle le contempla. Elle était ronchon, échevelée, ses habits étaient froissés et elle se soupçonnait fort d'avoir une haleine affreuse. Elle grimpa néanmoins sur le siège avec un grognement fort peu féminin.

— Oh, et puis après ? Ça ou ne rien faire... grommela-t-elle.

— Voilà comment il faut réagir ! rétorqua-t-il, réjoui.

Il prit le volant et emprunta un chemin menant aux pâturages.

Etta regarda le vent ébouriffer ses cheveux blonds, mais veilla à éviter le contact avec ses diaboliques yeux verts. Pour peu qu'une femme n'ait pas la tête sur les épaules, elle pouvait facilement se perdre dans tout ce qu'ils promettaient. Ce qui, Dieu merci, n'était pas son cas. De plus elle n'avait ni le temps ni l'envie de s'intéresser à un homme tel que lui.

Il immobilisa la voiturette non loin de la maison, juste après la pelouse et les parterres, derniers signes de civilisation derrière la maison. À part une douzaine de chênes centenaires, il n'y avait là qu'une vaste prairie. Qui se recouvrait de fleurs des champs au printemps, se souvint-elle.

Donnie Joe désigna l'étendue herbeuse du bras.

— C'est ici que nous construirons le pavillon des mariages. Rien de trop recherché, ce sera juste une structure en bois où auront lieu les cérémonies. Quelques lumières clignotantes, et ça semblera tout droit sorti d'un conte de fées. C'est aussi assez vaste pour un chapiteau, si jamais la future mariée tient à être protégée des intempéries. Et il y aura toute la place pour danser sous les étoiles le soir venu.

Etta descendit de voiture et tourna lentement sur elle-même.

— Bonté divine, j'avais oublié les mariages. Cet endroit est parfait. Il y a tout l'espace qu'on veut, la vue est superbe. Nous pourrions faire fortune en proposant également des prestations de traiteur, n'est-ce pas ? s'exclama-t-elle, toute revigorée.

Elle n'y connaissait rien en matière d'organisation de mariages mais, déjà, les idées se bousculaient dans sa tête.

Donnie Joe se pencha par-dessus le volant.

— Il se trouve que je connais quelques couples en puissance qui prévoient de faire le grand saut cette année. Il ne nous restera plus qu'à les convaincre que nous pouvons leur offrir le mariage de leurs rêves.

— Oh, que cette idée me plaît. Elle me plaît même énormément ! commenta Etta avec un grand sourire, tout en se dirigeant d'un pas lent vers les arbres.

Quelques minutes plus tard, elle revint s'installer sur le siège.

— Laissez-moi vous demander quelque chose, Donnie Joe. Tout ceci a-t-il vraiment de l'importance pour vous, ou vous y intéressez-vous uniquement parce que c'était le désir de mamie Hazel ?

Il ne répondit pas tout de suite. Quand il reprit la parole, ce fut comme en lutte contre ses émotions.

— Quand Miz Hazel est morte aussi brutalement, ça a été un choc pour tout le monde et pas seulement pour moi. Je sais qu'elle était votre grand-mère mais, ici, tout le monde l'aimait.

— Je sais.

Parfois, elle devait se remémorer qu'elle n'était pas la seule à pleurer sa grand-mère. Donnie Joe reprit :

— J'ai eu peur pendant un moment que, privé de son enthousiasme qui donnait une raison d'être à tous ces changements, je ne puisse continuer tout seul. Puis j'ai réalisé que quand j'avais des ennuis durant mon enfance, ce qui arrivait souvent, Miz Hazel me donnait systématiquement une chance de me racheter. Elle voyait en moi des qualités que j'étais incapable de voir moi-même. Je lui serai éternellement reconnaissant d'avoir eu foi en moi, il m'est par conséquent impossible de la laisser tomber maintenant.

Pour la première fois Etta se rendit compte qu'il avait véritablement perdu une amie proche avec la mort de sa grand-mère.

— Vous pensez réellement que nous allons y arriver ?

Il fit un geste vague de la main.

— Oui, si nous trouvons quelqu'un d'aussi déterminé que votre grand-mère pour diriger l'auberge. Elle passait son temps à me rabâcher de ne pas sous-estimer Everson, et me rappelait tout ce que la ville a à offrir. Les productions du théâtre communautaire, les journées d'échange chaque deuxième lundi du mois, le festival de la pêche, sans oublier le concours du meilleur chili con carne. Nous pourrions proposer des offres spéciales de séjours en accord avec les événements marquants.

— On croirait entendre réciter une brochure de vente ! Au moins, je constate que vous y avez aussi beaucoup réfléchi.

— C'est vrai, répondit-il en tournant les yeux vers le pâturage. J'admets volontiers qu'au début j'ai approuvé les projets grandioses de Miz Hazel surtout pour lui faire plaisir. Mais je ne vous apprendrai rien en vous disant que votre grand-mère était la force de persuasion incarnée et qu'il ne fallait pas longtemps pour se ranger à sa façon de penser.

— Elle aurait si bien réussi ! répondit Etta après avoir laissé échapper un gros soupir. Tout dans la gestion d'une telle entreprise aurait fait son bonheur. Elle aurait dû le faire il y a des années. C'est tellement dommage qu'elle ne soit plus là pour voir démarrer son bébé.

— C'est définitif, je ne parviendrai pas à vous convaincre de relever le défi à plein temps ?

— Nous en avons déjà discuté, Donnie Joe. C'est définitif. J'ai toujours un restaurant à faire tourner à Chicago. Mais... et vous ? Je connais maintenant le nombre d'idées que vous avez en tête. Votre sens du contact est quasi légendaire. Recevoir et accueillir les clients, ce serait tout à fait dans vos cordes.

Il ricana.

— Il y a quelques jours à peine, vous vouliez m'évincer du projet, et maintenant vous pensez que je devrais le diriger ?

— Je commence à sérieusement réviser quelques-unes de mes impressions initiales. Mais, sérieusement, ce serait une superbe idée. Vous et la cousine Babeth en tant qu'hôte et hôtesse, et je me ferais un plaisir de recruter quelqu'un pour assurer la cuisine. Tout serait sur les rails.

— C'est une idée épouvantable, vous voulez dire. Moi aussi, j'ai une entreprise à faire tourner, petite madame.

— Dans ce cas, nous sommes dans l'impasse. Exactement comme au début.

— On dirait bien. Et si votre sœur changeait d'avis et décidait de revenir prendre les rênes ? Elle est également propriétaire d'une partie de l'affaire.

— Belle ? Inutile d'espérer quoi que ce soit de son côté. Compter sur Belle, il y a très longtemps que j'ai appris à ne pas le faire. Nous ferions mieux de rentrer à présent, sinon Babeth et Daphné vont s'imaginer que, moi aussi, je les ai laissées tomber.

Il fit démarrer la voiturette, lui fit décrire un cercle et repartit vers la maison pour se garer le long du garage. Alors qu'ils en descendaient, une grande blonde vêtue d'une robe bain de soleil rose pâle apparut à l'angle de la bâtisse. Etta baissa les yeux sur sa tenue débraillée et eut le sentiment d'être une orpheline à la Dickens devant une superbe jouvencelle.

La femme sourit, agita le bras et se précipita vers eux d'une démarche dansante.

— Ah, tu es là, Donnie Joe ! Je te cherchais partout, s'exclama-t-elle avant de lui jeter les bras autour du cou et de l'embrasser sur la bouche.

— Salut, Randi Kay, fit-il après avoir repris sa liberté de mouvement. Qu'est-ce qui t'amène de si bon matin ?

— Je t'ai apporté du poisson, bêta, rétorqua-t-elle en lui tapotant le bras. Babeth m'a ouvert quand j'ai sonné chez toi, et elle m'a dit que tu étais certainement à côté. Je lui ai donné le poisson et je suis venue, parce que je voulais te remercier en personne.

L'intéressé se fit tout sourire pour répondre d'une voix charmeuse :

— C'est vraiment adorable de ta part, chérie, mais ce n'était pas nécessaire.

Elle gloussa et lui caressa le bras.

— Bien sûr que si. Tu mériterais infiniment plus qu'un poisson en cadeau, après l'autre soir.

— Ne dis pas n'importe quoi. Je t'ai juste un peu poussée à faire ce dont, de toute façon, tu avais envie.

Oh, s'il vous plaît, songea Etta. Dieu sait qu'elle n'était pas prude, mais de là à écouter leur petit entretien graveleux... il y avait de la marge. Sur un ultime coup d'œil au couple occupé à se faire des mamours, elle repartit vers la maison aussi vite qu'elle le pouvait. Ce n'était qu'un coup d'œil, soit, mais il lui en apprit beaucoup. Il avait posé la main au creux du dos de la fille, une grande main aux doigts étendus marquant son territoire. Elle eut beau faire, elle ne put s'empêcher d'imaginer la main de Donnie Joe sur son dos à elle. Sur sa peau nue. La caressant lentement comme il avait caressé le tissu de l'accoudoir tout à l'heure. À son grand désarroi, elle perçut le feu qui lui montait aux joues. Bonté divine, elle n'était pourtant pas quelqu'un à s'empourprer pour un oui ou pour un non ! Et elle n'avait aucune intention de commencer à fantasmer sur Donnie Joe Ledbetter.

— Etta, attendez ! lui cria-t-il, la ralentissant une fraction de seconde. Connaissez-vous Randi Kay ?

Etta pivota sur elle-même et agita brièvement la main.

— Ravie de vous rencontrer, Randi Kay, mais il faut que je file, lança-t-elle, sinon Babeth et Daphné vont finir par croire que j'ai disparu de la surface de la terre.

Elle émit un petit rire, juste pour avoir l'air dégagée, et reprit son chemin.

8

Une fois dans la cuisine, Etta alla jusqu'au plan de travail et planta le doigt dans un paquet enveloppé dans du papier blanc.

— Ce doit être le poisson de Randi Kay ?

— Oh, tu l'as vue ? répondit Babeth, qui se préparait une tasse de thé.

— Oui, j'ai fait sa connaissance, rétorqua Etta en filant une claque au poisson pour faire bonne mesure.

Babeth versa l'eau frémissante sur son sachet, puis le remua dans la tasse.

— Cette petite est adorable. Elle est amoureuse de son mari, à un point… C'est simple, on dirait encore de jeunes mariés.

Etta se mordit la langue. Inutile de faire voler en éclats les illusions qu'avait Babeth sur cette Randi Kay. Ce n'était pas elle qui allait lancer des rumeurs sur la femme qui s'était collée contre Donnie Joe il n'y avait pas cinq minutes.

— J'ai parlé du Bed & Breakfast avec Donnie Joe ce matin, Babeth, et je me suis rendu compte que tu ne m'avais pas dit grand-chose à propos des nouveaux projets.

— Ce n'est pas ma maison, dès lors, ce n'est pas mon rôle de dire quoique ce soit, répondit posément la vieille dame en s'asseyant à la table devant sa tasse.

— Mais bien sûr que tu as quelque chose à dire, cette maison a quand même été ton foyer depuis plus de vingt ans ! insista Etta.

— Si tu veux tout savoir, je pense que ta grand-mère aurait dû avoir cette idée il y a vingt ans, justement, quand nous étions encore assez jeunes pour tout faire nous-mêmes. Et maintenant, elle est morte, et moi je suis trop vieille. Alors, il me semble que tout ce bazar est devenu un fardeau pour toi, et pour Donnie Joe aussi. Je comprendrais, si vous deviez vendre la maison. Mais... si on allait au bout et qu'on l'ouvrait quand même, ce Bed & Breakfast, j'adorerais faire tout ce que je peux pour vous être utile. Il y a encore un peu de ressort dans cette vieille carcasse, et avoir des gens qui vont et viennent sans arrêt me rendra la vie moins solitaire, maintenant que je n'ai plus Hazel.

Tiens, encore un point auquel je n'avais pas réfléchi, se dit Etta. L'ampleur de la solitude de Babeth une fois qu'ils auraient tous repris le cours normal de leurs vies.

— Allons, Babeth, tu pourrais en mettre plein la vue à des femmes qui ont la moitié de ton âge, et tu le sais.

— J'ai encore envie de me sentir utile. Passer mes journées à me tourner les pouces sur la balancelle du porche, très peu pour moi, merci.

— Ne t'en fais pas pour cela, Babeth. Si nous ouvrons ce B&B, personne n'aura le temps de se tourner les pouces. Du moins, Donnie Joe semble de nouveau tout feu tout flamme sur le projet.

— Que veux-tu dire ?

— Je ne crois pas qu'il prévoie de vendre la maison sans se battre avant.

— Qui va se battre ? intervint Daphné en pénétrant dans la cuisine. Donnie Joe et toi ?

— Non, petite damoiselle. En fait, lui et moi avons eu une conversation très civilisée ce matin.

— Super, parce que vous autres, vous n'arrêtez pas de vous disputer à propos de tout.

— C'est vrai, renchérit Babeth.

— Non, pas du tout. Tu exagères, Daphné.

— Rien qu'hier, vous vous êtes disputés sur le nombre de feuilles de journal qu'il fallait mettre entre deux assiettes avant de les emballer.

— Trois feuilles, c'est une bonne protection. Sinon, autant ne pas en mettre du tout.

— Tu vois bien, tante Etta ! rétorqua Daphné avant d'éclater de rire.

— Ma façon de faire était plus logique. J'essayais d'être organisée et efficace alors que lui, il jouait à la tête de mule. Et il n'a même pas mis ces assiettes dans un carton. Il les a empilées à la va-comme-je-te-pousse et les a emportées dans la salle à manger.

— Les assiettes vont revenir intactes, chérie, commenta Babeth en sirotant une gorgée de thé.

— Vous vous en faites encore pour ces assiettes, Etta ? s'enquit Donnie Joe en entrant dans la cuisine. Je vous jure, vous vous inquiétez vraiment pour rien.

— Je ne m'inquiète pas.

— Si vous le dites.

Le sourire unanime qui fleurit simultanément sur les lèvres de Babeth, de Daphné et de Donnie Joe lui apprit qu'ils n'en croyaient pas un mot.

Il vit alors le paquet sur le plan de travail.

— J'espère qu'il y a encore de la place dans le congélateur.

— Ou alors, je le cuisine pour le dîner, proposa Etta.

— Ce n'est pas nécessaire, répondit Donnie Joe en ouvrant le congélateur.

Constatant qu'il n'y tiendrait jamais, il referma le meuble, le poisson toujours à la main.

— Je peux très bien commander des pizzas, reprit-il.

— Oh oui ! s'écria Daphné avant d'ajouter : j'aime pas le poisson, sauf s'il a été frit.

— Ça, c'est parce que tu n'as jamais goûté mon poisson, l'assura Etta.

— Vous êtes sûre ? lui demanda Donnie Joe en regardant le paquet, désemparé. Vous êtes mes hôtes, ce ne serait pas correct de vous demander de préparer le repas.

— Vous ne me demandez rien, c'est moi qui vous le propose. C'est d'ailleurs le moins que je puisse faire, puisque vous nous offrez le gîte. S'il vous plaît, laissez-moi cuisiner ce poisson.

Babeth ouvrit à son tour le congélateur et fourragea dedans.

— On ne pourrait même pas l'y faire rentrer avec un chausse-pied. Ce machin est plein comme un œuf, constata-t-elle. Laisse-la le préparer, Donnie Joe.

— Alors c'est réglé, fit ce dernier en laissant choir le paquet sur le plan de travail. La pizza, on la mangera un autre soir, d'accord, Daphné ?

— D'accord, fit-elle, mais avec un manque d'enthousiasme flagrant.

— J'ai deux ou trois petites choses à faire à présent, alors si vous avez besoin de moi, je serai derrière, reprit Donnie Joe en se dirigeant vers la porte.

— Je peux venir t'aider ? lui demanda Daphné d'une toute petite voix.

Persuadée qu'il ne voudrait pas s'encombrer de la petite fille, Etta s'apprêtait à intervenir quand Donnie Joe se frotta le menton, pensif, et répondit :

— Je ne sais pas. Il y a des règles strictes que tous mes aides doivent accepter avant de pouvoir travailler avec moi.

— Quel genre ? voulut savoir Daphné.

Donnie Joe leva la main et énuméra posément en levant un doigt chaque fois :

— Pas de cigarettes, pas de gros mots, et strictement interdit de boire de la bière avant 17 heures.

Daphné s'illuminait chaque fois que Donnie Joe la taquinait, remarqua Etta. L'enfant les regarda toutes deux, Babeth et elle, avant de pouffer.

— Donnie Joe, tu sais très bien que je ne fais rien de tout ça !

— C'est bon à savoir. Dans ce cas, et comme je ne refuse jamais aucune aide, en route, mauvaise troupe ! rétorqua-t-il, toujours aussi sérieux, en ouvrant la porte donnant sur l'arrière de la maison.

— Minute, jeune fille, il te faut prendre de quoi te couvrir, s'écria Etta avant de récupérer la veste de la fillette et de l'aider à l'enfiler. Tu écoutes Donnie Joe, entendu ?

— Promis, tante Etta, déclara Daphné.

— Veux-tu faire la connaissance de mon chat ? lui demanda Donnie Joe alors qu'ils passaient la porte.

— Tu as un chat ? Chouette ! Je ne savais pas que tu en avais un.

— Bien sûr que si. Il s'appelle Gabe.

Etta les regarda s'éloigner, l'homme baraqué penchant la tête pour écouter la petite fille qui parlait, et parlait encore. Quoi qu'elle pensât de Donnie Joe, il était capable de miracles en ce qui concernait sa nièce.

Babeth et Daphné se retirèrent de bonne heure ; toutes deux séjournaient dans la chambre d'amis pourvue de lits jumeaux. Etta alla y jeter un coup d'œil au bout d'une quinzaine de minutes et constata que l'une comme l'autre dormaient déjà du sommeil du juste. Mignonne comme tout dans son sommeil et Sarge, son dragon de chiffon pourpre bien serré contre sa poitrine, Daphné avait encore les cheveux humides du bain. Bien sûr, elle avait aussi le pouce solidement enfoncé dans la bouche. *Pauvre petite*, songea Etta. Avec Babeth, elles allaient faire de leur mieux pour qu'elle ne se sente pas négligée.

Donnie Joe avait été vraiment sympa avec la fillette. Il l'avait laissée le suivre partout toute la journée alors qu'il faisait de la mécanique dans le garage. Il s'efforçait de remettre en état une deuxième voiturette de golf car, selon lui, ces petits véhicules seraient très utiles pour emmener les clients sur les chemins sinueux entre la maison et la rivière et ses aires de détente. Au fur à et mesure qu'il lui en avait parlé lors de leur dernière promenade ensemble, Etta avait presque pu visualiser le complexe terminé. Près de la rivière, les gens pourraient pêcher, nager, pique-niquer, et toute la zone leur serait facilement accessible depuis le Bed & Breakfast grâce, justement, aux voiturettes. À l'entendre, on aurait pu croire que c'était son rêve à lui autant que celui de mamie

Hazel. Heureuse comme tout et fière comme Artaban, Daphné avait assumé le rôle de premier assistant mécanicien. Il l'avait chargée de tenir la lampe torche, de donner éventuellement son avis et de fournir des chiffons propres à la demande. Toutes tâches de première importance, lui avait doctement précisé Donnie Joe.

Le dîner s'était extrêmement bien passé, et le poisson de Randi Kay accommodé par les soins d'Etta avait été déclaré à l'unanimité le plus délectable de l'histoire de l'univers. Donnie Joe et Babeth s'étant portés volontaires pour faire la vaisselle, Etta avait décrété qu'il était l'heure du bain pour Daphné. Transformée en moulin à paroles, la fillette n'avait plus que Donnie Joe à la bouche. Donnie Joe ceci, Donnie Joe cela. Il lui avait expliqué comment ils allaient construire des belvédères derrière la maison. Devant l'air interloqué de la fillette, il lui avait précisé qu'un belvédère, c'est un peu comme un porche au milieu du jardin, mais rond, et aussi que ça ne sert pas à grand-chose mais que, parfois, il faut construire des choses juste pour le plaisir. Un belvédère, avait-il ajouté, il y en avait un au milieu de la Grand-Place, elle le verrait sûrement un jour. Tout en opinant à répétition et savon en main, Etta s'était lancée à l'attaque du cambouis qui lui maculait le cou.

Puis Daphné lui parla du chat, Gabe. Ce nom, Donnie Joe le lui avait donné à cause d'un vieil acteur qu'elle ne connaissait pas. Clark Gable. Est-ce qu'Etta savait que Donnie Joe avait un chat ? Il était orange, il avait une oreille de travers et il habitait dans la grange. Il était vieux et il n'aimait pas grand monde, disait Donnie Joe, mais elle, elle l'avait caressé et il avait ronronné. Il n'avait pas l'air bien soigné, mais ses poils étaient super doux à caresser. Demain, elle essaierait de trouver une brosse pour l'arranger un peu.

Pendant ce temps, Etta lui lavait la tête. Yeux fermés, Daphné lui raconta que Donnie Joe lui avait promis de lui apprendre à lancer le frisbee. Mais pas mercredi, parce que le mercredi, c'était le jour où il allait manger des hot-dogs au piment et de la tarte au citron au *Rise-N-Shine Diner*.

— Il a dit que peut-être je pourrais y aller aussi si tu veux bien.

— Pourquoi pas ? avait répondu Etta en souriant.

— Mais il a dit aussi que je devais promettre de manger un légume avec le hot-dog, ou alors il aurait des ennuis ! Il a dit que toi et tante Babeth, vous pouvez venir aussi si vous voulez.

— Eh bien, c'est vraiment très gentil de sa part.

— Est-ce que tu aimes les hot-dogs, tante Etta ? Et un cornichon, ça compte comme un légume ? C'est vert.

Cette dernière question fut entrecoupée d'un gigantesque bâillement.

Le temps d'enfiler son pyjama, Daphné dormait debout.

Déjà au lit en train de lire, Babeth posa son livre et éteignit la lumière quand Etta borda sa nièce dans le second lit jumeau.

— Voilà une enfant épuisée ou je ne m'y connais pas, commenta la vieille dame en souriant.

Etta alla lui faire une grosse bise.

— Je crois que nous sommes tous sur les rotules, répondit-elle. Demain, tu devrais y aller doucement, Babeth.

— D'accord, si tu fais de même, chérie.

— Marché conclu. As-tu besoin de quoi que ce soit ?

— Non, j'ai tout ce qu'il me faut. Bonne nuit, Etta.

— Bonne nuit, Babeth.

Etta sortit et referma la porte de la chambre. La maison était silencieuse. Donnie Joe était sorti après dîner, en précisant qu'il rentrerait probablement tard mais qu'il essaierait de le faire le plus silencieusement possible. Il allait certainement retrouver une femme, en avait déduit Etta. Retournée chercher un verre d'eau dans la cuisine, elle repéra une copie du plan de la future cuisine du Bed & Breakfast, posée sur un angle du bar, et s'en empara. Autant voir les changements envisagés, se dit-elle en l'emportant dans sa chambre. Juste pour se faire une petite idée.

Donnie Joe tapait des doigts sur son volant au rythme de « *Born to Be Wild* » et chantait à tue-tête en même temps que la radio. Ce matin, il avait eu un deuxième rendez-vous plutôt prometteur avec Craig Knowles, le directeur des Hôtels Knowles. L'entreprise Knowles avait entamé la construction d'une nouvelle chaîne d'hôtels de moyenne gamme dans le DFW Metroplex[1] et avait, un mois auparavant, approché Backyard Oasis afin d'obtenir un devis incluant la conception et la construction des piscines pour ces établissements. La décision finale devait intervenir dans les jours qui venaient, et obtenir le marché serait réellement un plus pour Donnie Joe. Avec la crise, le business des piscines résidentielles avait nettement marqué le pas, et ce contrat lui assurerait une garantie de travail à moyen terme

1. Région métropolitaine Dallas/Fort Worth. *(N.d.T.)*

pour sa petite équipe d'ouvriers. L'éventualité de devoir procéder à des licenciements en ces temps difficiles pour tous lui déplaisait grandement, et il n'y recourrait qu'en toute dernière extrémité. Ses gars avaient tous des familles à nourrir, et il estimait de sa responsabilité que personne ne manque de rien tant qu'il serait le patron.

Aussi tard qu'il fût rentré la veille, il avait ouvert les yeux avant la sonnerie du réveil et bu son café sur le porche, derrière la maison. Une maison inhabituellement occupée de personnes encore endormies, par conséquent plus accueillante, plus vivante en quelque sorte. Mais dont il n'avait pas l'habitude. Gabe vint faire des huit entre ses jambes en bâillant. Lui qui quittait rarement sa grange semblait tout aussi agité ce matin-là. Peut-être que le chat non plus ne savait pas trop quoi faire de ces visiteuses.

Donnie Joe invitait rarement des femmes à dormir chez lui. Sa maison, c'était chez lui et chez Gabe, deux vieux greffiers, chacun à leur manière. Il avait toujours veillé à éviter le piège du réveil auprès d'une inconnue. Au fil des ans, il s'était gagné la réputation de savoir faire passer un bon moment à un certain genre de femmes, des femmes qui l'appréciaient sous la couette et sur une piste de danse sans demander plus. Elles savaient qu'il n'était pas le style d'homme à fréquenter pour se caser. Non, elles faisaient appel à lui dans un but précis et, des années durant, il avait été ravi de leur faire plaisir. Il s'estimait vernis. Aucun lien, aucune obligation.

Le plus beau, c'était qu'ici, chez lui, il pouvait laisser tomber son personnage de charmeur. Ce matin, cependant, tout était différent. Sa grande maison vide accueillait trois personnes de la gent féminine endormies... Et il ne s'était même pas hérissé à cette idée.

Un minimum tout de même. Le seul fait d'évoquer Etta Green suffisait à l'irriter, et à faire baisser sa bonne humeur d'un cran ou deux. La veille, Daphné l'avait collé toute la journée ou presque, à lui faire des suggestions ou à lui poser des questions à lui en donner le tournis. À son crédit, c'était une mignonne petite fille, et futée avec ça. Sans compter qu'elle s'était gagné les bonnes grâces de Gabe en deux temps, trois mouvements. Il avait fallu que le vieux greffier saute de lui-même sur les genoux de la gamine pour qu'il arrive à le croire.

Tout était cependant calme maintenant. Babeth et Daphné partageaient la chambre d'amis tandis que la bonne vieille Etta avait élu domicile dans la chambre de la bonne, justement, derrière la cuisine. En se levant ce matin-là, il avait remarqué plusieurs choses. L'un des dragons de chiffon de Daphné trônait sur le comptoir de la cuisine ; une pile des carrés de tissu que Babeth assemblait en patchwork attendait au bout du canapé ; la vaisselle de la veille au soir séchait tranquillement sur l'égouttoir. La maison avait un côté habité qu'elle n'avait généralement pas, et il fallait bien avouer que ce n'était pas désagréable.

La veille, il avait proposé de commander des pizzas, car tout le monde était épuisé après les bouleversements de ces derniers jours, les funérailles, le nettoyage de la cuisine et l'installation chez lui dans la journée. Sans parler de l'immense chagrin inhérent à la mort de Miz Hazel. Et pourtant, Etta avait insisté, et prétendu que faire la cuisine la délasserait. En moins de temps qu'il n'en faut pour le dire, le poisson tout frais que lui avait apporté Randi Kay dans la matinée s'était transformé en un plat succulent, bien meilleur que toutes les pizzas qu'il aurait jamais pu faire livrer. Quoi qu'il eût à dire sur cette femme, une chose était sûre, elle était à son affaire dans une cuisine.

Il était donc sorti sur la pointe des pieds ce matin-là, non pour éviter une quelconque maîtresse mais pour permettre à ses invitées de s'offrir une grasse matinée amplement méritée. Se soucier d'elles, même de façon aussi anodine, l'avait empli d'une sorte d'étrange satisfaction.

« Étrange » était le maître mot de ce qu'il ressentait. Il n'avait pas envie d'envisager la situation comme autre chose qu'une fantaisie, un état de fait éphémère. Sa vie était parfaite et lui convenait très bien. Il serait même ravi quand tout reviendrait à la normale. Une fois Etta rentrée à Chicago, ce qui ne devrait plus tarder, il se chargerait sans problème des dernières rénovations du futur B&B. Tous les contrats étaient signés, et Hazel avait fait appel à des gens honorables pour chaque phase des travaux. Il n'aurait qu'à superviser leur travail. Pour la suite, après l'achèvement des rénovations, ce serait au tour d'Etta et Belle. Sans un démarrage en fanfare, avec un ou deux mariages et une ou deux conférences, l'établissement ne commencerait pas de sitôt à faire des bénéfices. Si cela ne marchait pas, Babeth ou pas, désolé ou pas, la vente de la maison pourrait s'avérer nécessaire.

La sonnerie de son téléphone portable le tira de ses cogitations. C'était Gil Johnson, le contremaître responsable de la démolition et de la réfection de la cuisine chez Miz Hazel. Donnie Joe était parti ce matin-là au moment même où les ouvriers arrivaient sur le site, et il les avait salués d'un coup de klaxon avant de s'en aller.

— Salut, Gil, tout se passe bien ?

— Nous avons un problème, Donnie Joe.

Gros soupir.

— Quel genre de problème ?

— Eh bien, la petite-fille de Miz Hazel menace de s'enchaîner à la plomberie si nous n'arrêtons pas tout, tout de suite. Je croyais pourtant que c'était lancé, Donnie Joe.

— Mais *tout* est lancé, Gil ! Dis à tes gars de faire une pause, je suis à dix minutes de voiture. Dès que j'arrive, je vais voir ce qui ne va pas avec elle.

— D'accord, mais active le pas. J'ai un planning à respecter.

Donnie Joe écrasa l'accélérateur et passa kilomètre après kilomètre à insulter mentalement Etta Green. Il aurait dû se douter que la trêve ne durerait pas plus qu'un feu de paille. Enfin arrivé, il s'arrêta dans l'allée et n'eut même pas le temps de descendre de voiture avant de la voir. Elle traversait le jardin au grand galop et fonçait vers lui, une liasse de papiers serrée dans une main.

— Ça ne va pas le faire, Donnie Joe !

— Hé, oh, minute, Etta. Laissez-moi au moins sortir de ma voiture avant de me tomber dessus ! la rabroua-t-il sèchement avant de s'adresser à l'homme qui l'avait talonnée de près : Gil, j'en déduis que tu as fait la connaissance d'Etta Green, la petite-fille de Miz Hazel. Etta, je vous présente Gil Johnson. C'est le professionnel que *votre grand-mère* a embauché pour nous offrir une cuisine de rêve.

— M. Johnson et moi-même avons déjà fait connaissance, rétorqua Etta en croisant les bras sur sa poitrine.

Donnie Joe laissa échapper un soupir.

— Je vous écoute. Quel est, précisément, le problème ?

— Le problème, c'est l'agencement de la cuisine, déclara-t-elle en lui agitant sa liasse de papiers sous le nez.

— Oh, bon sang, s'exclama-t-il avant de saisir les papiers et de les parcourir rapidement tout en continuant à parler : Vous vous rendez compte que Gil est un cuisiniste professionnel et que ces plans ont été approuvés par votre grand-mère ?

— Tout à fait, et je suis aussi consciente que s'il s'agissait d'une cuisine familiale, ces plans seraient parfaits, mais ceci va être une cuisine d'auberge. Une auberge qui va servir des dîners, héberger des conférences et des mariages.

— Et alors ? Qu'avez-vous à en dire ? fit Donnie Joe, les mains sur les hanches.

— J'en dis que ça ne va pas marcher. Il faut à tout prix procéder à des modifications avant qu'ils commencent à installer quoi que ce soit.

Elle a perdu la tête, à tous les coups, songea-t-il.

— Maintenant ? Vous voulez procéder à des modifications maintenant ?

— Avant, c'est mieux qu'une fois les travaux terminés.

Elle croisa de nouveau les bras, écarta les pieds et les planta par terre, sûre de son fait.

Il se pencha jusqu'à être nez à nez avec elle.

— Dites-moi, madame, pourquoi n'êtes-vous pas retournée à Chicago comme vous deviez le faire ?

Elle ne cilla même pas.

— Heureusement pour vous que je ne l'ai pas fait, heureusement pour vous que je suis là pour m'assurer que tout est fait correctement, monsieur.

— Mais c'est vrai, ça ! Comment diable avons-nous réussi à survivre sans vous ?

Il se redressa de toute sa hauteur et tourna son attention vers le contremaître.

— Je te prie d'excuser tout ce bazar, Gil, mais toi, qu'en penses-tu ?

L'intéressé se gratta le menton, apparemment peu pressé d'annoncer de mauvaises nouvelles.

— Eh bien… une cuisine commerciale, ce n'est pas le même prix. Ça coûte plus cher.

Donnie Joe saisit son chapeau et le claqua contre sa cuisse.

— Génial. Plus de fric, c'est précisément ce que nous n'avons pas. Oh, une seconde. J'ai dit nous ? Que *je* n'ai pas, voulais-je dire. Dites-moi, Etta, c'est bien mon argent que vous avez l'intention de dépenser ?

— Attendez une seconde, voulez-vous ? Ça ne va peut-être pas être aussi terrible que vous l'imaginez, repartit-elle. J'ai étudié le plan, et je pense que nous pourrions en faire un espace de travail très bien organisé en procédant seulement à quelques modifications très simples. Si l'efficacité ne règne pas dans la cuisine, elle ne régnera pas non plus ailleurs dans le Bed & Breakfast. Nous parlons là du cœur du projet.

— Elle n'a pas tort, là, Donnie Joe, et je ne vois pas pourquoi je n'écouterais pas ce qu'elle a à en dire, intervint Gil. Si on rentrait et qu'on s'asseyait autour d'une table pour en parler ? La préoccupation principale de Miz Hazel, c'était de remplacer les appareils, les placards et de moderniser les plans de travail. On dirait bien qu'il nous faut aussi envisager d'autres problèmes.

Manifestement mis en minorité, Donnie Joe n'avait cependant pas l'intention de s'avouer vaincu aussi vite.

— Avant d'accepter quoi que ce soit, j'ai une condition à poser.

Etta recroisa encore une fois les bras et le regarda de haut.

— Je vous écoute.

— La construction de la piscine se fera comme prévu, et sans contestation, la semaine après l'inauguration.

— Mais... voulut argumenter Etta.

D'une main levée, il lui fit comprendre qu'il n'avait pas terminé.

— Un instant, je vous prie. Je n'ai pas fini. Un des modèles de luxe, tel que précisé sur les plans. Pas de pingrerie. La cuisine, c'est peut-être votre domaine d'expertise, Etta, mais les piscines, c'est le mien. Soit vous acceptez, soit vous oubliez les modifications dans la cuisine.

— Je ne vois pas pourquoi une piscine plus petite... commença-t-elle.

— J'ai dit, pas de pingrerie, l'interrompit-il, très sec.

Et il attendit.

Elle le fixa tout en soupesant son ultimatum. Puis elle lui tendit la main :

— Vous êtes dur en affaires, mais d'accord.

Une fois la poignée de mains échangée, elle pivota et repartit vers la maison.

— Essayons de coller le plus possible au budget initial, je vous prie, la héla Donnie Joe en lui emboîtant le pas.

Mais elle l'ignora, tout comme Gil. Têtes penchées l'une vers l'autre tout en se dirigeant vers la porte de la cuisine, ils étaient déjà en train de discuter rapidement de zones de préparation, de triangles de travail et d'autres chinoiseries dont il se moquait comme de l'an quarante. Bien sûr, Gil soutiendrait tout projet signifiant un prix plus élevé. Donnie Joe secoua la tête, marmonna quelques jurons de choix dans sa barbe et les suivit bon gré mal gré. Quelle ébouriffante surprise : la rénovation n'avait pas commencé que tout se compliquait déjà, et tout cela parce que la petite miss Etta Green fourrait son nez là où il n'avait rien à faire.

Etta appuyait sur les pédales de l'antique bicyclette en direction de Main Street, le centre-ville d'Everson. Penchée en avant, les yeux larmoyants, les vêtements plaqués au corps, les cheveux dans tous les sens, elle luttait contre la bise glaciale de janvier. D'accord, au rythme auquel elle avançait, elle n'allait pas remporter le Tour de France, mais elle était contente de s'éloigner du chaos qu'était actuellement la maison de mamie Hazel et de tout ce qui tournait autour des fichus plans de ce fichu Bed & Breakfast.

S'il n'y avait que ça… Le chaos était partout maintenant. Il y avait aussi son travail, et Diego. Sans oublier le problème Daphné et sa toupie de mère à qui Etta avait encore laissé trois messages pas plus tard que ce matin. Une toupie qui avait intérêt à rappeler rapidement, car plus son absence se prolongeait, plus Daphné allait finir par se sentir mal. Etta n'avait jamais eu la main avec les enfants, et expliquer à la petite fille pourquoi sa mère était partie en la laissant là dépassait de loin ses compétences.

Là où elle excellait, c'était dans le domaine de la cuisine. Le jour où elle avait fait toute cette histoire à propos de l'aménagement de la cuisine, elle avait été persuadée que Donnie Joe s'énerverait vraiment. Mais une fois que Gil avait appréhendé ses inquiétudes et compris ses raisons, il avait accepté sans broncher les modifications demandées. Comme Donnie Joe avait le plus grand respect pour l'opinion de Gil, il avait bien dû les accepter aussi. De très, très mauvais gré, en faisant bien entendu une tête de trente-six pieds de long. Elle n'essayait pas de créer volontairement des problèmes, mais apparemment, Donnie Joe ne voyait pas les choses comme elle. S'éclipser un temps lui avait paru une bonne idée, surtout en apercevant le vieux biclou de mamie Hazel appuyé contre le mur du garage.

Parties acheter ce qu'il fallait pour les animaux de chiffon qu'elles prévoyaient de fabriquer, Babeth et Daphné avaient prévu d'aller ensuite déjeuner au *Rise-N-Shine Diner*. Si elle se dépêchait, elle pourrait peut-être les y rejoindre. Elle resserra les mains sur les poignées et appuya plus fort sur les pédales.

Elle trouva le camping-car de Babeth garé devant le snack, aussi descendit-elle de bicyclette pour l'appuyer contre un lampadaire. Elle se demanda un instant si c'était très prudent de la laisser sans antivol, mais le snack disposant de grandes baies vitrées, elle supposa que cela ne risquait rien tant qu'elle serait elle-même assise en face. Elle entra, et repéra cousine et nièce dans un box, au fond. L'air embaumait le piment et les hamburgers grillés.

— Hé, tante Etta ! la héla Daphné en agitant la main.

Elle les rejoignit en quelques pas.

— Hé, mignonnette ! répondit-elle en s'asseyant. Dans quel genre d'affaires êtes-vous allées vous fourrer toutes les deux, aujourd'hui ?

Babeth adressa un grand clin d'œil à Daphné.

— Cette petite sait comment faire des courses. Il ne doit plus rester trois grammes de rembourrage disponible dans toute cette ville. Je dirais que nous avons de quoi confectionner au minimum une douzaine de dragons en chiffon, qu'en penses-tu, Daphné ?

— Oui madame, l'approuva Daphné en souriant aux anges. Et ils auront tous les couleurs des chambres différentes, à l'étage. Tante Babeth a dit que c'est là que les clients vont habiter.

Son enthousiasme fit également sourire Etta. Au moins, elle ne se préoccupait pas de l'absence de sa mère. Merci Babeth. Vraiment brillante, l'idée qu'avait eue la vieille dame d'occuper la fillette en lui confiant des tâches amusantes en vue de l'ouverture du B&B, même si elle savait que cela ne suffirait pas à la distraire très longtemps. Belle avait intérêt à ramener très vite sa pomme dans le coin.

— C'est une idée extra, ma chérie. L'autre soir, je suis montée visiter les chambres. L'as-tu fait, Daphné ? Clafoutis aux cerises, Pudding à la banane… Je te jure, j'ai dû prendre trois kilos rien qu'en y entrant.

Daphné n'eut pas le temps de répondre que Bertie Harcourt, propriétaire des lieux, se présentait à leur table avec son carnet de commandes en main.

— Prête à commander, Babeth ? s'enquit-elle avant d'apercevoir Etta et de poursuivre : Eh bien. Cela me surprend de vous voir ici, Etta.

— Et pourquoi cela, Miz Harcourt ?

— Parce que Grover Millsap sort d'ici à l'instant, et qu'il disait que vous vous étiez enchaînée à la plomberie de la vieille cuisine dans la maison d'Hazel. Il a ajouté qu'un peu plus et il appelait les pompiers, le shérif et peut-être même la brigade cynophile pour vous déloger. Selon lui, le chagrin vous avait certainement fait perdre la tête. Mais regardez ça, vous semblez en pleine forme à ce que je vois.

Etta avait très souvent passé du temps dans ce snack lors de ses séjours estivaux à Everson, et se souvenait que Miz Harcourt adorait répandre toutes sortes de ragots dès que l'occasion se présentait.

Elle aurait également dû se remémorer que même le plus petit soupçon de rumeur se propageait plus vite que le vent dans la bonne cité d'Everson, et que tenter d'y échapper était une cause perdue d'avance.

— Je vais tout vous raconter, Miz Harcourt. Quelques petits détails concernant la cuisine avaient besoin d'être révisés avant que l'entreprise commence le travail, et il me fallait un moyen infaillible d'attirer leur attention. Bonté divine, je suis persuadée que vous savez à quel point les hommes peuvent se montrer têtus quand ils sont convaincus d'avoir raison.

Ce qui parut satisfaire la curiosité de Bertie. Elle claqua de la langue et hocha la tête en signe de solidarité.

— Amen, ma sœur. Je sais exactement ce que vous voulez dire. J'espère bien que vous les avez convaincus.

Surgit dans l'esprit d'Etta le souvenir de l'expression mécontente de Donnie Joe, qui lui fit faire la grimace.

— Je suis bien certaine que le message est passé.

— Alors, qu'est-ce que je vous sers, les filles ? Aujourd'hui, j'ai comme plat du jour mon pain de viande à l'ancienne avec l'accompagnement de votre choix.

Au bout de quelques minutes de délibérations, toutes trois préférèrent commander des cheeseburgers et des frites.

Bertie ne s'était pas éloignée que Corbin Starling, l'avocat de sa grand-mère, se leva d'une table voisine pour venir vers elles.

— Bonjour, mesdames. J'espère que vous profitez de cette belle journée.

Les sourcils levés, Etta tourna les yeux vers la vitrine, derrière laquelle un vent de tous les diables mugissait toujours. Chaque nouvelle bourrasque faisait vibrer les panneaux vitrés.

Babeth décocha un sourire à son vieil ami.

— Mon cher Corbin, nous nous sommes lancées dans un marathon shopping ce matin, et déjeuner ici était juste le petit plaisir qu'il nous fallait.

— Tous les papiers sont prêts, miss Green, vous pourrez donc inscrire Daphné à l'école dès demain, reprit l'avocat à l'adresse d'Etta avant de se tourner vers Daphné : Je crois que tu auras miss Lumpkins comme maîtresse. Une de mes petites-filles est dans sa classe. Rose. Je l'avertirai de ton arrivée, d'accord ?

Plus il parlait, plus Daphné se ratatinait sur son siège.

— De quoi il parle, tante Etta ? Je vais à l'école à Houston, j'y vais pas ici.

— Je sais, chérie, répondit Etta en la serrant brièvement contre elle. Laisse-moi essayer de comprendre ce qu'il se passe.

Sur ces paroles, elle ôta la serviette qu'elle avait sur les genoux et se leva.

— Pourrions-nous échanger quelques mots en privé ? s'enquit-elle en prenant le coude de Me Starling.

Elle l'entraîna vers la porte du snack, le plus loin possible des oreilles de Daphné.

— Je ne tiens pas à avoir cette discussion devant ma nièce, elle est déjà assez perturbée comme ça, lui précisa-t-elle en guise d'excuse.

— Seigneur, s'exclama-t-il, apparemment pris de court. J'étais persuadé qu'elle savait.

— De quels papiers parliez-vous, maître ?

L'avocat s'empourpra et jeta un bref regard vers Daphné.

— Je suis désolé, vraiment. Je ne voulais perturber personne. Vendredi dernier, votre sœur s'est arrangée pour que le dossier scolaire de Daphné soit transféré de son école de Houston à celle d'Everson.

Il revint brusquement à Etta avoir entendu Belle en parler. Tout comme il lui revint que la même Belle avait prétendu vouloir rester à Everson et se rendre utile jusqu'à ce que tout soit réglé avec la maison. Autant de beaux projets partis à présent en fumée.

— En effet, elle m'avait dit qu'elle allait le faire. Mais elle n'est pas en ville et, apparemment, elle n'a rien mentionné de tout cela à Daphné avant de partir. Et, excusez-moi, mais quel rapport avec vous ?

— Elle a téléphoné à mon bureau ce matin et m'a demandé de suivre le dossier, au cas où vous auriez des difficultés à la faire retourner aussi vite que possible à l'école. J'en ai logiquement déduit qu'elle vous en avait également parlé, à vous.

— Belle vous a appelé ? Aujourd'hui ? Ce matin ?

— Tout à fait. Elle m'a précisé qu'elle se trouvait à l'étranger mais qu'elle espérait pouvoir compter sur mon aide. Elle m'a également dit, je la cite : « Il serait grand temps que Daphné expérimente la vie dans le lieu d'où son père est originaire. »

— Son père ? Oh, mon Dieu. Elle vous a vraiment dit cela ?

Pour sa part, Etta avait toujours soupçonné que Daphné avait été engendrée à Everson, mais sa sœur n'avait jamais livré le moindre indice quant à l'identité de cet homme. Jusqu'à aujourd'hui, du moins, et il fallait en plus qu'elle l'ait appris d'une tierce partie. À la vérité, elle s'en serait moquée s'il n'y avait eu Daphné qui se retrouvait coincée au milieu de cette intrigue grotesque.

L'avocat reprit d'une toute petite voix :

— Elle l'a réellement dit, et je lui ai répondu que je ferais bien évidemment tout pour l'aider.

— Eh bien, maître, nous n'avons plus entendu parler d'elle depuis son départ, et le sentiment d'abandon que ressent cette pauvre fillette la perturbe et la terrifie.

— Oh, Seigneur ! Et moi qui viens d'empirer les choses… Je suis sincèrement désolé, reprit l'homme de loi, apparemment atterré par le rôle qu'il venait de jouer bien malgré lui.

— Vous n'êtes en rien responsable de tout cela, le rassura Etta, compatissante. Nous nous sommes tous laissés entraîner par le tourbillon qu'est Belle. Mais pour l'instant, sourions et montrons-nous détendus pendant que je tente de présenter cela à Daphné sous le meilleur jour possible.

— Miss Lumpkins est une très bonne institutrice, vraiment. Aller à l'école et se faire de nouveaux camarades va rendre les choses plus faciles pour Daphné.

— Merci, maître. Ah, une dernière question : si j'assassine ma sœur quand elle daignera refaire un petit tour par ici, me défendrez-vous ?

Me Starling se renfrogna et secoua la tête, manifestement toujours aussi consterné.

— Je ne plaide généralement pas au pénal mais dans ce cas précis, je pourrais peut-être faire une exception.

9

En regagnant le box, Etta constata que Daphné était au bord des larmes et ne sut trop que lui dire. Il était hors de question de lui faire des promesses que Belle ne tiendrait probablement pas. Les deux sœurs avaient connu une enfance chaotique, élevées par des parents uniquement concentrés sur eux-mêmes et leurs difficultés de couple. Ils ne se préoccupaient aucunement des dommages occasionnés à leurs enfants. Ils avaient fini par divorcer, se remarier trois fois, dont la dernière fois à nouveau ensemble. Deux beaux-pères et une belle-mère étaient venus compléter le tableau. En conséquence, les filles avaient appris très tôt à ne jamais compter sur leurs parents, et Etta était devenue la plus responsable des deux alors qu'elle était trop jeune pour en assumer la pression. La seule personne qui lui ait apporté une certaine sécurité en ces temps chaotiques, c'était mamie Hazel. Si seulement elle était encore là pour lui indiquer ce qu'elle devait faire…

— Il faut vraiment que je parle à ma maman, tante Etta, énonça Daphné d'une voix blanche.

— Je sais, mon cœur. Et si on rentrait chez Donnie Joe pour essayer de comprendre ce qui se passe avec l'école et tout cela ? Si ta maman a téléphoné à Me Starling, je suis certaine qu'elle va nous appeler très vite.

Babeth jeta quelques billets sur la table et toutes trois quittèrent le snack.

— Mets donc la bicyclette à l'arrière du combi, Etta. Et toi, Daphné, n'oublie pas de boucler ta ceinture, commanda la vieille dame.

Tante et nièce obtempérèrent en silence, et Babeth ramena le vieux camping-car vers la maison de Donnie Joe tandis qu'à la radio, Joni Mitchell chantait une chanson qui parlait d'un « homme libre à Paris ». Ce qui contribua à assombrir un peu plus l'atmosphère.

La camionnette de Donnie Joe était dans l'allée. *Étonnant*, songea Etta. Mais aussi, que connaissait-elle à l'industrie des piscines, surtout au cœur de l'hiver ? Elles entrèrent et le trouvèrent au téléphone.

— Merci Corbin. Nous passerons aussitôt que possible. Merci encore, bye.

Il raccrocha et se tourna vers les femmes qui envahissaient de nouveau son espace.

— C'était Corbin Starling, leur précisa-t-il. Il aura les papiers du partenariat prêts pour nous demain dans l'après-midi, Etta. En revanche, il semblait craindre que vous ne vouliez peut-être plus traiter avec lui.

— Mais si, répondit-elle sans avoir vraiment prêté attention à ses paroles. Daphné…

La petite fille partit en courant vers la chambre qu'elle partageait avec Babeth.

— Que se passe-t-il donc ? s'enquit Donnie Joe, inquiet. Est-ce que tout va bien pour elle ?

— Pas vraiment, répondit Etta dans un soupir.

— Laisse-moi aller la voir, lui dit Babeth en lui tapotant le bras.

— D'accord. Et moi, je vais encore une fois tenter de joindre Belle.

Donnie Joe s'approcha et baissa la voix.

— Loin de moi l'idée de me mêler de ce qui ne me regarde pas, mais est-ce qu'il s'est passé quelque chose ce matin ?

— Selon toutes les apparences, Belle a trouvé le temps d'inscrire Daphné à l'école ici avant de partir, mais elle n'a surtout pas pris la peine de lui en parler.

— Pauvre gosse. Pas étonnant qu'elle en ait gros sur le cœur.

— Nous étions en train de déjeuner au *Rise-N-Shine Diner* quand Me Starling est venu nous voir et a demandé à Daphné si elle était contente de retourner à l'école demain. La tête qu'elle a faite… si vous aviez vu. J'aurais vraiment préféré que Daphné l'apprenne d'une autre manière

— Mon Dieu. Je comprends mieux pourquoi Corbin pense que vous lui en voulez.

— Je ne lui en veux pas le moins du monde, il n'y est pour rien. Il a juste pensé – en toute logique – que Daphné était déjà au courant. Belle lui a téléphoné ce matin pour lui demander son aide et me nommer tutrice temporaire. Et, tant qu'elle y était, elle lui a aussi dit qu'il était temps que Daphné en sache un peu plus sur la ville de son père.

— Parce que le père de Daphné est originaire d'Everson ?

— Je m'en doutais un peu, ce n'est pas une grande surprise pour moi.

— Elle lit dans son lit, leur apprit Babeth en regagnant le séjour. Elle prétend que tout va bien et refuse d'en parler.

Etta sortit son téléphone et se dirigea vers la porte.

— Voyons voir si madame daigne décrocher…

Une fois dehors, elle alla s'installer dans le patio et pressa la touche d'appel rapide de sa sœur. Ce devait être le milieu de la nuit à Paris. Aucune importance. En fait ce serait presque mieux. La sonnerie résonna deux fois, et elle ne fut pas loin de lâcher le combiné de saisissement quand Belle décrocha.

— Allô ! Etta, c'est toi ?

— Je vais te tuer, Belle. Mais enfin, qu'avais-tu dans la tête ?

— J'allais t'appeler. Comment va Daphné ?

— Comment crois-tu que peut aller une petite fille de huit ans, *ta* petite fille, dans ces circonstances ? Elle a peur, elle est perdue et elle n'arrive pas à croire que sa mère l'ait laissée derrière elle dans une ville qu'elle ne connaît pas, entourée de personnes qu'elle connaît à peine. Et que, par-dessus le marché, sa mère l'a inscrite dans une nouvelle école sans même lui en toucher un seul mot. Mais pourquoi ne lui as-tu rien dit ? Bref, à l'exception de ce que je viens de te dire, elle va bien.

— Tu n'es pas une inconnue pour elle, Etta, mais bon, d'accord, j'ai peut-être un peu cafouillé. Pourquoi ne pas me la passer, pour que je lui explique tout ? Elle a toujours été une enfant adaptable, et tout ira bien une fois qu'elle aura compris.

— Tu veux dire qu'avec toi pour mère elle a toujours *dû* être une enfant adaptable. Ce qui n'excuse ni n'arrange rien. Et avant de te laisser lui parler, je pense que tu me dois aussi quelques explications.

— Etta...

— Tu avais dit que tu restais ici pour que je puisse retourner à Chicago. J'ai un restaurant à faire tourner mais, bien sûr, c'est le cadet de tes soucis. La cuisine de mamie Hazel est en travaux à l'instant où je te parle, ce qui fait que nous avons dû déménager toutes les trois chez Donnie Joe. D'accord, c'était déjà prévu pour Babeth, mais il ne s'attendait pas à devoir, en plus, héberger une petite fille et sa tante. Moralité, je crois que tu peux dire que nous sommes toutes les deux adaptables. *À cause de toi.* Ce qui ne signifie aucunement que ça nous plaît.

— Désolée, sœurette.

— Je n'en ai rien à faire que tu sois désolée. Dis-moi juste quand tu rentres.

— Eh bien, c'est justement le problème...

— Belle ! l'interrompit Etta en pressentant, en redoutant le pire.

— Roger m'a demandée en mariage. Ce n'est pas excitant, ça ?

— Quel rapport avec le fait de rentrer t'occuper de ta fille ?

— Nous n'avons encore pas réglé tous les détails, mais Roger dit que puisque nous sommes déjà à Paris, nous devrions transformer ce voyage en lune de miel et rester deux à trois semaines de plus.

— Deux ou trois semaines... répéta Etta, stupéfaite. Tu es devenue folle ou quoi ? Tu avais tout prévu, n'est-ce pas ?

— Non. Je pensais vraiment que tout était fini avec Roger. J'ai été aussi surprise que toi, l'autre soir, en le voyant arriver chez *Lu-Lu*.

— Ben voyons. Tellement surprise que tu en as oublié tes responsabilités parentales.

— Je sais. Traite-moi d'égoïste si tu veux, mais je me suis trouvée devant l'occasion d'obtenir ce que je voulais et j'ai sauté dessus. Je me rattraperai avec Daphné. Ça, c'est la chance d'une vie meilleure pour nous deux.

Catastrophée, Etta ne répondit rien.

— Écoute, Etta, ceci te donne l'occasion de t'assurer que Donnie Joe sait ce qu'il fait avec la maison de mamie. Et tu pourras emmener Daphné à l'école en bonne tata que tu es, et vérifier aussi que Babeth supporte bien l'absence de mamie Hazel.

— C'est tout ? Et que suis-je censée dire à Diego ?

— Je suis sûre qu'il comprendra.

— Ah oui ? Comment peux-tu le savoir ? Même s'il comprend, moi je ne comprends pas. Cette fois-ci, tu es allée trop loin, Belle.

— Tu ne peux pas être heureuse pour moi ?

— Ah, j'oubliais. Ton bonheur, c'est tout ce qui compte. Ta capacité à justifier ta conduite me laisse sans voix. Je te passe Daphné à présent, essaie de ne pas trop lui faire de mal, si ça t'est possible évidemment.

— J'ai dit que j'étais désolée.

— Ne quitte pas.

Etta réintégra la maison et alla jusqu'à la chambre d'amis. Elle frappa un coup léger à la porte et l'entrebâilla. Daphné leva le nez de son livre, un masque impassible dissimulant ses émotions.

— Ta maman à l'appareil, chérie, lui dit-elle avant de lui tendre le combiné.

La fillette se jeta littéralement dessus.

— Maman ? Mais où tu es, maman ? Ils disent qu'il faut que j'aille à l'école ici mais moi, je veux retourner à Houston. Tu peux pas venir me chercher ?

Si Etta n'entendit pas la réponse de Belle, elle vit Daphné s'asseoir sur le bord du lit et écouter ce que lui disait sa mère. Elle décida de la laisser tranquille et regagna la salle de séjour, où elle patienta en compagnie de Babeth, tout en s'interrogeant sur les répercussions qu'elles auraient à gérer une fois cette conversation téléphonique achevée.

— Eh bien, qu'a-t-elle eu à dire pour sa défense ? l'interrogea Babeth en posant le carré de tissu qu'elle était sur le point d'ajouter à son patchwork.

Etta serra le poing et l'abattit sur sa cuisse.

— Je te jure, Babeth, je m'efforce de conserver mon calme pour le bien de Daphné, mais bon sang, je suis à la limite de l'explosion ! Madame prévoit de s'absenter encore un minimum de deux semaines et toi et moi nous sommes censées mettre notre vie entre parenthèses en attendant son retour au bercail. Daphné, elle, doit commencer à suivre une nouvelle école ici, en ville, et je suis censée m'assurer que ça lui convient. Elle est en train de discuter avec sa mère en ce moment.

Babeth se leva et fit quelques pas dans la pièce, manifestement stressée.

— Oh, bon sang. Nous allons devoir faire bonne figure en permanence en attendant le retour de Belle. Ensuite, moi aussi j'aurai deux mots à lui dire.

Daphné arriva à cet instant, le téléphone d'Etta en main.

— Voilà ton téléphone, tante Etta. Il faut que je vous dise merci de vous occuper de moi, à toi et cousine Babeth, et aussi à Donnie Joe qui me permet d'habiter chez lui. Il est où ?

— Il travaille dans son bureau. Tu pourras le remercier plus tard.

Si Daphné avait l'air anéantie, elle sourit courageusement et se résigna apparemment à tirer le meilleur de tout cela.

— D'accord. Oh, vous savez quoi encore ? Maman m'a dit qu'on pourra se voir et se parler par Skype tous les jours jusqu'à ce qu'elle revienne. Elle va téléphoner et trouver la meilleure heure pour le faire. C'est pas cool, ça ?

— Super cool, ma douce.

— Dis, tante Etta, tout à l'heure, on pourra aller acheter mes fournitures pour l'école ?

Voilà qu'à présent c'était Daphné qui endossait le rôle de la plus responsable du duo mère-fille... Le comble.

— Ah, ça te va d'aller à l'école ici ? lui demanda Etta.

Daphné fit oui de la tête avant d'ajouter :

— Maman dit que tout ira bien.

Etta en eut un pincement au cœur, mais s'efforça de sourire vaillamment à sa nièce.

— Eh bien, dans ce cas, je crois qu'on va s'y mettre tout de suite. Côté vêtements pour aller en classe, as-tu ce qu'il faut ?

Ce que pouvaient bien porter les écoliers de cours élémentaire, elle n'en avait pas la moindre idée, mais elle lui achèterait volontiers une robe de bal si ça pouvait l'aider à s'intégrer dès le premier jour dans sa nouvelle école.

— L'uniforme est obligatoire à l'école élémentaire d'Everson, et on en trouve au grand magasin, intervint Babeth avant de se lever et de se diriger vers la cuisine. Qui veut un chocolat chaud ? J'ai grand besoin de réchauffer mes vieux os.

— Je veux bien, cousine Babeth, répondit Daphné. À Houston aussi, il fallait que je porte un uniforme. Peut-être qu'il sera moins moche ici.

Etta refusa l'offre et attrapa un bloc et un stylo.

— Faisons une liste, tu veux ?

— D'ac', fit Daphné en s'asseyant près d'elle. Il va me falloir des cahiers, demande toujours des cahiers de toutes les couleurs.

— Cahiers, nota pieusement Etta. Quoi d'autre ? Stylos, crayons ?

— Sûr.

Daphné sembla se perdre dans ses pensées une bonne minute, puis elle reprit, à voix basse :

— Je peux te dire un secret, tante Etta ?

— Bien sûr, Daphné, répondit Etta en posant son bloc. Tu peux tout me dire, toujours.

L'espace d'un petit moment, Daphné sembla hésiter, elle baissa la tête, puis elle se pencha à son oreille et chuchota :

— Je crois que je sais pourquoi maman m'a laissée ici.

Parce qu'elle est égocentrique, indélicate, irréfléchie et qu'elle s'imagine que le monde entier devrait tourner autour de son précieux petit nombril ? Une réponse difficilement énonçable, songea Etta, aussi posa-t-elle une main sur celle de la petite fille et répondit-elle :

— Je t'écoute, ma chérie.

Daphné ferma les yeux et lui balança, très vite :

— Je crois qu'elle m'a laissée ici pour que je puisse trouver mon père.

10

Etta réprima un sursaut alors qu'une boule douloureuse se logeait dans sa poitrine. Pauvre gosse. Évidemment que Daphné se posait des questions sur l'identité de son père. Il n'y avait rien de plus naturel. Ce qui, en revanche, l'était beaucoup moins, c'était que Belle se fut servi de cette curiosité pour tranquilliser sa fille alors que, de son côté, elle faisait les quatre cents coups à des milliers de kilomètres d'Everson. Elle aurait dû en mourir de honte. En tout cas, Etta en fut mortifiée pour elle. Elle s'efforça pourtant de conserver une intonation neutre :

— Pourquoi penses-tu cela ? C'est elle qui t'a dit cela ?

— Pas exactement.

D'abord, Belle faisait des allusions à cette paternité à leur homme de loi, et voilà qu'elle appâtait Daphné avec. De mieux en mieux. Etta voulut en savoir plus.

— Eh bien, alors, qu'est-ce qui t'as poussée à penser ça, chérie ?

— Je l'ai entendue parler avec Roger quand on était encore à Houston et qu'on devait venir pour l'enterrement. Elle lui a dit qu'il était temps que je sache, pour mes racines. Que je voie d'où vient ma famille.

— Elle devait certainement parler de mamie Hazel. Tu sais que sa maison appartient à notre famille depuis plusieurs générations, répondit Etta, soulagée, et persuadée que cette explication était la plus logique.

Daphné avait dû sauter sur des conclusions erronées. Toutefois, Belle allait devoir cesser de raconter des salades et mettre tout cela au clair avant que la pauvre gamine commence à s'imaginer voir son père derrière chaque nouveau citoyen d'Everson…

— Je sais, mais je ne crois pas que c'est ça, répondit Daphné en secouant la tête.

— Et pourquoi ? Est-ce qu'elle t'a dit autre chose, tout à l'heure au téléphone ?

— Elle a dit que mon père est allé à l'école ici et que je devrais être contente d'y aller aussi.

Elle avait dit cela à sa fille de huit ans ? Inconcevable. En tout cas, Etta avait toujours soupçonné que la conception de Daphné avait eu lieu ici, à Everson, au cours du dernier été qu'elles y avaient passé, et son entretien de la matinée avec Me Starling n'avait fait que le confirmer. Belle ayant toujours refusé d'en parler ou même de nommer le père, elle n'avait pas insisté en partant du principe que ce n'étaient pas ses affaires. Mais partager maintenant cette information avec sa fille seulement pour qu'elle accepte de changer encore une fois d'école ? Cela relevait de l'irresponsabilité la plus absolue. Mais qu'est-ce qu'elle avait dans la tête ?

— Lui as-tu jamais posé la question ?

C'était peu de dire qu'elle n'avait pas été préparée à avoir une telle conversation avec sa nièce.

Elle comprit soudain que ses paroles pourraient la marquer pour la vie.

— Beaucoup de gens sont allés à l'école à Everson, ajouta-t-elle, histoire de dire quelque chose.

— Je lui ai jamais demandé, mais je le ferai quand elle rentrera… enfin, si je l'ai pas déjà trouvé, répondit Daphné avant de lever de grands yeux vers elle : Dis, tante Etta, tu sais qui c'est, toi ?

— Non, chérie, pas du tout. Ta mère a toujours été très discrète à propos de tout cela à part une chose.

— Quoi donc ?

— Elle n'a jamais fait secret de l'amour immense qu'elle te porte. Et dès l'instant de ta naissance, nous avons tous su que nous avions une chance énorme de t'avoir avec nous dans la famille. Tu me fais un câlin ?

Ce câlin, elle en avait grand besoin, car désormais, elle aussi allait regarder tous les hommes d'Everson en se demandant si l'un d'entre eux n'était pas le père de Daphné.

Daphné se rapprocha et elles s'étreignirent fort.

— Dis, on ferait mieux d'aller acheter mes affaires avant que les magasins ferment.

— Tu as raison. Toi, tu bois ton chocolat et moi, je vais prévenir Donnie Joe que nous sortons. Ensuite, en avant toute !

Donnie Joe se trouvait dans le bureau qu'il avait aménagé chez lui, porte fermée.

Ainsi, le père de Daphné était d'Everson. Mentalement, il remonta les années et essaya de se souvenir du dernier été qu'avait passé Belle ici, à flirter ou aguicher tous les hommes à portée de battement de cils. Lui y compris, d'ailleurs, qui s'en était carrément amouraché. Lui revint qu'Alan Dodd était fou d'elle, que Bobby Lee Douglas clamait à qui voulait l'entendre qu'il avait touché le jackpot quand elle avait accepté d'aller au cinéma avec lui. Cependant, elle avait surtout déployé ses charmes sur son ami Peter. Peter, qui était issu d'une famille aisée. Respectable et respectée. Ses critères de choix étaient, finalement, restés les mêmes.

Il se souvint aussi de la contrariété mêlée de fureur de Belle en apprenant que Peter était déjà fiancé depuis longtemps avec une dénommée Frances, alors en voyage en Europe avec ses parents. Quand Peter lui avait précisé qu'il n'allait pas rompre ses fiançailles pour une passade estivale, Belle s'était déchaînée et lui en avait fait voir de toutes les couleurs.

La sonnerie du téléphone interrompit ses réflexions et, après un court entretien, il se rendit compte qu'il avait des problèmes plus immédiats à régler. La compagnie Reflexion Pools, implantée sur tout le territoire des États-Unis, essayait de tirer avantage de la crise pour racheter de plus petites entreprises de piscines dans la région, et tenter ainsi de se créer un monopole. C'était justement Charlie Biggs, un de ses pairs, qui venait de l'appeler pour le prévenir qu'il avait accepté de leur vendre son entreprise Cool Blue Pools and Spas. Ses interlocuteurs à Reflexion Pools lui avaient, paraît-il, promis de conserver son personnel et de lui verser un joli bonus. Ils lui avaient aussi offert de conserver la direction de l'entreprise, ce qu'il avait refusé, car il était à deux doigts de la retraite. Il prévoyait d'emmener sa femme quinze jours à

Hawaï, puis de rentrer chez lui et de mener la belle vie. Pêche le matin, sieste l'après-midi.

Après avoir raccroché, Donnie Joe songea que ce genre de possibilités n'était pas pour lui.

Il ignorait quand arriverait la réponse pour son appel d'offres auprès de la chaîne hôtelière Knowles, mais il se demandait maintenant si cette occasion qui lui avait semblé si prometteuse n'était pas, au mieux, un coup de poker. Voire un coup d'épée dans l'eau. Une petite entreprise comme la sienne n'avait pas de grandes chances de battre les plus grosses compagnies de Dallas. Surtout maintenant. Si une entreprise de la taille de Reflexion Pools tentait de s'installer ici, cela pourrait tuer toute chance de compétition commerciale.

Ils inonderaient le marché local de promotions et de remises spéciales contre lesquelles il serait bien en mal de rivaliser. Ça lui faisait mal de le reconnaître, mais s'il n'obtenait pas le contrat hôtelier, il n'aurait d'autre choix que de réduire son personnel. Il aurait toujours le magasin, et pourrait se cantonner à des prestations de maintenance de piscines, mais une réduction d'effectifs rendrait impérieuse l'ouverture du Bed & Breakfast à la date prévue.

Etta lui ayant clairement annoncé qu'elle ne comptait ni rester ni diriger l'établissement, trouver un cuisinier pour la remplacer allait s'avérer crucial. Il leur en faudrait un à même d'attirer l'attention des clients quand ils décideraient de choisir un endroit où s'évader un week-end de la grande ville. Un bon chef serait également un avantage lors de la réservation d'autres événements, mariages et conférences, prestations par ailleurs nécessaires s'ils voulaient arriver à faire du profit. Tiens, maintenant qu'il y pensait, il devrait demander à Etta de commencer à recevoir tout de suite les candidats possibles.

Un coup discret à la porte interrompit une fois encore ses méditations.

— Entrez, cria-t-il.

C'était justement Etta, qui passa la tête dans son bureau.

— Avez-vous besoin de quoi que ce soit en ville ? Nous allons faire des courses pour l'école.

— Non, mais c'est gentil de le demander. Comment Daphné réagit-elle ?

Elle fit mine de vouloir répondre quelque chose, puis se ravisa.

— Ça va. Je dois avouer qu'elle est infiniment plus adaptable que je le serais dans de telles circonstances.

— C'est une petite fille très spéciale, opina Donnie Joe.

Etta allait sortir quand elle ajouta :

— Ah, et ça me ferait très plaisir de préparer le dîner quand nous rentrerons.

— Ou alors, je peux commander une pizza.

— Est-ce que nous n'avons pas déjà eu cette conversation ?

— Tout à fait, et je serais le roi des abrutis si je refusais un autre repas concocté par une cuisinière de votre trempe, rétorqua-t-il avec un clin d'œil en se laissant aller contre son dossier.

Elle croisa les bras sur sa poitrine.

— Je commence à comprendre que c'est un besoin chez vous, de faire du charme à toutes les femmes que vous rencontrez pour qu'elles se dénudent…

— Pourtant, vous êtes toujours habillée.

C'était si facile de l'agacer, si jouissif de la voir se hérisser qu'il en venait à adorer cela.

— Et ça va continuer, rétorqua-t-elle.

Elle parut se rendre compte qu'elle était à deux doigts de flirter avec lui, car elle se reprit très vite.

— Franchement, Donnie Joe, arrêtez les flatteries. Avec moi, c'est du gâchis.

— Bon à savoir, repartit-il en souriant.

Il ne la croyait pas, et il voulait qu'elle le sache.

La porte fut refermée un peu plus fort que nécessaire.

Après avoir fait la vaisselle ce soir-là – il avait insisté pour s'en charger – Donnie Joe décida d'aller faire un petit tour chez *Lu-Lu*. Il avait bien trop mangé. En un tournemain, Etta leur avait confectionné un pain de viande accompagné d'un grand plat de vraie purée de pommes de terre. Pas de la purée en flocons instantanée, celle qu'il avait toujours en réserve dans un placard, et il en avait englouti deux portions avant de s'obliger à repousser son assiette. Comment arrivait-elle à rendre aussi délectables les plats les plus simples, il n'en avait pas la moindre idée mais une chose était désormais certaine : si elle continuait à proposer de faire la cuisine tous les soirs, ce n'était pas lui qui allait récriminer.

Alors qu'il se préparait à sortir, les deux femmes s'affairaient à tout préparer pour la rentrée scolaire de Daphné du lendemain, et il avait eu l'impression d'être la cinquième roue du carrosse. Bah, il allait danser un peu, ou disputer une partie de fléchettes. Ou alors peut-être un petit billard, d'autant que ça faisait une éternité qu'il n'y avait plus joué. Oui, il allait sortir et faire ce qu'il faisait habituellement pour s'amuser, même si, récemment, toutes ces activités coutumières ne lui semblaient plus aussi attrayantes. Pour finir, il se retrouva assis au bar, à écouter d'une oreille Bennie Martin lui parler des joints qu'il venait de refaire dans sa douche tout en se demandant ce que pouvaient bien fabriquer Etta, Babeth et Daphné au même moment.

En rentrant, il trouva la maison obscure et silencieuse. Il présuma que ces dames étaient couchées, mais il découvrit Etta sur le porche, derrière la maison. Elle le vit avant qu'il ait pu opérer une savante retraite.

— Bonsoir, Donnie Joe.

— Bonsoir, Etta. Je ne me serais jamais attendu à vous trouver ici à cette heure tardive.

— Je sais, mais je n'arrivais pas à dormir, et j'ai pensé qu'un peu d'air frais me ferait du bien.

— Je connais le problème. J'ai le même ces derniers temps, répondit-il en s'installant dans la chaise longue voisine de la sienne.

— Oh ? fit-elle en le regardant. Qu'est-ce qui vous empêche de dormir ?

Pas question de lui confier qu'il se tournait et se retournait inlassablement dans son lit à cause d'elle. Elle avait surgi sans prévenir dans sa vie tel un boulet de canon, et mis à mal son quotidien aussi routinier que confortable. Un miaulement l'avertit de l'arrivée de Gabe, qui s'installa aussitôt sur ses genoux. Il lui grattouilla la tête en cherchant une réponse plausible.

— Je ne sais pas vraiment. Mais parfois, ça m'aide de venir m'asseoir un moment ici pour réfléchir à ma vie. Ce qu'elle a été. Où elle m'emmène.

— Ah, oui ? Vous me faites pourtant l'impression d'être un homme content de son sort. Vous possédez votre propre entreprise, vous êtes très populaire auprès de la gent féminine et vous êtes un membre respecté de la communauté, ici, à Everson. Vous êtes solidement enraciné là où est véritablement votre place.

— Il est vrai que je n'ai pas à me plaindre, mais la nature humaine est ainsi faite que l'on pense toujours à ce que l'on n'a pas, répondit-il en tournant la tête vers le jardin, comme si toutes les réponses se dissimulaient dans l'obscurité.

— Mais alors, dites-moi, Donnie Joe, que voudriez-vous que vous n'avez pas ?

Le ton badin qu'elle employa fut une provocation pour ses instincts les plus dangereux. Il tourna la tête pour la regarder, la mettant au défi de deviner la réponse à sa question. Ses cheveux courts voletaient dans le vent tandis que ses yeux bruns le fixaient et attendaient une réponse. Vêtue d'un sweat-shirt trois fois trop grand pour elle, Etta s'était recroquevillée sur sa chaise longue, et il se demanda si le vêtement avait appartenu à un ancien petit ami. Pour, soudain, se découvrir jaloux de l'ex-petit ami, et du sweat-shirt. Visiblement de plus en plus mal à l'aise sous son examen, elle changea de position, remonta les genoux et appuya le menton dessus.

Il se frotta le cou et leva les yeux vers le ciel nocturne.

— J'aime à penser que je suis quelqu'un d'indépendant mais, parfois, je rêve de pouvoir partager tout cela avec quelqu'un.

Elle prit l'air surpris.

— Ça ne devrait pourtant pas être difficile à trouver, si vous cherchez bien.

Il haussa les sourcils.

— Il suffit que je claque des doigts et la femme de mes rêves apparaît ?

— Est-ce que ça ne serait pas sympa, ça ? rétorqua-t-elle en souriant et en claquant des doigts. Quand on est prêt à tomber amoureux, hop, on claque des doigts et, abracadabra, il est là !

— Eh bien, je suis là, chérie. Vous voyez ? Ça marche ! repartit-il en éclatant de rire et en écartant les bras.

— Oui, mais ce n'est pas moi qui cherche ! répondit-elle en riant aussi.

— Non ? Tout le monde cherche quelque chose, n'est-ce pas ?

— Peut-être mais, pour le moment, je vais me contenter d'une bonne nuit de sommeil.

Elle se leva, le sweat-shirt lui retomba sous les genoux, et elle s'en fut vers la porte.

— Bonne nuit, Donnie Joe. Merci de m'avoir tenu compagnie.

— Bonne nuit, Etta.

Il grattouilla Gabe sous le menton en regardant s'éloigner son hôte, conscient que le sommeil allait le fuir plus que jamais.

Déposer Daphné pour son premier jour à l'école élémentaire d'Everson avait été étonnamment simple pour Etta, surtout quand on se souvenait de sa réaction première quand Me Starling avait vendu la mèche, au snack. Quand Belle prétendait que sa fille était adaptable, ce n'étaient pas des histoires. Une fois son sort accepté, Daphné avait fait preuve d'un étonnant pragmatisme. En faisant les courses la veille et à la grande surprise de sa tante, elle s'était presque comportée en adulte quant à ses besoins réels, et n'avait réclamé ni cahier de texte tsoin-tsoin ni trousse à l'effigie d'un quelconque personnage de dessin animé ou d'une marque renommée. Etta, qui en raffolait quand elle avait l'âge de sa nièce, avait quand même trouvé le moyen de glisser dans le caddie quelques stylos fantaisie et un classeur décoré d'une photo de chat. Juste au cas où.

En pénétrant dans le bâtiment ce matin-là, Etta était prête à accompagner sa nièce jusqu'à sa classe et à faire la connaissance de sa maîtresse pour que la fillette sache que sa tante était là pour elle. Mais elle constata rapidement que tout le monde attendait Daphné. Elles n'étaient pas arrivées que la directrice, Mme Carney, avait salué la petite fille et l'avait directement orientée vers la classe de CE1 de miss Lumpkins. Quand Etta lui avait emboîté le pas, Daphné s'était retournée pour lui dire :

— C'est bon, tante Etta. Tout va bien. On se voit après l'école.

— Oh, d'accord, en ce cas. Comme c'est Babeth qui viendra te chercher, on se voit donc ce soir à la maison, avait-elle répondu en s'efforçant elle aussi de se conduire en grande fille.

Elle avait souri, agité la main et attendu que Daphné ait disparu dans le couloir pour essuyer la larme qui avait coulé sur sa joue.

Pour Daphné, faire sa rentrée dans une nouvelle école n'était pas une nouveauté. Pour Etta, c'était comme jeter sa nièce dans la fosse aux lions. Mais après ce quasi-traumatisme scolaire, il avait été temps pour elle de prendre la direction de l'aéroport. Un rapide aller-retour à Chicago s'imposait et Donnie Joe avait insisté pour l'accompagner à son avion.

Elle l'avait très peu vu durant la semaine où elles avaient séjourné chez lui, car il sortait chaque soir après dîner et revenait très tard. Même s'il ne faisait pas de bruit, elle l'entendait rentrer depuis sa chambre derrière la cuisine. Comme elle entendait s'ouvrir et se refermer la porte du réfrigérateur et le bruit de ses pas se diriger vers la terrasse. Souvent, elle avait eu envie de l'y rejoindre au lieu de se tourner et se retourner dans son lit, mais elle ne l'avait pas fait. Depuis que toutes les trois avaient envahi sa demeure, elles avaient certainement chamboulé sa vie sociale coutumière ; elle avait décidé qu'il valait mieux le laisser profiter du peu d'intimité dont il pouvait encore disposer.

Il lui avait cependant proposé de la déposer à l'aéroport car il avait, paraît-il, à faire à Dallas. Une fois sur la route, il décida d'aborder un sujet qui lui pesait :

— Qu'en est-il de ce cuisinier que nous allons devoir recruter ?

Elle se tourna vers lui, surprise. Elle avait pourtant cru comprendre qu'une telle embauche ne l'emballait pas.

— Vous seriez prêt à en discuter ?

C'était bon signe. Le signe, du moins, qu'il commençait à la croire quand elle lui affirmait qu'elle ne resterait pas.

— Eh bien, je ne vois pas comment nous pourrions nous permettre d'embaucher un chef digne de ce nom. Car si vous partez, nous n'aurons pas d'autre choix, n'est-ce pas ?

— Je ne vais pas me sauver comme une voleuse et vous laisser dans la panade. Nous trouverons quelqu'un.

— Quelqu'un qui n'aurait pas besoin d'argent ? ironisa-t-il.

— J'y ai déjà réfléchi ; et je me suis dit que débaucher un cuisinier d'un des restaurants de Dallas ou de Fort Worth serait ce qu'il y a de mieux pour nous. Dans ce genre d'établissements, il y a toujours de grands chefs qui se sentent dans une impasse.

— Et qui sauteraient sur l'occasion d'aller travailler dans le B&B d'une petite ville, pour un maigre salaire contre un travail de forçat ?

— Franchement, pourriez-vous être encore un peu plus pessimiste ? fit-elle en levant les yeux au ciel. J'espère bien convaincre quelqu'un que ce serait une occasion en or. Et, oui, peut-être que, pour commencer, le salaire ne serait pas mirobolant mais, en partant de rien, ils aideraient le lieu à se faire un nom. Et ils s'en feraient un dans le même temps.

— C'est bien joli, tout ça, mais qui que soit ce type, je veux une étude approfondie de ses références. Et Babeth devra également l'approuver, décréta-t-il en immobilisant sa voiture dans la file dépose rapide de l'aéroport Dallas-Fort Worth.

Etta descendit de voiture, il en fit autant et alla sortir son sac de voyage du coffre.

— Ah, zut, je ne vais pas pouvoir recruter le tueur en série que j'avais en vue. Tant pis, je passerai une annonce la semaine prochaine. Merci de m'avoir accompagnée, Donnie Joe, conclut-elle en empoignant son sac pour pénétrer dans le terminal.

Installée près d'un hublot dans le vol pour Chicago, Etta se sentait presque étourdie à la pensée de tout ce qu'elle avait actuellement sur le feu. Ce voyage était devenu indispensable. Il fallait qu'elle parle à Diego, qu'ils discutent du problème Bed & Breakfast, du problème Sandra Mann et probablement d'un million d'autres sujets épineux. Elle ne l'avait pas averti de son arrivée, mais comme il ne l'avait jamais rappelée non plus… Toutefois, entre l'absence de nouvelles et les sinistres textos en lettres majuscules que lui envoyait régulièrement Mimi, elle ne pouvait que se faire du souci.

Même si Babeth avait accepté d'aller chercher Daphné à la sortie de l'école, elle avait bien l'intention d'être de retour dans la soirée. Il ne fallait surtout pas que Daphné se sente encore une fois abandonnée. Et puis, si rien ne sortait de ce court voyage, au moins pourrait-elle emplir une grande valise de vêtements et autres objets personnels dont elle s'était passée, croyant quitter Chicago pour seulement quelques jours.

Elle avait initialement prévu de consacrer le temps du vol à réfléchir à ce qu'elle allait dire à Diego. Il semblait se croire autorisé à tirer un trait sur elle pendant qu'elle s'occupait des affaires de sa grand-mère. Peut-être se trompait-elle, peut-être pas, mais il n'y avait qu'une façon de le savoir : l'avoir en face d'elle.

Cependant, ses pensées n'arrêtaient pas de revenir sur la grande inauguration du Bed & Breakfast, et surtout sur le menu de la Saint-Valentin. Élaborer des menus était une récréation pour elle, et celui-ci allait devoir être mémorable. Il devrait impressionner non seulement leurs tout premiers clients, mais aussi les autochtones. Ainsi, une fois terminé le tralala de l'inauguration, ils seraient tentés de revenir souvent au restaurant. Ce point était donc critique s'ils voulaient avoir une réelle chance de réussir leur pari.

Côté menu, elle penchait pour un velouté d'artichauts aux noisettes pour commencer – les noisettes étant bien entendu un hommage à sa grand-mère[1]. Ensuite, peut-être un plat avec de l'agneau et des

1. *Hazelnut* : « noisette » en anglais. *(N.d.T.)*

minicourgettes, elle n'était pas encore sûre, et allait devoir mettre le nez dans ses recettes. Une chose en revanche était certaine : le dessert serait une préparation à base de chocolat et de fruits frais, après un assortiment de fromages. Elle pourrait créer un joli menu, et recommander des vins pour chaque plat.

Ensuite, il fallait voir l'aspect pratique. Elle dresserait une liste et trouverait bien des marchés où elle pourrait acheter fruits et légumes frais. Elle préparerait des prospectus que Daphné et elle iraient distribuer dans tous les commerces de la ville. Sa nièce appréciait de participer au projet, et elle, elle avait vite découvert qu'elle se régalait chaque fois qu'elles passaient du temps ensemble toutes les deux. Après, eh bien elles attendraient que l'afflux des réservations fasse sonner sans discontinuer le téléphone.

Au sommet de sa liste figurait à présent le fait que Donnie Joe avait accepté de voir des candidats cuisiniers. Des suggestions de menus et peut-être une liste des priorités faciliteraient la vie à la personne qui prendrait le poste. Sans compter que la nouvelle cuisine allait être splendide. Etta suivait quotidiennement l'avancement des travaux et savait déjà que cela allait être une cuisine de rêve pour celui ou celle qui en prendrait les rênes.

D'ailleurs, elle avait un peu de mal à réprimer un soupçon de jalousie. Être pleinement en charge de sa propre cuisine, même une petite comme celle du Bed & Breakfast, était diablement séduisant. Au moins, elle ne verrait plus Diego arriver au dernier moment, les bras chargés de produits d'épicerie pour une nouvelle recette qu'il avait envie de créer. Certaines de ses idées étaient géniales, certes, mais d'autres étaient de véritables catastrophes, et elle avait toujours pensé qu'il ne fallait pas traiter leur clientèle comme des cobayes de dernière minute. Si elle était un jour responsable de sa brigade, il n'y aurait pas de tels chambardements. Qu'elle aimerait avoir de nouveau l'occasion de se consacrer uniquement à la cuisine ! D'accord, le côté administratif avait de l'importance, et elle excellait dans le domaine, mais cuisiner, préparer les aliments, nourrir les gens... c'était cela qu'elle aimait avant tout. Il allait falloir que Diego le comprenne.

Sitôt l'avion posé, elle sauta dans un taxi et fila droit sur le restaurant. Il était encore tôt. Les clients de midi ne seraient pas encore arrivés mais le personnel serait en train de tout préparer en vue du coup de feu. C'était le moment qu'elle préférait. La bousculade, le cliquetis des couverts, les verres qu'on fait briller, les derniers potins qu'on échange. C'était un peu comme la préparation d'un spectacle où chacun a son rôle à jouer. Et chaque jour, deux fois par jour, ils réussissaient à nourrir tout un tas de gens affamés. Qu'y avait-il de plus beau au monde ?

Une fois arrivée, elle régla la course et descendit de voiture puis, sur le trottoir, s'imprégna de l'atmosphère de la grande ville alors que les gens allaient et venaient autour d'elle. Avec l'impression d'être partie depuis des mois au lieu d'une petite dizaine de jours.

Les joues fouettées par une bise glaciale, elle inspira à fond, en se régalant de cette bizarre combinaison de gaz d'échappement, d'asphalte et de snacks sur le trottoir. Même les gens qui couraient, pressés par l'ambition, ajoutaient un petit quelque chose à cet arôme qu'elle en était venue à aimer. Même si, aujourd'hui, ils cavalaient plutôt pour échapper au froid et aux intempéries. De gros flocons de neige s'écrasaient sur son visage et commençaient à s'amonceler dans les angles des bâtiments.

Elle frissonna, mais choisit d'ignorer le mauvais temps encore une minute. Elle observa l'enseigne peinte à la main de *Point d'Orgue*, accrochée au-dessus de la grande porte de bois de l'ancienne chapelle qu'ils avaient achetée aux enchères. Elle détailla les rideaux à rayures bordeaux et crème aux fenêtres et les appliques tarabiscotées qu'elle avait trouvées et suspendues au-dessus de chaque box. Un élan de fierté et d'amour pour ce lieu la saisit, et elle eut envie de les savourer un instant encore, d'y puiser la force d'affronter Diego. Au lieu d'entrer par la cuisine comme elle le faisait toujours, elle décida aujourd'hui de tirer la porte principale et de pénétrer directement dans la salle de restaurant. Le personnel de salle dressait les tables. Leonard, le barman, faisait son inventaire. Pris par leurs tâches, aucun ne la remarqua alors qu'elle se dirigeait vers la cuisine.

Tout d'un coup, une femme lui barra le passage. Une femme brune à la tête surmontée d'une coupe à la garçonne digne des années 1920. Une petite trentaine, apparemment. Elle affichait un sourire commercial tout en essayant de faire reculer Etta vers la porte.

— Désolée, mais nous ne sommes pas encore ouverts. Veuillez, je vous prie, revenir dans une heure, nous ne commencerons pas à servir le déjeuner avant.

Nouvelle coupe de cheveux ou pas, Etta la reconnut dès l'instant où elle ouvrit la bouche. La dernière fois qu'elle avait vu cette femme, elle avait de longs cheveux peroxydés ramassés en une masse de boucles sur le sommet du crâne. Pas de doute, c'était bien une nouvelle version de Sandra Mann qui se tenait au milieu de *son* restaurant comme si elle en était la propriétaire, et qui lui ordonnait de revenir plus tard...

— Je ne suis pas venue déjeuner, et vous, vous devez être Sandra, l'arrêta Etta. Je suis Etta Green, la partenaire de Diego.

— Oh, Etta ? Diego sait-il que vous êtes là ? fit la femme, apparemment stupéfaite, et moins que ravie de la voir.

— J'étais sur le point d'aller l'en avertir, rétorqua Etta, en attendant que la femme disparaisse de son chemin.

Elle n'en fit rien. Au contraire, elle lui posa une main sur le bras. Condescendante, comme le confirmèrent ses paroles :

— Pourquoi n'irais-je pas vous le chercher ?

— C'est inutile, fit Etta en lui passant sous le nez.

Derrière son bar, Leonard leva enfin la tête.

— Hé, patron ! Quand êtes-vous rentrée ? On a tous été désolés d'apprendre, pour votre grand-mère.

— Merci, Leonard, répondit Etta en poursuivant son chemin vers la cuisine. Et merci pour la carte que vous m'avez tous envoyée, elle m'a beaucoup touchée.

L'ensemble du personnel lui avait en effet écrit une carte, et elle avait pleuré comme un bébé en la lisant. Elle perçut que l'émotion la gagnait de nouveau et se dépêcha de pousser les portes battantes séparant la salle de la cuisine. Sandra Mann toujours sur les talons.

Un brouhaha familier l'y accueillit dès son entrée. Debout devant le piano, dos tourné, Diego hurlait des ordres à Mimi. Qui lui répondait de même tout en émincant des légumes. Georges sortait le pain du four. Henry, le chef pâtissier, fouettait quelque chose dans une immense jatte et s'arrêta net en la voyant. Il fit le tour du plan de travail pour venir la serrer dans ses bras.

— Etta, vous êtes rentrée ! Qu'est-ce que vous nous avez manqué.

— Merci, Henry. Vous aussi, vous m'avez tous manqué.

Henry Baron était un type très grand, très maigre, qui était un prince dans son domaine. Certains des plus fidèles clients de *Point d'Orgue* n'y venaient que pour ses desserts. Si Diego avait toujours été jaloux de sa notoriété, il avait eu l'intelligence de comprendre que quand on baptise son restaurant *Point d'Orgue*, il vaut mieux avoir d'excellents desserts. Et Henry était le meilleur. C'était aussi une crème d'homme.

Diego, quant à lui, prit le temps de reposer un couvercle sur la grande marmite qui mijotait sur l'un des feux avant de se retourner vers elle. Son regard sombre la transperça et elle perçut la mauvaise humeur dissimulée derrière son sourire. Ce regard, qu'elle connaissait bien, lui signifiait qu'elle l'avait de nouveau déçu.

Sandra, qui la serrait toujours de près, dut se sentir oubliée et se précipita en s'exclamant :

— Regarde qui est là, Diego !

Diego tourna brièvement les yeux vers elle pour la remercier de sa contribution avant de les reporter sur Etta.

— Ah, tu es revenue, déclara-t-il d'un ton exagérément poli.

— Pas exactement, mais nous avons à nous parler, rétorqua-t-elle en s'efforçant d'imiter son attitude à la limite du civilisé.

— Je suis d'accord. J'ai peut-être dix minutes à te consacrer, fit-il en haussant une épaule en guise d'excuse.

Elle comprenait. Les premiers clients n'allaient plus tarder à présent.

— Merci, il ne m'en faudra pas plus. Je dois reprendre un avion pour le Texas aujourd'hui.

Elle vit ses narines se dilater à cette annonce.

— Allons dans le bureau, en ce cas. Mimi, remplace-moi, s'il te plaît.

— Comme si c'était fait, chef, répondit l'intéressée, mais en les regardant tous deux comme s'ils étaient des extraterrestres.

La plupart du temps, leurs patrons riaient, hurlaient ou se mettaient en boîte, et c'était libérateur pour tout le personnel. Cette nouvelle courtoisie forcée leur indiquait l'imminence de gros problèmes, leur horizon s'étant déjà considérablement assombri depuis quelque temps.

Etta sourit à tous afin de les rassurer et s'en fut en direction du bureau. Elle en ouvrit la porte et Diego la suivit. Suivi bien entendu de Sandra Mann.

— Désolée, madame, mais ceci est un entretien privé, proféra Etta, les poings serrés, en luttant contre une folle envie de la jeter dehors *manu militari.*

— Etta, intervint immédiatement Diego, Sandra doit également participer à cette conversation.

— Merci, Diego.

Sandra se nicha aussitôt contre lui en souriant, afin de laisser voir à qui voudrait le savoir qu'en termes d'équipe elle faisait corps avec lui contre Etta.

Si tel est le cas, ça va swinguer, songea Etta.

— Je ne voudrais pas me montrer grossière, mais pourquoi diable a-t-elle besoin d'être là ?

— Il y a eu quelques changements pendant ton absence, mais ce sont de bonnes nouvelles. Et je suis ravi que tu sois là, ça me permet de te les annoncer en personne.

Oh, oh, tout ceci ne fleurait pas bon du tout. Pour preuve, cette drôle de sensation désagréable dans son ventre.

Diego sourit à Sandra comme si elle lui avait décroché la lune et tout un tas d'étoiles tant qu'elle y était. Puis il prit une grande inspiration et déclara, fier comme Artaban :

— Félicite-moi, Etta. Avant-hier, Sandra et moi nous sommes mariés.

11

— Hein ? Mais tu es cinglé ? Vous venez à peine de vous rencontrer !

Les mots lui échappèrent avant qu'elle pût les retenir, mais ni Diego ni Sandra ne semblèrent concernés par cet éclat.

Ils devaient probablement s'être déjà habitués à ce type de réactions.

Diego passa un bras autour de sa nouvelle épouse et la serra contre lui.

— Je sais. Que te dire ? Le coup de foudre, c'est un tel lieu commun… Je n'aurais jamais pensé que ça m'arriverait un jour.

— Oh, bébé, c'est si gentil, ronronna Sandra en lui tripotant l'oreille.

Etta se livra à un rapide calcul afin de tenter d'évaluer les conséquences de ce mariage irréfléchi sur elle, sur le restaurant, et sur le reste de son univers. Ça expliquait au moins pourquoi Sandra avait joué les hôtesses à son arrivée. Manifestement, la dame clamait déjà ses droits sur son territoire.

— Tu voudras bien m'excuser, mais je dois dire que je suis choquée.

— Je sais que ça a été soudain, mais n'es-tu pas heureuse pour moi, Etta ?

— J'ignore ce que je ressens pour l'instant. Ça fait gros à avaler.

— Bien sûr, et je suis désolé de te l'avoir appris ainsi, mais c'est vrai aussi que tu n'as pas vraiment été dans le coin ces derniers temps, n'est-ce pas ? Et maintenant, tu dis que tu dois retourner au Texas aujourd'hui même ?

— Oui. Ma sœur est toujours absente et je dois veiller sur ma nièce. Mais ça, je t'en avais déjà informé. Je dois aussi superviser les rénovations dans la maison de ma grand-mère. T'ai-je dit qu'elle va être transformée en Bed & Breakfast ? Il faut également que je trouve quelqu'un pour le diriger, et aussi quelqu'un d'autre pour la cuisine, par-dessus le marché. Rien n'est réglé pour l'instant.

— Vaste programme, dirait-on, intervint Sandra.

— Tu as certainement une foule de choses à faire, opina Diego.

— Je sais que je te laisse en plan avec le restaurant, mais j'espère que ça ne va plus être long.

— Nous pensons avoir trouvé une solution qui satisfera tout le monde, reprit Sandra, tout sourire.

— Nous ? répéta Etta en sentant de nouveau monter la colère.

Même si cette bonne femme était l'épouse de Diego, elle devrait apprendre à fermer un peu son clapet.

Diego prit Etta par le bras et l'escorta jusqu'à la chaise devant le vieux bureau métallique qui occupait presque tout l'espace de la pièce exiguë.

— De toute façon, nous avions l'intention de t'appeler cette semaine. Pourquoi ne t'assiérais-tu pas pendant que je t'explique ?

C'était dit maintenant, deux contre un. Elle refusa d'être la seule à être assise.

— Non, ça va. Dis-moi juste à quoi rime tout cela.

— D'accord. Je vais être direct, Etta. Tu n'en mérites pas moins, après tout ce que nous avons traversé au fil des années.

— J'attends, dit-elle en commençant à taper du pied.

— Sandra veut racheter tes parts dans le restaurant, lui annonça-t-il en souriant, comme si ces paroles n'allaient pas faire voler sa vie en éclats.

Elle se laissa choir sur la chaise.

— Mais de quoi parles-tu ?

Incroyable, elle détecta même une note d'hystérie dans sa voix.

— Tu te souviens que j'ai la majorité de contrôle dans cette entreprise, déclara-t-il en croisant les bras.

Oh, oh, déjà les coups bas.

— Comme si tu m'avais permis de l'oublier.

— Dans ces circonstances, j'aurais tout à fait le droit de te flanquer dehors, reprit-il avec emphase.

— Me *flanquer dehors* ? Ça alors, si je n'ai pas entendu cette menace qui vire à la rengaine deux cents fois, Diego, je ne l'ai jamais entendue !

— Ce n'est pas une menace en l'air, cette fois. Tu es partie sans prévenir, au pire moment qui soit, et ensuite, non seulement tu es restée au Texas mais, en plus, tu viens juste d'annoncer que tu y retournes de ce pas.

Elle ne répondit rien. Tout ce qu'il venait de dire était exact, mais il se servait de la mort de sa grand-mère pour justifier une rupture de partenariat.

— Sandra a été un ange, poursuivit-il. Elle a de grandes idées pour améliorer le restaurant, et elle a l'argent pour les réaliser.

Ah, ah. Était-ce tant que cela un mariage d'amour ? Qu'il l'ait épousée pour son argent était infiniment plus plausible que cette histoire de coup de foudre.

Sandra dut prendre son silence pour un plaider-coupable, car elle ouvrit un tiroir et en sortit une épaisse liasse de papiers qu'elle posa sur le bureau avant de la pousser dans sa direction.

— Voici la proposition. Au lieu de vous licencier, je suis disposée à vous verser une indemnité qui correspondra plus ou moins à votre intéressement dans *Point d'Orgue*. C'est plus qu'équitable.

Etta empoigna la liasse et parcourut rapidement le premier feuillet. La somme proposée était très généreuse, mais pas suffisante pour acheter un autre restaurant. Et de loin. En gros, ils l'excluaient de la société et récolteraient les lauriers de tout le travail acharné qu'elle avait consacré *à Point d'Orgue*.

— Je ne pense pas que ceci soit très légal.

— Mon avocat m'assure que ça l'est, déclara Sandra en allant se planter près de Diego.

— Votre avocat peut aller se faire voir. Tu ne peux pas être sérieux, Diego.

Il était son plus cher ami depuis si longtemps… S'il voulait laisser cette épouse d'opérette mener la charge et détruire la vie de son associée et amie, elle voulait au moins qu'il ait le cran de le reconnaître. Aussi se leva-t-elle pour le regarder dans les yeux.

— Comptes-tu réellement me traiter de la sorte, Diego ? *Point d'Orgue*, c'était notre rêve à tous les deux à l'école de cuisine, et ça l'est toujours. Je ne parviens pas à comprendre comment tu peux me traiter ainsi. Nous avons construit cet endroit ensemble, toi et moi. S'il te plaît, dis-moi comment cela peut te paraître juste ?

Tout d'abord, il baissa les yeux vers le sol, puis il lui tourna le dos en un refus manifeste de la regarder.

— C'est une belle offre, Etta. Accepte-la.

Etta prit le temps d'observer le bureau exigu dans lequel ils avaient rêvé, cherché des solutions et lutté pour faire de *Point d'Orgue* une réussite. Elle était très moche, cette pièce, et c'était ridicule de se rendre compte qu'elle allait lui manquer si elle ne pouvait pas mettre un terme à ce complot, cette trahison. Elle en avait le cœur à l'envers. La déloyauté de Diego menaçait de la suffoquer mais elle lutta pour conserver une apparence de calme en pliant l'immonde proposition avant de se diriger vers la porte.

— Mon avocat prendra contact avec vous.

Elle regagna la cuisine, Diego et Sandra sur les talons, repéra une grande jatte de gaspacho posée sur le comptoir du service et se dirigea vers elle.

— Arrêtez-la, quelqu'un ! hurla Diego. Ne la laissez pas approcher de cette soupe !

Trop tard. Elle saisit les deux poignées de la jatte, souleva le tout et refit carrément face à Diego. Il agita les bras pour se protéger tandis qu'elle versait le liquide dans un autre pot.

— Cette jatte m'appartient, je l'emporte, déclara-t-elle d'un ton de défi.

Henry salua le tout d'un pouce levé alors qu'elle sortait, son plat sale sous le bras.

Après avoir déposé Etta à l'aéroport, Donnie Joe s'en fut voir Craig Knowles, des Hôtels Knowles, à propos du contrat pour leur nouvelle chaîne hôtelière. Il avait eu le pressentiment que les nouvelles ne seraient pas bonnes, et il ne s'était pas trompé car ils lui avaient finalement préféré une plus grosse compagnie. Knowles le remercia du temps qu'il leur avait consacré, et ce fut la fin de leur rendez-vous.

Un simple appel téléphonique lui aurait certes suffi, mais maintenant qu'il était en ville, il allait s'occuper d'une autre chose, suite directe de son entretien négatif. Il entra dans le bâtiment abritant les bureaux de Reflexion Pools et annonça à l'hôtesse d'accueil qu'il voulait voir M. Barnes.

Quelques instants plus tard, on l'introduisait dans le bureau de ce dernier. Barnes était un homme élancé aux manières de représentant de commerce. Il fit le tour de son bureau, main tendue.

— Comment allez-vous, monsieur Ledbetter ? Je vous remercie de votre visite, déclara-t-il en lui serrant la main.

— En ce cas, venons-en directement au fait. Combien me proposez-vous pour mon entreprise de piscines ?

Une heure plus tard, il avait en main un accord provisoire correspondant plus ou moins à celui que Barnes avait passé avec Charlie Biggs. À ceci près qu'il conserverait les contrats de maintenance de ses clients actuels et qu'il honorerait ses quelques contrats d'installation de piscines en cours, y compris celle de l'*Hazelnut Inn*. Barnes lui remettrait un joli chèque pour son entreprise et avait accepté de conserver tout son personnel. Subvenir aux besoins des gens qui travaillaient pour lui était pour Donnie Joe une obligation morale.

Il avait finalement opté pour la solution la plus pragmatique, mais il n'en était pas moins extrêmement déçu. Pourquoi le nier ? Faire petit à petit de son affaire un succès lui avait permis de prouver sa valeur à la communauté d'Everson. Mais il s'en sortirait, c'était une promesse à lui-même qu'il comptait bien tenir. Si les choses devaient encore empirer, il pourrait toujours vendre cette grande maison qu'il avait surtout acquise pour impressionner son monde, et s'en trouver une plus petite. Sans compter que, de toute façon, le magasin et ses contrats de maintenance lui procureraient toujours assez pour vivre.

Toutefois, et comme Etta devait regagner son restaurant aussitôt que possible, ils allaient devoir embaucher un cuisinier. Et embaucher quelqu'un signifiait dépenser encore de l'argent. De l'argent qu'ils n'avaient pas.

Belle reviendrait bientôt, et elle emmènerait Daphné Dieu sait où. Dans le même temps, Etta retournerait à Chicago et se laisserait aspirer par la gestion de son restaurant. Ne resteraient plus que Babeth et lui, seuls pour composer avec les problèmes inhérents autant que quotidiens de l'auberge. Tel était bel et bien le fond du problème.

Quoi qu'en dise Etta.

Dernièrement, il avait passé bien trop de temps à penser à elle. Elle avait réussi à lui entrer dans la peau sans qu'il s'en aperçoive. Il s'était régalé à avoir Babeth à la maison, car son esprit vif le maintenait sur le qui-vive et le poussait à faire attention à sa conduite. Daphné ? C'était une bouffée d'air frais, même si sa sempiternelle curiosité était parfois fatigante. Quand elle s'y mettait, les questions fusaient au rythme de plusieurs à la minute. Pour finir, Gabe l'aimait. Cela seul suffisait à prouver qu'elle était spéciale.

Etta, en revanche, c'était une autre histoire.

Par moments, cette femme pouvait être particulièrement pénible, difficile, têtue comme une bourrique, au point qu'il rêvait de l'étrangler à mains nues. Chacune des décisions qu'ils prenaient pour l'auberge exigeait d'être débattue de toutes les manières possibles et envisageables. C'était épuisant. Et stimulant, devait-il bien admettre.

À d'autres moments, il l'observait alors qu'elle était en compagnie de Babeth ou de Daphné, et elle devenait la douceur et la gentillesse incarnées. Un modèle d'optimisme et de bonne humeur qui leur permettait de traverser les journées difficiles. Calme et composée. Ces deux aspects d'elle l'attiraient tel un aimant, mais il refusait d'être attiré. Plutôt manger son chapeau. Enfer et damnation, sa vie était assez chaotique comme ça pour l'instant sans y ajouter cette complication ! Un raisonnement que comprenait parfaitement sa tête, mais que son corps réfutait.

Au cours de cette semaine où elles avaient séjourné chez lui, il s'était fait un devoir de sortir tous les soirs après dîner pour s'éloigner plus spécifiquement d'Etta, pour maintenir une distance de sécurité. Mais, il ne savait pas pourquoi, *Chez Lu-Lu* n'avait plus son attrait coutumier. Oh, il buvait quelques bières, faisait virevolter quelques femmes sur la piste de danse, mais il pensait toujours à la femme endormie dans la petite pièce derrière sa cuisine. Il se souvenait de ce qu'il avait ressenti en la faisant virevolter, elle, sur la piste. Il se souvenait de son corps plaqué contre le sien, et de son cœur qui battait de plus en plus fort. Il voulait le revivre, encore et encore. Lamentable, vraiment, d'autant plus que cela frisait l'obsession. Il se retrouvait, aux instants les plus incongrus, à détailler sa bouche, ses lèvres pleines quand elle parlait. Ces lèvres qui le rendaient fou. S'il ne faisait pas attention, il pourrait bien se retrouver un jour à la soulever, la plaquer contre lui et mettre à mal son rouge à lèvres. C'était du moins ce qu'il se disait tard dans la nuit quand il allait s'asseoir dans son patio. Il songeait à Etta et laissait le vent froid de l'hiver faire de son mieux pour lui rafraîchir ses ardeurs.

Le vol de retour à Everson fut retardé pour cause de mauvais temps. À O'Hare, l'appareil attendit une bonne demi-heure à l'entrée de la piste d'envol avant de pouvoir enfin décoller, puis tourna en rond pendant un temps fou avant de finalement se poser à Dallas. À moitié hébétée, Etta fit le voyage coincée entre deux hommes d'affaires qui discutèrent baseball pendant toute la durée du vol. Ils tentèrent bien une fois ou deux de la faire participer, mais son mutisme les fit très vite renoncer.

Elle avait téléphoné à Babeth depuis Chicago mais ne lui avait rien dit de son détestable entretien avec ce modèle de fourberie qu'étaient les nouveaux mariés. Elle lui avait juste demandé de ne pas venir la chercher car elle louerait une voiture à l'aéroport pour rentrer. Il y avait école le lendemain et elle ne voulait pas que Babeth et Daphné prennent la route aussi tard.

Quand elle descendit presque à tâtons de l'appareil et récupéra la gigantesque valise contenant la majorité de ses possessions, elle était si épuisée qu'elle ne voyait même plus clair. Aussi, en découvrant Donnie Joe qui brandissait un panonceau sur lequel il avait inscrit « Etta Green », elle pensa que c'était la fatigue qui la rendait si heureuse de le voir. Mais le fait qu'il eût imprimé *Hazelnut Inn* en haut du panonceau lui donna envie de pleurer. Ils ne s'étaient pas encore préoccupés de chercher un meilleur nom que l'*Everson Inn on Old Town Creek*. Elle savait qu'il faudrait le faire, et que cela les aiderait de planter une pancarte quelque part afin que les visiteurs aient un indice sur l'endroit où trouver cette satanée auberge. Seulement, elle avait repoussé la tâche, comme bien d'autres à faire. Et voilà que, pouf, juste comme ça, le problème était réglé. *Hazelnut Inn*, quel plus beau nom pourraient-ils jamais trouver ?

— Bienvenue à la maison, Etta.

Le sourire de Donnie Joe fut, comme d'habitude, désarmant, et elle ne protesta même pas quand il voulut empoigner sa valise.

— Tout ceci est inclus dans le service, madame.

Il lui fit passer les portes automatiques du terminal et une bise glaciale les assaillit alors qu'ils se dirigeaient vers le parking. En arrivant à sa camionnette, il lui ouvrit la portière passager, l'aida à s'installer, puis alla charger la valise à l'arrière, prit place derrière le volant et mit le contact.

Prise de frissons, elle tendit les mains vers l'air chaud qui sortait des bouches de ventilation.

— Merci d'être venu me chercher, Donnie Joe. Vous n'auriez pas dû, mais j'en suis ravie. En fait, je pense même que je pourrais vous embrasser, là, tout de suite.

— Ce n'est pas moi qui vais vous en empêcher.

Les yeux verts scintillèrent dans la pénombre.

— C'était juste une façon de parler, balluche. Je voulais dire que je vous en suis profondément reconnaissante. C'est tout.

Il secoua la tête, faussement déçu.

— Ne venez pas me taquiner ainsi, alors… me donner des espoirs et me laisser tomber ensuite ! plaisanta-t-il avant de reprendre, plus sérieux : Alors, comment s'est passé votre voyage ? Avez-vous pu régler quelque chose ?

Etta prit son temps pour répondre.

— Pour faire court, disons que… je suis tout à vous, intégralement et sans conditions, pour la grande inauguration, et même pour après, qui sait ?

Peut-être pour bien longtemps, en fait.

— Et voilà, vous recommencez à me taquiner.

— Oh, non, je suis sérieuse. Beaucoup de choses dépendent de la date à laquelle Belle décidera de revenir, mais même si elle rentrait demain, je prévois de rester à Everson jusqu'à ce que l'auberge soit ouverte.

Pendant le vol de retour, elle avait décidé d'y aller étape par étape. Tout d'abord, elle allait demander à Corbin Starling d'éplucher l'accord de partenariat qu'elle avait signé avec Diego ainsi que la proposition que lui et son intrigante épouse lui avaient soumise afin de racheter ses parts. Avec un peu de chance, son avocat lui apprendrait que tout ce fatras ne tenait pas debout. Pendant ce temps, elle allait faire ce qui était en son pouvoir pour que le Bed & Breakfast soit prêt à ouvrir à la date prévue.

— Oh, à propos, le nom me plaît beaucoup.

— Je vous demande pardon ? fit-il en tournant brièvement les yeux vers elle.

— Le nom, sur le panonceau. *The Hazelnut Inn*. Je le trouve parfait.

— Oh, ça. Votre grand-mère disait toujours qu'Hazelnut était le petit nom que lui donnait son père. Et ça la faisait toujours sourire quand elle en parlait. Ce n'est pas mon rôle de trouver un nom pour cette auberge, mais quand Babeth m'a dit que vous aviez besoin qu'on aille vous chercher, je n'ai pas pu résister.

— Eh bien, je pense que nous devrions l'officialiser. Je vais commander l'enseigne dès demain. Ensuite, il nous faudra commander du papier à lettres, des menus, et toutes sortes d'autres choses avec cet en-tête. Il est plus que temps que je cesse de traiter tout cela comme la toute dernière lubie de mamie Hazel et que je m'y mette sérieusement.

Il lui jeta un autre regard avant de se concentrer sur sa conduite.

— Je ne vais pas vous demander ce qui vous a poussée à ce changement d'avis, mais je peux vous dire que je suis vraiment heureux de l'entendre.

— Merci, Donnie Joe.

Après sa journée pour le moins éprouvante, la sincérité de Donnie Joe lui fut un véritable baume. Au moins une personne qui était contente de sa présence. Elle s'installa plus confortablement sur le siège de cuir éraflé et se concentra sur le paysage texan qui défilait derrière les vitres, d'abord sur l'autoroute, puis sur les routes secondaires menant à Everson. Dans les phares elle distingua une légère brume qui tombait du ciel nocturne.

— Selon la météo, nous pourrions avoir de la neige, commenta Donnie Joe.

— Il neigeait à Chicago. La traîtresse a dû me suivre jusqu'à chez moi.

Le sourire qui fendit le visage de Donnie Joe illumina l'habitacle.

— Etta Green, ne venez-vous pas de qualifier Everson de « chez vous » ?

Elle poussa un gros soupir et se résigna à affronter la dure réalité.

— Après ce qu'il s'est passé aujourd'hui, il se pourrait bien qu'Everson soit le seul chez-moi que j'aie.

12

Qu'est-ce que ça pouvait bien vouloir dire ? Autant Donnie Joe eut envie de bombarder Etta de questions, autant il préféra se taire. Quelque chose n'allait pas, il l'avait tout de suite deviné à l'aéroport en la voyant arriver. Il lui avait suffi de la voir maltraiter sa valise pour comprendre. Elle avait l'air… blessée. Quelque chose – quelqu'un ? – avait éteint l'esprit *allez-tous-au-diable* qui semblait toujours l'éclairer de l'intérieur. Ce même esprit qui, bien sûr et la plupart du temps, lui donnait envie de lui faire entrer la raison dans le crâne, mais ce soir, il aurait tout donné pour le voir de nouveau pétiller dans ses yeux.

Après lui avoir fait cette annonce sidérante, Etta s'était réfugiée dans le silence. Il comprit qu'elle en avait besoin. Quand, peu avant, il lui avait dit être vraiment heureux qu'elle reste un peu plus longtemps, il l'avait réellement pensé, et ça ne laissait pas de l'étonner. Jamais il n'aurait imaginé ressentir cela à peine quelques jours plus tôt. Mais pour ce qu'elle devait en avoir à faire, de ce qu'il pensait ou ressentait en ce moment… Il continua alors à conduire en silence et à regarder la brume se transformer en neige.

Elle tombait dru quand ils s'arrêtèrent dans son allée. Il la fit vite entrer et charria sa valise jusque dans la chambre qu'elle occupait chez lui. Il gagna ensuite le salon. Installée sur le canapé, Etta faisait de gros efforts pour dissimuler son humeur à Daphné, qui lui narrait sa première journée d'école.

Babeth cessa de tricoter le temps de déclarer :

— Etta, Daphné a rapporté une tonne de formulaires qu'il faudrait que tu signes. Je les ai posés sur ton lit.

— Merci, Babeth. Et merci d'être allée la chercher ce soir.

— Ce n'était rien, chérie. J'aime me rendre utile.

— Les copains ont trouvé ton camping-car ultracool, cousine Babeth, enchaîna Daphné. Ils étaient jaloux que je rentre à la maison dedans.

— Mais chacun sait que tout ce qui concerne Babeth est ultra-cool, lança Donnie Joe.

— Oh, Donnie Joe ! caqueta Babeth, ravie de la plaisanterie.

— Alors, raconte-moi tout, reprit Etta en se tournant vers sa nièce. Est-ce que l'instit' est sévère ? Et les garçons, ils sont mignons ?

— Sois pas bête, tante Etta, pouffa Daphné. Les garçons sont idiots. Ils font tout le temps des bruits horribles et ils pensent qu'ils sont drôles, mais ils ne le sont pas du tout.

— Vous entendez ça, Donnie Joe ? fit Etta. Les garçons sont idiots.

— Au nom des garçons du monde entier, je proteste énergiquement, rétorqua l'intéressé en s'installant dans son fauteuil inclinable.

Daphné fit aussitôt marche arrière.

— Je voulais pas dire toi, Donnie Joe. Toi, tu es vraiment intelligent et, des fois, tu es drôle aussi.

Il se mit à rire en faisant basculer son fauteuil en arrière.

— Et toi, jeune demoiselle, tu es visiblement à même de cerner les gens.

Si Etta leva les yeux au ciel, au moins elle souriait.

— Allez, raconte-moi ta journée, chérie.

La fillette se pelotonna contre elle.

— Rose est vraiment sympa. Je suis assise à côté d'elle en classe. Et à la cantine, elle m'avait gardé une place pour que je ne sois pas toute seule pour le déjeuner. Et puis il y a ces deux autres filles avec qui elle était, des jumelles. Sawla et Sheila. Elles parlent tout le temps, mais elles sont gentilles aussi. Elles se ressemblent tellement que je pourrais pas dire qui est l'une et qui est l'autre.

— Oh, bien. Rose et les jumelles, c'est un bon début, non ? répondit Etta en passant un bras autour de Daphné comme si elle ne voulait plus la lâcher.

— Oui, c'est ce que je déteste le plus quand je vais dans une nouvelle école. Le déjeuner. Tout le monde te regarde comme si tu étais empotée. Mais aujourd'hui, c'était super. Et miss Lumpkins a dit que je serais dans les classes top niveau.

— Ça ne m'étonne pas, futée comme tu es. Et qu'en est-il des devoirs du soir ? Tu en as à faire ?

— Je les ai faits avant de dîner. C'était fastoche.

Babeth se leva et tendit la main à la fillette.

— Je t'ai laissée attendre le retour de ta tante, mais il est grand temps d'aller prendre ton bain, jeune demoiselle. Et ensuite, dodo.

— Déjà ? Il est encore de bonne heure, se plaignit Daphné tout en bâillant.

— Babeth a raison, intervint Etta en se levant elle aussi. Allez zou, au bain.

— Tu as eu une longue journée, Etta, reste tranquillement ici. On va se débrouiller comme des grandes, toutes les deux.

Etta parut hésiter un instant, mais l'épuisement gagna manifestement la bataille.

— D'accord, mais je viendrai te souhaiter bonne nuit tout à l'heure.

— Je pourrai lire en t'attendant ? s'enquit Daphné.

— Bien sûr.

— Bonne nuit, Donnie Joe, cria Daphné en disparaissant dans le couloir.

— Bonne nuit, beauté, cria-t-il en retour. En parlant de dîner, vous avez mangé quelque chose, Etta ? l'interrogea-t-il en se levant et en partant vers la cuisine sans attendre sa réponse. Il reste de la pizza de ce soir, pepperoni et olives. Ou alors, j'ai de la soupe de pommes de terre maison si vous préférez. Ça serait peut-être mieux de la réchauffer par le temps qu'il fait.

— De la soupe maison ? Mazette. Est-ce vous qui l'avez faite ? le questionna-t-elle en le suivant dans la cuisine.

— Non, et je vous le dis tout de suite, il ne vaut mieux pas ! C'est une amie qui m'apporte souvent un peu de soupe à mettre dans le congélateur quand elle en fait une marmite. Elle sait que j'adore ça.

— On dirait que des tas de femmes vous apportent tout un tas de choses à manger.

Il n'y avait jamais vraiment réfléchi.

— Ce n'est pas grand-chose. Everson est une petite ville, tout le monde se soucie les uns des autres.

— Et vous vous souciez de toutes ces femmes ?

Il comprit ce qu'elle voulait impliquer mais refusa de mordre à l'hameçon.

— Bien sûr. Je suis toujours ravi de donner un coup de main quand on me le demande. Si elles veulent me payer en nourriture, ça me va parfaitement.

Il farfouilla dans le congélateur et en sortit un récipient.

— Alors, soupe ou pizza ? À vous de choisir.

— La pizza, ce sera très bien. Si vous voulez laisser dégeler cette soupe, je pétrirai demain une jolie miche de pain pour l'accompagner.

— Oh, bon sang, du pain maison ? Marché conclu en ce cas.

— Accordez-moi une minute, que j'aille dire bonsoir à Daphné. Sinon, telle que je connais cette gamine, elle va lire toute la nuit.

— Je vais en profiter pour vous faire réchauffer la pizza. Babeth avait préparé aussi une salade.

— Merci, Donnie Joe. Je reviens, fit-elle en disparaissant dans le couloir.

Il sortit une assiette et un bol et les posa sur le comptoir. Puis des couverts et, à force de fouilles approfondies dans un tiroir, une serviette de table en tissu. Il disposa le couvert sur un set et lui versa un verre de thé glacé. Sans s'interroger sur ce besoin soudain de s'occuper d'elle. S'il en connaissait un rayon sur les femmes – il se targuait d'être spécialiste dans le domaine – il y avait fort à parier que celle-ci avait bien besoin d'une épaule sur laquelle s'appuyer.

Elle fut très vite de retour.

— La honte soit sur moi, j'ai parlé trop vite. La pauvre était si fatiguée qu'elle s'était endormie sur son livre. Elle n'a pas eu une semaine facile.

— Elle a tout de même de la chance de vous avoir, Babeth et vous, pour prendre soin d'elle. Asseyez-vous, ce sera prêt dans une minute, répondit-il en lui présentant un tabouret devant le bar.

— Merci, Donnie Joe, c'est vraiment très gentil. Je suis si fatiguée que je ne sais même pas si j'ai faim ou pas.

— Quand avez-vous mangé pour la dernière fois ? s'enquit-il en sortant un grand saladier du réfrigérateur ainsi que deux ou trois flacons de sauces de salade variées.

Il ignorait si elle avait suffisamment revu ses standards à la baisse pour consommer de la sauce toute faite, mais elle emplit son bol d'un monceau de salade et versa dessus assez de sauce au bleu pour repeindre la cuisine.

— J'ai mangé un muffin à la banane ce matin au petit déjeuner, répondit-elle.

Le micro-ondes tinta. Il n'avait pas posé l'assiette devant elle qu'elle plantait les dents dans sa part de pizza.

— D'accord, fit-elle, la bouche pleine. J'avais tort. Je meurs de faim.

Il sourit et la regarda engloutir sa pizza avec plus d'entrain qu'un adolescent en pleine croissance. Etta était une femme moderne, forte et indépendante. Elle n'était pas du genre à vouloir se faire chouchouter et, la plupart du temps, il ne fournissait pas ce type de prestations. Il aimait prendre du bon temps, point à la ligne. Mais ce soir, en revanche, se mettre à son service ne le dérangeait pas.

Il tenta le tout pour le tout et posa la question cruciale.

— Que s'est-il passé à Chicago, Etta ? Pourquoi êtes-vous revenue avec la tête de celle qui vient de se faire renverser par un poids lourd ?

— C'est aussi évident ?

— Aussi évident que le nez au milieu de votre figure.

Bon. Elle ne l'avait pas rembarré, ni ne lui avait dit de se mêler de ce qui le regardait. C'était bon signe.

— Que s'est-il passé au restaurant ? répéta-t-il.

— Pourquoi vous en inquiéter, Donnie Joe ? Je vais rester jusqu'à l'inauguration. Ensuite, bien malin celui qui saura ce que je vais faire.

— Mais que s'est-il passé ? insista-t-il, persuadé que s'il répétait encore et encore la question, elle finirait par lui répondre.

Elle laissa choir son morceau de pizza dans son assiette.

— Diego s'est marié, et maintenant sa femme et lui veulent m'obliger à quitter le restaurant.

— Diego est votre associé, c'est bien ça ? Comment peuvent-ils faire une chose pareille ?

— Si je le savais... Ils m'ont remis un gros tas de papiers rempli de jargon juridique en disant qu'ils voulaient racheter mes parts. Je vais demander à Corbin Starling d'y jeter un œil, et me dire quelles sont mes options.

— Je comprends mieux maintenant la tête d'enterrement que vous faisiez tout à l'heure en arrivant. Il y a de ces ordures sur terre !

Il fut stupéfait de constater combien il s'enflammait pour une affaire qui n'était pas la sienne.

— Je ne parviens toujours pas à y croire, mais je ne veux pas non plus m'écrouler dans un coin à pleurer sur mon sort. Du moins pas tant que je ne saurai pas où j'en suis exactement. Puisque je suis là pour un petit moment, je vais me concentrer sur le Bed & Breakfast. Il y a une liste de choses à faire longue comme le bras qui ne se feront pas toutes seules, comme je l'imaginais à la légère.

— J'apprécie cela à sa juste valeur, mais l'auberge peut attendre si vous avez besoin de temps pour régler vos problèmes à Chicago…

Elle l'interrompit d'un geste.

— Je vous remercie, mais le vol de retour m'a donné l'occasion d'y réfléchir. L'un des problèmes, c'est mon appartement là-bas. Je vais passer quelques coups de fil demain, mais je suis pratiquement sûre que Mimi, une des chefs adjointes, sera ravie de me le sous-louer jusqu'à ce que j'aie tout réglé. Elle habite avec sa mère et ses deux frères, et je sais qu'elle meurt d'envie d'avoir son logement à elle.

Alors qu'elle terminait son repas, il se percha sur le tabouret près du sien, ne sachant plus trop que faire. Cette fille était une telle énigme pour lui. Il se targuait généralement d'être capable de faire se sentir mieux une femme, même pour un petit moment. D'accord, *surtout* pour un petit moment. Soudain, comme dans un flash, il sut exactement ce qu'il fallait pour qu'elle redresse la tête.

Il se pencha vers elle et lui confia, comme sur le ton du secret :

— Etta, je sais que nous nous sommes beaucoup chamaillés depuis votre arrivée, et que cela va encore être le cas avant que tout soit réglé.

— C'est possible, opina-t-elle. Sur quoi devrions-nous donc nous écharper maintenant ?

— Je suis arrivé à la conclusion que nos petits affrontements vous plaisent beaucoup, répondit-il en se levant pour aller ranger salade et sauces dans le réfrigérateur.

— En tout cas, je suis trop lessivée ce soir pour amorcer la moindre dispute avec vous, avoua-t-elle. Ainsi, quel qu'en soit le sujet, vous aurez l'avantage sur moi.

— J'y compte bien, rétorqua-t-il avec un clin d'œil.

— Bon, assez de mystères. De quoi voulez-vous discuter au juste ?

— Si vous me suivez, rayon de soleil, je vais vous montrer.

Le regard qu'elle lui lança fut plus que soupçonneux. Elle se leva, emporta sa vaisselle dans l'évier et posa sa serviette sur le bar.

— Merci pour le repas, et pour l'oreille compatissante, Donnie Joe, mais vu votre réputation, je crois que je vais m'abstenir.

— Miz Green, je ne sais absolument pas ce que vous sous-entendez par là. Réputation ou pas, je vous assure qu'en ce qui vous concerne mes intentions sont tout ce qu'il y a d'honorables, rétorqua-t-il en se dirigeant vers la porte. Pour une fois, faites-moi confiance et suivez-moi.

Il sut d'emblée à quel instant sa résistance céda. Elle leva haut les deux mains et s'écria :

— Seigneur, prenez pitié de moi ! J'espère que je ne vais pas le regretter demain matin.

13

Il lui fit traverser la salle de séjour, puis emprunter un couloir menant à une partie de la maison qu'elle n'avait encore jamais visitée. Bien moins ancienne que celle de mamie Hazel, cette bâtisse qu'elle avait toujours connue était occupée à l'époque par une famille fortunée. Elle n'avait jamais eu l'occasion d'y pénétrer. Elle ignorait depuis combien de temps elle appartenait à Donnie Joe mais, vu l'absence de mobilier, cela ne devait pas remonter à très loin. Ou alors, les pièces fermées et vides ne le dérangeaient pas.

Il s'immobilisa finalement devant une porte close, tout au fond de la maison, et marqua une pause, la main sur la poignée.

— Préparez-vous, Etta. J'espère simplement que vous êtes prête à relever le défi.

— D'abord vous faites des mystères, et maintenant vous versez dans le dramatique ? Pourquoi n'essayez-vous pas de faire encore monter le suspense d'un cran supplémentaire ?

Elle imaginait déjà un énorme lit rond paré de draps de satin, avec des miroirs au plafond. Et, peut-être, de grands tableaux représentant des femmes lascives sur les murs.

Il se contenta de sourire et poussa la porte d'un geste ample. Puis il lui fit signe d'entrer et posa la main sur un interrupteur.

— Ta-daaa. Que le jeu commence !

Stupéfaite, elle fit tout d'abord le tour de la pièce des yeux avant de se retourner vers lui en riant de bon cœur.

— Une cible de fléchettes ? Vous voulez me défier aux fléchettes ?

— C'est le but. D'un autre côté, je sais aussi que vous êtes exténuée. Peut-être devrait-on repousser à plus tard, fit-il en faisant mine de sortir.

— Oh, non, non, non, mon cher, s'exclama-t-elle en lui saisissant le bras. Je meurs d'envie de voir à quel point vous êtes bon depuis cette soirée chez *Lu-Lu*. Vous vous vantez d'être le meilleur et je veux voir ce que vous valez vraiment. N'allez pas vous imaginer une seule seconde que je vais me défiler.

— Eh bien c'est parti, alors, fit-il en allant ouvrir un placard pour en sortir plusieurs boîtes de fléchettes différentes. À vous de choisir.

— Celles-ci seront parfaites, merci.

Il alla ouvrir un tiroir et en sortit un écrin ouvragé.

— Et moi je vais jouer avec celles-là.

— Mais faites donc, si vous avez besoin de fléchettes tsoin-tsoin, spécialement fabriquées pour gagner.

— Oh, bon sang, déjà agressive. Voyons déjà comment vous jouez.

— Vous allez le regretter, mais commençons par le commencement, voulez-vous ? Quels sont les enjeux ?

Elle prit une fléchette et la fit sauter dans sa main afin de tester son poids.

Il ferma un œil et la dévisagea un instant.

— Hum, laissez-moi réfléchir. Il faut que ce soit sympa. Je sais ! Si je gagne, j'aurai droit à ce baiser que vous m'avez proposé tout à l'heure en voiture.

Elle le contempla avec ce qui s'apparentait bigrement à de la pitié.

— C'était juste une manière de parler, je vous l'ai dit, mais, pourquoi pas ? Je ne joue pas pour perdre. Et si je gagne ?

— Dites-moi ce que vous voudriez, Etta, répondit-il, comme si elle allait lui avouer un fantasme.

Sous-entendant qu'il était le seul capable de le réaliser.

Elle se rapprocha de lui et rétorqua d'une voix séductrice :

— Quand j'ai le choix, je préfère toujours les bonnes vieilles pépettes.

Pour accompagner ses paroles, elle sourit et fit le geste ancestral de frotter pouce contre index.

Il prit l'air déçu.

— Je vous aurais crue plus inventive, mais si vous insistez… Combien ?

— Je vais vous faire une fleur cette fois-ci. Disons, vingt dollars la partie.

— Un baiser contre vingt dollars. Ça me fait une raison de plus pour gagner, fanfaronna-t-il.

— Mais j'en ai autant à votre service pour *ne pas* vous laisser gagner.

— Honneur aux dames.

— Non, le plus près du mille commence.

Ils lancèrent chacun une fléchette, et celle de Donnie Joe se planta le plus près du cœur de la cible.

— À vous de choisir, lui proposa-t-il. Cricket ou 301 ?

— Cricket, mais c'est à vous de commencer. Je veux voir à qui j'ai affaire.

Ils scellèrent l'accord en se tapant dans la main et dirent à l'unisson :

— Bonne partie !

Au cricket, le but est de liquider tous les chiffres présents sur la cible en plantant sa fléchette dedans trois fois de suite. Donnie Joe commença par deux vingt avant de manquer le troisième.

— À moi, dit Etta en prenant son tour.

Un vingt. Deux vingt. Trois vingt et, ses vingt liquidés, elle marqua un score de soixante.

— Joli, fit-il, une note de surprise dans la voix.

Elle ne fit qu'une bouchée de lui dans la première partie. Intrigué, il lui demanda :

— Où avez-vous appris à jouer ? Vous prenez des positions impossibles, et vous lancez la fléchette comme si vous projetiez une fichue balle de base-ball.

— Ah, oui ? Eh bien, si ça ne vous va pas, moi ça me convient.

Elle prit appui sur le mauvais pied avec peut-être un peu plus de force que nécessaire. Donnie Joe n'était pas le premier à remarquer son style de jeu peu orthodoxe. Et il ne serait pas le dernier qu'elle allait battre avec ses méthodes.

— Non, sérieusement, insista-t-il. Où avez-vous appris ?

— Si vous voulez tout savoir, nous avons une cible au bar, chez *Point d'Orgue*. Tout le personnel joue aux fléchettes le soir après la fermeture, presque tous les jours. Je ne sais pas si vous avez déjà travaillé dans un restaurant, mais ce n'est vraiment pas évident de décompresser avant de rentrer chez soi. Jouer aux fléchettes, c'est ce que nous avons trouvé de mieux pour y arriver. Et vous ? Où avez-vous peaufiné vos talents ?

— Les bars, les tripots et toutes les tavernes minables du comté. Là où traînent les hommes de mon acabit. J'ai appris très jeune que, comme défouloir, c'est bien plus efficace que jouer des poings.

— Après une première partie comme celle-là, vous devriez peut-être en revenir aux poings.

— Ne vous en faites pas. Je commence juste à m'échauffer, mignonne.

Dans la deuxième partie, il mena très vite le jeu. Quand la fléchette d'Etta se planta dans le mur à côté de la cible, il parut songer que quelques conseils ne lui feraient pas de mal.

— Maintenez le poignet droit, chérie, et lancez avec le coude. Comme ça.

Il passa derrière elle et lui prit le coude, son grand corps plaqué contre le sien.

Elle perçut la chaleur de ses cuisses qui l'effleuraient et résista à l'envie de s'en rapprocher.

— Essaieriez-vous de me déstabiliser, Donnie Joe ?

— Pourquoi ? Ça marche ? rétorqua-t-il en lui adressant ce sourire si particulier.

Un sourire qui avait le pouvoir de transformer ses os en pâte à modeler.

Les trois lancers suivants d'Etta liquidèrent ses quinze.

— À votre avis ? ironisa-t-elle en laissant un sein effleurer son bras.

Il manqua ses trois lancers suivants.

Elle alla se placer derrière lui et lui prit le coude.

— Maintenez le poignet droit, chéri. Je me suis laissé dire que ça aide.

Elle remporta, mais de justesse, la deuxième partie.

Après la troisième, elle était plus riche de soixante dollars. Donnie Joe avait augmenté les enjeux en rajoutant un baiser chaque fois et, au début, elle s'était demandé s'il n'essayait pas de l'arnaquer. Il était bon. Elle était meilleure. Ce soir, du moins. Cette joute avait été exactement ce qu'il lui fallait, précisément ce soir. Une excellente façon d'évacuer la pression, d'entrer en compétition avec un adversaire de talent, et de finalement remporter la victoire. Tous ses ennuis étaient pour un temps passés à l'arrière-plan. La motivation supplémentaire qu'elle s'était imaginée – visualiser la tête de Diego peinte sur la cible alors que les fléchettes fendaient l'air et la perçaient de leurs pointes – ne lui avait pas fait de mal, bien au contraire. En gros, elle s'était régalée et avait momentanément tout oublié.

Beau joueur, Donnie Joe sortit son portefeuille et lui tendit trois billes de vingt.

— Vous m'avez lessivé, belle dame. Mais je tiens à une revanche un de ces jours.

— Quand vous voudrez, Donnie Joe. Je serai toujours ravie de vous piquer votre fric.

Puis elle se tut un instant, sans savoir quoi ajouter.

— Eh bien, je pense que je vais vous souhaiter une bonne nuit, à présent.

— Bonne nuit, Etta. Excellent jeu.

Elle commença à s'éloigner, mais revint vite se planter face à lui.

— Au cas où je ne vous l'aurais pas déjà dit, merci. Merci d'être venu me chercher à l'aéroport, merci de m'avoir préparé à dîner et merci pour ceci, déclara-t-elle en désignant la cible de la main.

Il haussa une épaule et se fourra les mains dans les poches.

— Vous n'avez pas besoin de me remercier.

— Peut-être pas, mais vous m'avez empêchée de m'écrouler ce soir, et je ne l'oublierai pas.

Elle se haussa sur la pointe des pieds et entama un mouvement pour lui poser un baiser sur la joue, mais changea d'avis au dernier moment. Elle frôla sa bouche de la sienne. Rien de plus. Avant qu'il ait eu le temps de réagir, elle s'écarta vivement et sortit de la pièce en courant.

En espérant confusément qu'il lui coure après et l'embrasse jusqu'à lui faire perdre la tête. Car il n'y avait pas de doute, il saurait le faire. La plaquer contre le mur et lui prendre la bouche jusqu'à ce qu'elle ait les genoux en flanelle. Lors de chaque partie, il avait établi un contact physique de plus en plus précis. Les frôlements occasionnels de sa main ou de sa jambe avaient, chaque fois, fait naître des éclairs de désir en elle. Bien sûr, elle s'était prise au jeu et avait fait de même. Moralité : il n'avait pas été le seul à envoyer des signaux.

Elle atteignit la porte de sa chambre et tourna les yeux vers le couloir menant à la salle de fléchettes. Les événements de la journée l'avaient laissée à vif, vulnérable. Donnie Joe ne la croirait peut-être pas mais, ainsi qu'elle le lui avait dit, elle n'oublierait jamais la façon dont il avait pris soin d'elle ce soir. En s'endormant, ce ne serait pas à Diego qu'elle penserait. Mais à Donnie Joe.

14

Installé dans le bureau de Backyard Oasis, Donnie Joe épluchait les factures du mois. Quelle riche idée il avait eue d'ajouter des braseros à son inventaire, c'était à peu près tout ce qui se vendait en ce moment. C'était classique en hiver, les affaires marchaient au ralenti, et il savait qu'elles commenceraient à reprendre en début de printemps. Comme toujours. Au moins les travaux du B&B se réalisaient-ils selon le planning. À présent qu'Etta consacrait toute son attention au projet, il pouvait se détendre un peu et se focaliser sur ses propres affaires.

Les femmes de la famille Green étaient parties de chez lui pour réintégrer l'*Hazelnut Inn*. Il comprit seulement après leur départ à quel point les avoir sous son toit lui avait plu. Cela ne tenait pas seulement aux repas faits maison. Il avait adoré aider Daphné à faire ses devoirs du soir, et Babeth était un amour de femme.

Mais c'était surtout la présence d'Etta.

Depuis qu'elle l'avait embrassé, il n'avait plus vraiment été capable de penser à autre chose. Ce qui était une crétinerie absolue. Des femmes, il en avait embrassé trop pour en faire le compte. Un grand nombre de ces baisers avaient été spectaculaires. Légendaires. Dignes des plus beaux mythes, des plus captivants contes de fées. Or, celui d'Etta n'entrait dans aucune de ces catégories. En fait, il ne devrait probablement pas le considérer comme un baiser, puisqu'il s'était terminé avant même qu'il ait pu participer.

Oui, mais voilà, tout cela ne semblait pas entrer en ligne de compte. Cette femme avait juste effleuré ses lèvres, et il avait été fichu. Seul un miracle doublé d'un sang-froid monumental l'avaient empêché de lui courir après, pour terminer ce qu'elle avait commencé. Pour l'empoigner et la plaquer contre le mur le plus proche. Depuis, il aspirait à un vrai baiser bien plus que de respirer. Un baiser bouche contre bouche. Avec les bras autour d'elle et son petit corps serré contre le sien. Il voulait savoir si la suite pouvait être à la hauteur des promesses de cette ébauche.

Autrement dit, c'était probablement une très bonne chose qu'elles soient parties de chez lui, et surtout qu'Etta se soit immergée à fond dans les travaux de l'auberge. Désormais, ils ne se voyaient plus que très rarement, et toujours en compagnie de Babeth ou de Daphné. Désormais, il ne les avait plus dans les jambes et elles habitaient là où elles devaient être.

Le carillon de la porte de la boutique tinta, et Irène Cornwell fit son entrée.

— Salut, beau gosse.

Il se leva aussitôt pour l'accueillir.

— Hello, Irène. Quel bon vent t'amène ?

— Mon jacuzzi est mort, il serait peut-être temps que j'en achète un neuf, déclara-t-elle, les mains sur les hanches.

— Tu ne veux pas que j'aille d'abord y jeter un œil ? Il a peut-être seulement besoin d'un décrassage, ou d'une pompe neuve.

— Ça, ce serait vraiment sympa, Donnie Joe. La plupart des commerçants m'en vendraient un neuf directement, sans même aller vérifier.

— Je ne suis pas la plupart des commerçants, bébé, et ce n'est pas comme ça qu'on traite une vieille copine, tu ne trouves pas ?

Ces dernières années, Irène et lui s'étaient mutuellement aidés à naviguer sur la scène sociale d'Everson, où Donnie Joe s'était résigné à sa réputation d'incorrigible homme à femmes. Quant à Irène, toute la ville savait qu'elle était riche et aimait faire la fête, mais lui savait que la jeune femme était plus profonde que cela. Depuis la mort de son mari, il l'avait vue enfermer ses émotions dans une armoire qu'elle avait soigneusement verrouillée. Tout le monde la considérait comme une femme superficielle, mais Donnie Joe savait que c'était sa façon de garder les autres à distance, à part quelques élus. Dont il faisait partie.

Très souvent, on les voyait danser ensemble chez *Lu-Lu*, et nombreux étaient les buveurs qui les avaient vus partir ensemble en fin de soirée. Les colporteurs de ragots de cette bonne ville seraient donc très déçus s'ils apprenaient un jour que leur relation était strictement platonique. Tous les deux, ils passaient des heures à jouer aux échecs, regarder des films ou soutenir leurs équipes préférées devant le gigantesque écran plat d'Irène. Si les braves gens pensaient qu'il y avait davantage entre eux, c'était leur problème. Ni elle ni lui n'avaient jamais pris la peine de les détromper.

— C'est toi le meilleur, lui répondit Irène. Au fait, tu as vu ça ? Il y en a partout en ville, ajouta-t-elle en lui tendant une feuille rose pâle.

Il la parcourut rapidement et sourit.

— C'est le menu de la Saint-Valentin pour la grande inauguration du Bed & Breakfast. Je n'étais pas au courant qu'Etta l'avait déjà planifié. Ça a belle allure, tu ne trouves pas ?

— Je ne sais pas. Tu as vu ce qu'elle va servir ? Tout un tas de machins français. De l'agneau, quelle idée, et une sorte de soupe aux noix.

— Etta est un chef de valeur. Elle sait ce qu'elle fait, la défendit-il aussitôt.

— Je me contrefiche qu'elle soit bonne ou pas. Tu crois vraiment que les gens de ce trou paumé d'Everson vont payer aussi cher pour manger des trucs bizarroïdes le jour de la Saint-Valentin ? C'est censé être un jour dédié à l'amour, et avec un peu de chance à une géniale partie de jambes en l'air. Pas aux indigestions et aux brûlures d'estomac. Je te le dis, les gens d'ici n'iront pas.

Cette prédiction le mit en colère.

— Je n'en suis pas aussi certain que toi, Irène, mais pourquoi un tel intérêt de ta part ?

Elle le dévisagea, comme si la réponse était évidente.

— Si tu ne vois pas que tout le monde en ville souhaite le succès de cette entreprise, aussi bien pour Miz Hazel que pour Miz Babeth, tu n'es qu'un gros niais. Nous voulons tous que le Bed & Breakfast réussisse. Et ce n'est un secret pour personne que tu y as investi de l'argent, Donnie Joe. C'est ça qui m'inquiète.

— Je t'en remercie, mais je pense toujours que tu dramatises, Irène.

Elle fit voler ses cheveux par-dessus une épaule et lui tapota le bras.

— D'accord, mon chou. Je suis peut-être à côté de la plaque. Peut-être que les péquenauds du coin n'en peuvent plus d'attendre de s'avaler des plats français chichiteux. Mais il me déplairait que le premier pas que va faire ta copine Etta dans cette ville soit un pas de travers.

Donnie Joe réfléchit un instant à tout ce qu'elle venait de dire. Il le fit à contrecœur, certes, mais il le fit quand même. Il relut le prospectus plus attentivement. Pour dire la vérité, il aurait été bien en peine de prononcer la moitié des noms qui y figuraient. De plus, Irène venait très justement de lui rappeler que les gens d'ici refusaient obstinément d'essayer des choses qu'ils ne connaissaient pas.

— Tu as peut-être raison. Je vais en discuter avec elle. Et je ferai un saut chez toi dans l'après-midi pour jeter un coup d'œil à ton jacuzzi.

Après le départ d'Irène, Donnie Joe sortit de son magasin et partit en flânant jusqu'au salon de coiffure. Car s'il était un endroit où on pouvait réellement prendre le pouls d'Everson, c'était chez *MJ's Barbershop*. Il poussa la porte et entra, aussitôt salué par Hooter et Dooley, comme d'habitude en plein milieu d'une partie de Parcheesi. Ce jeu, c'était leur manière de ne pas rester dans les jambes de leurs épouses depuis qu'ils avaient pris leur retraite. D'ailleurs, c'étaient plus les cancans que le jeu qui captaient leur attention la majeure partie de la journée.

Marla Jean Bandy, coiffeuse et propriétaire de la boutique, l'accueillit d'un immense sourire.

— Comment ça va, Donnie Joe ? Tu viens te faire couper les cheveux ?

Quelques mois auparavant, il en aurait été tout chose. À cette époque, il avait développé un gros béguin pour elle, un béguin voué à l'échec dès le départ, car elle était à présent fiancée, et avec sa bénédiction. En fait, elle et Jake étaient l'un des couples qu'il espérait bien persuader que leur mariage, prévu cette année, trouverait un cadre idéal à l'*Hazelnut Inn*. Mais pour l'instant, il avait bien plus pressant en tête.

— Pas aujourd'hui, Marla Jean. Est-ce que vous avez tous vu le prospectus annonçant le dîner de Saint-Valentin au Bed & Breakfast ? Vous allez venir, n'est-ce pas ?

— Jamais de la vie ! lui répondit tout d'abord Hooter. J'ai lu ce truc, et j'ai déjà dit à ma bourgeoise qu'on n'irait pas.

Dooley fit rouler le dé et déplaça un des ses pions.

— Si toi et Maude n'y allez pas, alors je vais dire à Linda qu'on n'ira pas non plus.

Marla Jean cessa de couper les cheveux de Walter Dobbins le temps de jeter un coup d'œil au prospectus. Puis elle le rendit à Donnie Joe.

— Ça me paraît plutôt chic.

— C'est censé l'être. Bon sang, en plus d'être la Saint-Valentin, c'est la grande inauguration de l'auberge. Le jour où, précisément, on invite sa moitié à sortir pour un dîner spécial. Allons, les gars, il est où, le problème ?

Hooter fit une affreuse grimace.

— Tu m'excuseras, mais je tiens pas à claquer une montagne de fric pour me demander ce qu'il y a dans mon assiette.

— On n'est pas les seuls, l'approuva Dooley. Ce matin au snack, tout le monde disait la même chose.

Walter fit pivoter son fauteuil.

— La Saint-Valentin, c'est rien qu'une fête commerciale inventée de toutes pièces, et je refuse d'acheter des bijoux ou des fleurs à ma femme juste parce que le calendrier me l'impose.

— Peut-être, mais il faut quand même manger ce jour-là, Walter, répliqua Marla en riant avant de se tourner vers Donnie Joe : Je vais voir avec Jake pour faire une réservation.

— Voilà comment il faut réagir, Marla ! Vous ne le regretterez pas, Jake et toi, je te le promets. Etta est une cuisinière d'exception.

Il obtint une réaction similaire quand il alla faire un petit tour à la menuiserie.

— Quel bon vent, Donnie Joe ? le salua Larry Binnion dès son arrivée. Si tu viens voir pour ce pavillon que vous voulez construire, toutes les fournitures sont stockées dans l'enclos et prêtes à partir.

— Merci, Larry. Je vais prévenir Paul Lott, c'est lui qui dirige l'équipe.

— À part ça, je peux t'être utile ?

— Est-ce que vous avez vu cela ? demanda Donnie Joe en brandissant le prospectus. J'essaie de faire passer le mot pour le dîner inaugural de l'auberge.

— Ouais, je l'ai vu, répondit Larry en tordant le nez.

— Ça t'inquiète, on dirait. Je suis justement venu pour vous dire à tous qu'Etta est un chef d'exception.

— Est-ce qu'elle est comme ceux qu'on voit à la télé ?

— Que veux-tu dire ? s'enquit Donnie Joe sans trop savoir dans quoi il s'embarquait.

— Mais si, tu sais bien. Ils refilent à ces chefs tsoin-tsoin un panier plein de choses bizarres. Mettons... un poulet, un sac de bonbons gélifiés, une vieille chaussette et ils leur disent d'en faire un plat digne de la table d'un roi.

— Oui, intervint Martha Miller en se penchant par-dessus son comptoir de caissière. Il y a ces célébrités qui jouent les juges. Ils mangent une bouchée de poulet et ils s'extasient sur la nuance boisée qu'a ajoutée la chaussette alors que les bonbons offrent un contrepoint plus doux. Si tu veux mon avis, tout ça c'est de la m... en bâton.

— Tu l'as dit, Martha ! l'approuva Larry. Personne de sensé mangerait jamais ça.

Ils éclatèrent de rire ensemble.

Donnie Joe attendit qu'ils se fussent calmés.

— Je vous garantis qu'Etta ne met jamais de chaussettes dans ses plats. Mais si elle le faisait, ce serait délicieux.

Leur hilarité reprit de plus belle.

En désespoir de cause, Donnie Joe fila vers le *Rise-N-Shine Dîner*. Le snack était plein de clients attablés devant un café ou une pâtisserie. Là au moins, il allait bien trouver des volontaires pour le dîner d'inauguration de la Saint-Valentin ! Il passa la porte et lança aussitôt un :

— Salut Bertie, comment ça va ?

La propriétaire leva les yeux de ce qu'elle faisait, et les écarquilla en le découvrant chez elle. Elle posa sa cafetière et trottina vers lui en faisant mine de le chasser à grands coups de torchon.

— Ouste, dehors, Donnie Joe, avant que Ray te voie, siffla-t-elle en agitant son torchon de plus belle.

— C'est Donnie Joe ? vociféra Ray Odem, qui était planté au bout du comptoir, en tendant le cou. J'vais t'casser en mille morceaux et t'donner à becqueter aux buses !

Donnie Joe poussa un gros soupir, leva les deux mains et opéra une hâtive retraite. En sachant d'expérience que les gens du coin empêcheraient Ray de lui courir après et que Bertie détournerait son attention en lui servant gratis une autre part de gâteau. Il fut bien obligé de constater l'échec total de sa mission. Pas moyen de susciter le plus petit enthousiasme pour le menu d'Etta. Il n'allait tout de même pas faire le tour de la ville et menacer ceux qui refuseraient de faire une réservation... Parler à Etta au plus vite, voilà ce qu'il lui restait à faire.

Côté moral, Etta allait nettement mieux. Après avoir étudié les papiers que Sandra Mann lui avait collés dans les mains, Corbin Starling lui avait dit qu'il allait contacter les avocats de la partie adverse et voir un peu ses atouts. Selon lui, même si la proposition tenait parfaitement debout, ils pouvaient exiger un plus gros dédommagement. Ne lui restait plus qu'à patienter et à laisser faire l'homme de loi. En attendant, il y avait d'autres obstacles sur son chemin qu'elle pouvait tenter de franchir.

Daphné communiquait quotidiennement avec sa mère par Skype, mais Belle n'avait toujours pas défini de date pour son retour. Au moins sa fille semblait-elle se plaire à l'école, où elle commençait à se faire des amies. Elle avait été folle de joie quand ces dernières l'avaient invitée à rejoindre leur équipe de football européen. Plus important encore, elle n'avait plus reparlé de se mettre en quête de son père. Bon ou mauvais signe ? Etta aurait été bien en mal de le dire mais, en tout état de cause, c'était un problème que devraient régler mère et fille entre elles. Daphné était assez grande à présent pour ne plus se laisser décourager par les réponses vagues que lui avait toujours opposées l'auteur de ses jours. Le sujet avait toujours le pouvoir de rendre Etta folle de rage mais, tout bien réfléchi, ce n'était pas son problème.

Installée derrière le bureau de sa grand-mère, elle dessinait des plans pour réaménager la salle à manger. Il fallait remplacer la grande table – sur laquelle ne tenaient que douze couverts – par d'autres plus petites afin de pouvoir servir vingt personnes, voire trente dans les grandes occasions. La Saint-Valentin par exemple. S'ils incorporaient une partie du solarium à la salle à manger, ils pourraient y arriver, avait-elle estimé. Ne lui restait plus maintenant qu'à trouver des tables de dimensions raisonnables, pas forcément assorties puisqu'elles seraient toutes recouvertes de nappes.

Un bruit de moteur dans l'allée lui fit lever le nez, et elle vit Donnie Joe descendre de sa camionnette pour se diriger vers la maison. C'était bizarre mais, dernièrement, son cœur semblait vouloir faire des siennes chaque fois qu'elle le voyait. À quoi cela rimait-il ? S'il y avait bien une chose qu'elle ne voulait pas, c'était développer un béguin, et à sens unique, pour ce type. Oui, mais ses sens n'avaient rien à faire de sa raison, et son corps réagissait chaque fois qu'il était dans les parages. Le seul fait d'entendre le son de sa voix la poussait à attendre presque impatiemment ses taquineries. Ou sa façon de lui sourire. Bien sûr, elle savait qu'il agissait de même avec toutes les femmes qu'il croisait, qu'elle n'était pas la seule à qui il réservait cela. Mais après tout, quelle importance ? Même si ce n'était qu'une lubie passagère, elle était bel et bien tombée sous son charme. Fort heureusement, elle n'était pas idiote au point d'en vouloir davantage.

Elle lui ouvrit la porte avant qu'il ait eu le temps de frapper et lui fit signe d'entrer.

— Bonjour, Donnie Joe. Venez voir les plans que j'ai faits pour la salle à manger et dites-moi ce que vous en pensez.

Elle retourna à sa table de travail, prit les feuilles et les lui tendit alors qu'il hésitait encore sur le seuil.

— Je vais me mettre en quête de tables plus petites, reprit-elle. Savez-vous où je peux en trouver ?

Mais il paraissait avoir autre chose en tête.

— Nous pourrons en reparler plus tard, Etta. Pour l'instant, nous sommes devant un problème. Un problème bien plus important.

— Quel genre de problème ?

Elle ne voulait plus de problèmes, et encore moins de « problèmes plus importants ». Ses efforts pour maintenir malgré tout son humeur au beau fixe commencèrent à s'effriter.

Donnie Joe ôta son chapeau et dansa d'un pied sur l'autre.

— Eh bien... ça me fait vraiment mal d'être le premier à vous l'apprendre, mais tout le monde fait la fine bouche devant votre menu. Si nous ne faisons pas quelque chose très vite, il n'y aura pas un chat devant ces tables que vous êtes si pressée d'acheter.

C'était ça, le gros problème ?

— Ne soyez pas bête, voulez-vous ? Ces prospectus, je les ai à peine distribués ce matin. Ça va prendre encore un petit moment, mais je vous garantis que d'ici peu, les réservations vont commencer à affluer.

— Et moi, je vous garantis que, si j'en crois ce que j'ai entendu un peu partout, ça ne risque pas d'arriver, repartit-il, mal à l'aise.

— Pourquoi cela ? Je me suis surpassée avec ce menu. Ces mets sont réputés plaire à tout le monde, et vous n'aurez pas eu le temps de vous en rendre compte que les gens feront la queue pour manger ce que je leur cuisinerai.

Ceci affirmé, elle croisa les bras, contrariée par Donnie Joe et, peut-être, s'il disait vrai, par la ville entière.

— Moi, je sais bien que ce qui sort de vos mains est délicieux, mais… peut-être que, pour un premier repas, et pour qu'ils apprennent à vous connaître, vous et la magie que vous opérez dans une cuisine, nous devrions commencer par quelque chose de plus simple. De plus familier à leurs papilles.

De plus simple, autrement dit, de plus ordinaire ? Elle ne faisait pas dans l'ordinaire.

— Pff. Peut-être que je devrais juste préparer une marmite de chili con carne et flanquer des boîtes de crackers sur la table.

Hors d'elle à présent, elle retourna à grands pas jeter ses feuilles sur le bureau.

— C'est un peu radical, mais c'est un pas dans la bonne direction.

Donnie Joe ajouta un sourire, comme si cela pouvait aider.

— Vous êtes fou ?

Tout en posant la question, elle se rendit compte qu'il ne plaisantait pas. Enfin, pas tout à fait.

— Je connais la façon de penser des gens d'ici, chérie.

— Ah, vraiment ? repartit-elle en braquant sur lui un regard mitraillette.

Il lui apposa un air calme et décidé.

— Vraiment.

Pas question de renoncer.

— Et moi, je crois que vous avez tort, *chéri*. Et je crois que le téléphone ne va plus tarder à sonner maintenant.

— Si vous le dites. Laissons passer un jour ou deux, et puis nous verrons.

— D'accord, monsieur Je sais tout. Nous allons attendre deux jours et si à ce moment-là je n'ai pas fait le plein de réservations, vous pourrez vous-même élaborer le menu gagnant.

— Je me ferai un plaisir d'intervenir et de vous sauver la mise.

Le regard qu'il lui décocha ensuite était empreint de compassion, et aussi de pitié.

— À présent, si vous voulez bien m'excuser, j'ai rendez-vous avec une dame et son jacuzzi.

15

Un sourire plaqué sur le visage et à cheval sur sa bicyclette, Etta longea Main Street en lançant de joyeux « Hello, ça va ? » et autres « Bonjour ! » à tous les gens qu'elle croisait. Fut-ce un tour que lui jouait son imagination, ou personne ne paraissait vouloir lui répondre, la saluer, ou seulement la regarder ? Cela tenait probablement au fait que pas un d'entre eux n'avait l'intention d'assister au grand dîner d'inauguration de l'*Hazelnut Inn* le soir de la Saint-Valentin. En deux jours, elle avait reçu très exactement un appel téléphonique. Un seul. De Marla Jean Bandy, qui lui avait réservé une table pour elle et son fiancé. Au moins, *elle*, avait-elle eu l'air excitée à cette perspective. Pour tout avouer, elle avait également précisé ensuite que c'était Donnie Joe qui l'avait convaincue de réserver en lui disant qu'Etta était une cuisinière d'exception. Mot pour mot. *D'exception*.

Aïe.

Selon toutes apparences, Donnie Joe avait eu raison. Elle était certaine qu'elle n'avait pas fini d'en entendre parler. Il pourrait jubiler autant qu'il voudrait par la suite, mais rien n'aurait plus aucun sens s'ils se retrouvaient devant une salle vide le soir du 14 février. Prête à faire amende honorable, elle parqua son vélo devant sa boutique. Même si le magasin était en retrait de la rue, c'était difficile de manquer Backyard Oasis. Une grande enseigne aux couleurs vives flanquée d'un palmier en tubes de néon invitait le badaud à entrer. Déjà, à l'extérieur, une esplanade pavée parsemée de meubles de jardin, de braseros, de jardinières et de flamants roses de décoration, placés sous une rampe de spots multicolores, incitait à entrer pour jeter un coup d'œil. En fait, c'était charmant. Ce qui, tout bien réfléchi, n'aurait pas dû l'étonner outre mesure. Le propriétaire de cette boutique avait dû inventer le vocable « charmant » le jour de sa naissance.

Elle poussa la porte et entra. Un joyeux carillon annonça son arrivée mais elle ne vit personne dans le magasin. Sa camionnette était garée devant, ce qui signifiait que Donnie Joe devait se trouver quelque part dans ce capharnaüm. Avant de pousser plus loin ses recherches, elle prit le temps d'inventorier le magasin. Alignés le long d'un mur, elle découvrit des barbecues ayant plus l'air de vaisseaux spatiaux que d'engins sur lesquels griller trois côtelettes. Au plafond un peu plus loin étaient suspendus des carillons éoliens de toutes formes et couleurs. Un bruit cristallin l'attira dans un angle où étaient disposées des fontaines ainsi que de jolies mangeoires à oiseaux. Partout sur les murs, des étagères regorgeaient de paillassons, de coussins de chaise ou de fauteuil de jardin, de lampes à énergie solaire et de pièges à moustiques. Dans un autre angle, elle vit une forêt de torches de jardin. Jamais elle n'aurait imaginé le nombre d'objets pouvant figurer à l'inventaire de l'ameublement de jardin.

Toujours sans signe de Donnie Joe, elle se dirigea vers le fond. Peut-être y avait-il un bureau par là ? Il ne l'avait pas entendue entrer ?

— Donnie Joe ? appela-t-elle, bien décidée à lui faire comprendre qu'elle était là. Donnie Joe, êtes-vous ici ?

Silence.

Drôle de manière de tenir un commerce.

Soudain, il lui apparut qu'il pourrait ne pas être seul. Qu'il pourrait avoir une de ses innombrables conquêtes avec lui là-bas derrière, à s'envoyer follement en l'air dans un jacuzzi, en pleine journée. *Il en est tout à fait capable*, songea-t-elle. Sa réputation de coureur confinait à la légende dans cette ville. Tout bien réfléchi, mieux valait attendre de lui parler plus tard, ce soir, quand il rentrerait chez lui, par exemple. Mal à l'aise, elle entreprit de retourner vers la porte afin de s'éclipser le plus discrètement possible. Le carillon tinta de nouveau quand elle poussa la porte mais, et après ? Il ne l'entendrait certainement pas plus que la première fois. Les parties débridées de jambes en l'air devaient probablement exiger toute sa concentration. Elle avait un pied dehors quand elle s'entendit appeler.

— Etta, c'est vous ?

Elle se figea et fit volte-face, pour le découvrir en train d'enfiler un tee-shirt trempé. Le tissu lui colla au torse et lui permit d'apercevoir une bande de ventre musclé avant qu'il le tire vers le bas. Il vint vers elle en souriant et en s'essuyant les mains dans une serviette de toilette. Elle se pencha, juste pour vérifier qu'il n'y avait pas une, voire deux femmes nues dans son sillage.

— J'étais derrière, je ne vous ai pas entendue entrer.

— Oh, désolée, vous étiez en train de travailler. Je n'ai pas voulu vous interrompre.

Elle s'empourpra, même s'il était évident à présent que les partenaires dénudées de Donnie Joe ne se cachaient que dans son imagination.

— Mais je vous en prie, interrompez-moi, ça ne me dérange pas le moins du monde. J'étais occupé à remplacer un tuyau sur un jacuzzi et, comme vous pouvez le constater, il m'a échappé des mains et m'a arrosé. Attendez une seconde, que j'aille chercher une chemise sèche dans mon bureau, lui répondit-il en partant vers une porte grande ouverte.

Elle lui emboîta le pas. Et le regarda, très intéressée, retirer de nouveau le tee-shirt trempé et aller, torse nu, ouvrir un placard pour en sortir un tee-shirt propre, repassé, et surtout sec. Il avait le torse puissant, comme elle l'avait imaginé, et une très légère toison pectorale blonde. La bouche soudain sèche, elle lui demanda :

— Ce genre d'incident vous arrive-t-il souvent ?

— Tout le temps. Pourquoi croyez-vous que j'ai en permanence ici un stock de vêtements secs ?

Ses muscles jouèrent alors qu'il enfilait sa chemise, puis il lui désigna une chaise.

— Asseyez-vous. Je suppose que si vous êtes venue, c'est pour parler de l'auberge, pas pour acheter une baignoire à oiseaux.

Elle se laissa tomber sur le siège, encore un peu déstabilisée par le spectacle de sa semi-nudité.

— Je ne sais pas. Cette baignoire en cuivre serait peut-être sympa dans le jardin annexe. Mais vous avez raison, c'est à propos de l'auberge. Je suis venue reconnaître ma défaite.

— En ce cas, je ferais peut-être bien de m'asseoir aussi, fit-il en allant s'installer dans son fauteuil de bureau. Que reconnaissez-vous, précisément ? Je ne voudrais surtout pas présupposer quoi que ce soit.

— Pas la peine de tourner autour du pot, Donnie Joe. Vous aviez raison.

— Non, ne me dites pas ! J'avais raison ? Que c'est doux à mes oreilles !

Il jubilait un petit peu trop à son goût.

— Et à quel sujet avais-je raison ?

Elle plissa les yeux et répondit avec dépit :

— Le dîner de la Saint-Valentin. Personne ne vient. Mon menu a fait un gigantesque flop auprès des si pointilleux citoyens d'Everson.

— J'en suis vraiment désolé.

Il se balança d'avant en arrière sur son fauteuil, une lueur de je-vous-l'avais-bien-dit dans le regard.

Etta leva haut les mains et reprit :

— Les gens m'évitent comme si je trimballais le virus de la peste ! Je vous jure qu'il n'y a pas deux minutes Arnie Douglas s'est faufilé dans une rue adjacente pour ne pas avoir à me rendre mon salut.

— À votre place, je ne prendrais pas cela personnellement. Arnie est d'une timidité maladive dès qu'il est question d'adresser la parole à une femme.

— En fait, ce n'est pas vraiment Arnie qui m'inquiète.

— Depuis le départ de sa femme, il n'est plus aussi expansif qu'avant.

— Bonté divine, vous pourriez oublier Arnie trente secondes ? J'essaie de vous dire que vous aviez raison et que j'avais tort. Ça va, vous êtes content ?

— Bien sûr que non, je ne suis pas content du tout, Etta. Pas plus que de vous voir vous mettre à plat ventre devant moi, repartit-il alors que son sourire indiquait exactement le contraire. Mais je suis toujours convaincu qu'une fois que les gens d'ici auront goûté votre cuisine, ils feront la queue pour revenir déguster vos nouveautés.

— Mmm. En tout cas, ça ne résout pas notre problème immédiat. Un dîner d'inauguration sans convives, ça me paraît un peu problématique.

Donnie Joe se pencha en avant et posa les bras sur son bureau.

— Si j'ai bien tout compris, vous me demandez mon aide, c'est ça ?

— Je dis qu'il est temps que vous teniez vos promesses, mon bon monsieur. Vous m'avez dit que vous interviendriez pour me sauver la mise. Alors, voilà, je suis tout ouïe. Quel est votre grand projet ?

Il ouvrit un de ses tiroirs et farfouilla dedans.

— Laissez-moi faire, rayon de soleil.

— Bonté divine, Donnie Joe, que mijotez-vous ?

Il entreprit de jeter des marqueurs de couleur sur le bureau. Puis il ouvrit un autre tiroir et en sortit une ramette de papier vert fluo.

— Je vais élaborer un nouveau menu, et je vous garantis que, dès ce soir, vous devrez refuser du monde.

— Vous... allez le faire sur *ça* ? Mais elle est atroce, cette couleur ! s'écria-t-elle.

Au moins, ses menus avaient-ils été imprimés sur un papier rose pâle de bon goût.

— Je m'en sers pour les prospectus quand la boutique fait des soldes. Ça attire bien l'attention, et c'est justement ce que nous voulons, l'attention.

— Et vous pouvez me garantir que les gens vont venir ? Mais qu'y aura-t-il sur votre menu-miracle ?

— Vous le saurez bien assez tôt. Pour l'instant, rentrez chez vous, restez près de votre téléphone et attendez qu'il sonne.

Il choisit un marqueur et commença à écrire sur le papier devant lui.

— Je vais rentrer et attendre, mais j'espère vraiment que vous savez ce que vous faites, conclut-elle en se levant et en se détournant pour sortir du bureau.

Suivie par la voix de Donnie Joe qui lui répondait :

— Rayon de soleil, je sais exactement ce que je fais.

Etta ne rentra pas directement, mais pédala jusqu'à l'école pour attendre la sortie des classes. Bien sûr, Daphné aurait pu rentrer seule, la distance n'était pas énorme, mais elle se refusait à ce que sa nièce sorte de l'école et ne voie pas le visage affectueux de quelqu'un qui l'attendait et qui était prêt à l'écouter lui raconter sa journée. Ce n'était certes pas sa mère, mais Etta faisait tout ce qu'elle pouvait pour la remplacer.

La sonnerie retentit et, peu après, les enfants commencèrent à sortir en grappes de l'école élémentaire. Etta repéra Daphné en train de rire et de discuter au milieu d'un petit groupe de fillettes.

— Par ici, Daphné ! la héla-t-elle en souriant.

Daphné la salua d'un grand geste avant de se retourner pour dire au revoir à ses copines.

— Où est cousine Babeth ? s'enquit la petite en la rejoignant.

En général, Etta l'accompagnait le matin et Babeth venait la chercher le soir.

— Elle était en train de couper du tissu pour son nouveau patchwork, alors je lui ai proposé de venir. Ça t'ennuie de rentrer à pied ?

— Non, mais je pourrais aussi m'asseoir sur ton guidon.

— Ha, ha, ha. Hormis le fait que tu n'as pas de casque, on aurait de grandes chances de finir dans le fossé. Je vais marcher avec toi.

— D'accord, répondit Daphné avec autant d'entrain que si elle avait accepté de marcher pieds nus sur un lit de braises, mais son humeur ne tarda pas à revenir au beau fixe lorsqu'elle énonça : Rose fait une soirée pyjama ce week-end. Je peux y aller, dis ?

— Je ne sais pas, répondit Etta, prise de panique.

Elle n'avait aucune envie de prendre ce genre de décisions. Certes, Rose paraissait une gentille gamine, mais qu'en était-il de ses parents ? Ils pouvaient être du modèle « parents irresponsables », permettant à leurs enfants de manger toutes les cochonneries qu'ils voulaient, de veiller tard ou de passer la nuit devant des films violents, ou qui fermaient les yeux quand leurs chérubins faisaient le mur pour aller habiller de papier-toilette le belvédère de la Grand-Place. Oh, non, minute. C'étaient *ses* parents, ça, son père comme sa mère. Ceux de Rose ne leur ressemblaient certainement pas.

Oui, mais… Si elle autorisait Daphné à y aller et qu'ensuite elle s'étrangle avec une cacahuète, ou se casse un bras en tombant du lit, ou que, terrorisée, elle veuille rentrer en pleine nuit ? Comment prendre un tel risque en ayant sa garde ? Pourquoi, mais pourquoi Belle lui avait-elle laissé cette responsabilité ?

— S'il te plaît, tante Etta ? Rose a dit que sa maman allait te téléphoner pour en parler. J'ai vraiment, vraiment envie d'y aller, tu sais ?

— Nous verrons. Je ne te promets rien, laisse-moi le temps de parler avec cousine Babeth et voir ce qu'elle en dit.

Babeth savait tout ce qu'il fallait savoir sur les gens de cette ville. S'il y avait un doute sur la famille de Rose, elle le saurait forcément.

— Merci, tantine ! s'exclama Daphné en lui jetant les bras autour du cou. Je te promets de faire mes devoirs et tout ce que j'ai à faire avant d'y aller.

Le vélo à la main, Etta eut un peu de mal à conserver son équilibre et se mit à rire de bon cœur.

— Je n'ai pas dit oui !

La maison n'était pas en vue que Daphné cavalait vers elle en criant :

— Je commence tout de suite mes devoirs !

Babeth ouvrit la porte au moment où la fillette allait le faire et la gronda gentiment.

— Tout doux, jeune demoiselle, tu m'as fait peur !

— Pardon, cousine Babeth, répondit Daphné en lui faisant un bisou à la va-vite avant de disparaître dans la bâtisse.

— Cette gamine… fit Babeth en agitant ses bigoudis roses avant d'avancer à la rencontre d'Etta. Tu ferais mieux de te presser, toi aussi !

— Pourquoi ça ? l'interrogea Etta en appuyant la bicyclette contre le mur et en gravissant les quelques marches. Que se passe-t-il, Babeth ? Ça va, toi ?

— Moi ? Ça va très bien, mais c'est ce téléphone, il va finir par tomber en panne, à force de sonner.

Je ne m'en sortais plus, alors j'ai branché le répondeur. Tu vas devoir rappeler un tas de gens, ajouta-t-elle en souriant si largement qu'on ne voyait presque plus ses yeux.

D'ailleurs, il sonnait encore, constata Etta. Donnie Joe lui avait dit de rentrer à la maison et d'attendre les appels, mais elle ne l'avait pas cru. Pas vraiment. *C'est tout simplement impossible,* songea-t-elle en sachant qu'elle se montrait ainsi carrément désobligeante envers le pauvre Donnie Joe. Son menu, forcément élaboré à la va-vite, aurait été capable de provoquer ce genre de réaction ?

— Tu es en train de me dire que tous ces appels, c'est pour le dîner de la Saint-Valentin ? reprit-elle en se mordillant la lèvre inférieure, incapable de déterminer si cela lui faisait plaisir ou pas.

À peine quelques heures plus tôt, les gens se comportaient comme si elle avait prévu de leur servir des croquettes pour chien. Qu'avait-il donc fait ?

— Évidemment ! Ce Donnie Joe, s'il ne finit pas par provoquer une émeute, je le couronnerais bien sauveteur de l'année, répondit Babeth en battant des mains, aux anges.

Elle réintégra la maison, suivie d'Etta, qui insista :

— Je n'ai pas eu accès aux détails. Qu'a-t-il prévu, exactement ?

— Tu ne sais pas ? Il n'a pas ton feu vert ? fit Babeth en s'arrêtant net.

— Il voulait me faire la surprise.

— Eh bien, accroche-toi, chérie, poursuivit Babeth, excitée comme jamais.

— Je suis accrochée. S'il te plaît, dis-moi.

Pour obtenir ce genre de réaction, il avait dû promettre un miracle, la manne tombant des cieux, peut-être…

Babeth lui fit signe de se rapprocher et, d'une voix contenue, lui souffla :

— Jambon dans le trou.

16

— Jambon dans le trou, répéta Etta, sans trop savoir comment réagir.

— Jambon dans le trou, opina Babeth, un immense sourire aux lèvres.

— Je ne sais ni ce que c'est ni ce que cela veut dire.

La sonnerie incessante du téléphone l'obligea à aller décrocher.

— *Hazelnut Inn*, bonjour, que puis-je pour vous ?

Elle écouta, prit un carnet et commença à écrire.

— Oui, bien sûr, monsieur Binnion, une table pour deux, c'est bien noté. Je vous remercie et serai ravie de vous recevoir, votre épouse et vous-même.

Elle n'avait pas raccroché que la sonnerie retentissait de nouveau. Trois quarts d'heure plus tard, l'*Hazelnut Inn* affichait complet pour son dîner d'inauguration, et elle n'avait toujours aucune idée de ce qui avait provoqué cette quasi-émeute.

— Mais bon sang...

Un peu sonnée, Etta s'écroula sur le canapé et relut sa liste de noms en se demandant s'ils pourraient installer assez de tables pour asseoir tout le monde.

— Dis-moi, Babeth, tu veux bien m'expliquer ce qui vient de se passer ?

— Quand je pense que Donnie Joe a eu envie de faire ça pour l'auberge, lui répondit Babeth en s'asseyant près d'elle, le regard étrangement brillant. Je peux te le dire, Etta, ça me chamboule complètement, ajouta-t-elle en portant un mouchoir en dentelle à ses yeux. C'est adorable, vraiment, ce qu'il a fait.

— Dis-moi, il s'agit réellement d'un vrai jambon dans un vrai trou ? lui demanda Etta en lui caressant gentiment la main.

Mais pourquoi cette affaire ameutait-elle les foules à ce point ? *Alors là, mystère et boule de gomme...* songea-t-elle, de plus en plus perplexe.

— Mon Dieu, oui, et c'est délicieux.

— Je veux bien le croire, mais cette réaction collective me semble un peu... excessive. Tous les gens d'ici faisaient comme s'ils voulaient sauter dans le dernier canot de sauvetage avant le naufrage du navire et, ce matin encore, je n'arrivais pas à obtenir la moindre réservation.

— C'est vrai que tu ne connais pas l'histoire de Donnie Joe, ni sa relation avec les habitants d'Everson.

— Son histoire ? Que veux-tu dire par là ?

— Je suppose qu'il ne m'en voudra pas si je te la raconte. Son adolescence mouvementée n'est un secret pour personne et tu en entendras parler tôt ou tard.

— Je n'ai strictement entendu parler de rien, je ne peux même pas commencer à imaginer, repartit-elle.

Mais son esprit se mit aussitôt à élaborer toutes sortes de récits sordides ayant un Donnie Joe adolescent pour personnage principal.

— Eh bien, tu sais peut-être que c'est sa grand-mère qui l'a élevé. Ils n'étaient que tous les deux, et ils n'avaient pas grand-chose. En fait, ils habitaient dans ce qu'on ne pourrait guère qualifier autrement qu'une cahute. D'ailleurs, elle tient toujours debout, de l'autre côté de l'Old Town Creek. Quand il a acheté la maison des voisins, j'ai pensé qu'il allait la démolir, mais non, il ne l'a pas fait.

Ces quelques premiers mots ne laissèrent pas de surprendre Etta. Pour elle, Donnie Joe avait juste été un des jolis garçons qui traînaient autour de Belle quand elles venaient passer l'été à Everson. Il était toujours gai, toujours partant pour tout, et pas une seule fois elle n'avait songé à ce que pouvait réellement être sa vie.

— Je n'en savais rien.

— À l'adolescence, lui et d'autres garçons de son âge se sont attiré des ennuis en vandalisant quelques entreprises avec des bombes de peinture. À vrai dire, il n'y avait pas de quoi fouetter un chat, et les commerçants se seraient contentés qu'on les oblige à réparer les dégâts et à faire quelques travaux d'intérêt général.

— Ça me semble raisonnable, en effet.

— À ceci près que les parents des autres garçons ont décrété que Donnie Joe était un voyou, que c'était lui, le meneur, et qu'il avait entraîné leurs pauvres petits garçons innocents dans ses méfaits. Ils ont engagé un grand avocat et ont fait monter bien inutilement la mayonnaise. Donnie Joe n'était pas un ange, mais il n'était pas non plus un voyou. À l'époque, c'était juste un jeune qui avait besoin de se défouler, rien de plus. Seulement, sa grand-mère n'avait pas les moyens d'engager elle aussi un avocat. Pour finir, il a été envoyé dans un camp pour délinquants juvéniles, tu sais, ces endroits où les jeunes vivent dans des chalets et se font eux-mêmes à manger. C'est supposé les socialiser et leur inculquer le sens des responsabilités.

— Et les autres garçons, que leur est-il arrivé ?

— Une tape sur les doigts. Ils ont dû repeindre les murs qu'ils avaient tagués, c'est tout. Rien n'est apparu sur leurs casiers judiciaires, et c'était précisément ce que voulaient leurs parents.

— Alors que Donnie Joe était envoyé dans ce camp ? Combien de temps ?

Etta eut envie de pleurer en songeant à la solitude qui avait dû être la sienne à ce moment-là.

— Il y a séjourné tout l'été avant sa classe de première. Lui qui avait toujours été si insouciant. Quand il est revenu, il s'est comporté comme si rien ne s'était passé. Mais sa grand-mère disait qu'il avait changé. Il était plus calme, plus renfermé. Qui aurait pu lui en faire grief ? Tu ne vas pas me dire qu'une chose pareille n'ébranle pas la confiance qu'on a dans les gens qui sont censés te connaître et veiller sur toi. Être le seul de tous ces garçons à devoir payer, où était la justice là-dedans ?

— Et que s'est-il passé par la suite ?

— Une chose que je n'oublierai jamais. Le week-end suivant son retour, il a annoncé qu'il devait des excuses aux citoyens d'Everson concernant sa conduite et que, pour faire acte de repentance, il invitait la ville entière à venir faire un pique-nique chez sa grand-mère.

— La *ville entière* ?

— Oui. Il a creusé un grand trou dans le jardin de sa grand-mère et y a fait cuire plusieurs jambons. Il avait appris à faire ça au camp, nous a-t-il dit. Et nous, nous étions malades de culpabilité car, tout de même, il avait été le seul à payer, et personne n'avait levé le petit doigt pour empêcher cela.

— Qu'auriez-vous pu faire ?

— À vrai dire, je n'en sais trop rien, mais toujours est-il que nous avons été heureux d'accepter son invitation. Nous avons emporté des plats et nous nous sommes rassemblés près de la rivière. On a tous mangé comme quatre. Il ne s'en est peut-être pas rendu compte, mais il nous avait offert une occasion de nous pardonner à nous-mêmes. Ce jambon nous a guéris.

— Donc, s'il offre maintenant son « Jambon dans le trou », c'est infiniment plus qu'un simple jambon ?

— Tout à fait, ma chérie. Si Donnie Joe cuisine son jambon, toute la ville va faire la queue pour en manger.

— Quelle histoire…

La fable de Donnie Joe et son jambon magique…

— Tu ne sais pas le plus beau. Même s'il avait vandalisé son commerce, M. Wilson l'a embauché pour travailler le soir après l'école. L'entreprise de M. Wilson, c'était Backyard Oasis. Elle appartient à présent en totalité à Donnie Joe. Je te garantis qu'il a travaillé très dur pour s'intégrer à la communauté et laisser ce funeste été derrière lui.

— Crois-tu que je devrais aller lui parler ?

S'il semblait avoir sorti la grosse artillerie pour lui sauver la mise, elle devait au moins le remercier.

— Oui, tu devrais. Tu lui diras que nous avons fait le plein pour le dîner de la Saint-Valentin. Je peux t'avouer maintenant que ton menu me faisait souci. Il va falloir que tu y ailles à tout petits pas pour que les gens d'ici acceptent ta cuisine élaborée, Etta chérie. Un tout petit peu à la fois.

— Manifestement, oui.

Etta se leva et alla regarder la maison voisine par la fenêtre. Oui, il fallait qu'elle parle à Donnie Joe. Mais pas tout de suite. Parce que, tout de suite, l'idée de le serrer dans ses bras s'était infiltrée dans son esprit et refusait d'en sortir. Elle ne savait pas si elle voulait étreindre le garçon qui avait été puni cet été-là ou l'homme qu'il était aujourd'hui.

Elle le repéra dès l'instant où elle entra chez *Lu-Lu*. Inutile et stupide de le nier, c'était pour lui, et uniquement pour lui qu'elle était venue. Il dansait avec Irène Machinchose, ou Trucmuche peut-être. *Si je reste ici plus longtemps, je vais devoir apprendre à mémoriser les noms de famille,* se gourmanda-t-elle. Donnie Joe et Irène discutaient en riant, et virevoltaient comme seuls les amants ou les véritables amis savent le faire. Ils étaient amants, sûr et certain. Et ils formaient un très beau couple, c'était indubitable. Irène était une femme stupéfiante de beauté, et Donnie Joe n'était pas vilain du tout à regarder. Mais ça, ce n'était pas le scoop du jour. En fait, plus Etta passait de temps en sa compagnie, plus il lui semblait beau. Si jamais on lui en donnait l'occasion, elle pourrait facilement le contempler toute la journée, voire toute la nuit.

Comment cela était-il arrivé ? Voilà qu'elle était là, tout excitée, à le regarder depuis l'autre bout de la salle. Oh, il avait toujours ce comportement arrogant et sûr de lui, mais elle savait à présent que c'était un masque qu'il portait face à la ville. Il affichait peut-être aussi l'attitude que les citoyens d'Everson attendaient de lui.

Harley Otis, qui dansait avec une alerte vieille dame qui avait l'air d'avoir bien quatre-vingt-dix ans, lui lança en passant devant elle :

— Superbe idée, le Jambon dans le trou, Etta.

Elle ne l'avait pas remercié qu'un autre couple levait les pouces dans sa direction. Elle sourit à tous et leur conseilla d'aller plutôt remercier Donnie Joe. Puis elle profita de l'occasion pour filer vers une table vide dans un angle. Là, elle orienta la chaise de manière à ne gêner personne mais aussi à avoir un bon point de vue sur la piste. Elle observa Donnie Joe, en se faisant l'effet d'être une espionne dans un vieux film. Elle le regarda faire tourner Irène dans une figure relativement compliquée qui les fit virevolter au rythme de la musique. Irène suivait chacun de ses mouvements comme s'ils avaient dansé ensemble toute leur vie. Etta connut un fort accès de jalousie. Pas seulement parce qu'elle aurait aimé être celle qui dansait avec Donnie Joe, mais surtout de la façon qu'ils avaient d'être à leur place, aussi bien chez *Lu-Lu* que dans la ville. Bien sûr, elle ne savait rien de l'histoire d'Irène, mais elle comprenait maintenant que cette place et cette reconnaissance, Donnie Joe avait lutté pour les obtenir. Il continuait même sans doute à le faire. Certes, il était établi à Everson, y possédait une entreprise et avait ses racines dans la communauté. Mais il avait beau clamer adorer les femmes, il n'avait jamais décidé de s'installer avec aucune d'entre elles. Il aimait jouer les célibataires libres de toutes attaches. À présent cependant, elle n'était pas du tout sûre que c'était aussi simple que cela. La réponse était peut-être liée à son passé.

Elle-même avait grandi un peu partout dans le Texas, mais ses parents déménageaient si souvent qu'elle n'avait jamais pu se sentir appartenir à une communauté. Elle pensait avoir trouvé sa place, sa niche, lorsqu'elle travaillait à Chicago, mais les longues heures au restaurant lui avaient laissé trop peu de temps pour avoir une vie sociale. Ses amis ? Les gens avec qui elle travaillait. Il lui semblait même que ce monde auquel on allait l'arracher, malgré tout le temps passé là-bas, n'avait aucune importance.

Dans la salle, la chanson se termina et elle perçut aussitôt une drôle de sensation, comme une prise de conscience. Sa nuque la picota, elle eut du mal à respirer librement. Il était en train de la regarder. Il était planté au milieu de la piste, les mains sur ses hanches et l'air de celui qui élabore une stratégie. Puis il commença à avancer. Droit vers elle. Comme s'il avait des plans qui la concernaient.

Elle leva les yeux, bien décidée à ne pas refuser le défi. Si défi il y avait. Elle en lança un elle-même : elle lui sourit. Un grand sourire de bienvenue. Il ne le lui retourna pas et continua à avancer.

Enfin, il s'immobilisa devant sa table et porta la main à son chapeau.

— Bonsoir, Etta.

— Bonsoir, Donnie Joe.

— Allons danser.

Il lui tendit la main, car ce n'était apparemment pas une suggestion.

En temps normal, elle se serait hérissée à ce ton quasi comminatoire, mais cela ne servirait en rien son objectif, ce soir. Aussi se leva-t-elle en répondant :

— Cela me semble sympa.

Il haussa les sourcils, comme pour souligner que « sympa » n'était pas le meilleur terme. Il l'attira sur la piste pour se mêler à la foule des danseurs. Il adopta des pas simples et la tint serrée contre lui. Tout comme la première fois qu'ils avaient dansé ensemble. La main qui tenait la sienne était tiède. Elle respira avec plaisir son odeur qu'elle découvrit familière.

Et pourtant, tout était différent. Cette fois-ci, elle le connaissait. Ou, du moins, un peu mieux. Cette fois, la main qui reposait sur son dos la faisait trembler d'un désir intense. Le frôlement de sa cuisse lui donnait envie de s'en rapprocher. Et, cette fois, elle savait que sa façade d'homme à femmes dissimulait un côté vulnérable. Celui de ce jeune homme banni sans procès par toute une ville. Était-ce la raison pour laquelle il avait bâti de telles murailles autour de son cœur ?

— Alors, qu'est-ce qui vous amène ici ce soir, Etta ? lui demanda-t-il en se penchant en arrière pour la regarder dans les yeux.

— Je vous cherchais, répondit-elle en toute franchise, ne voyant aucune raison de jouer au chat et à la souris.

— Voyez-vous ça.

Il parut flatté, mais cette expression laissa très vite place à un air préoccupé.

— Pourquoi ? Y a-t-il un problème à l'auberge ? Babeth, Daphné, elles vont bien ?

— Elles se portent à merveille toutes les deux et, ainsi que vous l'avez peut-être deviné, le désastre annoncé de l'inauguration de l'auberge a été écarté grâce à votre « Jambon dans le trou ».

Il sourit.

— Je me suis laissé dire par quelques personnes qu'elles avaient prévu de venir.

— En fait, nous sommes complets, archi-complets même. Nous allons devoir refuser du monde.

Il eut l'air médusé.

— Déjà ? Vraiment ?

— Pourquoi est-ce que cela vous surprend autant ? N'êtes-vous pas celui qui m'a pratiquement garanti le succès pas plus tard que cet après-midi ?

— Je pensais en effet que cela inverserait joliment la vapeur, mais jamais je n'aurais cru que nous aurions ce genre de réaction aussi rapidement.

— Eh si. Même si je n'ai pas voulu vous écouter, vous aviez raison à cent pour cent. Je dois reconnaître que je peux me montrer un peu tête de mule dès qu'il est question de ma cuisine.

Un grand rire le prit.

— Juste votre cuisine ? C'est tout ?

— Principalement, oui, pourquoi ? Sur quels autres sujets me trouvez-vous tête de mule ?

Il ne lui répondit pas tout de suite et lui dit plutôt :

— Accrochez-vous, Etta, je vais vous faire tourner.

— Oh, surtout pas de pirouette, repartit-elle en s'accrochant à sa chemise. Je suis une véritable empotée sur une piste de danse !

Il lui sourit et lui expliqua :

— Vous savez comment c'est, la danse, je guide et vous suivez. Alors, accrochez-vous.

Elle regimba.

— Ce n'est pas assez de me faire reculer tout le temps ?

— On se tait maintenant. Je conduis. Vous suivez.

Sans plus attendre, il la souleva et tournoya alors qu'elle battait des pieds en l'air.

Elle lâcha un cri qui attira l'attention des autres danseurs.

Il la reposa sur ses pieds et continua à évoluer sur la piste.

— Vous voyez ce que j'ai voulu dire ? demanda-t-il.

— À quel propos ? J'ai bien peur de ne plus vous suivre du tout.

Elle s'était empourprée, son cœur battait le tambour dans sa poitrine. Les yeux verts qui la contemplaient lui donnèrent l'impression qu'ils pouvaient lire en elle.

Il afficha un sourire de guingois.

— Vous êtes une tête de mule, Etta Green. Sur tous les sujets. Il faut toujours négocier avec vous, même pour danser.

— Ce n'était pas une négociation ! rétorqua-t-elle d'un air crâne. Je n'aime pas ces manières néanderthaliennes.

— Pas de panique, poupée. Je n'ai pas l'intention de vous traîner dans ma grotte à moins que vous ne le demandiez gentiment.

Et hop, il lui décocha un clin d'œil.

Elle ne put résister plus longtemps. Un immense sourire fleurit spontanément sur ses traits.

— Je vais essayer de me contenir.

Même si la perspective d'être traînée dans sa grotte avait beaucoup plus d'attrait qu'elle ne l'aurait soupçonné.

Ils firent quelques autres pas sans rien dire. Elle posa la joue contre le coton de sa chemise de cowboy à carreaux, consciente de la fermeté de son torse et de son bras passé autour de ses épaules. Avant même d'y réfléchir à deux fois, elle leva les yeux et lui lança :

— Refaisons-le.

— Quoi donc ? fit-il, manifestement interloqué.

— Vous savez bien. Ce tourbillon, là. Refaisons-le.

— Essaieriez-vous maintenant de me guider ? la gourmanda-t-il, mais ses yeux pétillaient.

Elle se haussa sur la pointe des pieds et lui murmura à l'oreille :

— Je vous le demande gentiment.

Elle n'avait pas terminé sa phrase qu'il la faisait de nouveau tourbillonner. Cette fois, elle rit à gorge déployée. Elle abandonna tout self-control quelques secondes et le laissa la porter et la faire voler autour de lui. Quand il la reposa par terre, elle atterrit contre son torse, et y resta.

— Merci, Donnie Joe.

Pas question de jouer les têtes de mules et de ne pas lui donner ce qu'il méritait. Pas ce soir.

— Pour quoi ? Pour la danse ? C'est un plaisir.

Il continua de la faire évoluer sur la piste, sa main forte et sûre la maintenant en place contre lui.

Elle percevait le battement sourd et régulier de son cœur contre sa joue.

— Merci pour la danse, et merci d'avoir sauvé le dîner de la Saint-Valentin. Je sais que cela ne résoudra pas tous nos problèmes mais maintenant, peut-être avons-nous une vraie chance que le projet fonctionne.

— J'en suis certain, rayon de soleil, répondit-il en toute sincérité en la regardant dans les yeux.

Le morceau suivant débuta et, d'un accord tacite, ils restèrent sur la piste. C'était un slow, une chanson triste, chantée par une femme à la voix pleine d'émotion. Etta ferma les yeux et se laissa imprégner par les paroles et la musique. Les bras de Donnie Joe l'attirèrent plus près de lui, il posa une main chaude sur le bas de son dos et son souffle tiède caressait ses cheveux. Tout contre lui, elle perçut des frissons provoqués par ce désir intense qu'elle s'efforçait d'ignorer depuis des semaines. Elle ne pouvait plus nier cette attirance, et ne savait pas trop si elle avait encore envie de le faire.

À la fin de la danse, il lui prit le coude et la guida pour sortir de la piste. L'Irène de tout à l'heure se matérialisa devant eux.

— Salut ! Je ne pense pas que nous ayons été présentées. Je m'appelle Irène Cornwell.

Etta lui tendit la main en s'écartant de Donnie Joe.

— Etta Green. Je suis ravie de faire votre connaissance, Irène.

Elles échangèrent une brève poignée de main.

— Oh, moi, je sais qui vous êtes. Vous transformez la maison de Miz Hazel en Bed & Breakfast, et la perspective du dîner de la Saint-Valentin m'emballe tellement que je vais avoir du mal à l'attendre.

— Oh, vous viendrez ?

— Bien sûr, je ne manquerais pas cela pour un empire. Donnie Joe et moi sortons ensemble chaque année à la Saint-Valentin, répondit Irène en passant un bras sous celui de Donnie Joe avec un sourire complice, avant de refaire face à Etta : D'après ce que j'ai entendu dire sur votre cuisine, ce repas promet d'être le plus délicieux que nous ayons jamais partagé.

— Merci, répondit Etta.

En sentant disparaître son sourire.

Bien sûr que Donnie Joe avait une invitée ce soir-là. Il n'y avait vraiment pas de quoi en être surprise. Cependant, sans pouvoir l'expliquer, quand elle visualisait son grand dîner d'inauguration, elle s'imaginait avec lui à ses côtés, accueillant les convives et les dirigeant vers leurs tables. Tout bien réfléchi, c'était une idée stupide. Ce n'était pas à lui de l'aider, ce n'était pas parce qu'il avait investi de l'argent dans l'opération qu'il allait devoir s'impliquer dans le quotidien. Elle devrait déjà se réjouir qu'il ait prévu de venir. Surtout maintenant. Car sa présence était indispensable pour que les gens puissent lui tresser des lauriers à propos de son Extraordinaire Jambon Miraculeux. Plus ça allait, plus ce crétin de jambon prenait des proportions stupéfiantes.

— Bien, je vais y aller, à présent, annonça-t-elle brusquement, mais encore merci, Donnie Joe, et encore ravie d'avoir fait votre connaissance, Irène.

Elle se détourna et s'en fut vers la porte. Elle y était presque parvenue quand Donnie Joe la rattrapa.

— Il faut vraiment que vous partiez ? Il est encore tôt, et je me disais que vous auriez peut-être envie de vous mesurer encore une fois à moi. Aux fléchettes. Vous auriez des témoins, en cas de victoire.

— Merci, mais un autre jour, Donnie Joe, répondit-elle en jetant un coup d'œil par-dessus son épaule. Vous devriez aller retrouver Irène, elle m'a tout l'air d'être prête pour une autre danse.

Puis elle bondit sur la porte sans attendre de réponse. Une fois dehors, elle gagna le combi Volkswagen, s'y installa et resta un moment à contempler le réverbère du parking au travers du pare-brise. Avec l'impression d'être semblable à ces insectes qui tournaient autour de l'ampoule et se précipitaient vers elle au risque de s'y brûler. Elle serra fort les mains autour du volant, comme pour reprendre le contrôle de ses émotions. Donnie Joe la rendait folle tout en la faisant rire ; il lui suffisait d'apparaître pour qu'elle se transforme en fille en mal de romance à l'eau de rose. D'ailleurs, pas plus tard que maintenant, elle était prête à regagner le bar au pas de course pour entraîner Donnie Joe sur la piste et se plaquer contre lui jusqu'à ce qu'ils finissent par s'enflammer. Mais elle ne devait pas le faire. Avant de changer d'avis, elle s'empressa de tourner la clef de contact puis de louvoyer entre les nids-de-poule du parking pour rentrer à la maison.

Le Bed & Breakfast prenait forme petit à petit. Etta regarda autour d'elle et observa le nouveau comptoir récemment installé dans le premier petit salon qui allait leur servir de réception. À l'étage, les quatre chambres réservées aux hôtes, meublées et décorées selon leurs thèmes de dessert, étaient prêtes. Trois étaient réservées pour le premier week-end qui arrivait déjà dans une semaine.

Elle n'avait pas revu Donnie Joe depuis la soirée chez *Lu-Lu*. Elle avait imaginé qu'il en ferait des tonnes ce soir-là mais, au contraire, il avait paru sincèrement surpris par l'ampleur des réactions à son menu. Comme il lui avait laissé toute latitude pour les plats annexes, elle avait opté pour la simplicité. Salade verte et salade de pommes de terre, avec cependant *sa* sauce vinaigrette, petits pains maison et condiment aux airelles. Des plats de pique-nique mais à *sa* façon. En hommage au très fameux « Jambon dans le trou ». Et aux palais simples des citoyens d'Everson.

Toutefois, elle avait tenu à conserver la soupe aux noisettes – en hommage à mamie Hazel – ainsi que son dessert au chocolat. Un gâteau élaboré, à base d'une mousse au chocolat dont la préparation exigeait temps et patience, avec des meringues au chocolat selon la recette de Miz Hazel et un grand plateau de fraises, certaines glacées au chocolat et d'autres roulées dans le sucre roux et la crème aigre. Tradition de la Saint-Valentin oblige.

Elle prit un panier débordant de serviettes de table rouges, un stock des ronds de serviette qu'ils allaient utiliser et emporta le tout sur une table. Elle s'y assit et entreprit de lisser une première serviette, de la rouler en tube et de l'insérer dans un joli rond tressé en forme de cœur. Cela ajouterait une touche spéciale supplémentaire à chaque table. Oui, tout se préparait tranquillement. Tout allait bien.

Sauf si elle pensait à Chicago, à *Point d'Orgue*. Les mains sur une serviette qu'elle était en train de plier, elle se figea au souvenir du dernier appel téléphonique de Me Starling. Ils se trouvaient devant un fait nouveau qui n'augurait rien de bon, lui avait-il appris. Diego avait paraît-il vendu ses parts du restaurant à sa nouvelle épouse. À présent actionnaire majoritaire, elle n'était pas tenue d'honorer les précédents engagements de son mari. Mari qui jouait les pleutres et restait coi tandis qu'on avait placé son ex-associée et compagne au sommet d'une falaise et qu'on s'apprêtait à la faire basculer dans le vide. Elle baissa les yeux sur la serviette entre ses mains, toute chiffonnée à présent, la jeta sur la table et se recouvrit le visage des deux mains.

Insupportable, dévastatrice, cette idée qu'on allait lui arracher son restaurant comme un rien... La gorge brutalement serrée, elle songea à tout ce qu'elle perdait. Ce lieu, ces gens, c'était sa vie. Elle ne parvenait toujours pas à y croire. Ces derniers jours, elle avait plus ou moins réussi à faire bonne figure, mais cette pensée lui tombait dessus à n'importe quel moment. La veille par exemple, alors qu'elle passait la serpillière dans la cuisine, ou encore quand elle avait fait son lit, ça l'avait frappée avec une telle force qu'elle en avait titubé : elle était en train de perdre *Point d'Orgue*. Si elle se laissait aller à son désespoir, elle allait finir roulée en boule dans un coin, à pleurer toutes les larmes de son corps. Elle ne pouvait se le permettre, surtout maintenant. L'auberge et Daphné exigeaient tout son temps et c'était probablement aussi bien comme ça. Le temps pour chercher à savoir ce qu'elle ferait du reste de sa vie, elle l'aurait, mais plus tard. Pour l'instant, elle avait un panier entier de serviettes à plier.

Un coup à la porte interrompit ses cogitations. Elle alla ouvrir, et se retrouva face à un homme relativement âgé planté sur le seuil, avec trois grosses valises. Un client en avance ?

— Bonjour monsieur, en quoi puis-je vous être utile ? J'ai bien peur que nous n'ouvrions pas avant la semaine prochaine.

— Bonjour madame, comment allez-vous ? Je me présente, Noah Nelson, votre nouveau jardinier.

— Mon jardinier ?

Certes, elle avait déploré qu'ils n'en aient pas, mais de là à en faire apparaître un sur son seuil comme par magie…

Si cela suffisait à les faire surgir, peut-être allait-elle se mettre à déplorer le manque de toute une liste d'éléments : un cuisinier, par exemple.

Le vieil homme dansait d'un pied sur l'autre, manifestement peu sûr de lui.

— Vous êtes la petite-fille d'Hazel, n'est-ce pas ?

— Oh, pardon, j'aurais dû me présenter, moi aussi. Oui, je suis Etta Green.

— Eh bien, Hazel m'avait dit que je pourrais avoir le gîte et le couvert en échange de l'entretien du jardin, précisa-t-il en jetant un coup d'œil à la pelouse devant la maison.

Même maintenant, au cœur de l'hiver, le jardin avait bien besoin d'un peu d'entretien.

— Quand elle est morte, reprit le vieil homme, je n'étais pas du tout sûr que cette auberge ouvrirait, mais ces jours-ci, j'ai vu les prospectus pour le dîner de la Saint-Valentin partout en ville, alors…

La journée était particulièrement froide et venteuse, aussi l'invita-t-elle à entrer au chaud. En laissant ses valises sur le porche tant que tout n'était pas réglé. Elle savait qu'ils avaient besoin de quelqu'un pour s'occuper du jardin, mais de là à l'avoir à résidence… Si ça continuait, le nombre de personnes vivant dans la maison serait plus important que le nombre de clients.

— Elle disait que je pourrais avoir la petite chambre au-dessus du garage si mon fils essayait encore de me mettre dans une résidence médicalisée.

Etta lui sourit, opina et s'interrogea sur l'âge du personnage. S'il était dépendant à ce point, quel travail de jardinage pourrait-il réellement abattre en une journée ? D'un autre côté, il n'avait pas l'air particulièrement frêle, et si mamie Hazel lui avait fait une promesse, comment pourrait-elle refuser de la tenir ?

— Elle est là, Babeth ? s'enquit-il en tendant le cou pour regarder derrière Etta.

— Elle vient de partir faire une course, mais elle ne devrait plus tarder à présent.

— Elle se portera garante de moi, au cas où vous auriez des doutes.

— J'en suis bien certaine. En attendant, est-ce qu'une tasse de café vous ferait plaisir ?

Il sembla prendre la question comme une autorisation à mettre ses possessions à l'intérieur de la bâtisse puisqu'il entreprit aussitôt de rentrer ses valises. Puis il referma la porte.

— Un café, je veux bien. Vous auriez un muffin ou quelque chose à manger avec ?

Elle le précéda dans la cuisine et ne put s'empêcher de se demander à quand remontait son dernier repas.

— Vivez-vous seul en ce moment, Noah ?

— J'habite dans un duplex qui appartient à mon fils. Mais il veut le louer pour payer ses impôts. Me mettre dans une maison lui coûterait plus cher, pourtant il prétend que je ne dois plus vivre seul.

Tandis qu'il parlait, Etta lui versa une tasse de café et posa une assiette devant lui. Aussi bien le fruit que le muffin disparurent en un éclair.

— Aimeriez-vous des œufs ? Je m'apprêtais justement à prendre un petit déjeuner tardif.

Il la remercia avec toute la dignité possible en répondant :

— Je me ferai un plaisir de commencer à arracher les mauvaises herbes de ce parterre, là devant, dès aujourd'hui. Ensuite je pourrais planter des fleurs dans des pots qu'on mettrait sur le porche, ça donnerait un peu de couleur à l'endroit.

La pensée de le voir travailler dehors par un temps aussi détestable arracha un frisson à la jeune femme.

— Pour le parterre, ça peut attendre, répondit-elle en sortant une poêle, des œufs, du lait et du beurre, en en préparant une demi-douzaine d'œufs brouillés. En revanche, votre idée de mettre des fleurs sur le porche me plaît beaucoup, et celui de l'arrière en aurait bien besoin, lui aussi. En fait, j'aimerais beaucoup écouter vos suggestions, conclut-elle en posant une assiette pleine devant lui.

Après lui avoir souri, presque gêné, il attaqua ses œufs de bon cœur.

— Ils sont très bons, miss Green.

— Je vous en prie, appelez-moi Etta.

La porte arrière fut ouverte à la volée sur Babeth, qui s'engouffra dans la cuisine, les bras chargés de sacs de courses. Ce jour-là, elle était vêtue d'un pantalon de jogging vert printemps et d'un sweat-shirt imprimé léopard rose vif, dont elle avait rabattu la capuche sur sa tête. Elle la repoussa sitôt à l'intérieur et s'ébroua afin de remettre en place sa mise en plis maison.

— Seigneur Dieu, quel vent ! J'ai bien cru que j'allais m'envoler ! s'exclama-t-elle en riant.

Puis elle se tut, et s'immobilisa, en découvrant Noah en train de manger au comptoir.

— Noah ? Que fais-tu ici ? Y a-t-il un problème quelque part ?

— Bonsoir Babeth. Je suis venu prendre le poste de jardinier, si l'offre tient toujours. Tom veut encore me mettre dans cette maison, à Derbyville.

— Oh, non. Je n'aurais jamais cru qu'il était sérieux, répondit Babeth en posant ses sacs sur la table et en regardant Etta : Hazel avait promis à Noah qu'il pourrait avoir une chambre ici s'il en avait besoin.

Elle paraissait agitée, tapotait ses boucles, tripotait son sac à main. Elle refit face à Noah :

— Mais que va dire Tom ? Ça ne va pas lui plaire, n'est-ce pas ?

— Pff, si je ne suis plus sous son toit, il n'aura rien à dire. Miss Green, enfin, Etta, vous ne me connaissez pas du tout, alors je comprendrais que vous ayez des réticences avec cet arrangement. Mais je vous promets de travailler dur. Seulement, bien sûr, ça vous fera une bouche supplémentaire à nourrir, déclara-t-il en enfournant une autre grande fourchetée d'œufs brouillés accompagnée d'une gorgée de café.

D'un geste, Etta écarta sa préoccupation. Nourrir les gens, c'était son métier. Non, ce qui lui posait un peu problème, c'était la réaction de Babeth. La cousine était nerveuse, c'était évident. Peut-être devraient-elles en discuter en privé avant de prendre la moindre décision.

Mais Babeth se redressa de toute sa taille et déclara d'une voix ferme :

— Nous n'allons certainement pas revenir sur une promesse d'Hazel, n'est-ce pas, Etta ?

Etta opina du chef et ajouta :

— Nous avons de toute façon besoin de quelqu'un pour entretenir le jardin. Terminez tranquillement votre repas, monsieur Nelson, et ensuite nous vous montrerons votre chambre. Je ne peux en revanche pas vous garantir son état de propreté, puisque je n'y suis pas encore montée.

— Je suis sûr qu'elle sera très bien, répondit-il en avalant le dernier morceau de muffin. Et je vous en prie, appelez-moi Noah. Merci infiniment. Permettez que j'aille chercher mes valises.

Vingt minutes plus tard, il était installé dans le petit studio au-dessus du garage, naguère un deuxième bureau pour son grand-père, à présent meublé de deux lits jumeaux, d'une commode, d'un petit bureau et d'une pile de vieux livres. Le tout était effectivement un peu poussiéreux mais convint tout à fait à Noah, d'autant qu'il disposait aussi d'une petite salle de bains privative. Malgré le mauvais temps, il décréta qu'il avait envie de sortir inspecter le terrain pour se faire une idée de ce qu'il fallait accomplir en priorité.

Babeth et Etta regagnèrent la maison de concert, et Etta entreprit de rassembler la vaisselle du petit déjeuner tandis que, plantée devant la fenêtre, Babeth regardait Noah aller et venir dans le jardin.

— Tu es sûre que ça va, Babeth ?

— Ça va. C'est juste que… je n'arrive pas à croire qu'il est réellement là, répondit-elle d'une voix douce, l'air d'avoir infiniment moins que ses quatre-vingt et quelques années.

— Tout ceci te convient vraiment ?

— Tom va en faire tout une histoire, c'est sûr.

— Son fils ?

— Oui. Il adore son père, mais il ne comprend pas son besoin d'être entouré d'herbe, de fleurs, et de tout ce qui pousse. Une main verte comme celle de Noah, je te garantis que tu n'en as encore jamais connu de pareille. Hazel savait très bien ce qu'elle faisait quand elle lui a proposé le job. Je peux te dire que, le printemps venu, l'auberge sera spectaculaire.

Etta hésita un instant, le temps de trouver la bonne formulation pour sa question suivante.

— Et… il n'est pas un peu trop âgé pour abattre tout ce travail ?

Babeth se détourna de la fenêtre et répondit, d'une voix étranglée :

— En toute sincérité, je pense qu'il mourrait s'il ne pouvait plus travailler.

— Dans ce cas, il nous faudra juste veiller à ce qu'il ait de l'aide pour les travaux trop pénibles, répondit aussitôt Etta en lui posant une main réconfortante sur le bras.

Babeth se tamponna les yeux.

— Pardonne-moi, Etta. Je ne suis qu'une vieille folle. Cet homme, je l'ai aimé dès l'instant où j'ai posé les yeux sur lui au lycée. Je l'aimais quand il a épousé Karen Morris et fondé sa famille avec elle. Et je l'aimais quand il l'a enterrée, il y a dix ans. Toi, tu regardes Noah et tu ne vois qu'un vieux monsieur. Moi, je vois le seul homme que j'aie jamais aimé.

17

C'était le milieu de la matinée. Le temps était relativement clément mais la météo prévoyait un net rafraîchissement pour le restant de la semaine. Donnie Joe inspecta le ciel chargé de nuages gris et bas avant de monter sur le porche arrière de l'auberge. Il changea sa pelle de main et frappa. Il avait sa propre clef, bien sûr, mais n'avait aucune envie de surgir sans prévenir, d'autant qu'il n'avait pas pris le temps de réfléchir aux vraies motivations de sa visite. Cependant, quand Etta apparut dans l'ouverture de la porte, il sut précisément pourquoi il était venu.

Elle poussa la porte moustiquaire et il resta où il était, le temps de l'étudier. Les cheveux courts qu'elle avait repoussés en arrière faisaient paraître ses immenses yeux bruns encore plus grands que d'habitude. Il arrêta le regard un peu trop longtemps sur ses lèvres peintes en rouge, puis il la parcourut de haut en bas. Aujourd'hui, elle avait échangé sa tenue coutumière – jean élimé et tee-shirt – contre une courte jupe bleu marine et un sweat-shirt blanc. Bien sûr, elle avait un tablier noué autour de la taille. Des tabliers, elle en portait énormément. Apparemment tous différents. Celui-ci était jaune, imprimé de marguerites blanches. Jamais il ne s'en serait cru capable, et à la vérité, il combattait ces pensées mais, dernièrement, il fantasmait sur elle seulement vêtue d'un de ses fichus tabliers. Il dut toutefois rester trop longtemps planté là, silencieux, car elle agita la main devant ses yeux.

— Hou, hou, on se réveille, Donnie Joe !

— Désolé, est-ce que je vous dérange ? répondit-il en souriant, tout en s'appuyant sur la pelle qu'il avait apportée. Vous êtes toute belle.

Il ne restait plus que deux jours avant la grande inauguration, et il savait qu'elle travaillait d'arrache-pied depuis des semaines afin que tout soit prêt.

Elle recula d'un pas pour le laisser entrer et, baissant les yeux sur sa tenue, elle expliqua :

— J'avais rendez-vous à l'école de Daphné, puis j'ai fait un saut à l'étude de Me Starling avant de passer récupérer les menus officiels de notre premier grand dîner chez l'imprimeur. Entrez, et dites-moi ce que vous en pensez.

Il la suivit jusqu'à la table sur laquelle un carton était ouvert. Elle en sortit un menu et le lui présenta. Le papier vert fluo qu'il avait tout d'abord utilisé avait fait place à un papier cartonné d'un rose très pâle. L'impression avait été faite en rouge bordeaux et, en haut et en bas, avait été ajoutée une frise de minuscules cœurs rouges.

— Ces menus ne sont pas aussi stylés que les miens, mais j'admets volontiers qu'ils ont belle allure, petit bouchon.

Elle détestait les allusions à sa petite taille et il le savait très bien, mais s'il voulait remporter l'âpre bataille qu'était de garder ses mains dans ses poches quand il la regardait, il n'avait rien trouvé de mieux que la titiller en permanence.

Surtout après les danses de l'autre soir. Dès l'instant où il l'avait vue assise dans l'angle à le regarder, son sang n'avait fait qu'un tour. Le fait qu'elle l'eût cherché, qu'elle fût venue spécialement chez *Lu-Lu* pour le voir, tout cela avait eu un effet démoniaque sur la structure chimique de son cerveau, et il n'avait plus pu penser à autre chose que trouver au plus vite un lit et l'y attirer. Mauvais plan.

Le regard qu'elle lui décocha aurait pu le faire frire sur place. Elle laissa choir le menu sur la table.

— Merci beaucoup. Que fabriquez-vous donc avec cette pelle ? Vous prévoyez d'enterrer un cadavre dans le jardin ?

— En quelque sorte. J'ai besoin de votre aide. Filez mettre quelque chose qui ne craint rien.

— Comme si j'avais le temps pour votre lubie du moment ! J'ai un million de choses à faire.

— Allons, Etta, je suis prêt à parier gros qu'absolument tout ce qui a besoin d'être fait ici a déjà été vérifié deux ou trois fois. De plus, c'est important, la contra-t-il avant de lui demander, tout miel : S'il vous plaît ? Je vous jure que vous ne le regretterez pas.

Elle prit un air excédé mais, pour finir, en ne manquant pas de pousser un long soupir, elle capitula.

— Vous me l'avez demandé si gentiment...

Elle dénoua son tablier et allait le suspendre à la patère quand elle se figea :

— Oh, mon Dieu, c'est pour le jambon ? s'écria-t-elle, excitée comme une puce. Le Jambon dans le trou ? C'est bien ça ?

Il hocha la tête avec emphase.

— C'est bien ça.

Elle poussa un *youpi !* perçant et sortit de la cuisine au grand galop tout en lui criant :

— Je me change et je reviens. Surtout, attendez-moi !

Il la regarda partir en se demandant pourquoi elle se montrait soudain si coopérative. Pourtant, les quelques fois où ils avaient discuté du dîner inaugural, il avait cru voir des larmes dans ses yeux chaque fois qu'elle parlait du jambon. Qu'elle lui soit reconnaissante de son aide, pas de problème, il le comprenait. Il l'avait quand même sauvé, ce fameux dîner. Mais ce n'était qu'un bête jambon. Les femmes, parfois, sont vraiment bizarres…

Elle fut très vite de retour dans son vieux jean coutumier, celui qui avait cet endroit où on voyait la trame sur la cuisse droite. Le joli sweat-shirt avait cédé la place à un autre à l'effigie de Yo-Yo Ma, et elle avait noué un foulard à carreaux sur ses cheveux.

— Je suis prête ! lui dit-elle, hors d'haleine.

Donnie Joe eut très envie de repousser la mèche échappée du foulard et retombée sur sa joue, mais il préféra faire machine arrière en direction de la porte.

— Très bien. Que les préparatifs de la fête commencent…

— Attendez que j'aille chercher une pelle, moi aussi. Je veux vous aider à creuser.

Elle disparut dans le garage et en émergea en tenant une pelle comme les chevaliers d'antan brandissaient leur lance lors des tournois.

— C'est parti !

Elle le regarda charger les deux outils et un gros sac rempli à craquer à l'arrière d'une des voiturettes de golf. Puis elle l'énerva par la façon dont elle lui jetait d'incessants coups d'œil. Des regards préoccupés, ou peut-être compatissants ? Il n'aurait su le dire.

Il suivit un des chemins traversant le pâturage en direction de la rivière. Une vieille barrière en bois délimitait la propriété. Tandis qu'ils en approchaient, Etta lui demanda :

— Savez-vous le nombre d'heures que j'ai passées à jouer par ici quand j'étais petite ?

— Vous y veniez ? Moi aussi.

— C'était un superbe endroit pour échapper aux adultes. Certains de mes plus beaux chefs-d'œuvre culinaires ont été confectionnés ici même.

— Ah, oui ? Et que faisiez-vous ?

— Ma spécialité, c'étaient les gâteaux de boue.

— Mmm… appétissant.

— Pas de panique, je n'en ai glissé aucun en douce sur le menu de la Saint-Valentin.

Il arrêta la voiturette devant la grille et elle sauta à terre pour aller l'ouvrir. Puis il descendit de voiture, empoigna sac et pelles et descendit vers la rivière. Un canoë attendait sur la berge.

— Attention où vous mettez les pieds, c'est boueux par ici.

— Parce que nous allons aller quelque part avec cette barque ? lui demanda-t-elle, perplexe.

— Nous allons juste traverser la rivière. C'est bien plus rapide que faire le tour en voiture.

Elle le rejoignit en dérapant.

— Alors, c'est là-bas que nous allons creuser le trou pour le jambon ? Ce n'est pas très pratique. Enfin, c'est vraiment à l'écart…

Il l'aida à s'asseoir dans l'embarcation et s'installa sur l'autre banc face à elle.

— C'est vrai, mais c'est la tradition. On ne plaisante pas avec la tradition.

— Est-ce que je me trompe si j'en déduis que nous allons dans votre ancienne maison ?

— La scène du crime, confirma-t-il en empoignant les rames et en commençant la traversée.

Ces paroles semblèrent la déconcerter, voire la mettre un peu mal à l'aise.

— J'espère ne pas me mêler de ce qui ne me regarde pas. Je sais que c'est quelque chose de spécial pour vous…

— Je vous ai invitée à venir, n'est-ce pas ? En fait, j'ai même insisté, répondit-il en la regardant s'agiter sur son banc.

Et tout en se demandant ce qui pouvait bien se passer dans sa tête.

— Ce n'est qu'un jambon cuit dans un trou dans la terre, Etta. Ce n'est pas une cérémonie religieuse !

Une fois sur l'autre rive, il sauta à terre, l'aida à descendre et hissa le canoë sur le rivage. Puis il se leva, jeta le sac sur son épaule, prit une pelle et entreprit de gravir la légère déclivité.

— Prenez votre pelle et suivez-moi, matelot !

Etta le suivit. Parvenu au sommet de la pente, il se retourna et attendit qu'elle le rejoigne.

Elle ne put s'empêcher de se demander pourquoi il l'avait conviée. Certes, elle était curieuse. Et pas seulement à cause du jambon. Cuire des aliments dans un trou à même le sol était vieux comme le monde. Seulement, depuis que Babeth lui avait raconté l'histoire de Donnie Joe, elle ne pouvait plus penser à lui comme avant. Il avait fait croire aux gens qu'il ne prenait pas grand-chose au sérieux, à part s'offrir du bon temps, se coucher tard avec chaque soir une femme différente. Telle était la vie de Donnie Joe. Cependant, il avait dès le départ fait preuve d'un engagement très réel vis-à-vis du sort du Bed & Breakfast et d'un extrême dévouement envers mamie Hazel et cousine Babeth. Au fond d'elle-même, quand elle réfléchissait en toute objectivité aux choix qui s'étaient présentés à lui, elle savait que s'il n'avait eu que ses propres intérêts en tête, il aurait d'autorité mis la maison de sa grand-mère en vente, et se serait épargné bien des migraines. Sans compter son intervention quand le dîner inaugural s'annonçait comme un désastre. Il avait fait en sorte de tout simplement faire accourir toute la ville.

De l'autre côté d'un pâturage, elle découvrit une petite maison délabrée et cernée de mauvaises herbes. Quelques fenêtres avaient été colmatées par des planches.

— Qu'est-ce que c'est que cet endroit ?

— Bienvenue dans ce qu'il subsiste de la maison de mon enfance, lui répondit-il en traversant la prairie en direction du jardin, derrière la bicoque.

— Est-ce là que vous viviez avec votre grand-mère ?

— *Home, sweet home*, reprit-il sans se retourner.

— Alors, c'est ici que vous avez fait cuire votre jambon dans le trou pour la ville ? s'enquit-elle en posant un œil neuf sur les alentours.

— On vous a raconté l'histoire, constata-t-il en ralentissant le pas pour lui permettre de le rattraper.

— Je ne comprenais pas cet afflux de réservations aussi soudain qu'inattendu, alors Babeth m'a tout expliqué.

— Que vous a-t-elle dit, précisément ?

Il se retourna face à elle, manifestement très curieux de sa réponse.

— Que vous et d'autres garçons vous êtes collés dans les ennuis, bafouilla Etta avant de se taire et de le dévisager afin de déchiffrer sa réaction. Que vous avez vandalisé des commerces en les taguant à la bombe. Elle m'a aussi dit que vous aviez été banni.

— C'est exact. Dans un camp pour jeunes à problèmes.

— Et que vous avez été le seul à devoir y aller. Tous les autres s'en sont sortis comme des fleurs, si j'ai bien compris.

— Oui. Vous pouvez deviner aisément que j'étais en rage contre le monde entier.

— Ce n'était pas juste, Donnie Joe, se hérissa-t-elle, encore indignée.

Il sourit.

— Vous avez raison. L'école venait de se terminer pour les vacances d'été et je devais partir dans ce camp dès le lendemain. Alors, j'ai décidé de me rebeller et de montrer à tout le monde à quel point je ne valais rien. J'ai piqué la décapotable Chevrolet de votre grand-mère et je suis parti en virée. Je n'avais qu'une idée en tête, prendre la route et rouler jusqu'à la panne sèche. À part ça, je n'avais aucun plan.

— Vous avez bousillé la voiture ?

— Exact. Je l'ai envoyée dans le fossé en prenant trop vite le virage de Border Road.

— Que s'est-il passé ensuite ?

— Je suis rentré à pied en sachant que la police devait nous chercher partout, la bagnole volée et moi. Je suis allé directement à la maison de Miz Hazel, et je me suis planté sur son perron en tremblant. J'ai sonné et quand elle m'a ouvert, je lui ai tout avoué.

— Il fallait du cran.

— Pas vraiment, non, même si j'avais les genoux qui jouaient des castagnettes. Elle m'a fait entrer et m'a préparé une tasse de thé bouillant. Du thé ! Elle m'a dit que, de son point de vue, j'avais été traité de façon totalement injuste à la suite de cette histoire de tags. Quand on en est arrivés au chapitre de sa voiture, elle m'a affirmé qu'elle ne porterait pas plainte si j'acceptais un accord : à mon retour, une fois mon temps effectué dans ce camp, j'allais devoir laver sa voiture et m'occuper de son jardin toutes les semaines pendant l'intégralité de l'année scolaire.

— Et vous avez accepté ?

— Bien sûr que oui, j'ai accepté ! Elle m'accordait une deuxième chance alors que je venais de faire gravement dérailler mon avenir. Ce soir-là, votre grand-mère m'a sauvé la vie. C'était une sacrée bonne femme.

Etta garda le silence un temps afin d'intégrer ce récit, et surtout ce nouvel éclairage sur la relation entre sa mamie Hazel et Donnie Joe. Finalement, elle demanda :

— Le camp était-il détestable ?

— Non, pas vraiment. Mais je voulais juste être chez moi à traîner avec mes copains. Au début, j'étais plein de ressentiment et je renâclais devant chaque nouvelle règle qu'ils voulaient m'imposer mais, à la fin, les éducateurs se sont montrés plus malins que moi. J'ai fait mon temps et je suis rentré. J'ai passé mon année scolaire à laver ce combi Volkswagen chaque semaine. La Chevrolet était dans un sale état, et elle l'avait échangée contre ce vieux camping-car en prétextant qu'il était bien plus pratique. Je m'en suis toujours voulu, et je m'en veux encore.

Etta se souvint de son immense contrariété en apprenant la destruction de la Chevrolet, mais l'eau avait passé sous les ponts depuis. Inutile d'ajouter au poids de sa culpabilité.

— Enfin, vous avez convié la ville entière à un pique-nique, constata-t-elle en se disant que c'était tout de même assez remarquable de la part d'un adolescent.

— Je voulais avoir une chance de modifier l'opinion qu'ils avaient tous de moi. Une chance de leur prouver qu'ils avaient tort.

Il fit une dizaine de pas et s'accroupit pour inspecter le sol.

— À propos de quoi avaient-ils tort ?

— Voyons voir… J'étais un gosse issu du mauvais côté de la rivière. Ils n'avaient pas tort sur ce point.

Il sortit de son sac une paire de gros gants de chantier et entreprit de nettoyer l'endroit, d'enlever les feuilles mortes, les branches, les pierres, les mauvaises herbes.

— J'étais pauvre, pas toujours propre, et je portais parfois des guenilles en guise de vêtements. Bref, je n'étais pas précisément le genre de gosses avec qui ils avaient envie de voir traîner leurs enfants, si vous voyez ce que je veux dire.

— Je me souviens de vous, quand nous venions passer l'été chez mamie Hazel.

— Oui ?

Il cessa son petit ménage le temps de lui lancer un regard pénétrant.

— De quoi vous souvenez-vous ?

— Je me souviens que vous étiez mignon, et très imbu de vous-même. Et que vous sembliez appartenir à ceux qui donnent le ton.

— Vous me trouviez mignon ? l'interrogea-t-il en souriant.

Bien sûr, normal que ça ait capté son attention.

— Vous le savez très bien, que vous étiez mignon. Vous n'avez vraiment pas besoin que je vous l'apprenne.

Le sourire de Donnie Joe s'élargit. *Prise la main dans le sac !* semblait-il dire.

— Ce que vous pensez m'intéresse toujours, Etta.

— Je pense que vous sous-estimez l'attention que vous porte cette ville, Donnie Joe. Nous avons fait le plein de réservations le jour même où vous avez modifié le menu.

Il se redressa, l'air de ne pas être d'accord.

— Ça n'a rien à voir avec moi, enfin, pas vraiment. Ils ont tous en eux un fond de culpabilité à propos de ce qui s'est passé cet été-là. C'est tout.

— À d'autres.

— En tout cas, si nous sommes venus ici, c'est pour faire cuire un jambon, pas pour décortiquer mon passé.

Elle laissa aussitôt tomber le sujet et s'enquit :

— Que devons-nous faire en premier ?

— On creuse un trou au carré. Un mètre de largeur, un mètre de profondeur.

— C'est un gros trou, dites-moi.

— Nous n'allons pas cuire un seul jambon.

Il empoigna sa pelle et la planta dans le sol. Et elle, elle admira les muscles de ses bras se contracter sous l'effort.

— Ce n'est pas si grand que ça, reprit-il. Vous n'avez jamais creusé un trou pour arriver jusqu'en

Chine quand vous étiez gosse ? Le nôtre, ça va être de la rigolade à côté !

Elle s'empara de sa pelle et se mit à son tour à l'ouvrage. Tout près de lui, elle fut plus que jamais consciente de sa chaleur virile. D'un coup de hanche, elle le poussa.

— Vous êtes dans mes jambes, Donnie Joe, s'exclama-t-elle en renversant de la terre sur ses bottes.

Avant de se mettre à rire.

— Désolée, mais on manque de place pour manœuvrer.

Il cessa de creuser, se mit la pelle sur l'épaule et rétorqua :

— Si vous préférez, ça ne me dérangerait pas du tout d'aller faire une jolie petite sieste sous cet arbre pendant que vous abattez le travail.

L'ennui était que le sol était plus dur que de la pierre. Elle en avait seulement extrait quelque chose comme une cuiller à café de terre.

Elle ne se laissa pas décourager pour autant et lui rétorqua :

— Pas de problème. Allez dormir. Au train où ça va, j'aurai probablement terminé de creuser ce trou au milieu de la semaine prochaine.

Il la regarda faire d'autres efforts, quasiment inutiles, puis avança et lui posa une main sur le bras.

— Ou alors, vous pourriez aller rassembler les branches mortes et tout le petit bois que vous pourrez trouver par là. Il va nous en falloir un maximum pour habiller le fond de ce trou, quand il sera fini.

Le simple contact de sa main provoqua une vague de désir inattendue en elle. Elle en trébucha presque en se mettant hors de portée.

— D'accord, mais je veux creuser encore, plus tard. Quand vous aurez un peu ameubli la terre, répondit-elle en souriant et en plantant sa pelle dans le sol.

— Oui, chef.

Il se remit à l'ouvrage, et progressa plus rapidement maintenant qu'il ne l'avait plus dans les jambes.

Elle entreprit de ramasser autant de bois mort qu'elle en trouva et entassa des brassées de branchages près de l'endroit où s'affairait Donnie Joe. Puis elle commença à s'attaquer aux plus grosses branches mortes et, faute de pouvoir les soulever, les rapporta en les traînant derrière elle.

Elle venait d'ajouter à son stock une branche morte particulièrement pesante quand il reprit la parole :

— Vous savez, moi aussi je me souviens de vous.

Elle laissa choir sa branche et se retourna vers lui. Il creusait toujours, sans la regarder.

— Pas possible, répondit-elle en faisant quelques pas dans sa direction.

Il releva les yeux en souriant.

— Oh, mais si. Vous étiez encore plus minuscule à cette époque.

Elle lui fit les gros yeux, ce qui ne l'empêcha pas de poursuivre :

— Vous restiez toujours un peu à l'écart, et vous aviez toujours le nez dans un bouquin. J'avais remarqué.

À ces mots, le cœur d'Etta manqua un battement.

— Pourquoi ? Pourquoi aviez-vous remarqué ?

— Vous me demandez ça parce que Belle était l'attraction principale ? la contra-t-il en souriant.

— Ne m'en parlez même pas.

Il cessa de creuser.

— Vous sembliez pourtant n'en avoir strictement rien à faire, de ce que les autres pensaient. C'était une chose que j'admirais.

— Vous-même ne sembliez jamais manquer de confiance en vous, Donnie Joe.

— Vous voulez rire ? À l'époque, tout était dans le paraître cool et s'intégrer aux autres.

— Les problèmes habituels des adolescents, l'approuva-t-elle. Mais j'avais beau faire, je n'ai jamais été bonne dans ce genre de choses, d'autant plus qu'être la sœur de Belle n'arrangeait rien, bien au contraire. Alors, au bout d'un moment, j'ai carrément arrêté d'essayer.

— En tout cas, il me semble que vous vous êtes bien débrouillée seule. Vous avez suivi votre rêve, et vous en avez fait une réalité.

Ces paroles lui firent chaud au cœur.

— Merci.

— Je peux me tromper, mais d'après ce que j'ai vu, Belle me semble moins avancée que vous sur ce terrain.

— Elle fait partie de ces femmes qui ont atteint trop tôt les sommets.

— Comment ça ? l'interrogea-t-il en se hissant hors du trou et en s'essuyant le front de la main.

La chemise plaquée contre son torse fit perdre un instant le fil à Etta.

— Eh bien... Si, vous savez bien. Je pense qu'elle s'est toujours imaginé un avenir plus prestigieux. Des hommes prosternés à ses pieds, des emplois intéressants, valorisants. Ce genre de choses. Bref, tout cela a manifestement changé après l'arrivée de Daphné.

— Tiens, à propos de Daphné, elle m'a demandé de l'accompagner à son école la semaine prochaine pour la journée « Amenez votre père à l'école ».

— Elle a fait ça ? s'écria Etta, alarmée. Je suis sincèrement désolée, Donnie Joe.

Elle pria en son for intérieur pour que cela n'ait aucun rapport avec l'annonce récente de Daphné, selon laquelle elle allait se mettre en quête de son père biologique. Cela faisait bien une semaine que la fillette n'avait plus évoqué le sujet.

— Elle n'aurait jamais dû vous demander une chose pareille.

— Bah, ça ne me dérange pas, et puis ça pourrait être rigolo. Elle veut que j'apporte deux flamants roses pour la leçon de choses. Quel mal y a-t-il à cela ?

— Aucun, je pense.

Elle se mordit cependant la lèvre, dubitative. D'après ce qu'elle voyait dans la vie de tous les jours, Daphné avait tout de l'enfant heureuse. En surface. Mais il était impossible de ne pas déceler la solitude dans son regard quand elle parlait à sa mère *via* Skype. L'accumulation d'activités aidait, bien sûr, surtout depuis que son équipe de football européen avait commencé l'entraînement la semaine précédente. Elle était aussi allée à la soirée pyjama de Rose sans qu'aucune des catastrophes redoutées par sa tante n'ait eu lieu.

Tante qui, de son côté, n'avait pas pu fermer l'œil de la nuit, et avait étreint la pauvre fillette à son retour le lendemain matin comme si elle ne l'avait pas vue depuis six mois. Daphné n'avait pas protesté, acceptant ce surplus d'affection comme un vaillant petit soldat, et avait même paru comprendre qu'en réalité Etta avait bien plus besoin qu'elle de ce câlin. Par conséquent, demander à

Donnie Joe de venir à son école était probablement sa façon à elle de gérer son manque de père. Ce n'était pas le genre d'enfant à rester dans son coin pour se lamenter sur son sort.

— N'étions-nous pas en train de parler de s'intégrer, justement ? reprit Donnie Joe. À mon avis, elle n'a pas envie d'être la seule de la classe à n'avoir personne à amener avec elle. D'autant plus que, si je me souviens bien, elle m'a dit que ce n'étaient pas que les pères qui allaient venir. Certains de ses camarades vont amener des oncles, des grands frères, ou des amis de la famille.

— Vous entrez sans conteste dans l'une de ces catégories.

— Je me ferai un plaisir d'y aller si ça peut lui faire plaisir.

— Merci. C'est très gentil.

Cela dit, elle décida de cesser de trop réfléchir à propos de tout et de n'importe quoi. Il avait probablement raison de penser que Daphné tenait à s'intégrer dans sa classe. À être comme les autres. Sans plus. Cet homme s'était plusieurs fois avéré être un don du ciel. Elle était persuadée que le fait de passer du temps avec Donnie Joe avait su garder le blues de Daphné à distance. Alors, si elle voulait l'inviter à l'école pour une leçon de chose, ce n'était pas Etta qui allait en faire une montagne. Le fait que ce fût au cours de la journée « Amenez votre père à l'école » ne signifiait pas forcément que cela faisait partie du plan de sa nièce pour retrouver son père. Elle espérait seulement que Daphné ne s'imaginait pas que Donnie Joe était son père. Elle ne se sentait pas capable d'aider la fillette à surmonter sa déception quand elle découvrirait que ce n'était qu'un rêve.

18

Le trou finalement creusé, et le stock de bois entreposé non loin, Donnie Joe déclara qu'ils avaient terminé.

— Je reviendrai brûler le bois plus tard, pour commencer à avoir des braises. Après, il faudra préparer et enfouir le jambon.

— Vous allez devoir me montrer comment vous le préparez, ce jambon.

— Bien sûr, ça n'a rien de sorcier mais, pour l'instant, nous ferions mieux de rentrer. Je dois ouvrir le magasin quelques heures.

Une fois la rivière traversée, elle l'aida à tirer le canoë sur la berge. Puis, alors qu'elle s'attendait à le voir directement remonter vers la voiturette, il s'immobilisa sur la rive et contempla la rivière. Elle tendait la main pour lui toucher le bras quand elle s'en empêcha à la dernière seconde.

— Hé, vous ne deviez pas aller ouvrir le magasin ?

— Si, mais je me rends compte à l'instant que nous n'avons jamais discuté de la phase deux. En parler tout de suite ne me semble pas une mauvaise idée, d'autant plus que cela ne nous prendra que quelques minutes.

— La phase deux ? grommela Etta. Nous n'avons même pas achevé la phase un, qui le sera le jour de l'inauguration. Faut-il déjà parler de la suivante ?

— Si nous voulons faire de l'argent, il est évident qu'il nous faut des mariages et des conférences. Cependant nous ne pouvons pas nous permettre d'ignorer les autres possibilités.

Elle fit quelques pas sur la rive du cours d'eau, regarda vers l'amont, puis vers l'aval.

— Quelles possibilités ? Je ne vois qu'une rivière.

— Exactement. Autrement dit, les gens pourront venir pêcher et se promener dans la nature. Ou confectionner des gâteaux de boue s'ils en ont envie. Se mettre en harmonie avec la nature à seulement quelques pas de la porte arrière de l'auberge, expliqua-t-il avant de désigner le canoë : et canoter sur la rivière. Ça, ça a un réel attrait pour les citadins, quand ils ont envie de s'évader du bruit et de la fureur de la ville.

— Peut-être, fit Etta après avoir pris le temps de la réflexion. Oui, vous n'avez peut-être pas tort.

— Si nous traçons quelques chemins, si nous débroussaillons un peu les sous-bois, cela pourrait ajouter une nouvelle dimension à l'endroit. Sans compter que cela ne coûterait pas grand-chose, à part de l'huile de coude. Ajoutez-y une nourriture hors-norme et des chambres confortables, le tout pas trop éloigné du Metroplex, je crois que nous pourrions faire un succès de cet endroit.

— Oui, mais ce n'est pas suffisant pour être baptisé « phase deux ». Je ne suis pas experte en la matière, mais il me semble que pour mériter ce nombre, cette phase devrait impliquer plus que cela.

— Vous avez raison, répondit-il en désignant un grand chêne, à quelque distance du rivage. Si tout se passe comme prévu, j'envisage de construire ensuite une maison dans cet arbre. Pas une cabane, une vraie maison perchée là-haut, avec un porche tout autour, et un beau grand lit où il sera possible de dormir à la belle étoile si le temps le permet. Il y aura aussi la clim', une kitchenette, une douche à l'extérieur et une grande baignoire à l'intérieur. J'en ai vu une dans un magazine il y a quelque temps, et je me suis dit que c'était exactement ce qu'il faudrait pour cet arbre. Qu'en pensez-vous ?

— Une maison dans un arbre ? Cela me semble très ambitieux.

— C'est ma réponse aux chambres bien comme il faut de l'intérieur.

— Alors maintenant, vous me dites que les chambres vous déplaisent ?

— Non, elles sont très bien, ces chambres, mais si vous étiez en voyage de noces ou, mettons, toute jeune mariée, ça vous plairait de devoir sortir dans le couloir pour aller à la salle de bains et, en plus, la partager avec un autre couple ? Ce n'est pas très romantique, à mes yeux.

— Effectivement, mais...

— Cette maison dans l'arbre sera une de nos suites nuptiales.

— Une *de nos* suites ? Seigneur, laissez-moi deviner. Les autres seront des tentes sous le belvédère ?

— Bien sûr que non, grosse maligne. Bon sang, je n'aimerais pas partir en voyage de noces avec vous ! Pour votre info, j'ai déjà acheté un wagon de chemin de fer qui a été rénové et transformé en un joli petit studio, très sympa. J'ai aussi l'œil sur un mobile-home Airstream de 1950 en vente sur le Net. Il a besoin de quelques petits travaux, pas énormément, et ensuite il sera impeccable. Nous les disséminerons sur le périmètre de la propriété, et nous aménagerons des chemins allant de chacun à la porte arrière de l'auberge, au cas où les jeunes couples auraient envie de sortir prendre un bol d'air ou se restaurer. Sinon, on pourra leur livrer directement leurs repas.

— Tout ceci me semble merveilleux, mais êtes-vous sûr de ne pas brûler les étapes ?

— Nous n'avons pas les moyens de ne pas penser tableau d'ensemble.

— En tout cas et là, tout de suite, le tableau d'ensemble, c'est que j'ai besoin de trouver un cuisinier, du personnel de salle et quelqu'un pour assumer les tâches routinières. Pour le moment, je n'ai pas les moyens de penser plus loin.

— Je crois que vous n'avez pas tort, l'approuva-t-il.

— Sur cette note optimiste, déclara Etta, je ferais mieux de retourner voir où en est Daphné. Sans compter qu'une petite pause ne fera probablement pas de mal à Babeth.

Elle grimpa dans la voiturette et l'attendit.

— Elles disaient qu'elles allaient découper des modèles après le petit déjeuner, lui apprit Donnie Joe en s'installant derrière le volant et en faisant partir le moteur. Daphné veut fabriquer des chats en chiffon pour aller avec les dragons.

— La faute à Gabe ! Elle s'est vraiment entichée de votre chat.

— Il s'est bien entiché d'elle, lui aussi. Me croirez-vous si je vous dis que c'est une grande première ? Cette bestiole me supportait tout juste, et uniquement parce que je le nourrissais.

Son étonnement fit sourire Etta.

— Je crois qu'ils communiquent sur un autre niveau.

Ils cahotèrent au travers de la prairie, puis passèrent la barrière ouverte. Etta descendit la refermer et ajouta en remontant dans la voiture :

— Je parie qu'à cette heure elles auront surtout envie de déjeuner.

— Vous allez faire la cuisine ? s'exclama Donnie Joe en haussant les sourcils, très intéressé. Je me mettrais bien quelque chose sous la dent.

— Vous vous mettriez *toujours* bien quelque chose sous la dent, Donnie Joe.

Ils parcoururent le restant du chemin sans rien ajouter et, une fois n'est pas coutume, dans un silence confortable. *Au moins, et pour l'instant, nous avons trouvé un moyen de coexister*, songea-t-elle avec plaisir. Donnie Joe dirigea la voiturette vers le garage et la gara contre le mur.

— Qu'est-ce qu'il fait là, celui-là ? voulut-il savoir en désignant un homme occupé à arracher les mauvaises herbes d'un parterre, sur le côté de la maison.

Etta tourna la tête dans la direction qu'indiquait son doigt.

— M. Nelson ? C'est notre nouveau jardinier. Mamie Hazel lui avait apparemment promis un travail. Le connaissez-vous ?

— Je le connais, et elle ne m'en avait jamais parlé, repartit-il, d'un ton froid, voire distant.

— D'après ce que je peux en dire, il me semble être quelqu'un de bien, et Babeth s'est portée garante pour lui, expliqua Etta en se demandant à quoi tenait ce brutal changement d'humeur.

Donnie Joe descendit de voiture et entreprit de rassembler ses affaires.

— Elle a dû, je pense, se dire que ce ne sont pas mes affaires.

— Mais bien sûr que ce sont vos affaires ! protesta Etta en sautant à terre pour le rejoindre. Ne vous en faites pas, il ne va rien nous coûter. Il s'est installé dans le petit studio au-dessus du garage. Il a insisté pour payer un loyer minime et, en échange du couvert, il s'occupera gratuitement du jardin. Cela m'a semblé une transaction équitable.

— Très bien, en ce cas, répondit-il.

Avec la tête de celui qui pensait exactement le contraire.

— Y a-t-il quelque chose que je devrais savoir à propos de M. Nelson ? Ainsi que je vous l'ai dit, Babeth semble l'avoir en grande estime.

Parce que, pour sa part, elle n'avait qu'une seule information à son propos : c'était l'homme qui avait brisé le cœur de Babeth bien des années auparavant.

— Je suis certain qu'il vous fera du très bon travail dans le jardin, Etta. C'est tout ce qui importe.

Sur ces paroles, il entreprit de repartir à grandes enjambées vers chez lui.

— Ce n'est pas tout ce qui importe ! Dites-moi ce qui ne va pas ! insista Etta en lui courant après.

— Ce n'est pas important, Etta, laissez tomber.

— Je pense que vous me connaissez assez maintenant pour savoir que je ne laisserai pas tomber, Donnie Joe. Alors vous feriez tout aussi bien de me le dire tout de suite.

Il s'arrêta net et lui refit face.

— D'accord. Vous voulez savoir ce qui ne va pas ? Si j'ai été envoyé dans ce camp, à l'époque, c'était à cause de ce Noah Nelson.

— Mais… pourquoi ? bégaya Etta, atterrée.

— Il protégeait ses fils. Il fallait bien que quelqu'un paie, et il a tout fait pour que ce ne soit pas eux.

— Ils ont participé au vandalisme ? l'interrogea-t-elle en sentant monter sa colère.

— Bon sang, oui, et l'idée, c'était eux qui l'avaient eue ! C'est même avec les bombes de peinture de leur père que nous avions tagué ces bâtiments.

Après la colère, l'indignation s'empara d'Etta.

— Mais c'était totalement injuste ! Pourquoi avez-vous été désigné, vous et personne d'autre ?

Il éluda d'un geste, comme si cela n'avait plus d'importance à présent.

— Ma grand-mère n'avait pas l'argent pour prendre un avocat et lui, il a réussi à convaincre le juge que j'étais le meneur.

— C'est bon. J'en ai assez entendu. Je m'en vais de ce pas te le mettre à la porte ! s'écria-t-elle en retournant au petit trot vers l'auberge.

— Attendez une seconde.

Donnie Joe la rattrapa en quelques enjambées.

— Il n'y a aucune raison de mettre qui que ce soit à la porte. Et votre grand-mère devait tenir à lui donner ce travail.

— Je me moque pas mal de ce que voulait mamie Hazel. Elle n'est plus responsable de rien maintenant. C'est moi qui le suis, et vous aussi par la même occasion. Vous avez investi dans l'*Hazelnut Inn* et si vous ne voulez pas de lui ici, je n'ai pas besoin d'en savoir plus. Babeth n'aura qu'à se faire une raison.

Cœur brisé ou pas.

Il laissa échapper un énorme soupir.

— On se calme, Etta. Pour commencer, j'ai réagi à l'excès. J'ai été surpris de le trouver ici, point à la ligne. Je m'y attendais si peu que j'ai perdu mon sang-froid. Everson est une toute petite ville et, croyez-moi, il y a longtemps que j'ai appris à coexister avec Noah Nelson et tout ce qui va avec.

— Mais... voulut protester Etta, bien en vain.

— Deuxièmement, poursuivit-il sans l'écouter, quoi qu'il puisse être par ailleurs, Noah Nelson est le meilleur jardinier de tout Everson. Ce serait du dernier ridicule de ne pas le laisser exercer ses talents sur le jardin. Surtout si cela ne nous coûte pas un kopeck.

Etta serra ses mâchoires et entreprit de taper furieusement du pied par terre.

— Ça ne me plaît pas. Maintenant que je sais ce qu'il a fait, je vais être très tentée d'empoisonner ses plats.

Donnie Joe se rapprocha, et elle dut lever le nez pour le regarder.

— Vous feriez ça pour moi ?

— Empoisonner ses plats ? Euh, probablement pas, mais je pourrais les agrémenter d'un supplément de sauce piquante et de piment en poudre. Il a un ulcère, m'a informée Babeth.

Et elle, elle allait avoir une très sérieuse conversation avec ladite Babeth aussi tôt que possible. Babeth qui avait prétendu aimer cet homme. Comment avait-elle pu l'aimer encore après ce qu'il avait fait à Donnie Joe ? D'autant plus que sa cousine adorait Donnie Joe, elle le savait. Tout cela n'avait aucun sens.

Il prit entre ses doigts une des mèches qui s'étaient échappées du foulard de la jeune femme.

— Ça, c'est la plus gentille chose que quelqu'un ait jamais proposé de faire pour moi.

Elle se rapprocha de lui.

— Vrai ? N'oubliez pas que je vous ai aussi proposé de le mettre à la porte.

— Je n'oublierai pas, repartit-il d'une voix plus douce, l'air vraiment sincère. Cela veut dire énormément pour moi, Etta.

Elle songea qu'il allait peut-être l'embrasser. Il la dominait de toute sa taille et le soleil d'hiver illuminant ses cheveux lui dessinait comme un halo autour de la tête. Le confondre avec un ange, ce n'était pas près d'arriver, mais elle sut que s'il voulait l'embrasser, elle ne protesterait pas.

L'enchantement fut rompu par l'arrivée de Daphné, qui tenait Gabe dans ses bras. Le vieux matou jaune avait les deux pattes sur une de ses épaules, et un gros nœud rose sur la tête. Le pire, c'était qu'il semblait ravi.

— Hé, tante Etta, cousine Babeth te cherche.

Etta s'écarta de Donnie Joe d'un bond et tenta de reprendre une posture nonchalante.

— Merci, Daphné. Qu'as-tu fait à ce pauvre chat ?

— Je l'ai brossé, parce qu'il faut qu'il soit beau pour quand on aura des clients.

— Pour le kiki rose, je ne suis pas sûr, Daphné, ajouta Donnie Joe en grattouillant Gabe sous le cou.

— Il l'aime bien. Pas vrai, Gabe ?

Le matou la gratifia d'un coup de tête et d'un gros ronron bien sonore.

— Tu vois ? Bon, Babeth est dans la cuisine.

— D'accord, je vais aller voir ce qu'elle veut, répondit Etta en partant vers l'auberge.

— Etta ! Si vous voulez m'aider à préparer les jambons, je vais le faire dans l'après-midi.

— Oh que oui ! Appelez-moi avant de commencer.

Il la salua d'un geste de la main et repartit vers chez lui.

Donnie Joe avait couvert la moitié de la distance quand Daphné le héla.

— Attends, Donnie Joe ! Est-ce que je peux te poser une question ?

Il s'immobilisa et se retourna pour la regarder approcher, Gabe toujours dans les bras.

— Bien sûr. Qu'est-ce que je peux faire pour toi, mignonnette ?

Elle rit, puis se lança :

— Tu joues au foot européen, n'est-ce pas ?

— Je me débrouille sur le terrain, opina-t-il. Tu as besoin de tuyaux ?

— Eh ben, tout comme. J'espérais que tu pourrais aider à entraîner mon équipe.

— À l'entraîner ? Je croyais que c'était un des parents qui faisaient ça ?

— Ben justement, c'est le père de Rose qui essaie, mais il est pas vraiment bon. En fait, il est grave nul. Il ne sait même pas comment bien taper du pied dans le ballon et il veut seulement qu'on s'envoie la balle partout sur tout le terrain. Je ne sais même pas s'il sait ce que c'est, une passe.

Pauvre homme, songea Donnie Joe alors que lui prenait une grande envie de rire devant la mine dégoûtée de Daphné.

— À t'entendre, on dirait que c'est toi qui devrais entraîner ton équipe.

Daphné posa par terre Gabe qui commençait à s'agiter.

— Tu sais, j'ai appris à jouer au foot quand j'avais cinq ans, j'y joue toujours et c'est maman qui m'entraînait. Tu savais qu'elle avait fait partie de l'équipe de football européen de son université pendant deux ans ?

— Ah, non, je n'en savais rien, repartit Donnie Joe en croisant les bras sur son torse.

— Si. Mais comme elle est pas là, je peux pas lui demander. Alors, tu veux bien ? S'il te plaît ?

Il cilla. À la vérité, le père de Rose lui avait déjà demandé son aide, et voilà que maintenant Daphné appuyait sur la touche sentimentale avec son « ma maman n'est pas là ». Ça devenait de plus en plus difficile de refuser. Oh, et puis, ça pourrait être drôle, non ?

— Tu sais ce que ça veut dire ? Je te donnerai des ordres et tu devras obéir.

Elle sautilla sur place en faisant voler ses tresses.

— C'est un oui, dis ?

— C'est un oui. À qui dois-je aller parler ?

— Merci, Donnie Joe, s'écria la fillette en lui passant les bras autour de la taille. Je vais téléphoner à Rose, et son papa te dira tout.

— Cela me semble une bonne idée.

Elle partait en courant vers l'auberge quand elle s'arrêta net.

— Ah, au fait, que je te dise. Le nom de notre équipe, c'est Les Lucioles.

— Sympa.

— Notre uniforme est rose, alors il faudra que, toi aussi, tu aies une chemise rose, conclut-elle avant de reprendre sa course.

— Je vais réfléchir pour la chemise, mais ne compte pas sur moi pour faire comme Gabe et me coller un kiki rose sur la tête ! lui lança-t-il en riant avant de reprendre le chemin de chez lui.

Etta ne put trouver ne fût-ce qu'une minute pour parler de l'affaire Noah/Donnie Joe à Babeth, car non seulement Noah était présent, mais en plus il voulait aller chez l'horticulteur afin d'y acheter des plants de fleurs. Il avait déniché tout un lot de pots vides dans le garage, et comptait les disposer sur les porches et dans le patio afin de créer d'accueillants espaces de détente pour les clients. S'il gelait, il les regrouperait à nouveau à l'abri du garage en attendant la fin des intempéries. Babeth lui proposa de l'emmener dans le combi, et Etta préféra s'abstenir. D'une part parce qu'elle leur faisait confiance pour choisir ce qu'il fallait pour que la maison ait belle allure, d'autre part parce qu'elle n'était pas sûre de pouvoir s'empêcher de faire des réflexions à Noah. Elle était bien déterminée à avoir un sérieux entretien avec lui mais, d'abord, il lui semblait préférable d'en discuter avec Babeth. Mieux valait alors éviter une explication qui risquerait d'alourdir l'atmosphère, d'autant plus qu'il habitait avec elles à présent.

Quelques heures plus tard, Donnie Joe l'appela pour lui dire qu'il s'apprêtait à préparer les jambons, aussi laissa-t-elle tomber ce qu'elle faisait pour courir jusque chez lui et frapper à la porte arrière.

Il lui cria d'entrer. Ce qu'elle fit, pour le découvrir au milieu de sa cuisine devant trois jambons, parmi les plus gigantesques qu'elle ait jamais vus. Pour le moment, il tirait de longues feuilles de papier aluminium qu'il disposait sur les plans de travail.

— Si je vous laisse regarder comment je fais, il ne va pas falloir que vous jouiez à la grande chef en me critiquant.

— Je ne le ferai pas, répondit-elle en s'approchant et en jetant un regard aux ingrédients alignés sur le comptoir.

Il lui bloqua la vue.

— Vous me le promettez ?

— Je promets. Croix de bois croix de fer, si je mens je vais en enfer et tout ce qui s'ensuit. Bonté divine, Donnie Joe, si vous ne vouliez pas que je voie le maître dans ses œuvres, il ne fallait pas m'inviter à venir.

— Ce n'est pas ça. Vous êtes une cuisinière tellement fantastique que ça me rend un peu nerveux. C'est tout.

Il eut un air si jeune, si vulnérable, en disant sa phrase qu'elle sentit son cœur faire un drôle de bond dans sa poitrine.

— Je suis ici pour apprendre quelque chose de nouveau. Si nous commencions ?

— Vous avez raison. Il n'y a plus de temps à perdre.

Il positionna chaque jambon au centre d'une feuille de papier aluminium. Ensuite, il sortit trois grandes boîtes de purée d'ananas, les ouvrit et les posa sur le côté. Il tendit le bras vers l'étagère, y saisit une boîte de moutarde en poudre, et en enduisit uniformément les trois jambons avant de saupoudrer sur chacun un sac entier de cassonade, puis de verser les boîtes de purée d'ananas sur le dessus. Pour finir, il habilla les jambons de rondelles d'ananas et les enferma dans leur papier aluminium.

Etta le regarda faire sans émettre le moindre commentaire. Une fois que tout fut terminé, il tourna les yeux vers elle.

— Alors ? Qu'en pensez-vous ?

— Une combinaison d'ingrédients traditionnels, une cuisson lente qui va faire caraméliser le sucre et l'ananas. J'en ai déjà l'eau à la bouche. Cela va être un délice, j'en suis persuadée, Donnie Joe.

— Ouf, ce pouce levé me fait chaud au cœur, fit-il, manifestement soulagé.

— Et maintenant ? Quand allez-vous les mettre dans le trou ?

— J'y vais de ce pas, le temps de tout charger dans ma camionnette et d'y aller par la route. Ensuite, il faudra que je construise le feu et que je prépare un bon lit de braises. Après, les jambons vont dedans, et je les enterre. C'est relativement simple, mais je vais passer la nuit là-bas. Juste pour m'assurer que tout se déroule comme prévu.

— Vous allez y passer la nuit ? Mais vous allez mourir de froid !

— Mais non. Ce sera amusant. J'ai mon duvet, et la vieille baraque m'abritera du vent.

— Dans ce cas, je ferais mieux de retourner m'y mettre, moi aussi, pour terminer les plats annexes. J'essaie de m'avancer autant que possible pour ne pas être sur les genoux quand arriveront les premiers clients.

— Souvenez-vous que demain à 15 heures je vais chercher les Calhoun à l'aéroport.

Il s'était proposé pour le faire, et avait même lavé et lustré le combi Volkswagen de Babeth, qui avait maintenant une allure du tonnerre. Les deux panonceaux magnétiques « Hazelnut Inn » étaient prêts à être positionnés de chaque côté du combi. Tout était paré pour le grand démarrage.

— Allez-y et faites ce que vous avez à faire, Etta. Mais essayez aussi de vous détendre et de profiter un peu de la vie. Nous sommes ensemble dans la galère maintenant, et tout va se passer comme sur des roulettes.

19

Etta retourna à l'auberge en se faisant du mauvais sang pour Donnie Joe qui allait passer la nuit dehors, et pour tout ce qu'il restait à faire d'ici au lendemain. Un des couples de clients qui avaient déjà réservé pour le week-end, Ernie et Gladys Mitchell, allaient arriver en voiture de l'Arkansas. Ils avaient choisi la chambre Clafoutis aux cerises sur le site Internet. Et puis les Gordon, Dean et Sally, viendraient de Fort Worth. Tout commençait à lui paraître bien réel, elle espéra qu'ils tireraient leur épingle du jeu ce week-end sans problème majeur.

Car ce n'était pas comme faire tourner un restaurant. Là, elle ne craignait personne. Mais dans une auberge, tant de choses pouvaient mal se passer. Par exemple, la poignée de porte d'une des deux salles de bains du haut qui avait une nette tendance à se coincer. Et le système de ventilation de la chambre Gâteau aux myrtilles qui soufflait de l'air froid la semaine dernière. Le réparateur lui avait promis qu'il était comme neuf dorénavant, mais elle redoutait le pire. En dépit des rénovations, l'*Hazelnut Inn* restait ce qu'elle était, une vieille bâtisse. Le type de maison dans laquelle il y a toujours quelque chose qui cloche. Ne lui restait plus qu'à espérer que tous ces clients passeraient un agréable week-end et, surtout, recommanderaient le B&B à leurs proches.

— Regarde, tante Etta, s'écria Daphné en courant vers elle sitôt qu'elle fut entrée. Cousine Babeth a fabriqué des tabliers assortis qu'on pourra toutes porter le soir de la Saint-Valentin.

— Oh, magnifique.

Etta déploya celui que venait de lui tendre Daphné afin de l'examiner plus avant.

Ils étaient en coton jaune pâle, et Babeth avait brodé l'inscription « Hazelnut Inn » en fil rouge en haut de la bavette.

— Mais dis-moi, chérie, nous allons être les exploitantes de B&B les mieux vêtues de ce côté du Mississippi ! s'exclama-t-elle. Nous allons toutes avoir l'air canon avec ces tabliers.

— C'est quoi, canon ? s'enquit la petite fille en pouffant.

— Fabuleux, fantastique, extraordinaire, chicos en diable.

— T'es bête, tante Etta.

— Merci quand même.

— Devine quoi d'autre ?

— Ma langue au chat.

— J'ai terminé les dinosaures en chiffon et j'en ai choisi spécialement un pour mettre sur chaque lit. J'ai pas encore fini les chats, mais je vais bientôt le faire.

— C'est fabuleux, Daphné. Il va falloir que j'aille y jeter un coup d'œil, et je suis sûre que nos clients vont les adorer. En plus, je peux retirer cette chose à faire de ma liste. Eh bien, je crois que nous sommes pratiquement prêtes, qu'en penses-tu ?

— Moi aussi, je le crois. J'aimerais tellement que maman soit là.

— Je sais, chérie. Veux-tu m'aider à préparer une tourte de Noël ?

Elle fit ce qu'elle savait faire à présent, lui faire penser à autre chose qu'à sa mère. Cette tourte était celle qu'elle préparait avec mamie Hazel chaque fois qu'elle venait la voir. En confectionner une avec Daphné maintenant lui semblait couler de source. Plus se prolongeait l'absence de Belle, plus il était difficile d'aider Daphné à oublier que sa maman l'avait laissée depuis maintenant presque deux semaines. Autant Etta nourrissait une solide fureur contre sa sœur, autant elle l'eût embrassée comme du bon pain si elle avait passé la porte en cet instant, car elle savait combien sa nièce en aurait été heureuse. Sa tentative de diversion fonctionna. Daphné parut tout excitée à l'idée de faire une tourte.

— Miam ! En plus, ça va être rigolo. Mais il faut encore que ce soir j'écrive toutes ces bêtes cartes de Saint-Valentin pour l'école.

Elles en avaient acheté plusieurs paquets au drugstore quelques jours auparavant, et Daphné avait littéralement dansé de joie.

— Pourquoi bêtes ? Tu ne veux plus les donner à l'école ? s'enquit Etta en sortant de grandes jattes d'un placard. Lave-toi les mains, pour commencer.

Daphné grimpa sur le marchepied devant l'évier et ouvrit le robinet.

— Non. C'est juste que je veux pas en donner à Jeff Lawrence.

— Qu'est-ce qui ne va pas avec Jeff Lawrence ?

La petite fille haussa les épaules, se sécha les mains et grimpa sur un tabouret devant le plan de travail.

— Rien, mais il a dit que j'avais de jolis yeux, alors maintenant Greg Norton raconte partout que c'est mon amoureux. Si je lui donne une carte de Saint-Valentin, il va croire que c'est vrai.

— Ce n'est pas vrai ? demanda Etta en sortant une boîte de viande pour la poser devant sa nièce. Tu veux bien m'émietter ça dans cette jatte ?

C'était toujours son travail quand sa grand-mère et elle préparaient cette tourte.

— Je l'aime bien, mais je veux pas qu'il le sache, répondit Daphné en veillant à soigneusement transformer le contenu de la boîte en petits fragments.

— Ne vas-tu pas en donner une à chaque élève de ta classe ? Ils sont tous tes amis à présent, n'est-ce pas ?

Etta alla chercher un bocal de compote de pommes dans le cellier et l'ouvrit, puis elle fit ramollir du beurre à feu doux.

— Oui, je crois, fit Daphné, résignée. C'est ce que miss Lumpkins a dit que nous devions faire.

— Dis-moi, si tu ne donnes pas une carte à Jeff, tu n'as pas peur que ce soit ça qui paraisse bizarre ?

Etta pesa de la cassonade, du beurre, de la farine, mélangea le tout dans un saladier puis étala la pâte en deux portions.

— Ben, si, je crois, répondit Daphné en poussant vers elle la jatte dans laquelle elle avait fini d'émietter la viande. Et toi, est-ce que tu vas donner une carte de Saint-Valentin à Donnie Joe ?

Etta versa le beurre fondu sur la viande, puis laissa Daphné y ajouter la compote de pommes et remuer.

— Donnie Joe ? Et pourquoi lui donnerais-je une carte de Saint-Valentin ? Il est juste un ami.

— Tu viens de dire que je devrais en donner une à tous mes amis de la classe, et Donnie Joe et toi, vous ne vous disputez plus tant que ça depuis quelques jours. Je suis sûre qu'il aimerait bien en avoir une, rétorqua Daphné en ajoutant sous la direction de sa tante un quart de cuiller à café de piment de la Jamaïque et une tasse de noix de pécan dans le mélange que remuait Etta à présent.

Une fois la préparation achevée, Etta la versa dans un moule tapissé de l'une des deux pâtes qu'elle recouvrit de l'autre et alluma le four.

— D'accord. Si tu en as une de trop, nous pourrons la faire pour Donnie Joe.

— Super ! Est-ce que tu as encore besoin d'aide, tante Etta ?

— Non, ça va cuire tranquillement maintenant.

— D'ac' parce que je veux dessiner Gabe sur la carte de Jeff, déclara Daphné en sautant à bas de son tabouret. Il adore les chats mais il y est allergique, alors il ne peut pas en avoir. Et je t'en apporterai une pour Donnie Joe.

Apparemment, ce que raconte Greg Norton n'a plus aucune importance pour elle maintenant, songea Etta en souriant.

— Très bonne idée, Daphné. Merci de ton aide, et n'oublie pas de te relaver les mains.

Ce n'était pas demain la veille qu'elle allait donner une carte de Saint-Valentin à Donnie Joe, mais à quoi bon le dire à sa nièce ? Cela faisait des années que, pour elle, la Saint-Valentin n'était qu'un jour normal au cours duquel elle faisait la cuisine pour les autres, et cette année n'allait pas faire exception à la règle. D'ailleurs, maintenant qu'elle y pensait, si les choses avaient été différentes, à qui aurait-elle eu envie d'écrire une carte ?

Aussi triste que cela parut, Diego était le dernier véritable petit ami qu'elle avait eu. Elle avait passé des années de sa vie avec lui et, même après leur rupture, ils avaient continué de partager le même espace de travail. Il était le prototype de l'ex à problèmes. Et aussi un homme qui la connaissait mieux qu'elle-même. Après leur séparation, elle n'avait pas essayé de le remplacer. Diego comprenait le monde dans lequel elle vivait, et s'immerger dans le travail l'avait poussée à éviter les hommes sympas qui auraient – peut-être – eu le désir de sortir avec elle. Et pourquoi pas, de se fixer. D'avoir des enfants. Tout bien réfléchi, cette manière de vivre lui avait permis d'éviter de découvrir que, quelque part en elle, c'était aussi ce dont elle avait envie.

Toutefois, Donnie Joe ne répondait pas aux critères de ces hommes sympas. D'accord, il s'était avéré bien mieux qu'elle ne l'avait pensé de prime abord. Seulement, si elle lui donnait une carte de Saint-Valentin, cela signifierait tout bonnement qu'elle l'invitait à coucher avec elle. Il n'y aurait pas de guirlandes de fleurs parsemées de petits cœurs, car elle n'avait nul besoin de jeux romantiques pour se justifier. Ce serait purement physique. Elle avait bien conscience qu'elle avait trouvé tous les prétextes possibles pour le toucher ces derniers jours. Un effleurement du bras. Un frôlement de jambe. Une tape sur la joue.

Les signaux qu'elle lui avait envoyés étaient tout sauf subtils. Donnie Joe était un homme sexy, et il réveillait en elle ce satané côté femelle, celui-là même qu'elle ignorait depuis bien trop longtemps. Il n'y avait rien de terriblement compliqué à cela. Une partie de jambes en l'air. C'était la spécialité du monsieur, non ? Mais ce qui la stupéfia le plus, ce fut de constater que ça ne la dérangerait pas plus que cela. L'aspect positif étant que cela ne rendrait probablement même pas leur relation de travail plus problématique encore. Elle n'allait pas rester, et lui, il était champion dans le domaine. D'après ce qu'elle avait pu comprendre, il avait pratiquement inventé le concept d'aventures sans lendemain.

En fin d'après-midi, elle le vit traverser la pelouse et aller parler à Babeth qui, sur le porche de devant, mettait en pots les fleurs achetées un peu plus tôt avec Noah. Elle la regarda se redresser, hocher la tête, lui tapoter l'épaule et lui dire au revoir d'un geste de main quand il regagna sa maison. Puis il grimpa dans sa camionnette et s'en fut.

Une fois tout le monde rassemblé pour le dîner, elle laissa tout juste le temps aux convives de s'asseoir avant de demander à Babeth ce qu'il lui avait dit.

— Je t'ai vue parler à Donnie Joe. Était-ce à propos des jambons ?

— Oh, il m'a juste prévenue qu'il les garderait à l'œil dans la maison de sa grand-mère mais que, si nous avons besoin de quoi que ce soit, il aura son portable sur lui.

Etta prit le temps de jeter un regard sévère à Noah avant de répondre :

— C'était vraiment gentil de sa part. Il s'est réellement décarcassé afin de s'assurer que nous n'avons besoin de rien. Ne trouves-tu pas, Babeth ?

— D'après ce que m'a dit Babeth, il s'est montré un excellent voisin, fit remarquer Noah en levant le nez de sa soupe.

Avant de l'y replonger. Apparemment, peu de choses pouvaient s'interposer entre sa nourriture et lui.

— Et pourquoi n'aurait-il pas été un excellent voisin ? reprit Etta, bien décidée à lui faire comprendre qu'elle était au courant de la manière inique avec laquelle il avait autrefois traité Donnie Joe.

— Personne ne pourrait imaginer voisin plus agréable et plus serviable, ajouta-t-elle pour faire bonne mesure.

La cousine Babeth lui jeta un regard étrange, mais Daphné prit la parole avant qu'elle ait pu mettre son grain de sel :

— Je sais autre chose sur Donnie Joe.

— Ah, oui ? Quoi donc, mon cœur ? s'enquit Babeth en se tournant vers elle.

— Il va aider à entraîner mon équipe de foot.

— Quand a-t-il décidé cela ?

Tout ce que Daphné demandait à Donnie Joe de faire commençait à sérieusement inquiéter Etta. Elle allait devoir faire en sorte qu'il ait la possibilité de refuser quand les exigences de la fillette deviendraient trop pesantes. En même temps, elle se rendit compte qu'il est difficile de dire non à une petite fille de huit ans. Son arbitrage. C'était peut-être cela qu'elle devrait proposer à Donnie Joe.

— Le papa de Rose a dit que l'équipe avait besoin d'un entraîneur, alors j'ai demandé Donnie Joe, répondit Daphné. Il a dit qu'il voulait bien, mais il n'a pas très envie de mettre une chemise rose. Les nôtres sont roses, alors il devrait en porter une, n'est-ce pas ?

Oh, Donnie Joe serait à croquer dans une chemise rose, songea aussitôt Etta, mais ce n'était pas le genre de pensées à avoir à la table du dîner. *Oh, et puis assez, avec Donnie Joe.*

Daphné gigota sur sa chaise.

— Il y a aussi la carte de Saint-Valentin que tu voulais lui donner, tante Etta.

Babeth jeta un regard éloquent à Etta.

— Tu vas lui en donner une ? Surprenant.

Elle n'eut pas le temps de répondre que Daphné volait à son secours.

— Tante Etta m'a dit que je devrais en donner à tous mes amis pour qu'il n'y en ait pas qui se sentent exclus. Et on n'a pas voulu que Donnie Joe se sente exclu lui aussi, poursuivit-elle en se levant et en allant vers M. Nelson : En voici une pour vous, monsieur Nelson, et une pour toi aussi, cousine Babeth.

Manifestement confondu par le geste, Noah balbutia un « Merci » embarrassé. Quant à Babeth, elle se mit à rayonner. On eut dit que la petite venait de lui offrir un rang de perles.

— Oh, merci beaucoup, ma chérie. Je vais la ranger dans ma boîte à souvenirs.

Après le dîner, Etta fit la vaisselle tandis que Daphné terminait ses devoirs. Une fois la fillette lavée et couchée, Etta s'en fut dans sa chambre et enfila plusieurs couches de vêtements avant de partir à la recherche de Babeth. La vieille dame prenait le café avec Noah dans la salle de séjour. Ils semblaient discuter très sérieusement à voix contenue, mais ils s'interrompirent, et lui sourirent en la voyant arriver.

— Daphné est couchée, et je sors, Babeth.

— Parfait, ma chérie.

— Je rentrerai tard, probablement.

— Je ne t'attendrai pas, repartit Babeth en se levant pour l'accompagner jusqu'à la porte. Etta, ajouta-t-elle à mi-voix une fois qu'elles furent seules dans le vestibule : Ne fais surtout pas comme moi.

J'ai eu trop peur de saisir le bonheur quand il est passé à ma portée, et il s'est envolé.

— Que s'est-il passé entre Noah et toi ? lui demanda Etta après avoir vérifié d'un regard qu'il n'avait pas bougé de son fauteuil.

— Rien, justement. Il n'y a jamais eu de Noah et moi. Nous étions amis, il est tombé amoureux d'une autre, et moi je suis restée là sans rien dire.

— Il n'a jamais su ce que tu éprouvais pour lui ?

— Il le sait maintenant. C'est tout ce qui compte.

— Je t'aime, Babeth, répondit Etta en la serrant fort dans ses bras.

— Je t'aime aussi. Prends une veste chaude.

— Bonne soirée !

Etta fit un détour par la cuisine afin de récupérer le ballot de nourriture qu'elle avait préparé peu avant. Elle l'enfourna dans un sac à dos, y ajouta une torche puissante et enfila la veste la plus chaude qu'elle avait. Alors qu'elle se dirigeait vers la porte, la petite carte de Saint-Valentin que lui avait donnée Daphné attira son regard. La petite fille y avait dessiné un chat jaune. Gabe, à jamais immortalisé au crayon de couleur. D'un tiroir, elle sortit un stylo-bille, griffonna quelques lignes sur l'autre côté de la carte et l'enferma dans la poche de sa veste avant de sortir dans la nuit froide.

20

Les lumières provenant du salon arrière de l'auberge projetaient des ombres dans le jardin. Après un dernier regard à la solide bâtisse, Etta grimpa dans la voiturette de golf et prit la direction du pâturage. Qu'il est facile de se sentir petit, insignifiant, une fois que l'obscurité de la nuit s'est refermée sur vous... Dieu merci, une fois allumés, ses phares illuminèrent le chemin menant vers la rivière. Quand ce plan avait germé en elle un peu plus tôt dans la journée, elle s'était rendu compte qu'elle ignorait comment rejoindre l'ancienne maison de Donnie Joe par la route, et elle n'avait aucune envie de perdre un temps fou à tourner en rond pour la trouver. Seule solution, et seule route directe qu'elle connût, traverser l'Old Town Creek à la rame. Tant pis s'il faisait aussi noir que dans un four, et si froid qu'elle risquait de geler sur place. Ce n'était tout de même pas une rivière en crue qu'elle allait affronter. *Oui, je peux le faire*, songea-t-elle avec détermination alors même que la bise glaciale lui ébouriffait les cheveux et lui faisait monter des larmes aux yeux.

Elle passa la barrière sans problème, puis se rapprocha autant que possible de l'endroit où attendait le canoë. Là, elle descendit de voiture, monta dans la petite embarcation et sortit sa lampe torche de son sac. C'était là que ça allait devenir épineux. Ramer, en essayant dans le même temps de voir où elle allait. Elle se servit du sac comme d'un coussin et cala la torche afin qu'elle éclairât les flots. Puis elle empoigna la double rame. Après quelques tentatives peu concluantes, elle comprit comment il fallait faire et commença à avancer sur l'eau. Il faisait si noir que, même avec la torche, elle ne voyait quasiment rien. Lune et étoiles étaient bien cachées par de gros nuages bas.

L'adrénaline lui fit battre plus vite le cœur alors qu'elle enfonçait alternativement sa rame dans l'eau. Elle n'avait pas à lutter contre des rapides, mais c'était quand même toute une aventure. Elle inspira l'air glacé à pleins poumons et manœuvra régulièrement sa rame pendant ce qui lui parut un temps infini avant que la proue heurte la rive opposée. *Jusque-là, tout va bien*, songea-t-elle en se redressant pour sauter sur la berge. Le canot tangua sous ses pieds, elle perdit l'équilibre, et se redressa d'un coup de reins au moment même où la torche roulait dans l'eau. Elle poussa un petit cri et se précipita pour la rattraper... Trop tard, le peu de lumière dont elle disposait avait déjà disparu. Le sac à dos était heureusement tombé sur le plancher du canoë, aussi le récupéra-t-elle à tâtons avant de sauter à terre. Son pied gauche dérapa dans la vase, glissa dans l'eau mais elle réussit une nouvelle fois à se rattraper avant de prendre un bain forcé. Soulagée, et les deux pieds sur la terre ferme, elle entreprit de gravir la déclivité en espérant arriver à voir un peu mieux une fois parvenue au sommet. Donnie Joe avait certainement allumé un feu de camp, ou laissé une lanterne qui lui permettrait de retrouver son chemin. Elle se retrouva plusieurs fois sur les genoux et dut achever la montée à quatre pattes avant d'atteindre un terrain à peu près horizontal. Elle s'y redressa triomphalement. Enfin, elle s'y redressa plutôt à moitié car, les mains sur les genoux, elle s'efforçait de retrouver sa respiration. Bizarre, quand même. Le trajet avait été court et facile avec Donnie Joe un peu plus tôt dans la journée. Mais aussi, c'était lui qui avait ramé, il faisait grand jour, elle n'avait pas eu à deviner où elle allait, et elle n'avait pas les pieds trempés. Sans compter la boue qui maculait ses mains et ses vêtements. Quel spectacle elle devait offrir !

Elle regarda partout autour d'elle, mais ne put distinguer la moindre source de lumière. Allons bon, elle avait dû se laisser un peu entraîner par le courant et ne pas accoster au bon endroit. Maintenant qu'elle y pensait, il lui avait vraiment fallu un temps fou pour traverser un si petit cours d'eau. Conclusion, deux solutions : soit elle refaisait le chemin en sens inverse et rentrait, soit elle ravalait sa fierté et téléphonait à Donnie Joe. Sûre que son équipée le ferait rire aux éclats. Toutefois, elle n'avait pas encore dit son dernier mot, et ne voulait pas déjà renoncer. Elle partit donc dans ce qu'elle imaginait être la bonne direction. Et, bientôt, elle la vit. Une vague lueur au loin. Elle se vota les félicitations du jury et s'arrêta, le temps d'essayer de se débarrasser de la boue qu'elle avait sur les mains et les vêtements. Pas question d'apparaître sous l'apparence de l'*Étrange créature du Lac noir* !

Alors, elle se figea.

Un craquement de brindilles sur le sol. Quelqu'un se déplaçait très vite dans les broussailles. Dans sa direction. Elle eut pour premier réflexe de partir en courant, mais comprit vite qu'il était trop tard. Elle se tourna soudain face à son assaillant, poussa un hurlement à faire figer le sang dans les veines et balança son sac à dos aussi fort qu'elle le put. Il entra en contact avec quelque chose, ou plutôt quelqu'un, mais ça n'empêcha pas deux bras durs de se refermer sur elle. Le souffle coupé, elle donna des coups de pied et lutta pour se libérer.

— Lâchez-moi ! Enlevez vos sales pattes, sale petit minable !

Son assaillant se figea d'un coup.

— Etta ? C'est vous ?

Elle cessa de donner des coups de pied.

— Donnie Joe ?

Son soulagement fut si intense qu'elle dut s'asseoir sur une grosse branche tombée tout près d'elle.

Le souffle également court, il s'assit à côté d'elle.

— Mais à qui vous attendiez-vous dans le coin ? D'après ce que je sais, les sales petits minables ne traînent pas dans les bois.

— Désolée, une réminiscence de mes cours d'autodéfense. Ils nous apprenaient à hurler aussi fort qu'on pouvait et à continuer à le faire pour attirer l'attention sur notre situation délicate.

— Bon sang, vous m'avez flanqué une sacrée pétoche.

— Moi, vous effrayer ? Et d'abord, que faisiez-vous à rôder dans les bois ?

— Je ne rôdais pas. Je pense avoir prévenu assez de monde, vous comprise, que je passerais la nuit ici.

— Je vous apportais à manger. Je voulais voir si vous ne manquiez de rien.

De quelqu'un pour partager votre duvet, par exemple, songea-t-elle follement.

— C'était très gentil, mais vous auriez pu me téléphoner, me prévenir. Je serais venu à votre rencontre avec une lanterne au lieu de vous donner la chasse dans les bois.

Cela aurait effectivement été le plus facile, le plus pratique. Ce qu'elle aurait fait en temps normal. Depuis quand avait-elle troqué le pragmatisme quotidien contre l'aventure débridée ?

— C'était une décision de dernière minute, en quelque sorte. Et j'ai pensé que j'allais vous faire la surprise.

— Eh bien, c'est réussi ! Allez, venez. Retournons nous mettre au chaud dans la maison, répondit-il en se levant et en lui tendant la main pour l'aider à se remettre debout.

Ce n'était pas elle qui allait protester.

— Mais au fait, pourquoi m'avez-vous donné la chasse dans les bois ?

— J'ai entendu un bruit de moteur, il y a quelques instants.

— Ce devait probablement être la voiturette.

— Mais quand je suis descendu par ici, je ne voyais plus rien du tout.

— Et votre fidèle lanterne ?

— Je l'ai éteinte en entendant du raffut sur la berge. Ça devait être vous, mais je me suis dit que ça pouvait aussi être des adolescents venus me faire des histoires pour me piquer un jambon.

— Est-ce pour cela que vous avez décidé de passer la nuit ici ?

— J'ai entendu des rumeurs mais, surtout, je n'aime pas laisser le trou sans surveillance.

— Conclusion : vous m'avez prise pour un gang d'ados. Félicitations ! Vous avez superbement déjoué ma tentative de surprise.

— Oui, mais si vous n'étiez pas passée par le Pôle pour traverser la rivière, j'aurais très vite su que c'était vous. Vous n'aviez pas de lampe ?

— Si. Elle est… elle a eu envie de piquer une tête. Mais n'en parlons pas, voulez-vous ?

— Il y a, quoi, entre votre rive et la mienne ? Trente mètres tout au plus. Pourtant, vous avez réussi à en faire cinquante de plus. Au bas mot.

— Dois-je en déduire que la nourriture que je vous ai apportée ne vous intéresse pas ?

— Qui a dit qu'elle ne m'intéressait pas ?

— Je vous trouve bien trop occupé à vous moquer de la façon dont je suis arrivée, alors que vous devriez vous interroger sur les petits plats que j'ai dans ce sac à dos. Ça ne vous ressemble pas, Donnie Joe. Votre trait de caractère le plus fiable est pourtant votre appétit.

Ils atteignirent la vieille bâtisse et il bondit vers le porche arrière.

— Je vous demande pardon. Et je suis très content que vous m'ayez apporté quelque chose à bouffer. Qu'y a-t-il dans ce sac ?

— À *bouffer* ? Mais où est-on ? Dans une foire au bétail ?

— Vous allez me nourrir, oui ou non ?

Elle le suivit à l'intérieur, et découvrit qu'il en avait fait quelque chose de relativement confortable. Un duvet avait été déployé sur un matelas gonflable, et plusieurs lanternes disposées un peu partout éclairaient la pièce. Un feu crépitait dans la cheminée.

— Bienvenue dans ma chambre, lui dit-il cérémonieusement.

Il fit quelques pas, attrapa une couverture sur le dossier d'un vieux fauteuil à bascule en bois et l'étendit sur le sol.

— Et voici ma salle à manger. D'époque, comme vous le remarquerez. Prenez place, je vous prie.

Elle baissa les yeux sur ses vêtements trempés autant que boueux.

— Je crois que je ferais mieux de me débarrasser de ça.

Il plissa les yeux en s'asseyant sur la couverture.

— Je vous en prie, ne soyez surtout pas gênée par ma présence. Je ne voudrais pas que vous attrapiez la mort avant la grande inauguration.

Elle posa le sac à dos sur la couverture, se redressa et enleva sa veste. Il la regarda comme si elle lui faisait un strip-tease ébouriffant au lieu de simplement se débarrasser de quelques couches de vêtements boueux. Ensuite, elle passa aux chaussures. Surtout à celle qui avait fait trempette quand elle avait voulu mettre les pieds sur la rive. Ça faisait déjà un petit moment qu'elle ne sentait même plus ses orteils. Un tremblement la prit alors qu'elle ôtait ses chaussettes trempées, et elle boitilla en frissonnant pour aller les étendre devant le feu.

Donnie Joe fut debout dans la seconde. Et tira la couverture plus près de la cheminée.

— Hé, mais vous mourez de froid !

— Je vais me réchauffer, maintenant, repartit-elle en lui souriant, persuadée qu'elle avait les lèvres d'une teinte de bleu très intéressante.

Il la souleva dans ses bras et l'emporta sur la couverture.

— Pourquoi n'avez-vous rien dit, mademoiselle ?

— C'est b… b… bête. J'ai g… glissé en voulant sortir du c… canoë. M… mais ça v… va aller m… maintenant que j'ai enle… vé tout ça.

Elle eut beau lui assurer qu'elle se portait comme un charme, cela n'empêcha pas ses dents de jouer les castagnettes.

— Vous auriez dû le dire tout de suite, Etta, l'admonesta-t-il d'un ton ferme.

Il l'installa sur la couverture et prit ses pieds nus sur ses genoux pour les masser vigoureusement. Le sang recommença enfin à y circuler. Ensuite, il fit de même pour ses mollets, en faisant courir les mains de bas en haut de ses jambes.

Soudain, elle n'eut plus froid du tout. Une chaleur douce l'envahit et, sans plus réfléchir, elle enfouit davantage les pieds contre ses jambes. Il immobilisa aussitôt ses mains, leurs yeux se rencontrèrent, et elle découvrit qu'il ressentait les mêmes choses qu'elle. Très vite, elle enleva ses pieds, avec le sentiment que tout échappait à son contrôle.

— Merci. Je me sens infiniment mieux, et vous avez toujours besoin de manger.

Il ne s'en laissa pas conter pour autant, se leva, alla chercher une autre couverture et la lui enroula autour des pieds avant de ramasser le sac et de se réinstaller près d'elle. Un peu plus près que nécessaire, à franchement parler.

— Eh bien, voyons voir ce qu'il y a là-dedans.

— Ce sont les restes de notre dîner. Je ne savais pas si vous aviez eu l'occasion de manger quelque chose, et je me suis sentie en quelque sorte responsable, puisque c'est à cause de moi que vous cuisez ces jambons ici. Enfin, ce que je veux dire, c'est que mon menu a fait un tel flop que vous avez été bien obligé de le faire.

Elle cessa tout d'un coup ce flot de paroles, consciente qu'elle tentait seulement de combler un vide avant qu'il ne devienne gênant.

Il lui laissa le temps de se reprendre.

— Je mourais de faim, Etta, et vous êtes mon ange de la miséricorde personnel. J'étais sur le point de plonger dans une boîte de sardines et un paquet de crackers, alors je vous garantis que le contenu de ces boîtes, quel qu'il soit, sera meilleur, et de très loin.

Elle sourit.

— De très loin, à quel point ?

— Oh, je dirais à peu près la distance que vous avez couverte à la rame en passant par le Pôle, ce soir.

— Vous allez m'en reparler longtemps, n'est-ce pas ?

— Où serait l'amusement, sinon ?

Il sortit du sac une boîte enveloppée dans une serviette à carreaux bleus. Dans la boîte, divers récipients hermétiques plus petits, qu'il ouvrit les uns après les autres comme il l'eût fait de cadeaux de Noël, une année où le père Noël aurait tenu à le féliciter tout particulièrement pour sa bonne conduite.

— Ce n'est rien d'extraordinaire, lui confia-t-elle. C'est juste du poulet et des pommes dauphine. Là, c'est de la tourte de Noël que nous avons faite ensemble, Daphné et moi. Et dans l'autre serviette, c'est du pain de maïs.

Il dénicha la cuiller qu'elle avait ajoutée dans la boîte et mangea sans attendre un grand morceau de poulet.

— Oh, bon sang, que c'est bon.

Une autre grande bouchée suivit, puis il attaqua le pain de maïs avec un enthousiasme similaire.

— Vous êtes une femme selon mon cœur, Etta.

Elle sentit son propre cœur enfler sous le compliment. Le plaisir que lui faisait le simple fait de nourrir cet homme frisait le ridicule. À croire que les autres n'aimaient pas ce qu'elle cuisinait, alors que c'était faux et qu'on le lui avait maintes fois prouvé, aussi bien au restaurant qu'ailleurs. Oui, mais la différence, c'était que Donnie Joe se comportait comme si elle lui faisait un grand honneur chaque fois qu'elle cuisinait un repas. Et il en savourait chaque bouchée comme si c'était la dernière de sa vie.

Cela faisait peut-être partie de son charme. Il avait une perception… troublante de ce qui pouvait rendre une femme heureuse. Pas les femmes en général, mais chacune en particulier. Lorsqu'il s'adressait à l'une d'entre elles, elle avait le sentiment qu'il la connaissait, qu'il la comprenait et qu'il l'appréciait vraiment. Très rare, comme don.

Mais aussi, elle était chef, et c'était facile de la prendre par les sentiments par le biais de sa cuisine. « Si vous m'aimez, aimez les plats que je prépare. » Le plus bizarre, même si elle ne savait plus quand lui était venue cette conclusion, c'était qu'elle n'avait jamais pu détecter la plus infime fausse note dans le comportement de Donnie Joe. D'accord, il avait pour but ultime dans l'existence de faire tomber chaque femme rencontrée dans son lit, mais et après ? Aucune loi n'interdisait cela. Tant que la femme en question comprenait les règles du jeu, tout allait pour le mieux dans le meilleur des mondes.

Elle se leva.

— Donnie Joe ? Je vous ai aussi apporté autre chose. Juste pour vous.

Il était temps de passer à la vitesse supérieure.

21

— Qu'est-ce que c'est ? lui demanda-t-il, sans cesser de manger pour autant.

Aïe, il allait peut-être être plus difficile que prévu de capter son attention.

Elle alla récupérer sa veste et en sortit la carte de Saint-Valentin qu'elle avait glissée dans la poche. Maintenant qu'elle s'apprêtait à la lui donner, le geste lui parut incroyablement bête. D'autant plus que, tant qu'elle n'interrompait pas son repas, elle pourrait probablement parvenir à faire passer le message *sans* lui donner la carte. Il lui suffirait de se retourner et de terminer le strip-tease commencé tout à l'heure. Mais non, autant aller jusqu'au bout. Elle prit une grande inspiration et observa le petit rectangle de carton. Au recto, et à côté du dessin de Gabe, un Cupidon en couche-culotte brandissait une bannière disant « Donne-moi ton cœur ». Au verso, elle avait écrit « à Donnie Joe, de la part d'Etta » et « XOXO[1] » sous son propre prénom. Rien de renversant, en somme.

---

1. Abréviation habituelle aux États-Unis dans les textos ou les courts messages signifiant bisous et câlins – X = câlin et O = bisou. *(N.d.T.)*

Elle rassembla son courage et lui refit face. Ce garçon qu'elle n'aurait jamais osé aborder quand elle était plus jeune était devenu un homme sur lequel elle avait appris à s'appuyer pour toutes sortes de choses, ces dernières semaines.

— Voilà, Donnie Joe. Je voulais vous donner ceci.

Elle lui tendit la carte. Il posa sa boîte de poulet aux pommes dauphines à côté de lui.

— Une carte de Saint-Valentin ?

Il l'examina, la retourna, en lut les deux côtés. Puis il se mit à rire et la regarda comme s'il ne savait pas ce que cela signifiait.

— C'est extrêmement gentil, Etta. Merci.

— Pas de panique, ce n'est pas une déclaration d'amour éternel. Daphné avait une carte en trop pour sa classe.

— Mais elle me vient de vous.

Il se leva et se rapprocha.

— Qu'êtes-vous en train de me dire, Etta ?

Elle lui prit la carte des mains et la brandit devant lui.

— Ne maîtrisez-vous pas le langage Saint-Valentin ? Vous voyez ? « XOXO » pour « câlins et baisers ».

— Vous voulez me faire des câlins et m'embrasser ?

Il s'était encore rapproché, et elle chercha son regard.

Avant de préciser :

— Je ne demande ni fleurs, ni guirlandes, ni petits cœurs entrelacés.

Sur cette phrase magnifique, elle fit quelques pas en direction du lit improvisé afin d'apporter une lumière directe sur ses intentions.

Il la laissa faire, mais ne la suivit pas.

— Par conséquent, que dites-vous, précisément ? Vous et moi. Ici. Maintenant. Vous êtes sûre que c'est une bonne idée ? Pourquoi ai-je comme l'impression que ça va me revenir dans la figure par la suite ?

Elle ne put s'empêcher de rire.

— Et quand donc seriez-vous devenu aussi prudent, Donnie Joe ? Je croyais que vous étiez un homme d'action.

Il se passa une main dans les cheveux, visiblement pris de court.

— Je m'efforce de conserver la tête sur les épaules. Nous avons encore à travailler ensemble.

Il vint néanmoins se placer devant elle. La lumière projetée par les lanternes et le feu parait d'or ses cheveux, et ses yeux verts étincelaient d'un désir manifeste. Cependant, il ne bougea pas. Enfin, il lui posa un doigt sous le menton et lui fit relever la tête, afin de la dévisager plus attentivement.

— Vous êtes réellement sûre de vouloir cela, Etta ?

— S'il vous plaît, n'en faites pas quelque chose de compliqué, Donnie Joe. Je vous aime bien, et j'ai envie de coucher avec vous. Est-ce que ce n'est pas suffisant ?

— Mais si, rayon de soleil, répondit-il en s'asseyant sur son duvet pour l'attirer sur ses genoux. Je vais prendre le premier baiser tout de suite, s'il vous plaît.

Sans rien ajouter, il l'embrassa, comme s'il ne pouvait se rassasier d'elle. Sa bouche se fit exigeante, vorace, elle se promena de ses lèvres à son cou, puis revint à ses lèvres. Des sensations folles et brûlantes s'emparèrent d'elle, menacèrent de l'engloutir et, bientôt, elle ne fut plus capable d'aligner deux pensées cohérentes. Elle lui jeta les bras autour du cou et s'accrocha à lui tandis qu'il continuait à la dévorer. La folie de tout ceci, le plaisir qu'elle en tirait, tout cela s'infiltra en elle et fit fondre ses inhibitions plus rapidement que neige au soleil.

Il la fit s'allonger sur le duvet et entreprit de la déshabiller. Il déboutonna sa chemise… pour en découvrir une autre en dessous. Et un tee-shirt, et un caraco.

— Seigneur Dieu, si en venant tu avais dans l'idée de te laisser séduire, tu aurais peut-être pu envisager quelques couches de vêtements en moins. Penses-y la prochaine fois !

Elle sourit en se demandant déjà s'il y en aurait une, de prochaine fois.

— Il fait un froid de gueux dehors. Ces couches étaient indispensables. Tu ne vas tout de même pas te laisser arrêter par quelques malheureux bouts de tissus, n'est-ce pas, don Juan ?

— Pas de crainte. J'ai toutes les motivations nécessaires pour y passer le temps qu'il faudra. Et te déshabiller des yeux va devenir mon passe-temps préféré, maintenant. Ça va durer, et encore, et encore…

— Chut. Embrasse-moi. S'il te plaît, Donnie Joe.

Il se fit un plaisir d'obtempérer, et ce fut en l'embrassant, et en riant à la fois, qu'il découvrit et explora de nouveaux territoires. Jamais encore elle n'avait ri en faisant l'amour, mais Donnie Joe l'accomplissait comme il vivait sa vie. Il s'amusait, se régalait, jouait, taquinait, mais jamais, pas un seul instant, il ne lui permit de croire que l'intensité de son désir pour elle n'était pas bien réelle.

Il lui enleva son jean et enquêta le long des fossettes qu'elle avait au-dessus des genoux comme un policier à la recherche d'indices. Puis il poursuivit ses investigations sur ses jambes, ses cuisses, ne faisant que lui effleurer la peau. Elle cambra le dos, se tendit vers ses caresses et gémit son prénom. Il sourit et lui donna un autre baiser étourdissant. Soudain impatiente, elle lui fit passer son tee-shirt par-dessus sa tête, et se figea pour l'admirer. C'était un homme stupéfiant, doté d'un physique parfait. Un ventre plat et musclé, un torse puissant, des bras aux muscles noueux se terminant par des mains proprement magiciennes. Ses sous-vêtements disparurent presque simultanément, et il s'allongea sur elle, tout rire envolé à présent.

Sous son grand corps, elle eut le sentiment d'osciller au bord d'un danger glorieux, d'un risque magnifique. De se trouver à l'endroit parfait où vivre le restant de son existence. Et son corps se mit à fredonner d'un désir immense. Insatiable. Il posa un baiser sur sa mâchoire et se poussa en elle. Elle noua ses chevilles dans son dos et épousa chacun de ses mouvements. Bientôt, elle ferma les yeux et se perdit dans un flot de sensations, mais elle les rouvrit vite pour le regarder. Il murmurait des sons inintelligibles, des suggestions coquines, et aussi quelque chose qui ressemblait à son prénom. Ils accélérèrent peu à peu la cadence, mais il semblait déterminé à ce qu'elle arrive en premier. Aussi renonça-t-elle, abandonna-t-elle tout contrôle alors qu'il la poussait sur la ligne d'arrivée. Le cri qu'il laissa ensuite échapper l'assura qu'elle ne l'avait pas laissé loin derrière. Puis il s'écroula, et elle se régala de son poids. Il voulut glisser sur le côté mais elle l'en empêcha de ses bras refermés sur lui, de ses mains sur ses fesses rondes.

— Je t'écrase, lui murmura-t-il à l'oreille.

— Non, murmura-t-elle. Tu m'aides à redescendre doucement sur terre. Parce que j'aurais pu m'envoler.

Il releva la tête pour la regarder.

— Est-ce que ça va ?

— Ça va mieux que bien, répondit-elle en étirant les bras au-dessus de sa tête. Je suis même dans une forme magnifique, ajouta-t-elle, le corps encore parcouru de frissons.

— Oui, madame, magnifique, vous l'êtes, répliqua-t-il en portant sur elle un regard brûlant autant que possessif.

Elle laissa avec volupté ces mots s'infiltrer en elle. Et accepta tous les messages qu'il lui envoyait comme paroles d'évangile. Cette nuit, entre ses bras, elle était une femme magnifique.

Cela ne faisait que commencer.

Plus tard, bien plus tard, allongée en travers de son torse, elle lui donna de la tourte de Noël à la becquée. Comme il passait son temps à trouver des moyens plus inventifs les uns que les autres de lui prouver sa gratitude, il s'écoulait un temps infini entre chaque bouchée.

— Mmm... c'est divinement bon. Si jamais tu confectionnes cela pour un autre être vivant, je vais me consumer de jalousie.

— Il reste encore la moitié de la tourte à la maison. Enfin, il en restait quand je suis partie. Mais M. Nelson l'a peut-être – et même très probablement – déjà engloutie. Je me demande ce qu'il mangeait, et quand, lorsqu'il vivait seul, parce que maintenant je peux te dire qu'il avale tout ce qui traîne.

Soudain elle regretta d'avoir fait mention de Noah. Elle ne voulait surtout pas que quelque chose de négatif vienne s'infiltrer dans sa nuit avec Donnie Joe.

Il dut percevoir son inquiétude.

— Tout va bien, Etta. Je ne lui en veux plus du tout.

— Peut-être, mais cet après-midi, ça t'a contrarié de le trouver chez nous.

— C'est parce qu'il me harcèle depuis des années pour essayer de se faire pardonner. M'avoir laissé porter le chapeau à l'époque le travaille vraiment, et j'ai beau faire, il n'arrête pas de se sentir coupable.

— J'espère bien ! fit-elle, rembrunie.

— Cela n'a fait qu'empirer après la mort de son fils en Irak.

— C'était un des garçons dont on t'a reproché les méfaits ?

— Oui. C'est comme si Nelson pensait que sa mort a été une sorte de châtiment divin. Seulement moi, maintenant, j'en ai assez ; il n'est pas question que je sois sa pénitence éternelle.

— Maintenant c'est moi qui me sens mal.

— Il ne faut pas. Que tu aies pris ma défense m'a fait très plaisir, répondit-il en l'attirant à lui pour l'embrasser délicatement. Mais quand j'ai découvert qu'il allait désormais vivre avec vous, par conséquent être mon voisin direct, j'ai eu pour première réaction de dire « Surtout pas ! »

— C'est compréhensible. Alors, je ne le flanque pas à la porte ou n'empoisonne pas ses plats ?

— Non, d'autant que ça ferait beaucoup de peine à Babeth. Elle semble être très attachée à lui.

— Parce que toi aussi, tu l'as remarqué ? rétorqua-t-elle en ouvrant de grands yeux. Ils passent pratiquement tout leur temps ensemble, et je suis presque sûre que quelque chose se mijote. Est-ce que je peux encore être en rogne contre lui pour la façon dont il t'a traité ?

— Tu sais, ça s'est passé il y a bien longtemps, et après tout ce qu'il a fait pour se punir lui-même, cela me semble un peu inutile.

Elle appuya le menton sur son torse.

— Je ne sais pas si je suis prête à lui donner l'absolution. Je pourrais entretenir une toute petite rancœur à son égard en ton nom. Ce serait notre secret.

— Si tu insistes, repartit-il en lui passant les doigts dans les cheveux. Avant, pratiquement personne n'a pris ma défense comme ça.

— Vraiment ? s'étonna-t-elle en s'appuyant sur un coude.

— Enfin, ta grand-mère l'a fait, et la mienne aussi, à sa manière.

— Comment était-elle ?

Il ne lui en avait jamais vraiment parlé.

— Elle ne ressemblait pas du tout à ta mamie Hazel ou à Babeth, ça, je peux te l'assurer, répondit-il en se calant la tête dans les mains. C'était une vieille acariâtre qui avait toujours vécu selon ses propres règles. Elle chiquait du tabac, jurait comme un charretier et se litronait sa bouteille de whisky hebdomadaire. À son actif, elle m'a recueilli chez elle quand mon père m'a laissé sur son paillasson, elle m'a donné un foyer, et de quoi manger. Plus important encore, elle m'a aimé quand j'étais persuadé que personne au monde n'en avait rien à faire de ce qu'il m'arrivait.

— Quel âge avais-tu ?

— À peu près celui de Daphné. Presque neuf ans.

Elle tenta de se le représenter à cet âge.

— Est-ce pour cela que tu es si gentil avec elle ?

— Qui, Daphné ? Elle n'est qu'une enfant. Tu penses que je suis gentil avec elle ?

— Tu sais très bien que tu l'es. Tu la laisses te suivre partout comme un chiot, elle t'emmène à son école pour cette fameuse journée, et maintenant j'apprends que tu vas entraîner son équipe de foot.

— Je ne le lui ai pas dit, mais ça fait bien deux ans que le père de Rose me harcèle pour que je l'aide à entraîner les joueuses. Ce que tu ne sais pas, c'est que tous les deux, on joue déjà ensemble dans une équipe. Alors, quand Daphné me l'a demandé à son tour, je n'ai pas pu refuser.

— En tout cas, tout ce que je sais, c'est qu'elle ne supporterait pas aussi bien la situation sans toi.

— Je pense que c'est surtout Gabe que tu devrais remercier. Je sais déjà qu'il ne va pas être ravi quand elle va partir. C'est proprement incroyable, la façon dont, grâce à cette petite fille, ce vieux greffier caractériel s'est transformé en adorable chat de compagnie.

— Je ne pense pas qu'elle non plus sera très contente de s'en aller.

— Autant je n'ai pas envie de bouger, vraiment pas, autant il faut que je le fasse, reprit-il en attrapant sa chemise. Je crois que ce serait tout de même une bonne idée d'aller jeter un coup d'œil sur les jambons. Tu m'as détourné de mon devoir, tentatrice.

— Et je m'en sens terriblement coupable, rétorqua-t-elle en s'étirant langoureusement sur le duvet, aussi nue que le jour de sa naissance.

— Tiens-toi bien, veux-tu ?

Même en la gourmandant ainsi, il la couva d'un regard plus qu'explicite.

— Qu'y a-t-il à vérifier, à propos ? s'enquit-elle en se rasseyant. Ils sont enterrés ces jambons, non ?

— C'est une mesure de précaution. On n'est jamais trop prudent avec un brasier en cours. Une visite d'animaux sauvages ou d'adolescents en mal de sensations est toujours possible.

Il enfila son jean et son sweat-shirt, puis fourra ses pieds nus dans ses chaussures.

— Je reviens très vite et ensuite je te ramènerai chez toi. Je te proposerais volontiers de rester, mais je sais que tu as probablement besoin de rentrer.

Elle se leva après son départ et entreprit de rassembler ses affaires, un gigantesque sourire sur les traits. Difficile d'imaginer meilleure nuit que celle-ci. Elle n'avait enfilé que quelques-unes de ses couches de vêtements quand il revint.

Bien sûr, il fallut qu'elle l'aide à se réchauffer. Une chose en amenant une autre…

Et encore une autre…

22

— On se réveille, debout, rayon de soleil, c'est le matin.

Donnie Joe s'assit sur le lit, encore somnolent mais pris d'une certaine appréhension. Ils s'étaient écroulés, après avoir fait une énième fois l'amour, et il ne l'avait pas ramenée, comme promis.

Etta se nicha plus près de lui.

— Va-t'en. Non, ne t'en va pas. Arrête juste de parler de réveil.

— Sérieusement, Etta. Il fait jour. Et je ne t'ai pas ramenée à la maison.

Elle haussa la tête et regarda autour d'elle. Pour s'asseoir aussitôt et tendre la main vers ses vêtements.

— Oh, mon Dieu. Il faut que je rentre vite ! Daphné a école, c'est la grande inauguration aujourd'hui et j'ai une tonne de choses à faire.

Elle enfila la première chemise qui lui passa par les mains et roula les autres en boule.

— Sais-tu l'heure qu'il est ?

Il cessa de se vêtir le temps de consulter sa montre.

— 7 heures et quelques. Termine de t'habiller, je te ramène.

— Si on se dépêche, je pourrai sans problème accompagner Daphné à l'école, d'autant que Babeth doit déjà être debout.

Elle fureta partout à la recherche de ses chaussures.

— Tout doux, prends le temps de respirer, la gourmanda-t-il en la prenant par le bras. Il n'y a pas de quoi en faire un problème, Etta.

— Alors, pourquoi est-ce que j'ai l'impression d'être une ado qui n'a pas respecté le couvre-feu ?

— Simple. Tu as toujours fait passer les autres avant toi. À part hier soir. Ce n'est pas moi qui vais m'en plaindre.

— Moi non plus, repartit-elle en souriant et en le serrant par la taille.

— Allez, viens, bougonna-t-il. Je reviendrai déterrer les jambons plus tard.

Elle sortit en courant. Il ramassa son portefeuille, ses clefs, et la suivit jusqu'à la camionnette. Puis il conduisit aussi vite que possible, passa le pont qui enjambait l'Old Town Creek et obliqua dans Main Street pour passer par le centre-ville d'Everson. La ville s'éveillait peu à peu. Le *Rise-N-Shine Diner* grouillait déjà de monde, et une file d'amateurs de beignets attendait en voiture dans le drive-in du *Hole-in-the-Dought*. En revanche, vu l'heure, les autres commerces étaient encore fermés.

Etta gigota impatiemment sur le siège près du sien. Il lui jeta un coup d'œil, nota ses cheveux ébouriffés et ses vêtements froissés.

— Voir notre nuit se terminer de façon aussi précipitée me désole, lui dit-il avant de se pencher vers elle et de murmurer, suggestif : Peut-être devrais-je monter à l'étage et t'aider à vérifier que les lits ont été faits au carré dans toutes les chambres.

— Si tu montes, je ne pense pas qu'ils seront encore au carré, rétorqua-t-elle.

Le regard qu'elle lui lança fut limpide : elle n'en serait pas dérangée outre mesure.

— À propos, comment connais-tu les lits au carré ?

— Un autre talent utile appris au camp de jeunes délinquants.

— Eh bien, voilà un talent qui mériterait une investigation approfondie. Il se pourrait que je te prenne au mot un de ces jours.

— Quand tu veux, rayon de soleil.

— Pourquoi ne passerais-tu pas plus tard pour que je te fasse un petit déjeuner ? Comptes-tu ouvrir le magasin, aujourd'hui ?

— En fait, j'ai déjà accroché le panneau « Parti à la pêche » sur la porte. Entre les jambons à déterrer et les Calhoun à aller chercher, je ne vois pas l'intérêt d'ouvrir pour passer seulement quelques instants dans la boutique. Si certains ont envie de venir m'acheter des torches de jardin aujourd'hui, eh bien… pas de chance pour eux.

— D'accord, alors petit déjeuner quand tu rentres. J'aurai certainement besoin de faire une pause à ce moment-là.

— Vendu, répondit-il en engageant la camionnette dans l'allée et en l'y immobilisant.

Derrière son volant, moteur au ralenti, il porta les yeux sur l'auberge. La grande enseigne fixée aux poutres du porche annonçait fièrement à tous les passants qu'ils se trouvaient désormais devant l'*Hazelnut Inn*. De chaque côté des marches menant au perron trônaient des pots de fleurs rouges et jaunes, tandis qu'une immense couronne de fleurs multicolores ornait le centre de la porte d'entrée.

— C'est prodigieux, Etta. Tu y crois, toi ? Peu importe ce qu'il se passera par la suite, on y est arrivés.

— Sans nous entretuer, en plus, ajouta-t-elle avant de se pencher pour l'embrasser.

Ce fut juste un effleurement de sa bouche sur la sienne.

Il la rattrapa alors qu'elle s'écartait et lui donna un baiser digne de ce nom. Quand elle se nicha contre lui, il sourit et murmura :

— Si tu sortais d'ici avant que nous commencions quelque chose que nous n'aurons pas le temps de terminer ?

Elle lui décocha un sourire coquin et glissa sur la banquette. Elle ouvrit la portière et sortit une jambe. Elle n'eut pas le temps de finir son geste que la porte de l'auberge fut ouverte à la volée par une furie blonde qui descendit l'allée en courant vers eux.

— Bon Dieu, où étais-tu, Etta Place Green ?

Donnie Joe se pencha vers le pare-brise et découvrit la sœur d'Etta qui se précipitait vers eux comme une harpie. Il remarqua le raidissement d'Etta sous cet assaut brutal, puis sa reprise en main et son entrée dans la mêlée.

— Belle ? Bonté divine. Quand es-tu rentrée ?

— Pour ton information, je suis arrivée très tard hier soir et j'ai attendu ton retour jusqu'au milieu de la nuit, déclara Belle avant de croiser les bras sur sa poitrine et de battre du pied par terre.

Etta referma sa portière et lui fit face.

— Désolée. Tu n'aurais pas dû m'attendre.

Donnie Joe descendit de voiture et alla se placer près d'Etta.

— On se calme, Belle. Tu n'as aucun droit de parler à Etta sur ce ton.

Etta lui retourna un sourire avant de faire un pas en direction de sa sœur.

— Ça va, Donnie Joe. Je peux me débrouiller.

Il leva les deux mains, fit un pas en arrière et s'adossa à son véhicule pour regarder le spectacle.

Apparemment, Belle n'était pas disposée à reculer.

— Alors ? Qu'as-tu à dire pour ta défense, Etta ?

— Moi, ce que j'ai à dire ? Je dis que jamais tu ne m'as posé une question plus ridicule. Je dis que quand une mère disparaît de la circulation sans crier gare en ayant le culot d'abandonner sa fille, elle ne revient pas pour mettre en doute la conduite des gens à la garde de qui elle l'a laissée ! Je ne te dois aucune explication, Belle.

— J'attendais au minimum de toi que tu aies une conduite responsable, fulmina Belle, l'air pas coupable pour un sou. Et je crois qu'il est inutile de vous demander à tous les deux ce que vous avez fait. Ça se voit comme le nez au milieu de la figure.

— Rien de ceci ne te concerne, mais sache que Donnie Joe me montrait comment faire un Jambon dans le trou.

— Beurk, fit Belle en se grattant le nez. Qu'est-ce que c'est que ça ? Un truc tordu ?

Donnie Joe retint un éclat de rire alors que lui revenaient en tête certaines des coquineries qu'ils avaient pratiquées pendant la nuit. Soudain, il décida qu'il en avait assez de jouer les spectateurs car, après le travail acharné qu'ils avaient accompli, Etta et lui, les réprimandes de Belle étaient totalement malvenues.

— Ne sois pas ridicule, veux-tu. Les jambons sont pour le grand dîner d'inauguration de ce soir.

Si Belle ne parut pas convaincue, il n'avait plus le temps d'entrer dans son petit jeu.

— Il faut que je file, Etta. Je passe plus tard. Si tu as besoin de moi, crie très fort.

Il eut très envie de l'embrasser pour lui dire au revoir. Elle avait l'air si défiante face à sa sœur qu'il aurait aimé la soulever et la porter chez lui, jusque dans son lit. Mais ils avaient tous deux un million de tâches à accomplir dans la journée. Parfois, il était pénible d'avoir une conduite responsable. Et peu importait ce que pensait Belle.

Etta l'accompagna jusqu'à sa portière.

— N'oublie pas le petit déjeuner.

— Tu crois que c'est toujours une bonne idée ?

Elle l'embrassa sur la joue, et il vit tourner les rouages dans la tête de Belle, qui les observait.

— Je t'attendrai.

Il remonta en voiture et rentra chez lui en se disant qu'il avait grand besoin d'une douche. Il sentait la fumée et le parfum d'Etta. Une odeur qui le rendait fou. Une fragrance vanillée, toujours présente autour d'elle. Elle s'était frottée partout sur son corps la nuit précédente, l'avait mis en feu et avait imprimé sa mémoire olfactive dans sa peau. Tout bien réfléchi, il lui sembla ridicule de se laver pour aller déterrer des jambons. Il rentra donc et versa un peu de nourriture dans la gamelle de Gabe, mais sans voir le vieux matou nulle part. Il était plus que probable qu'il dormait à l'auberge, sur le lit de Daphné.

Il regagna la camionnette et jeta un coup d'œil vers la maison voisine. Ainsi, Belle était rentrée, autrement dit, il allait y avoir des changements. Il en était certain. Quant à savoir s'ils seraient bénéfiques ou non, il n'en avait pas la moindre idée.

À leur entrée dans la maison, les deux sœurs trouvèrent Babeth et Noah installés à la table de la cuisine, devant leur café. Penchés l'un vers l'autre, ils se redressèrent sitôt leur arrivée, comme surpris à échanger des secrets.

— Je suis désolée de n'être là que maintenant, Babeth, s'excusa aussitôt Etta. Daphné est-elle levée ? Sait-elle que tu es rentrée, Belle ?

— Non. J'ai voulu lui faire la surprise, et j'étais sur le point d'aller la réveiller quand je vous ai vus arriver, Donnie Joe et toi. Bon sang, tu peux me dire quand tu t'es mise à la colle avec lui ?

— Serait-il plus urgent pour toi de me faire la morale que d'aller embrasser ta fille après tout ce temps ? Je ne l'aurais jamais cru.

Belle changea subitement d'attitude et passa en mode sentimental.

— Je suis restée plus d'une heure à la regarder dormir, hier soir. Mais il n'empêche que nous allons devoir discuter de tas de choses, Etta.

— Entièrement d'accord. Mais aujourd'hui, Daphné va à l'école et c'est la grande inauguration de l'auberge. Ça devra attendre.

Sur ces paroles, elle alla serrer sa sœur dans ses bras. D'accord, elle était toujours terriblement contrariée par Belle, mais elle était toute disposée à une cessation temporaire des hostilités pour le bien de Daphné. Plus tard, elles auraient tout le temps pour régler leurs différends.

— Je suis contente que tu sois rentrée, même si tu te mêles comme d'habitude de ce qui ne te regarde pas, déclara-t-elle. Maintenant, va vite réveiller cette petite fille avant qu'elle soit en retard à l'école.

— Tu me donnes des ordres, maintenant ? fit Belle, mais en souriant, avant de disparaître dans le couloir.

— Bon, eh bien je vais prendre une douche, car je présume que je n'aurai pas à conduire Daphné à l'école puisque, exceptionnellement, sa mère est là pour le faire, déclara Etta à la cantonade, et plus particulièrement à Babeth.

Qui se leva pour venir lui faire un bisou.

— Va, et prends ton temps. Une grosse journée nous attend. Au cas où je ne l'aurais pas encore assez dit, merci pour tout le travail que tu as accompli, Etta.

— Nous avons tous travaillé dur. À propos, les fleurs sont magnifiques, Noah. Merci.

— Je vous en prie. Merci à vous de me laisser jouer un petit rôle dans tout cela. Si cela vous convient, j'ai prévu de préparer des arrangements floraux pour les tables, ce soir.

— C'est une excellente idée. Donnie Joe reviendra plus tard avec les jambons, et je lui ai dit que je préparerai alors un petit déjeuner. Ce sera probablement notre dernier instant de calme de toute la journée.

Dans les profondeurs de la maison, un cri perçant ne fit que confirmer ce dernier point.

— Maman ! Tu es rentrée, maman ! J'espérais que tu serais là aujourd'hui, et tu es là !

La joie absolue, et patente dans la voix de la fillette, les fit sourire tous les trois. Sa maman était rentrée, tout allait de nouveau bien dans son univers.

En sortant de la cuisine, Etta entendit un miaulement sonore et vit Gabe la croiser au grand galop. Il avait les oreilles aplaties et sortait de la chambre de Daphné. *Ah, ah, contrairement à la gent masculine, il a dû trouver Belle tout sauf charmante*, songea-t-elle en souriant. Une fois dans sa chambre, elle fila droit vers la salle de bains et la douche. Elle allait devoir mettre à la poubelle tous les vêtements qu'elle portait. Ou plutôt les ranger dans une boîte aux trésors avec l'étiquette « La plus belle nuit de ma vie ». Elle avait beaucoup de questions à poser à Belle, à propos de Roger, et de l'école de Daphné, mais rien de tout cela ne lui importait pour le moment. Sa tête était remplie des images de sa nuit avec Donnie Joe, et son corps en était parcouru de frissons. Oui, c'était la plus belle nuit de sa vie.

Mieux encore, ce matin, Donnie Joe ne s'était pas comporté comme s'il regrettait leurs actes. Elle n'allait pas non plus se faire des idées, car elle avait parfaitement admis le caractère temporaire de leur nouvelle relation. Une liaison, une aventure, une rencontre physique. Elle n'avait pas besoin d'en chercher la définition, pas plus que de l'examiner à la loupe afin de lui donner un sens ou non. Pour une fois dans sa vie, elle eut envie de simplement profiter à fond du temps qu'ils auraient à passer ensemble. Elle ne resterait pas à Everson, et elle n'imaginait pas Donnie Joe vivant ailleurs qu'ici. Surtout, ne pas se prendre la tête. Pas maintenant, pas avec la montagne de choses à faire qui l'attendait.

Elle sortit de la douche, se sécha et se vêtit afin d'affronter la journée à venir. Et quelle journée. Le plus grand jour pour cette auberge toute neuve.

23

Finalement, Etta eut toutes ses petites tables disposées comme elle le voulait, et elle s'occupait à présent de les recouvrir de nappes blanches fraîchement repassées. Babeth avait insisté pour manier le fer, sous prétexte que le sèche-linge ne leur donnait pas suffisamment belle allure. Tout en s'activant, Etta gardait un œil sur le ciel, de plus en plus menaçant. De gros nuages noirs et bas avaient tout l'air de vouloir donner raison à la météo, qui leur avait prévu de la neige pour le week-end. À Chicago, elle n'aurait même pas réagi à cette annonce mais ici, dans le Texas du nord, la neige collée aux routes et aux rocades pouvait immobiliser la région sans prévenir.

C'était bien la dernière chose dont elle avait besoin ce soir. Des gens qui resteraient chez eux au lieu de s'aventurer sur des routes enneigées et glissantes. Mais, non, pas question de paniquer. Elle allait sourire et faire comme si l'atmosphère était au printemps.

Noah avait aligné ses arrangements floraux sur le bar : roses, alstrœmères et dahlias étaient joliment disposés dans de petits vases en verre taillé. Babeth en avait déniché toute une collection un peu partout dans la maison, de toutes tailles et toutes formes. Etta en posa un au centre de chaque table. Puis vinrent l'argenterie – polie par Daphné dans l'après-midi –, les serviettes roulées dans leurs petits ronds agrémentés d'un cœur, et ce fut terminé. Elles avaient prévu d'utiliser différents services en porcelaine et de les mélanger sur les tables afin de créer une atmosphère particulière. Pour la première fois depuis qu'elle avait décidé de rester à Everson, Etta se sentait enfin dans son élément. Offrir un décor chaleureux et accueillant aux gens qu'elle allait nourrir, c'était sa spécialité. Elle trépignait déjà d'impatience en attendant la tombée du jour.

Les jambons étaient stockés au chaud dans la cuisine. Quelques instants auparavant, elle avait soulevé le papier aluminium de l'un d'eux pour jeter un coup d'œil à l'intérieur, puis elle en avait coupé une infime lamelle, pour goûter. La farandole de saveurs qui avait alors explosé dans sa bouche l'avait quasiment fait se pâmer. Les gens d'ici venaient peut-être pour soutenir Donnie Joe mais, maintenant, elle soupçonnait fort que la perspective de déguster ce pur délice avait constitué le seul moteur d'une telle ruée. Pourquoi ne pas envisager d'en faire une des spécialités de l'auberge ?

Mais elle s'avançait, et seul le présent comptait pour le moment. Les plats d'accompagnement attendaient la touche finale ; le bar regorgeait d'alcool et de vins, et Noah avait généreusement proposé de le tenir. Proposition qu'Etta avait aussitôt acceptée. Il avait l'air d'être un brave homme tout compte fait et si Donnie Joe ne lui tenait rigueur de rien, elle devrait probablement laisser tomber sa rancœur, elle aussi.

Et puis il y avait Belle. Elles n'avaient pas encore eu le temps d'avoir une discussion sérieuse, Etta ne lui avait même pas appris les derniers événements concernant *Point d'Orgue*. Quant à Daphné, elle était tellement heureuse du retour de sa mère qu'elle parvenait tout juste à se contenir. Elle traversait les pièces en dansant, elle avait goûté toutes les préparations, s'était muée en véritable moulin à paroles et donnait son avis sur tout.

— Je vais passer de table en table avec le panier à pain, c'est bien ça, tante Etta ?

— Oui, ma chérie. L'odeur du pain au levain tout juste sorti du four a le pouvoir d'aiguiser la faim. Tu vas être la vedette de la soirée.

Dans la matinée, Babeth avait confectionné ses fameux petits pains. À présent impeccablement levés, ils attendaient d'être enfournés. Mais pas avant l'arrivée des premiers clients afin que leur arôme se répande dans la salle à manger.

Daphné s'empara du panier qui attendait sur une desserte et l'habilla soigneusement de serviettes en papier.

— Et maman, qu'est-ce qu'elle va faire ?

En voilà une bonne question, songea Etta avec ironie.

— Elle pourra m'aider. Tu sais, le travail ne va manquer pour personne, ce soir.

— D'ac'.

Un téléphone sonna. Etta sortit son portable de sa poche de tablier.

— Allô ! Hé, Donnie Joe. Quoi de neuf ?

— Le vol des Calhoun est retardé à cause de la météo. Il ne devrait pas se poser avant une bonne heure.

— Ça va peut-être poser quelques problèmes pour les laisser s'installer avant le dîner, mais on va se débrouiller.

— Quand les Mitchell doivent-ils arriver ?

— Ils viennent d'Arkansas en voiture, la météo ne devrait pas être un problème. Je les attends dans une heure, à peu près.

— Tout va bien, pour le reste ?

Avant de répondre, Etta survola la salle à manger des yeux.

— Tout est prêt. Surtout, sois prudent en ramenant nos hôtes.

— Oui chef, rétorqua-t-il, un sourire dans la voix. À tout à l'heure.

Elle raccrocha et sortait des verres à vin quand un coup fut frappé à la porte. Un coup d'œil à sa montre lui apprit qu'il était pile 15 heures, l'heure d'arrivée officielle. *Il se pourrait bien que ce soit les Mitchell, nos tout premiers clients*, songea-t-elle, parcourue d'un léger frisson. Ça y était. Plus de retour en arrière possible désormais. Elle jeta un dernier coup d'œil à son aspect dans le miroir et fit bouffer ses cheveux. Puis elle partit vers le vestibule en regrettant de n'avoir pas rafraîchi son rouge à lèvres. Mais Belle descendit gracieusement l'escalier et ouvrit la porte avant elle.

— Bonjour, et bienvenue à l'*Hazelnut Inn*. Je m'appelle Belle, déclara-t-elle en s'effaçant pour laisser entrer le couple qui attendait sur le perron.

— Enchantée, Gladys Mitchell, se présenta la femme en entrant, aussitôt suivie de son mari, chargé de leurs valises.

C'était une grande femme mince, d'une quarantaine d'années, qui portait un jean sous une parka rouge. Le froid lui avait rosi les joues.

— Et voici mon mari, Ernie.

Pas très grand, celui-ci semblait plus âgé que son épouse. Il sortait manifestement de chez le coiffeur, et le style de ses vêtements aurait convenu à quelqu'un de bien plus jeune. En tout cas, il parut avoir un mal fou à détourner ses yeux de Belle. Gladys en parut immédiatement contrariée.

Ce qui n'empêcha pas Belle de jouer les hôtesses.

— Madame, monsieur, nous sommes tellement heureux de vous accueillir. Avez-vous fait bon voyage ?

Ernie posa ses valises et porta un regard critique sur le vestibule.

— Oui, sans problème. Toutefois, ils ont dit à la radio qu'il allait peut-être neiger.

Plantée là, Etta regarda Belle poursuivre.

— Et si nous vous montrions votre chambre ? Je suis bien certaine que vous aurez envie de vous rafraîchir après ce long voyage.

— Ce serait parfait, répondit Mme Mitchell. À quelle heure le dîner sera-t-il servi ?

Etta voulut se présenter mais Belle les entraînait déjà dans l'escalier.

— 20 heures, leur répondait-elle. Nous avons prévu un superbe dîner de la Saint-Valentin ce soir. Pour vous permettre d'attendre jusque-là, un plateau vous attend dans votre chambre, avec du thé et des muffins.

Toujours dans le vestibule, Etta remâcha sa déception. Leurs tout premiers clients, et elle n'avait même pas pu les accueillir en personne... Cependant, le souvenir de ses angoisses récentes lui fut très utile pour se reprendre au plus vite. Elle avait en effet soupçonné Belle de vouloir passer le plus clair de son temps à flemmarder dans sa chambre, en évitant autant que possible de participer aux tâches de l'auberge, et voilà qu'elle s'était coulée dans son rôle d'hôtesse sans même qu'on ait eu à le lui demander. Oui, ce serait du plus haut ridicule de lui en vouloir d'avoir été la première à énoncer la formule « Bienvenue à l'*Hazelnut Inn* ». Elle-même aurait bien d'autres opportunités de jouer les hôtesses. En fait, Dan et Sally Gordon arrivaient eux aussi en voiture de Fort Worth et n'allaient plus tarder.

Elle regagna la salle à manger et inspecta le résultat final. C'était superbe, le cadre idéal pour la célébration de la Saint-Valentin par des amoureux, ou des couples. Elle fit mentalement le décompte de ses aides – Babeth, Donnie Joe, Daphné et même Noah – et en conclut qu'ils étaient aussi prêts qu'ils pourraient jamais l'être. Elle courut à sa chambre, prit une douche rapide, se sécha les cheveux, se maquilla et enfila des vêtements propres. Puis elle noua autour de sa taille le tablier jaune pâle de l'auberge – merci Babeth – et sortit, bien décidée à battre Belle au poteau quand arriveraient les Gordon.

La neige les épargna, les clients arrivèrent tous avec un solide appétit en bandoulière, et Etta n'eut qu'à se réjouir de chaque instant de la soirée. Munie de son panier à pain, Daphné lui fit penser à un elfe. Babeth jouait le rôle de l'hôtesse tandis que Noah veillait à maintenir le niveau dans les verres à vin. Etta et Belle assuraient le service en salle. Le menu préétabli fit que tout tourna comme sur des roulettes.

Hoot Ferguson l'intercepta alors qu'elle repartait une énième fois en cuisine.

— J'dois vous dire que si tout c'que vous cuisinez est aussi bon, m'dame, j'pourrais peut-être bien revenir goûter quelques-uns de ces plats français tsoin-tsoin, la prochaine fois que vous déciderez d'en servir.

— Vous ne pourriez me faire plus plaisir, monsieur. Merci.

— Et moi, je suis enchantée de savoir qu'il y a maintenant un restaurant à Everson dans lequel il ne rechignera pas à aller quand je lui proposerai de sortir dîner quelque part, renchérit Maude, son épouse.

— Tout le crédit en revient à Donnie Joe, répondit en toute honnêteté Etta, avant de jeter un coup d'œil vers la table que l'intéressé partageait avec Irène Cornwell.

Elle en était presque venue à oublier leur traditionnel rendez-vous jusqu'à ce qu'il arrive avec Irène et qu'elle éprouve un soupçon de jalousie. En fait, plus qu'un soupçon. Infiniment plus. Une réelle vague de douleur l'avait saisie à leur vue. Pourtant, elle n'avait aucun droit de réagir ainsi, car elle savait n'avoir aucune réelle prétention sur Donnie Joe. Seulement, entre ce que l'on admet et ce que l'on éprouve, il y a souvent un monde. Mais puisque arracher les yeux d'Irène ne serait pas franchement fabuleux pour le commerce, elle se força à se concentrer sur ce que lui disait la femme de Hooter, qui s'extasiait encore sur leur repas.

— Son jambon était effectivement remarquable, mais ce dessert au chocolat, mon Dieu, indescriptible ! Vous allez devoir me donner la recette. En fait, je me demandais si vous n'aviez jamais pensé à donner des cours de cuisine. Je peux vous dire que je connais au minimum cinq ou six femmes qui s'y inscriraient immédiatement.

L'idée plut aussitôt à Etta, mais ses projets d'avenir restaient encore à définir.

— Je vais y réfléchir, madame. Ça pourrait être amusant, en effet.

Elle reprit son chemin tout en recevant d'autres compliments. Des convives terminaient leur repas, d'autres commençaient à s'en aller. Elle repéra Babeth et Noah qui, leur travail terminé, dînaient tranquillement à une table d'angle. Un peu plus loin, Belle et Daphné échangeaient les nouvelles des dernières semaines, serrées l'une contre l'autre. Elle ne voulut pas les interrompre, d'autant plus qu'il y avait encore quelques retardataires. Il lui fallait encore faire un tour de salle afin de s'assurer que ces derniers ne manquaient de rien. Donnie Joe et Irène faisaient partie du nombre.

— Etta, cette soirée a été un succès incontestable. Félicitations ! lui déclara Irène en souriant alors qu'elle approchait de leur table. Vous devez être ravie, je suppose.

En l'honneur du jour, elle portait une robe rouge moulante à la fois chic et élégante et, à côté d'elle, Etta eut le sentiment d'être une vachère. Une vachère bien terne. Elle réussit cependant à lui retourner son sourire.

— Merci, Irène. Je pense que mamie Hazel serait très fière. Et les jambons de Donnie Joe ont été un triomphe absolu.

Irène se leva et porta sur lui un regard affectueux.

— Qui en aurait douté ? À présent, et si vous voulez bien m'excuser, je vais me rafraîchir un peu.

Donnie Joe se leva alors qu'elle quittait la table. Il était positivement splendide dans son complet-veston anthracite rehaussé par une cravate rose vif. Un bouton de rose était épinglé sur sa poche de poitrine.

— J'ai comme l'impression que j'aurais pu en faire davantage, voulut-il s'excuser. Bon sang, même Belle a mis la main à la pâte ce soir, alors que je suis resté assis là pendant que tu me servais.

— Tu avais une cavalière, Donnie Joe. Dis-moi un peu, à quoi est-ce que ça aurait ressemblé si tu t'étais levé toutes les cinq minutes pour aller trancher les jambons à la cuisine ?

Son naturel bon enfant apparemment envolé, il semblait impatient. Il avait tenté de lui parler après avoir ramené les Calhoun de l'aéroport mais elle avait dû le congédier, car ils étaient arrivés alors même qu'elle installait les Gordon dans la chambre Pudding à la banane. Et elle ne lui avait plus accordé la plus petite pensée avant son arrivée pour dîner.

Il lui effleura le bras.

— Est-ce qu'on pourrait se voir un peu plus tard ?

— Ce soir ? fit-elle, prise de court. Une fois que tu auras ramené Irène chez elle ?

— Ça ne devrait pas être très tard. Je pourrai même peut-être aider à nettoyer la cuisine.

— Selon mes prévisions, la cuisine devrait être impeccable vingt minutes après le départ des derniers clients. Écoute, Donnie Joe, détends-toi. Profite du restant de ta soirée avec Irène. Je m'en voudrais que tu te sentes mal parce qu'on a passé la nuit ensemble. Il va falloir que je me lève aux aurores demain pour préparer et servir le premier petit déjeuner officiel de l'*Hazelnut Inn*, ce qui fait que je vais m'écrouler de bonne heure.

— Je passerai demain, alors, insista-t-il.

— Tu viens quand tu veux, Donnie Joe, tu le sais.

— Mais pas ce soir ?

— La journée a vraiment été longue, répondit-elle en commençant à rassembler la vaisselle sur une table proche.

— Bien sûr, je comprends.

Mais il n'avait pas l'air de comprendre du tout.

— Alors, essaie de te reposer, d'accord ?

— Écoutez, très chère, je viens d'avoir une idée brillante, s'écria Irène, de retour, en prenant le bras d'Etta.

Cette dernière lui répondit par un sourire poli, faute de mieux. Elle abandonna cependant sa pile de vaisselle sale pour se tourner vers la jeune femme.

— Et toi ? Tu ne veux pas la connaître, Donnie Joe ? poursuivit Irène en le regardant également.

— Bien sûr que si, répondit-il dans un sourire. Nous sommes tout ouïe, Irène. Alors, quelle est-elle, ta brillante idée ?

— Je vais devenir organisatrice de mariages ! s'exclama-t-elle, rayonnante, en battant des mains.

— D'où ça t'est venu, ça ? s'enquit Donnie Joe, perplexe.

Irène écarta grand les bras, comme si la question n'avait pas lieu d'être.

— Mais d'ici. De l'*Hazelnut Inn*. N'avez-vous pas prévu d'y donner des réceptions de mariages ?

— En fait, si, c'est ce que nous espérons arriver à faire un jour ou l'autre, répondit Etta en hochant lentement la tête.

— Un jour ou l'autre ? Tatata… je peux commencer les réservations dès maintenant.

— Écoute, Irène… voulut l'interrompre Donnie Joe.

— Je crois même que j'ai déjà vos premières victimes, poursuivit joyeusement Irène sans s'occuper de lui.

— Dis-moi… ce n'est peut-être pas génial, de baptiser « victimes » des clients potentiels… intervint-il.

— Oh, tu sais très bien que, pour moi, le mariage, c'est pour les imbéciles.

Suivre leur échange commençait à donner le torticolis à Etta, qui décida d'ajouter son grain de sel.

— Et pourquoi, précisément, voulez-vous devenir organisatrice de mariages ?

— Il y a un créneau et je tiens à m'y engouffrer. D'autant plus que je ne vous ai pas encore dévoilé le plus beau.

— Alors, arrête de nous faire languir et dis-nous tout, reprit Donnie Joe, manifestement amusé.

Comme si elle était coutumière de ce genre de lubies.

— J'ai déjà le premier mariage en soute, leur annonça-t-elle en serrant Etta contre elle.

— Depuis quand ? Depuis que tu es partie te rafraîchir ? voulut savoir Donnie Joe.

— Tout juste, Auguste ! Je suis tombée sur Marla Jean dans le couloir, et j'ai réussi à la convaincre que le seul endroit au monde digne d'abriter son mariage avec Jake était ici. N'est-ce pas fabuleux ?

— Pff, j'avais déjà prévu de le faire, rétorqua Donnie Joe, pas impressionné pour un sou.

— S'il te plaît, repartit Irène en le regardant comme s'il avait perdu la tête. En ville, tout le monde sait que Jake ne t'aime pas, Donnie Joe. Il vaut bien mieux que je m'en sois mêlée la première avant que tu aies eu le temps de tout bousiller.

— Pourquoi ne t'aime-t-il pas ? voulut savoir Etta, qui ne connaissait encore rien de la vie dans les petites villes de province.

— La plupart des hommes d'Everson soupçonnent Donnie Joe d'avoir des vues sur leurs femmes, lui expliqua nonchalamment Irène.

— Ça, je l'avais déjà remarqué mais, de votre côté, la plupart des femmes ne vous soupçonnent-elles pas d'avoir des vues sur leurs hommes, Irène ?

— Moi ? Jamais de la vie ! s'écria cette dernière. Je suis veuve. J'ai épousé un vieux richissime quand j'avais dix-neuf ans et, à sa mort, il m'a laissé assez d'argent pour me permettre de vivre jusqu'à au moins mille ans. Une femme comme moi, ça intimide les hommes. J'irais même jusqu'à dire qu'ils me considèrent comme une menace.

Etta en écarquilla les yeux. Jamais elle n'aurait pensé en apprendre autant sur Irène en si peu de temps.

— Alors, on marche ensemble ?

— Eh bien, répondit Etta, pensive, c'est une chose dont nous pouvons discuter.

— Super. Indiquez-moi le jour et le lieu, et je serai là. Ensuite, je vous amènerai Marla Jean dans la semaine et nous pourrons peaufiner les détails.

Donnie Joe s'excusa pour aller chercher leurs manteaux. Il n'avait pas disparu que la voix d'Irène passa de joyeuse à préoccupée.

— Ne lui faites pas de mal.

— Je vous demande pardon ? fit Etta qui l'avait suivi des yeux.

— Je ne sais pas ce qu'il y a entre vous, mais je vois la façon dont il vous observe.

À cela, Etta ne sut comment réagir. Donnie Joe l'observait ?

— Votre préoccupation me touche, mais j'ai la nette impression qu'il peut prendre soin de lui tout seul.

Irène n'eut pas le temps de répondre qu'il était de retour avec leurs vêtements. Ils s'emmitouflèrent, la saluèrent et s'en furent. Etta ramassa ce qu'il restait de vaisselle et emporta le tout à la cuisine. Le grand dîner d'inauguration terminé, l'auberge s'apprêta tout doucement pour la nuit. Cette soirée avait sans conteste été un succès sans précédent.

Les Calhoun demandèrent une bouteille de vin supplémentaire à Noah avant de regagner leur chambre. Les Gordon et les Mitchell s'étaient déjà retirés, car ils avaient de grands projets pour le lendemain et comptaient se lever tôt. Belle escorta Daphné dans sa tournée pour souhaiter bonne nuit à tous, et l'accompagna dans sa chambre pour la border. Installés sur les fauteuils à bascule du porche, Babeth et Noah discutaient et riaient comme les vieux amis qu'ils étaient. Puis il se pencha et l'embrassa. Etta sourit, car elle ne se souvenait pas avoir jamais vu Babeth aussi heureuse.

Toute la vaisselle disparut dans le lave-vaisselle, et elle terminait de nettoyer les dernières casseroles quand Belle réintégra la cuisine.

— Désolée. Daphné a voulu que je lui lise une histoire, et je n'ai pas eu le cœur de refuser. Pour me rattraper, je me désigne de corvée de vaisselle pour le restant du week-end, lui dit-elle.

Prise au dépourvu par les paroles de sa sœur, Etta posa la casserole dans l'égouttoir. Cela ne ressemblait pas à Belle d'être désolée de ne pas avoir fait sa part de travail.

— Ne t'en fais pas pour ça. C'est surtout de rattraper le temps avec Daphné dont tu dois t'occuper à présent.

— Je suis sérieuse. Dorénavant, je compte assumer ma part de travail. Par conséquent, je suis de corvée de vaisselle le restant du week-end, et je ne veux plus rien entendre. Marché conclu ?

Elle tendit la main jusqu'à ce qu'Etta renonce et lui tape dans la paume.

Ensemble, elles allèrent débarrasser les tables de leurs nappes. Belle en prit un premier ballot qu'elle alla mettre dans la machine à laver tandis qu'Etta en posait un autre dans un panier à linge. Elle alla s'adosser au sèche-linge.

— Que se passe-t-il, Belle ? Où est Roger ?

— Il devait retourner à Houston, alors il m'a déposée en passant.

— Il va revenir ?

Apparemment peu pressée de répondre, Belle préféra changer de sujet.

— Daphné m'a parlé sans arrêt de l'auberge. De toi, de Donnie Joe, et aussi de ce chat. Seigneur, la façon dont elle parle de cet animal ! Oh, et aussi de M. Nelson. Je peux te dire que ça m'a fait une drôle de surprise de le trouver installé ici.

— Tout cela a réellement été un effort de groupe, et Daphné a fait sa part comme un bon petit soldat. Maintenant, arrête de tourner autour du pot et parle-moi de Roger. Vous vous êtes mariés, ou pas ?

— En fait, non, mais c'est une longue histoire. À la vérité, il m'a prise pour une imbécile. Je sais, tu vas me dire, comme d'habitude… Bien, comme Daphné est désormais inscrite à l'école ici, j'ai décidé qu'il valait mieux que je revienne et que j'apporte ma contribution à l'auberge jusqu'à la fin de l’année scolaire. Je suis réellement disposée à faire ma part, Etta. Et toi, tu seras contente de savoir que tu peux retourner à Chicago quand tu voudras.

24

Tu peux retourner à Chicago quand tu le voudras. Les paroles de Belle résonnèrent dans les oreilles d'Etta, et un épuisement colossal s'abattit sur ses épaules. Elle ferma les yeux et pensa à quel point sa vie était partie en morceaux en si peu de temps. En quelques semaines à peine, elle avait perdu sa grand-mère, son restaurant, et tout projet d'avenir significatif. Elle eut peur de se mettre à pleurer si elle commençait à en parler.

— On en discute demain matin, Belle. D'accord ? Pour l'instant, je ne suis plus bonne à rien d'autre que m'écrouler dans mon lit.

Belle se tourna vers elle, apparemment inquiète.

— Bien sûr, Etta. Je sais que tu as travaillé très dur pour cette soirée. Tu sais, je suis sérieuse, pour la corvée de vaisselle, demain.

— Si ma mémoire est bonne, tu avais parlé du restant du week-end.

— Tu l'as dit, sœurette, répondit Belle en souriant, avant de la serrer contre elle. Merci d'avoir si bien pris soin de ma petite fille.

— Bonne nuit, Belle.

Elle réussit à gagner sa chambre et à se mettre en pyjama avant de laisser échapper le premier sanglot. Elle n'était pas du genre à se laisser aller aux larmes et à l'auto-apitoiement, mais elle avait retenu tant de chagrin et de colère qu'ils ne demandaient qu'à éclater. Elle se donna l'autorisation d'une bonne crise de larmes à l'ancienne. La tête enfouie dans son oreiller, elle attendit que toute la douleur, toute la déception qu'elle avait éprouvée dernièrement eussent jailli telle la lave d'un ancien volcan soudain réveillé. Apparemment, elle n'était pas très douée dans le domaine. Elle eut beau hoqueter, gémir son désespoir, avec des larmes qui inondaient ses joues et son nez qui coulait comme un robinet mal fermé, elle ne se sentit pas vraiment mieux une fois calmée.

Un désir soudain de parler à Donnie Joe la prit par surprise. Et refusa de la quitter. Il était probablement encore avec Irène, la veuve joyeuse, en train de danser chez *Lu-Lu* ou pire, de flirter sur le tas d'or que lui avait laissé son mari.

Elle lâcha un nouveau gémissement et secoua la tête dans le vain espoir de chasser cette image déplaisante.

Il avait dit qu'il ne rentrerait pas tard chez lui. Et aussi qu'il voulait la voir. Si elle lui téléphonait ? Oui, mais s'il était encore avec Irène, cela s'avérerait gênant. Alors, pourquoi ne pas aller espionner chez lui et voir s'il était rentré ? Encore plus gênant s'il était rentré *avec* Irène, mais l'avantage était qu'ils n'en sauraient rien, puisqu'ils ne la verraient pas. Elle pourrait ainsi jauger la situation et choisir la meilleure attitude à adopter une fois qu'elle aurait rassemblé plus de données.

Avant de prendre le temps d'y réfléchir à deux fois, elle enfila sa doudoune grise sur son pyjama et les bottes de cow-boy qu'elle avait récemment achetées. Ce besoin irrésistible de les acquérir lui était venu après avoir dansé pour la première fois avec Donnie Joe chez *Lu-Lu*. Au cas où elle retournerait danser avec lui. C'étaient des bottes jaune pâle avec des coutures sellier très décoratives et, même maintenant, les porter avec son pyjama à pois pourpres la fit se sentir bien. Heureuse. D'ailleurs, maintenant qu'elle y pensait, elle avait grand besoin de se sentir « heureuse » plus souvent. En fait, aller fureter chez Donnie Joe en plein cœur de la nuit était exactement ce qu'il lui fallait pour cultiver ce sentiment.

Elle emprunta le couloir, évita les lattes qui grinçaient, traversa la salle à manger, louvoya entre les tables et arriva enfin à la cuisine sans anicroches. Le ronron du lave-vaisselle et le bruit de la machine à laver suffisaient à couvrir sa fuite. Elle ouvrit tout de même la porte avec précautions et sortit.

L'air glacial de la nuit lui fit l'effet d'un coup de poing dans la figure, et lui congela nez et oreilles en moins de deux. Elle vit son souffle s'échapper en petits nuages glacés alors qu'elle suivait le perron obscur, descendait les quelques marches et se prenait les pieds dans les nouveaux pots de fleurs de Noah. Flûte ! Elle les avait oubliés, ceux-là.

— Et merde ! maugréa-t-elle alors qu'un pot explosait au sol dans un fracas de poterie brisée.

Une lumière s'alluma dans l'auberge. Puis une deuxième. Elle décida de jeter discrétion et espionnage par-dessus les moulins et se mit à courir vers la maison de Donnie Joe.

Son pyjama n'était pas de taille à lutter contre la bise qui balayait le jardin, et même sa grosse parka ne lui sembla pas suffisante. Elle se jeta sur le porche de Donnie Joe comme un poisson suicidaire aurait jailli du lac pour s'échouer sur un ponton, puis se remit d'aplomb. Avec une seule pensée en tête : entrer à l'intérieur.

Elle tambourina contre la porte, impatiente. Il était peut-être endormi. Tant pis, elle voulait entrer.

Quelques longues minutes plus tard, Donnie Joe apparut à la porte, une batte de baseball à la main.

— Qui est là ?

— C'est moi, Donnie Joe. Laisse-moi entrer, je meurs de froid.

Il entrouvrit la porte, juste assez pour jeter un coup d'œil à son visiteur nocturne. Elle le considéra comme une invitation et s'engouffra à l'intérieur.

— Etta ? Mais bon sang, que se passe-t-il ? Tu t'es enfermée dehors, ou quoi ?

Elle se frotta vigoureusement les bras dans la chaleur bienfaisante de sa maison.

— Mince, ce vent est féroce. Quand la température est-elle tombée à ce point ?

— Il paraît qu'il y a même des chances qu'il neige ce week-end. Mais toi, que fabriques-tu à courir dehors en pyjama ?

— Je ne cours pas. Je suis venue te voir, rétorqua-t-elle en se rendant compte qu'il était toujours muni de sa batte et qu'il ne portait qu'un caleçon.

Écossais, le caleçon. Écossais rouge et gris, pour être précise. Elle fit un pas vers lui, se souvenant soudain de la raison de sa venue. Ce fut d'une voix enrouée d'avoir tant pleuré qu'elle lui demanda :

— Es-tu seul ?

Il appuya sa batte contre le mur et, en deux pas, vint refermer les bras autour d'elle et la conduire vers le canapé.

— Que se passe-t-il, Etta ? Tu as pleuré ?

Elle se frotta le visage à deux mains.

— Oh, bon sang, je dois avoir une tête à faire peur. Je deviens toujours moche quand je pleure.

— Fais voir un peu... répondit-il en souriant avant de l'examiner et de lui passer une main sur les cheveux. Je dirais que tu es toujours du bon côté de l'échelle de valeurs de la mocheté universelle.

— Seigneur, maintenant je sais pourquoi toutes les femmes tombent à tes pieds !

Il reprit aussitôt son sérieux.

— Tu vas bien ?

— En général, quand on me demande ça, je réponds que ça va très bien. Même quand c'est faux, répondit-elle en reniflant. Mais avec toi, Donnie Joe, je n'ai pas à faire semblant, n'est-ce pas ?

— Je n'ai jamais voulu que tu fasses semblant avec moi, Etta.

Il se laissa aller contre le canapé et passa un bras sur le dossier derrière elle.

Elle laissa échapper un gros soupir, sans trop savoir par où commencer.

— Belle vient à l'instant de me dire qu'elle compte rester à Everson jusqu'à la fin de l'année scolaire.

— Eh bien, c'est une bonne chose pour Daphné. Elle n'aura pas à être encore une fois changée d'école en plein milieu de l'année.

Etta opina, avant d'ajouter :

— Belle n'a rien voulu me dire, mais je crois que Roger l'a larguée.

— Elle serait revenue ici, faute d'autres options ?

— Une femme telle que Belle a toujours d'autres options, mais elle semble vouloir faire un réel effort. Contrairement à ses habitudes, elle essaie de se rendre utile à l'auberge, et je pense en toute honnêteté que, une fois n'est pas coutume, elle a vraiment écouté ce que Daphné avait à lui dire sur ses attentes à elle.

— Alors, où est le problème ?

— Elle m'a dit que je pouvais rentrer à Chicago quand je voudrais. Comme si elle me donnait l'autorisation. Elle revient comme une fleur, me soulage de mes obligations et me dit de retourner à mon ancienne vie. Or, je n'ai plus d'ancienne vie, Donnie Joe.

— Lui as-tu seulement parlé de Diego et de *Point d'Orgue* ?

— Non, parce que si elle n'y est objectivement pour rien, je ressens comme si tout était de sa faute. Sa philosophie du « Si ça me fait du bien, je le fais » dévaste tout le monde autour d'elle. Elle ne s'en rend même pas compte.

— Je comprends ce que tu éprouves. Si tu avais pu rentrer quand tu avais prévu de le faire, tout aurait sans doute été différent. Peut-être Diego n'aurait-il pas eu le cran de te dézinguer comme ça en face-à-face.

— Peut-être. Mais qui peut vraiment le dire ? Dès l'instant où cette Sandra Mann lui a planté les griffes dans la peau, il s'est métamorphosé en un autre homme, totalement différent de celui que j'avais connu pendant des années.

— C'est possible. Même si je ne crois pas que les gens puissent changer à ce point.

— Mets ça sur le compte de l'amour. Tu sais, cette petite chose étrange qui fait tourner le monde. Cette chose que célébraient tous les couples venus dîner ce soir.

— Oh, à propos… fit soudain Donnie Joe en se levant.

Il alla à un placard, l'ouvrit et en sortit un petit paquet qu'il lui tendit en s'asseyant à nouveau à ses côtés sur le canapé.

— Le moment n'est peut-être pas bien choisi, mais bonne Saint-Valentin, Etta.

— Qu'est-ce que c'est ? lui demanda-t-elle, sincèrement étonnée.

— Ouvre et tu le sauras, repartit-il en riant. Mais d'abord, tu remarqueras que c'est un paquet maison.

Elle observa le papier rouge et blanc parsemé de petits cœurs, sourit et le déchira. Puis elle ouvrit l'écrin pour en extraire le bracelet en argent qui s'y trouvait. Un bracelet à breloques. Elle examina chacune d'entre elles, toutes plus ravissantes les unes que les autres. Un minuscule rouleau à pâtisserie, une toque de chef, un fouet, une poêle, une spatule et un moule à muffins. Il y avait aussi des couteaux, des cuillers, des fourchettes et un mixer semblable à celui qui trônait dans la cuisine de mamie Hazel. Toutefois, la dernière breloque n'était pas assortie au reste. C'était un petit cœur en argent, au dos duquel était gravé son prénom.

— Comme il s'agit d'un cadeau pour la Saint-Valentin, précisa Donnie Joe, il faut bien un cœur.

— Je ne sais pas quoi dire. C'est le cadeau le plus attentionné que l'on m'ait jamais fait.

— Il te plaît, vraiment ?

Elle posa le bracelet sur la table basse et serra Donnie Joe dans ses bras.

— Je l'adore. Merci, Donnie Joe.

Il lui devint vite impossible de ne pas faire courir ses mains sur la peau nue de cet homme magnifique. Il réagit aussitôt et baissa la fermeture éclair de sa parka. Elle s'écarta de lui et lui immobilisa la main.

— Je suis désolée. Ce n'est pas pour ça que je suis venue.

Elle ne voulait surtout pas qu'il la prenne pour une femme capable d'arriver chez lui au milieu de la nuit, pour pleurer sur son épaule et se servir de lui pour oublier un instant ses problèmes grâce à une bonne partie de jambes en l'air.

— Ah, oui ? Tu as pourtant revêtu une tenue ultra-sexy. Surtout les bottes de cow-boy. Très jolie touche.

La taquinerie la fit sourire.

— Enfin, ce n'est pas que ça ne me tente pas, au contraire, répondit-elle en désignant d'un geste la quasi-nudité de Donnie Joe.

Puis en traçant du doigt un chemin sur son torse.

Il baissa les yeux vers sa main, qui courait à présent sur son ventre.

— Bien sûr. Préférerais-tu plutôt une partie de fléchettes ?

Le regard d'Etta s'éclaira à cette suggestion.

— Comment as-tu deviné ? Je ne connais rien de mieux pour décompresser.

— En ce cas, fit-il, un sourcil levé, je vais m'habiller un peu plus.

— Oh, je ne pense pas que ce soit nécessaire, le contra-t-elle aussitôt. Tu sembles tellement à l'aise.

Il se leva et lui tendit la main.

— Que jouons-nous, aujourd'hui, Etta ? Mêmes enjeux que la dernière fois ?

Elle le laissa la hisser sur ses pieds et l'emmener vers le couloir.

— Je parie qu'on pourrait trouver quelque chose de bien plus intéressant.

Ils n'avaient pas fait trois pas dans le couloir qu'il la plaqua contre le mur, lui maintint les mains au-dessus de la tête d'une main et acheva de défaire sa parka de l'autre.

— Au cas où l'on n'arriverait jamais au jeu de fléchettes, je crois que je vais réclamer mon dû tout de suite, lui annonça-t-il, avant de l'embrasser.

Elle eut alors envie de s'infiltrer en lui, sous sa peau. Il la taquina et la ravit de sa bouche tandis qu'il refermait une main sur l'un de ses seins à travers la flanelle de son pyjama. Son autre main fit glisser son pantalon sur ses cuisses, lui dénudant les jambes. Puis il la souleva, et elle s'enroula autour de lui, ravie de sentir enfin sa peau nue.

Il l'emporta dans le couloir et s'assit sur le divan dans la salle de jeu. Sur ses genoux, elle le laissa lui enlever sa veste de pyjama, et gémit quand il enfouit la tête entre ses seins.

— Je ne suis plus d'humeur… lui murmura-t-elle à l'oreille.

— Mmm ?

Légères comme des plumes, ses mains traçaient des dessins dans son dos, des omoplates aux hanches.

— Pour les fléchettes, précisa-t-elle en lui embrassant le cou et en le mordillant. Je n'ai plus envie de jouer.

— Ça tombe bien, moi non plus.

Il se leva et l'emporta avec lui hors de la pièce, puis il reprit le couloir jusqu'à sa chambre en l'embrassant sans discontinuer. Il la déposa sur le lit et se redressa un bref instant pour la regarder.

— J'en ai rêvé, murmura-t-il.

Puis il s'allongea aussi, entreprit de la caresser des mains et de la bouche. Elle en oublia de s'interroger sur ce qu'il avait voulu dire.

25

Planté sur la ligne de touche, Donnie Joe observait une troupe de petites filles de huit et neuf ans qui se disputaient un ballon de football. Ce n'était que le deuxième entraînement des Lucioles, et il faisait particulièrement frisquet en ce samedi après-midi où, en sa qualité de nouvel entraîneur, il étudiait les joueuses afin de déterminer leurs talents. Certaines avaient déjà joué dans d'autres équipes, pour d'autres c'était une première. Pour l'instant, les fillettes étaient regroupées autour du ballon comme des mouches sur du miel, et essayaient toutes de shooter dedans sans la moindre stratégie. Comment allait-il leur en faire perdre l'habitude, il n'en savait rien, mais une chose était sûre, c'était son travail de s'y coller.

Il repéra Daphné au milieu du troupeau et ne put que sourire devant son enthousiasme. Elle fit voler ses tresses blondes en donnant un grand coup dans le ballon du pied gauche. La balle partit en vol plané et toutes les filles lui coururent après. Intéressant. Elle, elle pourrait devenir attaquante sur le côté gauche du stade. Les joueurs jouant naturellement du pied gauche étaient toujours une bénédiction pour une équipe. Lui-même l'était, et il s'était régulièrement révélé un atout pour ses partenaires.

— Cette petite Daphné est votre fille ?

Tout en posant la question, le père de Tara vint se planter près de lui. Tara faisait partie des nouvelles, mais elle ne courait pas après la balle comme les autres. Elle creusait joyeusement des trous dans le sol près de la ligne de but.

Donnie Joe sourit et se tourna vers le nouveau venu. Il n'était pas le premier à présumer cela.

— Non. Je suis juste un ami de la famille qui a été recruté pour aider à entraîner l'équipe.

— Vraiment ? Parce qu'elle vous ressemble beaucoup. Je m'appelle Brian Silva.

— Vous êtes le père de Tara, c'est bien cela ? lui demanda Donnie Joe, qui tentait de retenir les noms des parents de ses petites joueuses. Ravi de faire votre connaissance.

— Moi de même. J'ai bien peur que Tara n'ait pas encore vraiment envie de jouer, mais elle a tenu à s'inscrire parce que toutes ses copines font partie de l'équipe. Et aussi parce que le maillot rose lui plaît beaucoup.

Donnie Joe savait par Daphné qu'effectivement c'étaient Rose Starling et les jumelles Sawla et Sheila Trent qui avaient convaincu Tara de se joindre à elles.

— Eh bien, c'est déjà un bon début. Nous allons veiller à ce qu'elle s'amuse, comme les autres. À cet âge, je veux qu'elles prennent du bon temps avant tout.

— Ça, c'est une philosophie qui me convient parfaitement. Si vous avez besoin de moi, faites-le-moi savoir.

— Je n'y manquerai pas, Brian.

Jusque-là, les parents des joueuses s'étaient montrés plutôt sympathiques. Il n'y avait que le père de Gillian Dunsworth qui lui posait un léger problème. Sa fille faisait déjà preuve d'un réel talent, et Greg Dunsworth s'obstinait à gérer ses moindres mouvements depuis la ligne de touche, au cas où des recruteurs d'universités seraient à la recherche de futures gloires. Il allait falloir très vite lui faire perdre cette habitude avant qu'elle ne s'enracine définitivement. Il jeta un coup d'œil aux parents, tous installés en ligne sur leurs fauteuils pliants. Certains lisaient, d'autres téléphonaient sans prêter une réelle attention à ce qui se passait sur le terrain.

Et puis il y avait Belle. Elle avait fait preuve d'un véritable intérêt pour l'entraînement, mais elle ne s'était pas contentée de rester à l'écart comme les autres parents. Elle avait apparemment joué à l'université et en savait beaucoup sur le jeu. Elle allait vouloir participer, c'était évident.

— Tu devrais me prendre comme assistance entraîneuse. Daphné est ma fille, tout de même.

Il n'avait pu trouver aucun argument valable à lui opposer, d'autant que Daphné avait sauté de joie à cette idée. À présent de l'autre côté du terrain, elle faisait pratiquer des passes à un groupe de fillettes. Les scinder en petits groupes permettait d'attirer plus facilement leur attention. Il héla Tara et lui enjoignit d'aller faire des passes, elle aussi. Elle lui tendit une fleur qu'elle venait de cueillir et obtempéra sans protester. Cinq minutes plus tard, il décréta une courte pause afin que tout le monde puisse boire et se rafraîchir.

Belle le rejoignit au petit trot et remarqua aussitôt la fleur qu'il avait à la main.

— Eh bien, une nouvelle admiratrice, Donnie Joe ?

Il se colla la fleur derrière l'oreille, et répondit :

— Échangeons nos groupes après la pause, mais travaille un peu avec Tara, tu veux bien ? Je veux savoir pour quoi elle est bonne.

— À vos ordres, chef, rétorqua Belle avec un clin d'œil.

— Et puis nous ferons une petite mêlée pour terminer l'entraînement. Tu joueras dans une équipe, moi dans l'autre, et nous verrons comment se comportent les joueuses.

Une fois l'entraînement achevé, il aida les fillettes à rassembler leurs affaires et s'assura qu'aucune retardataire n'était restée sur le terrain sans personne pour la ramener chez elle. Une fois Belle et Daphné installées dans sa camionnette, il reprit le chemin de la maison. Comme d'habitude, Daphné parla pendant tout le trajet. Quand elle fit mention du fait que Donnie Joe allait l'accompagner à l'école pour la journée « Amenez votre père à l'école », cela eut le pouvoir de subitement éveiller l'attention de Belle.

— Quand donc ? s'enquit-elle.

— Lundi, répondit Donnie Joe. C'est noté sur mon agenda.

— Oui. Le matin, quand on fait le « Je montre et j'explique », intervint Daphné en souriant. Il va apporter des flamants roses.

— Des flamants roses ? s'étonna Belle.

— Il en vend dans son magasin, précisa Daphné.

— Je vois. Eh bien, tout cela a l'air fascinant. J'aimerais bien venir, moi aussi, reprit Belle. Si ça te va, Daphné. Ce serait une bonne occasion pour moi de rencontrer ta maîtresse.

— Youpi ! Ça sera comme si j'avais toute une famille avec moi.

— Presque, la corrigea gentiment Belle.

Donnie Joe ignora le regard qu'elle lui lança. Ses sous-entendus, quels qu'ils soient, ne l'intéressaient pas.

Il se gara dans l'allée et attendit que mère et fille fussent descendues de voiture. Etta sortit sur le porche et le salua d'un grand geste de la main. Il le lui rendit alors qu'une vague de tristesse s'abattait sur lui au souvenir de sa déception, au réveil, en trouvant le lit vide. Au lieu du soulagement habituel, un sentiment d'abandon l'avait saisi. Il ne lui était encore jamais arrivé qu'une femme passe la nuit chez lui. Il n'invitait personne dans son lit. Mais si cette femme se prénommait Etta, c'était différent. En fait, il avait très envie de s'y accoutumer. Il voulait ouvrir les yeux, se retourner et la regarder dormir près de lui. Enfouir les doigts dans ses cheveux courts et ébouriffés. L'éveiller d'un baiser sur cette tache de rousseur, juste sous son oreille gauche. Plonger dans ces yeux somnolents alors qu'elle les ouvrait et se rendait compte qu'elle était nue dans son lit. Cette seule pensée suffit à lui arracher un frisson.

Il avait été tellement heureux de la découvrir sur son paillasson la veille au soir, même si elle avait l'air d'une galopine dans cet accoutrement. Les sentiments qu'il éprouvait pour elle croissaient chaque jour davantage, c'était une certitude. Il avait tenté de les tenir en laisse, conscient qu'elle n'avait pas pour projet de rester à Everson. Et voilà que maintenant Belle était de retour. Autrement dit, Etta pourrait partir quand bon lui semblerait. Inutile de se cacher que cette perspective lui déplaisait au plus haut point.

Il allait devoir lui parler de ses sentiments pour elle. Lui qui avait toujours su conseiller les autres, il n'avait jamais éprouvé cela pour aucune femme auparavant. Elle le rendait heureux. Elle le rendait fou. Il la désirait jour et nuit, et ça, c'était une première. Peut-être était-il amoureux. En tout cas, la seule chose qu'il savait avec certitude, c'était qu'il ne voulait pas qu'elle s'en aille. Si elle le faisait, il finirait par partager un tabouret avec le vieil Arnie Douglas chez *Lu-Lu*, à contempler sa bière et sauter au visage du premier qui lui adresserait la parole.

Etta mettait la dernière main à un gratin pour le déjeuner du lendemain quand elle entendit la camionnette de Donnie Joe arriver dans l'allée. Elle avait vu Donnie Joe, Belle et Daphné partir à l'entraînement dans l'après-midi et avait tout fait pour ne pas se sentir laissée de côté. Il n'y avait aucune raison valable pour qu'ils lui demandent de les accompagner. Même si elle avait emmené Daphné acheter de nouvelles chaussures à crampons et des protège-tibias. Même si elle avait passé des heures à taper dans le ballon avec elle et Donnie Joe dans le jardin. Belle était rentrée maintenant, c'était à sa mère de se charger de tout cela à présent.

Elle salua Donnie Joe de la main. Elle ne lui avait pas reparlé depuis sa visite nocturne inopinée, quand il s'était montré à la hauteur de ce dont elle avait besoin. Il l'avait laissée pleurer sur son épaule, puis il l'avait fait rire. Bien sûr, il pouvait la rendre folle aussi, mais elle adorait leurs escarmouches. En fait, elle avait même commencé à les attendre avec impatience.

Ce matin, elle avait déserté à contrecœur son lit, alors qu'il dormait encore. À la vérité, elle avait eu un mal fou à résister à la tentation de le réveiller et de s'offrir une petite répétition de la nuit passée, mais elle s'était tout de même levée sans bruit car elle savait que l'attendait une grande matinée de cuisine et de nettoyage après le passage de leurs clients. Même s'il lui faisait éprouver des sensations inouïes, elle était suffisamment sensée pour savoir que trop s'attacher équivaudrait à subir tôt ou tard un chagrin d'amour. Ce qu'elle ressentait pour lui croissait chaque jour, et cela devenait dangereux. Surtout avec ses projets d'avenir toujours en suspens.

Elle le regarda repartir au volant de sa camionnette, se retourna et suivit Belle et un moulin à paroles prénommé Daphné à l'intérieur.

— Rose veut que j'aille dormir chez elle. Dis, je peux, maman ?

— Qui est Rose ? s'enquit Belle.

— C'est ma meilleure amie, maman. Dis-lui, tante Etta.

Etta s'accorda un instant de vengeance à la pensée qu'elle savait une chose à propos de Daphné que sa sœur ignorait, avant de s'exécuter :

— C'est la petite-fille de Me Starling, et c'est elle qui a pris Daphné sous son aile le premier jour pour lui montrer toutes les ficelles, et aussi pour qu'elle ne se sente pas trop isolée. Elles sont devenues très proches.

— Dois-je dire oui, en ce cas ? La laisser dormir chez elle ?

L'inquiétude de Belle fit sourire Etta. Elle lui rappela ses sueurs froides passées, mais elle n'était pas près de lui avouer les scénarios cauchemardesques qu'elle avait imaginés lors de la première soirée où Daphné avait dormi chez son amie.

— Bien sûr que tu devrais accepter.

— Alors, c'est d'accord ? fit Daphné en regardant sa mère et sa tante tour à tour.

— D'accord, répondit Belle. Je crois que nous avons assez rattrapé le temps perdu pour que tu n'aies pas à passer tout ton temps avec moi.

— Merci ! J'vais lui téléphoner tout de suite ! s'écria Daphné en sortant au galop de la cuisine.

Elle pila net, le temps de ramasser Gabe au vol, et reprit sa course. Le chat passait à présent autant de temps à l'auberge que dans la grande maison de Donnie Joe.

Etta se mit en devoir de sortir les ingrédients afin de préparer des roulés à la cannelle. La pâtisserie, ce n'était pas vraiment son fort, et c'était Henry qui s'en chargeait au restaurant. Penser à Henry la poussa à s'interroger sur le genre de restaurant qu'elle aurait envie d'ouvrir, une fois reçu son chèque de compensation pour *Point d'Orgue*. Peut-être aurait-il envie de se joindre à elle dans cette nouvelle aventure ? C'était un pâtissier hors pair, et ses desserts pouvaient suffire à eux seuls à établir la renommée d'un nouvel établissement. Elle ignorait s'il serait disposé à quitter Chicago, mais elle était ouverte à tous les emplacements. Oui, décida-t-elle, elle lui enverrait un mail dans le week-end afin de savoir comment cela se passait pour lui avec la nouvelle direction de *Point d'Orgue*.

Sur cette pensée, elle empila la vaisselle sale dans l'évier et partit en quête de Belle. Un accord est un accord, et elle ne comptait pas toucher à la vaisselle de tout le week-end.

Installée dans la salle d'attente de Me Starling à la première heure en ce lundi matin, Etta attendait. Elle était arrivée très tôt, bien avant son rendez-vous, et Julie, la réceptionniste, l'avait assurée que l'homme de loi n'allait pas tarder.

— Etta, ce dîner était une pure merveille et j'ai bien peur que Gene ne se contente plus jamais de ce que je lui prépare à manger, lui dit ensuite Julie, qui était venue à l'inauguration avec son mari.

— J'espère que cela signifie que nous vous reverrons bientôt, répondit Etta en riant.

Julie se mit à sourire, la mine gourmande.

— Notre anniversaire de mariage tombe le mois prochain ; je pense louer une chambre pour le week-end, et faire la surprise à Gene.

— Ce serait fabuleux de vous avoir de nouveau. Passez-moi un coup de téléphone dès que vous aurez décidé de la date.

Le week-end avait en effet été un succès absolu. Leurs trois couples de clients s'étaient répandus en éloges sur la cuisine, les chambres et le service. Ils prévoyaient tous de revenir bientôt et recommandaient l'*Hazelnut Inn* à leurs amis et leurs proches. Les Gordon avaient même mentionné l'éventualité d'y organiser le prochain mariage de leur fille, car le trajet en voiture depuis Fort Worth était relativement simple et peu fatigant.

Tiens, maintenant qu'elle songeait mariages, elle ferait peut-être bien de conseiller à Irène de se faire faire des cartes professionnelles, afin de les distribuer aux clients. Si ses velléités de devenir organisatrice de mariages étaient sérieuses, évidemment. Difficile à dire. Babeth et Daphné avaient sauté de joie quand les Mitchell avaient acheté une des courtepointes de Babeth et deux des dragons de chiffon de Daphné pour leurs petits-enfants. Oui, l'inauguration n'aurait pu mieux se passer.

Me Starling arriva en courant, ôta son manteau et le suspendit à la patère.

— Désolé de vous avoir fait attendre, Etta. Entrez dans mon bureau, je vous prie. Julie, bloquez les appels et prenez les messages, voulez-vous ?

— Bien sûr, répondit la jeune femme en lui tendant une première pile de messages.

— Asseyez-vous, dit-il à Etta en refermant la porte derrière eux.

Il avait l'air préoccupé, se dit-elle, aussi lui posa-t-elle la question sans plus attendre :

— Que se passe-t-il, maître ?

Il s'installa derrière son bureau et la regarda, la mine sombre.

— J'ai bien peur d'avoir de mauvaises nouvelles pour vous.

26

Etta se blinda et se prépara à recevoir le ciel sur la tête. Les mauvaises nouvelles, cela devenait une habitude, ces temps-ci.

— Je vous écoute.

— Cela concerne *Point d'Orgue*.

— Je m'en doutais.

— Initialement, l'avocat de Sandra Mann semblait ouvert à des négociations pour un dédommagement plus important, mais vendredi, il m'a fait parvenir une lettre recommandée selon laquelle l'offre initiale était la dernière, et il y avait inclus un chèque. J'ai bien peur que nous ne soyons à cours d'options, sauf si vous désirez les poursuivre en justice.

Elle prit le chèque qu'il lui tendait et regarda le montant inscrit dessus. Au moins c'était quelque chose.

— Vous savez, je n'ai jamais vraiment bercé l'espoir d'obtenir beaucoup plus. Ce que je voulais, réellement, c'était conserver mon restaurant.

Les courriels quotidiens de Mimi – tous en lettres majuscules – à propos du chaos qui régnait à présent dans le restaurant avaient contribué à alimenter son espoir, même si elle le savait irrationnel ;

l'espoir selon lequel tout cela n'était qu'une gigantesque erreur, et que Diego viendrait un jour la supplier de rentrer afin de sauver *Point d'Orgue*. Cependant, le chèque qu'elle tenait dans les mains mettait un terme définitif à ce rêve.

— Je suis sincèrement navré, Etta. Je pensais qu'ils joueraient le jeu.

— Que va-t-il se passer maintenant ?

— Signez cet accord et prenez le chèque. C'est le conseil que je vous donne.

— Tout recommencer va s'avérer un réel défi, à présent. Mais d'accord. Je n'ai jamais pensé que ce serait un chemin de roses. Où dois-je signer ?

Me Starling ouvrit un dossier, en sortit quelques documents et lui indiqua où apposer son paraphe, ce qu'elle fit. Puis elle se leva et lui tendit la main.

— Je vous remercie, maître. Vous avez vraiment été d'un grand secours.

Elle quitta son bureau et grimpa dans le minibus en se demandant quelle serait l'étape suivante. Elle allait démarrer quand son portable sonna. Un coup d'œil à l'écran lui apprit que c'était l'école de Daphné. Seigneur Dieu. Pour quelle raison l'appelaient-ils ? À la limite de la panique, elle décrocha aussitôt :

— Allô ! Est-ce que Daphné va bien ?

— Allô ! Miss Green ? Mme Carney à l'appareil et, oui, Daphné va très bien. Pourriez-vous passer à mon bureau, je vous prie ? Il faudrait que nous discutions d'un point précis.

— Moi ?

— Vous êtes listée en tant que tutrice, dont c'est avec vous que nous avons besoin de parler.

— Vous êtes certaine qu'elle va bien ?

— Très bien.

— Je serai là dans deux minutes, répondit Etta en tournant la clef de contact.

Debout sur l'estrade face à la classe de Daphné, Donnie Joe avait deux flamants roses en main.

— Voyez, ce ne sont pas seulement des flamants roses, ce sont pratiquement des légendes à Everson.

— Je sais qui ils sont, intervint un petit garçon au fond de la classe en levant le doigt. Ils étaient dans notre jardin l'année dernière.

— Bonjour, comment t'appelles-tu ? répondit Donnie Joe en souriant.

— Will.

— Eh bien, tu as raison, Will. Voici Peppy, et celui-ci est Bizzy. Chaque année, le comité de soutien du lycée les utilise pour collecter des dons afin d'acheter de nouveaux uniformes à la fanfare scolaire ou des genouillères pour l'équipe de volleyball.

— Comment ils peuvent collecter de l'argent ? voulut savoir une petite fille aux cheveux bouclés.

— Je vais te l'expliquer. Mettons que ta grande sœur fasse partie de l'équipe de softball du lycée et que les joueuses aient toutes besoin de nouvelles paires de gants. Les filles de l'équipe viennent m'emprunter Peppy et Bizzy, puis elles les installent dans le jardin de quelqu'un avec une note disant qu'en échange d'un don – une somme donnée – elles viendront enlever les flamants.

— Pourquoi elles sonnent pas à la porte pour demander de l'argent ?

— Elles pourraient le faire mais, tu sais, après toutes ces années, c'est devenu comme un jeu. Les gens considèrent comme un honneur de se réveiller le matin pour trouver les flamants roses au milieu de leur jardin.

— Ça, c'est super méga cool, m'sieur.

— Oh oui, alors. Et j'espère bien qu'ils vont revenir dans mon jardin cette année, renchérit Will.

Les enfants se rassemblèrent autour de Donnie Joe pour mieux observer les flamants en plastique. Il nota avec soulagement que Daphné souriait, ravie de sa prestation. À dire vrai, il avait eu des doutes en écoutant le pompier et le propriétaire d'une pizzeria qui l'avaient précédé.

Un coup à la porte attira l'attention de miss Lumpkins. Elle alla ouvrir, parla à mi-voix avec son interlocuteur, puis refit face à la classe, un masque très sérieux sur les traits.

— Miss Green, monsieur Ledbetter, on vous demande dans le bureau de la principale. Daphné, Rose, Sawla et Sheila, vous les accompagnez toutes les quatre.

Donnie Joe tourna les yeux vers Belle, jusqu'à présent assise au fond de la classe. Elle prit son sac et le rejoignit rapidement.

— À quel propos nous convoque-t-on ? s'enquit-elle. Daphné ? Tu sais quelque chose ?

Les yeux écarquillés, l'air effrayée, Daphné se leva très lentement de son pupitre. Tous trois sortirent dans le couloir, et Donnie Joe veilla à ce que les trois autres fillettes les rejoignent avant d'entamer la marche pénible vers le bureau directorial. *Même à mon âge, ce n'est pas une expérience agréable*, songea-t-il, vaguement amusé.

En arrivant devant le bureau, la secrétaire de la principale, Mme Collins, demanda aux enfants d'attendre sur les chaises alignées contre le mur, puis elle fit entrer Belle et Donnie Joe dans le bureau. Avant d'y pénétrer, Donnie Joe jeta un rapide coup d'œil aux quatre filles. Elles chuchotaient entre elles.

Une fois à l'intérieur, il eut la surprise de découvrir qu'Etta était déjà présente, un masque très sérieux sur les traits.

La principale se leva dès leur entrée.

— Bien. Tout le monde est là. Je vous en prie, prenez un siège. J'ai demandé aux parents des autres fillettes de nous rejoindre, mais comme cela concerne plus particulièrement Daphné, je pense que nous devons avoir une petite discussion en privé avant qu'ils n'arrivent.

Donnie Joe laissa Belle et Etta s'installer dans les fauteuils face au bureau, puis tira une chaise pliante et s'assit à côté d'Etta. La raison de cette réunion, et surtout la raison de sa présence à lui demeuraient un mystère à ses yeux.

Mme Carney se rassit derrière son bureau.

— Avant de commencer, j'aimerais vous demander la raison de votre présence à l'école aujourd'hui, monsieur Ledbetter.

— Daphné m'a invité à venir à la journée « Amenez votre père à l'école ».

— Ce qui signifie que vous *êtes* le père de Daphné ?

Stupéfait autant que pris de court, il hésita. Et perçut qu'Etta se tournait vers lui pour le regarder. Il se reprit très vite et répondit :

— Non, pas du tout. Elle m'a invité en tant qu'ami de la famille. Elle ne sait pas qui est son père.

— Est-ce exact ? demanda Mme Carney à Belle.

Perdant sa superbe habituelle, Belle gigota sur son siège.

— Je n'ai en effet jamais partagé cette information avec ma fille, mais je ne vois absolument pas en quoi cela vous concerne.

— En temps ordinaire, je ne pourrais qu'être d'accord avec vous, mais il semble que Daphné et ces trois amies dehors aient pris le problème en main.

— Que voulez-vous dire ? s'étonna Belle en redressant le dos.

— Elles ont lancé des paris.

— Des paris ? intervint Etta, qui n'avait encore rien dit. Je ne comprends pas.

— Elles ont établi une liste de pères possibles, et les autres élèves de leur classe font des paris sur l'identité de celui qui s'avérera être effectivement son père.

— Mais c'est ridicule ! Pourquoi ferait-elle une chose pareille ? s'insurgea Belle en se levant pour arpenter le bureau. Et comment, exactement, prévoient-elles de déterminer l'heureux gagnant ?

Etta se leva également.

— C'est évident, Belle. Elle va exiger que tu lui dises la vérité. Je ne serais pas étonnée que ce soit sa manière de te forcer la main.

Donnie Joe prit à son tour la parole, mais pour s'adresser à la principale :

— Seriez-vous en train de suggérer que mon nom figure sur cette liste ?

— Tout à fait. Pour le moment, vous êtes à quinze contre un, monsieur Ledbetter. M. Johnson, le propriétaire du magasin de jouets, mène la course.

— Le vieux M. Johnson ? s'exclama Etta. Mais il a deux fois ton âge, Belle !

— Je pense que ce qu'il y a de séduisant chez lui, c'est qu'il est propriétaire du magasin de jouets.

Songez-y un instant. Est-ce que cela ne serait pas « cool » d'apprendre que votre père possède un magasin de jouets ?

Belle s'empara de la liste posée sur le bureau.

— Je ne connais même pas la moitié de ces hommes.

— Quand bien même, les enfants répandent des rumeurs et spéculent à leur propos. Je ne pense pas que cela relève de la méchanceté – ils n'ont que huit ans, et savent à peine ce que signifie tout cela. Mais certains de ces hommes sont mariés et ont eux-mêmes des enfants. Cela pourrait finir par blesser certains.

— Mais, que pouvons-nous faire maintenant ? voulut savoir Belle.

Elle était secouée, c'était une évidence.

— Nous attendons l'arrivée des autres parents. Je pense demander à chacune des fillettes d'écrire une lettre d'excuse à chacun des hommes figurant sur cette liste. Et elles iront en retenue tous les après-midi pendant deux semaines d'affilée. Quant à la manière dont vous allez gérer cela chez vous, miss Green, cela vous concerne.

Les autres parents arrivèrent bientôt, et la situation leur fut expliquée. Ils exprimèrent simultanément la déception, l'amusement ou l'indignation, mais ils semblèrent tous penser que Daphné était responsable de la dérive de leurs chers petits anges.

À la fin de la réunion improvisée, et après le départ des autres parents, Belle s'adressa à la principale :

— Si vous le permettez, j'aimerais ramener tout de suite Daphné à la maison. Une sérieuse discussion est de mise, je pense.

— Je n'y vois aucun inconvénient, bien au contraire, répondit Mme Carney en se levant et en faisant le tour de son bureau. Si l'école peut faire quelque chose pour aider Daphné, n'hésitez surtout pas à venir m'en parler. C'est une petite fille remarquable, et nous sommes ravis de l'avoir parmi nous.

Belle avait l'air au bord des larmes, Etta ne valait guère mieux. Quant à Donnie Joe, il était à peu près aussi à l'aise que si on lui avait demandé d'avaler un bol de soupe avec une fourchette. Il n'avait pas la moindre idée de ce qu'il pourrait faire pour les aider, mais il serra tout de même la main de la principale avant d'escorter les deux femmes hors du bureau. Elles firent signe à Daphné de se joindre à elle et quittèrent le bâtiment scolaire.

Etta confia les clefs du combi à Belle et se tourna vers Donnie Joe.

— Pourrais-tu me ramener à la maison ? Je crois que nous ferions mieux de les laisser seules.

— Bien sûr.

Il lui ouvrit sa portière et fit le tour pour se mettre au volant. Puis il démarra et prit la direction de l'auberge.

— Eh bien, quelle matinée !

— J'allais dire la même chose. Je sortais tout juste de l'étude de Me Starling quand l'école m'a téléphoné.

— Oh ? Il a eu du nouveau pour le restaurant ?

Elle poussa un gros soupir.

— C'est réglé. J'ai signé les papiers et pris l'argent qu'ils m'offraient. Ce n'est pas énorme, mais au moins je vais pouvoir avancer, à présent. Clore ce chapitre et en ouvrir un autre, ailleurs.

Ces paroles firent à Donnie Joe l'effet d'un coup de poing dans le ventre. Et voilà. Elle était là, cette réalité qu'il avait pourtant tout fait pour ignorer. Bientôt, Etta quitterait Everson, elle quitterait l'auberge, elle le quitterait, lui. L'ampleur de sa réaction le prit totalement de court. Où avait disparu sa nonchalance légendaire alors qu'il en aurait eu tant besoin ? La panique s'infiltra en lui et il resserra les mains sur son volant. Ce serait ça ou écraser la pédale de freins, étreindre Etta et l'implorer de rester. En fin de compte, il préféra lui cacher ce qu'il pensait et répondit en souriant :

— En ce cas, on ferait bien de se remettre en quête d'un cuisinier.

Il faisait un temps glacial pour un mois de février, généralement plus doux dans le Texas du nord. Certaines années, l'achat d'un manteau équivalait à jeter son argent par les fenêtres, mais pas celle-ci, c'était une évidence ! Cela faisait maintenant des jours et des jours que la neige menaçait, et elle tombait aujourd'hui, en gros flocons qui recouvraient peu à peu le sol. Plantée devant la fenêtre, frissonnante, Etta la regarda habiller le jardin de blanc et se demanda si cela allait retarder la construction de la piscine, prévue la semaine suivante. Au bout de l'un des chemins, le mobile-home était prêt et attendait ses premiers occupants. Le wagon de chemin de fer n'allait plus tarder à leur être livré. Elle aperçut le pavillon des mariages juste derrière les arbres. Il n'était encore qu'à moitié édifié, mais sa structure en bois se dessinait nettement sur fond de ciel de neige et représentait l'avenir de l'*Hazelnut Inn*.

Derrière elle, Belle intima l'ordre à sa fille de s'asseoir, et celle-ci obéit sans protester. Personne n'avait à lui préciser que cela risquait de chauffer pour elle, Daphné le savait déjà. Cela expliquait certainement son mutisme inhabituel depuis leur départ de l'école. Toutefois, Etta remarqua comme une pointe de défi dans son attitude. Bien. Sa nièce n'était manifestement pas disposée à ce que sa mère fasse reporter sur elle la responsabilité du problème.

Elle-même se débattit un instant dans un flot d'émotions contradictoires. D'accord, rien de tout ceci ne serait arrivé si Belle avait réglé plus tôt la question, mais elle se demandait tout de même si elle n'était pas elle aussi responsable. Si elle s'était montrée plus vigilante quand Daphné avait déclaré vouloir se mettre à la recherche de son père, cette histoire ne serait sans doute pas allée aussi loin.

Donnie Joe, qu'elle avait invité à se joindre à elles dès leur arrivée, faisait les cent pas devant la cheminée. Lui aussi avait droit à des explications, après le choc qu'il avait dû éprouver en découvrant son nom sur la liste des filles. Etta comprenait très bien pourquoi Daphné avait bercé l'espoir qu'il fût son vrai père. Le lien qui s'était si rapidement noué entre eux tenait de l'extraordinaire. Et il faisait quasiment déjà partie de la famille, en bien des manières.

Babeth et Noah arrivèrent sur ces entrefaites, réjouis.

— Doux Jésus, nous avons rentré tous les pots de fleurs dans le garage juste à temps avant qu'ils gèlent ! Quel temps épouvantable… déclara Babeth à la cantonade avant de les regarder et de comprendre que quelque chose n'allait pas. Mais que faites-vous tous ici à cette heure ? Daphné, ma chérie ? L'école aurait-elle fermé plus tôt à cause de la neige ?

Belle laissa échapper un gros soupir et leur fit face à tous.

— Non, ce n'est pas la neige, Babeth. Il y a eu un problème à l'école, alors, puisque vous êtes tous là, autant nous asseoir et tenter de calmer le jeu.

Daphné leva la tête et se lança droit dans la mêlée :

— Alors, est-ce que tu vas enfin me dire qui est mon père, maman ?

— Mais de quoi parle-t-elle, Etta ? s'enquit Babeth, l'air préoccupée.

— Tout va bien, ne t'en fais pas, répondit Etta en la poussant vers un fauteuil.

Noah s'installa près d'elle et lui prit la main.

Belle se retourna vers sa fille.

— Je suis désolée, Daphné. Je sais que tout ceci est de ma faute.

Enfin, elle accepte sa responsabilité dans cette situation ! songea Etta, soulagée.

Donnie Joe s'était planté près de la porte, et le regard qu'il lui décocha semblait lui demander quelque chose. Le pardon ? La compréhension ? Elle n'en sut rien, et préféra détourner les yeux.

Belle sourit à sa fille et reprit la parole :

— Avant ta naissance, ta tante Etta et moi venions tous les étés ici, à Everson, chez mamie Hazel. Durant les dernières vacances que nous avons passées ici, j'ai fait la connaissance d'un jeune homme très bien. Il était gentil, intelligent, charmant. Mais à la fin de l'été, je suis retournée à l'université et il a repris sa vie ici, à Everson. Il faut que tu comprennes, chérie, qu'il n'était plus dans ma vie quand j'ai appris que j'allais avoir un bébé.

Etta se rendit soudain compte qu'elle retenait son souffle. Car, jusqu'à présent, ce que venait de dire Belle, elle le savait déjà.

Belle s'assit à côté de sa fille et lui prit la main.

— Tu lui ressembles tellement, tu sais, avec tes cheveux blonds et tes yeux verts, lui confia-t-elle en lui caressant les cheveux.

— Je ressemble à mon papa ? s'écria Daphné en se levant.

— Tu es son portrait craché, confirma sa mère.

Daphné tourna alors les yeux vers Donnie Joe.

— Maman, est-ce que mon papa, c'est Donnie Joe ?

Belle se mura dans le silence.

Noah Nelson se leva alors et empoigna son bras.

— Belle, il est temps de dire la vérité. Je me suis tu trop longtemps, lui dit-il, la voix tremblante.

Belle s'écarta brusquement, comme effrayée par la gravité de son visage.

— De quoi parle-t-il, Belle ? intervint Etta.

Subitement, Noah Nelson ne fut plus le vieil homme tranquille et effacé qu'elle connaissait. Il éleva la voix, autoritaire :

— Dites-leur, Belle, ou c'est moi qui le ferai.

Pâle comme un linge, Belle se laissa choir sur une chaise.

— Alors, vous savez ? Oh, mon Dieu. Quand l'avez-vous appris ?

— J'ai trouvé vos lettres après la mort de Peter. Je n'ai rien dit à l'époque, parce que j'ai pensé que ce ne serait pas juste pour Frances, sa femme, d'apprendre qu'il avait eu un enfant avec vous.

Donnie Joe se redressa de toute sa taille.

— Peter est le véritable père de Daphné ? Je l'ai toujours soupçonné…

— Attendez ! Je ne comprends plus rien. Qui c'est, Peter ? s'enquit Daphné, l'air à la fois contrariée et perdue.

Tous voulurent lui répondre en même temps.

Belle agita les bras et éleva la voix afin de couvrir les autres :

— Je peux en placer une ? Assis, tout le monde, et silence, je vous prie. Peter Nelson était ton papa, Daphné. Il est mort en soldat à l'étranger en servant son pays. À l'époque où je lui ai écrit pour lui annoncer que j'étais enceinte, il avait déjà épousé une autre femme, mais je pensais qu'il avait le droit de savoir. Seulement, il a été tué peu de temps après, et garder cette information pour moi m'a paru le plus juste pour tous.

— Mon papa est mort ? s'enquit Daphné d'une toute petite voix.

Le visage baigné de larmes, Belle la serra fort contre son cœur.

— J'en ai bien peur, ma chérie. Je suis tellement désolée. J'aurais dû te le dire bien avant.

Daphné se nicha contre elle.

— C'est bon, maman. Mais je suis quand même contente de le savoir maintenant.

Un soulagement indicible s'empara d'Etta avec la force d'un tsunami. Accompagné d'un bonheur tout aussi intense pour Daphné. Après ces années d'interrogations, sa nièce savait enfin la vérité sur ses origines et, avec un peu de chance, Belle répondrait désormais à toutes les questions qu'elle lui poserait à ce sujet.

Elle alla rejoindre la mère et la fille et les serra toutes deux dans ses bras.

— J'ai encore du mal à croire que tu aies porté ce poids toute seule pendant tant d'années, souffla-t-elle à l'oreille de Belle.

Babeth vint se joindre à leur trio, et toutes s'étreignirent avec force.

— Depuis combien de temps savez-vous, Noah ? s'enquit Donnie Joe.

— Je l'ai appris peu de temps après la mort de Peter. Il avait fait expédier un carton d'affaires chez moi, certainement pour éviter à Frances de savoir qu'il l'avait trompée juste avant leur mariage. Ce carton, je ne l'ai ouvert qu'après sa mort. Je suis désolé, mais je ne pouvais pas rester là sans rien dire. Ça a déjà été assez difficile de vivre avec ce secret.

— Je pense que vous avez fait ce qu'il fallait faire, Noah, lui répondit Donnie Joe.

Le vieil homme lui fit face.

— Merci, Donnie Joe. Tu sais que j'ai fait des erreurs dont je ne suis pas fier, mais j'aimerais avoir une chance d'en rattraper certaines avec cette petite fille.

Daphné arriva sur ces entrefaites et tira sur la chemise de Noah avant de lui demander, timide :

— Excusez-moi ?

— Oui, Daphné ? répondit-il en se penchant vers elle.

— Alors, si mon papa, c'était votre fils, est-ce que ça veut dire que vous êtes mon grand-père ?

Le sourire qu'afficha Nelson eût pu illuminer la ville entière.

— Tout à fait. Ton papa avait des cheveux blonds et des yeux verts, lui aussi. Quand ils étaient jeunes tous les deux, les gens pensaient toujours que lui et Donnie Joe étaient frères. Il va falloir que je te montre des photos. Et il faudra aussi que je te fasse connaître ton oncle, mon fils aîné, Tom. Et tes cousins.

— J'ai des cousins ? fit-elle, apparemment frappée de stupeur par cette notion.

— Bien sûr ! Est-ce que ça te plairait de les rencontrer ?

— Oh, oui, énormément, répondit-elle en souriant. Dites, est-ce que je peux vous faire un câlin ? J'ai toujours voulu avoir un grand-père.

Etta observa toute la scène, le sourire aux lèvres. Puis son cœur battit à tout rompre lorsque Donnie Joe s'accroupit près de Daphné et s'adressa à elle, solennel :

— Tu sais, moustique, Peter était mon meilleur ami quand nous étions jeunes. Et tu lui ressembles à un point, tu n'as pas idée !

— Ah, oui ? repartit-elle, apparemment ravie. Comment il était ?

Donnie Joe lui ébouriffa les cheveux.

— Il était drôle et futé, comme toi.

— C'est vrai ? fit-elle en écarquillant les yeux.

— Absolument. Et laisse-moi te dire que des bêtises, on en a fait, tous les deux. Si ça t'intéresse, je dois avoir un million d'histoires à te raconter sur notre jeunesse.

— Oh, oui, s'il te plaît, Donnie Joe !

Un coup frappé fort à la porte attira l'attention de tout le monde.

— J'y vais, proposa Babeth. Par ce temps, je me demande qui ça peut bien être. J'arrive ! cria-t-elle alors qu'un autre coup résonnait.

Etta et les autres attendirent pendant qu'elle ouvrait la porte.

— Bonjour, jeune homme. En quoi puis-je vous être utile ?

— Je crois que cet endroit a un poste de cuisinier disponible ? lança une voix familière.

27

Pincez-moi, je rêve... songea Etta en fonçant vers la porte, Donnie Joe sur les talons. Des bourrasques glacées s'engouffrèrent dans la maison comme autant de mauvais présages.

— Laisse, Babeth, je m'en occupe, déclara-t-elle avant de fixer un regard meurtrier sur le nouveau venu : Que fabriques-tu là ?

— Etta, je suis désolé. J'ai été stupide. J'ai été un triple crétin.

Donnie Joe se plaça devant Etta.

— Vous devez être Diego. Je vous aurais reconnu entre mille.

— C'est qui, ce clown ? voulut savoir Diego.

— Je suis le nouveau partenaire d'Etta, déclara Donnie Joe en croisant les bras, imposant, tout en le fusillant des yeux.

Fusillade que lui retourna *illico* Diego.

— Eh bien, partenaire, je suis son ancien partenaire et il faut que je lui parle.

Planté sur le paillasson, il était enveloppé dans un épais manteau, avec une écharpe de laine tricotée autour du cou et une de ces ridicules casquettes de pilote automobile sur le crâne.

— Etta, tu peux me laisser entrer, s'il te plaît ? Il fait un froid de gueux dehors, au cas où tu ne l'aurais pas remarqué. Et mon taxi vient de repartir.

Effectivement, elle vit la voiture de Bo Birdwell s'éloigner.

— Quel dommage. Fiche le camp. Quoi que tu aies à me dire, ça ne m'intéresse pas.

Elle jeta un coup d'œil circulaire et se rendit compte que tout le monde s'était approché derrière elle pour mieux écouter leur échange. La bise faisait entrer de gros flocons de neige, qui fondaient aussitôt sur le plancher ciré. Elle entreprit de refermer la porte, car entre Diego et la menace de taches d'eau sur le sol du vestibule, son choix était vite fait.

— Sandra demande le divorce, annonça-t-il tout de go, l'interrompant dans son geste.

Elle rouvrit la porte.

— Déjà ? Vous faisiez un couple si adorable...

Derrière elle, elle entendit Belle demander :

— Qui est Sandra ?

— La femme qu'a épousée Diego et qu'il a laissée voler son restaurant à Etta, lui résuma Babeth.

— Je suis venu pour tout arranger, insista Diego. S'il te plaît, laisse-moi entrer et te parler. Écoute-moi, et après, je te jure que je partirai sans faire d'histoires.

— Parler de quoi, tu veux bien me le dire ?

— Comment peux-tu me demander ça ? C'est de notre restaurant qu'il faut que nous parlions.

— Tu veux dire *ton* restaurant, c'est bien ça ?

— Je dis bien *notre* restaurant, Etta.

— Trop tard, Diego. J'ai signé les papiers ce matin. Des papiers qui te convenaient très bien que je sache.

— Je sais, et je suis désolé.

— Et j'ai aussi reçu le chèque, une misère, pour ma part de *Point d'Orgue*. Ce n'est pas énorme, mais c'est suffisant pour recommencer ailleurs. J'ai déjà des tas de projets.

— Il faut que tu m'écoutes. Tout est différent maintenant.

Elle baissa les yeux vers les taches qui commençaient à marquer le sol et prit une décision.

— Entre, mais je te laisse cinq minutes chrono avant de te remettre à la porte.

— Merci. Tu ne le regretteras pas, je t'en fais le serment.

Il s'essuya les pieds sur le paillasson et pénétra à l'intérieur. Tous reculèrent d'un pas.

— Est-ce qu'on pourrait discuter en privé ?

— Non. Je n'ai rien à te dire qu'ils ne puissent entendre.

Donnie Joe revint se placer à côté d'elle et reprit la parole d'un ton rogue :

— Moi, j'ai quelque chose à dire avant que vous commenciez.

Que c'est gentil de se montrer aussi protecteur ! Mais c'est inutile, songea-t-elle en lui posant une main sur le bras.

— Tout va bien, Donnie Joe.

Diego ôta son ridicule couvre-chef et se tourna carrément vers Donnie Joe.

— Ouais, Donnie Joe. Pourquoi t'irais pas te mêler de ce qui te regarde, mon pote ?

Etta vit Donnie Joe serrer les mâchoires, elle vit une veine qu'elle n'avait encore jamais remarquée palpiter sur son front et, avant qu'elle puisse l'en empêcher, le poing de Donnie Joe partit s'écraser sur le visage méprisant de Diego. Qui s'écroula par terre.

Donnie Joe l'enjamba et passa la porte. Puis il se retourna vers elle, une expression féroce sur les traits.

— Tu sais quoi ? Le mettre K-O m'a fait encore plus plaisir que te flanquer la volée aux fléchettes.

— Ce type m'a frappé !

Diego avait pris une voix pleurnicharde et indignée à la fois, et Etta le regarda sans la moindre compassion. Vautré sur le sofa du petit salon, il maintenait une poche de glace sur son œil.

— Oui, hein ? rétorqua-t-elle, quasiment émerveillée.

Son cœur battait le tambour dans sa poitrine et elle avait une envie folle de rejoindre Donnie Joe dehors.

Babeth darda un regard méprisant sur Diego.

— Il a simplement accompli ce que nous rêvions tous de faire. Comment osez-vous vous présenter dans cette maison après ce que vous avez fait à notre Etta ?

Il se rassit un peu plus correctement et les regarda tous.

— Je crois que je l'ai mérité.

Etta serra fort Babeth contre elle et refit face à sa petite troupe.

— Merci de votre soutien, mais je suis certaine que vous avez plus important à faire que rester ici, leur dit-elle avant de désigner Daphné d'un signe de tête.

La petite fille n'avait pas besoin d'entendre ce qu'elle allait dire à Diego.

— Ne vouliez-vous pas montrer des photos de ses cousins à ma nièce, Noah ?

— Tout à fait. Tu viens, Daphné ?

— D'accord, fit l'enfant à contrecœur. Mais pourquoi Donnie Joe a frappé cet homme, maman ?

Belle et Babeth suivirent Noah et Daphné hors de la pièce.

— On va te l'expliquer pendant que nous regarderons les photos de ton grand-père, lui répondit Belle. Combien d'enfants Tom a-t-il, Noah ?

Une fois seuls, Etta s'installa dans un fauteuil très loin de Diego.

— Tes cinq minutes commencent maintenant. Fais-en bon usage, lui dit-elle en consultant ostensiblement sa montre.

— J'ai été un tel imbécile. J'ai laissé mon ambition prendre le pas sur mon bon sens.

— Tu n'as jamais eu de bon sens, Diego. J'ai toujours su que c'était la raison pour laquelle nous nous entendions si bien. Mon bon sens tenait tes idées grandioses en laisse. Seulement, tu as fait fi de nos années de travail acharné sans une seconde d'hésitation. Je ne comprends toujours pas comment tu as pu faire une chose pareille.

— Sandra m'a aveuglée de promesses de gloire, elle m'a promis une place dans son monde, dans la haute société, et... que te dire d'autre ? J'ai cru que j'étais amoureux.

Pas impressionnée pour un sou, elle le questionna :

— Que s'est-il passé, en ce cas ? Le mariage a duré... quoi ? Treize jours ? Il va probablement entrer dans le livre des records, non ?

Diego se redressa un peu plus sur son siège.

— Vas-y, moque-toi de moi tant que tu voudras, je ne vais pas t'en empêcher. Mais il ne m'a pas fallu longtemps pour comprendre ce que Sandra voulait réellement, s'emparer du restaurant et tout changer, y compris le personnel. Elle voulait même recruter un nouveau chef.

— Pour me remplacer ?

— Oui, mais pas seulement. Elle voulait qu'il assume la direction de l'établissement. Elle voulait réorganiser les menus pour mettre les plats de ce mec en valeur. Tu vas être contente d'apprendre que ton départ n'a pas ravi l'équipe.

— Ma mise à la porte, tu veux dire.

— Si tu veux mais, ce que je voulais te dire, c'est qu'ils se sont vraiment rebellés quand Sandra a commencé à vouloir tout régenter. Et que je suis devenu un personnage de second ordre.

— Parce qu'elle en avait déjà assez de toi ?

— Elle disait qu'elle faisait tout ça pour qu'on ait plus de temps à passer ensemble. Elle ne comprenait pas qu'il fallait que je cuisine. La cuisine, c'est moi, c'est mon identité. Toi, tu l'avais compris. J'ai vite réalisé que je ne serais jamais heureux de vivre selon ses propres critères. Or, c'était ce qu'elle voulait.

— En tout cas, je suis contente que tu sois revenu à la raison, Diego.

Elle en aurait presque été désolée pour lui. Presque.

— Moi aussi. Et je suis venu implorer ton pardon.

— Mon pardon ne changera rien à rien.

— Bien sûr que si. Reviens à Chicago, rentre à *Point d'Orgue*, Etta.

— Je croyais que Sandra en détenait la majorité à présent.

— Techniquement parlant, c'est la vérité. Mais c'est encore au stade des papiers, et mon avocat pense que nous pourrons facilement tout récupérer au prononcé du divorce. Surtout si j'obtiens ton soutien. Aucun juge ne pourra décemment lui donner un droit sur mon gagne-pain.

Etta tiqua aussitôt et il se reprit très vite.

— Je voulais dire *notre* gagne-pain. Pas après un mariage aussi court.

— Conclusion, maintenant, tu as besoin de moi. Et c'est la raison de ta présence ici.

— La queue entre les jambes et prêt à manger mon chapeau, plaida-t-il.

— Ridicule, à propos, ton couvre-chef.

À ce sujet, elle réalisa soudain qu'elle préférait de loin un chapeau de cow-boy, surtout quand il était perché sur une tête bien précise.

— Que fais-tu de l'accord que j'ai signé ce matin ? Je ne parle même pas du chèque, ajouta-t-elle.

— Je suis sûr qu'il n'est pas trop tard pour le déchirer. Pour te montrer ma sincérité, je vais arrondir les angles et te prendre maintenant en associée à parts égales. Je ne pourrai plus faire un geste sans ton accord.

— Tu ne peux pas décemment croire que ça arrangera tout.

— Ce serait un tout nouveau départ, Etta. En bien mieux. J'ai appris de mes erreurs. Je te jure que je l'ai fait.

Elle eut envie de le croire. *Point d'Orgue* était le produit de son sang, de sa sueur et de ses larmes, et elle avait cru dans la matinée, alors qu'elle signait ces papiers chez Me Starling, que tout espoir de le récupérer était bel et bien mort et enterré. Et voilà que maintenant, comme par magie, Diego était là, dans la maison de mamie Hazel, à lui dire qu'il regrettait ? À lui dire qu'il avait fait une erreur ? Tout ce qu'elle n'avait même pas osé imaginer.

Bon sang. *Point d'Orgue* pourrait être de nouveau à elle.

— Qu'en penses-tu ? lui demanda-t-il, avant de monter les enchères devant son hésitation. Oublie les partenaires à parts égales. Je te donnerai la majorité de contrôle.

— Eh bien, Diego, fit Belle en pénétrant dans la petite pièce. Tu dois vraiment être aux abois. Je pense que tu devrais accepter cette proposition, Etta, avant qu'il ne change d'avis.

Diego lui décocha un sourire radieux, comme si elle avait réussi à transformer l'hiver en printemps d'un coup de baguette magique.

— Merci, Belle. Mais ma proposition est sincère. Je ne vais pas changer d'avis.

Elle se tourna vers Etta.

— Babeth m'a demandé de venir voir si tout allait bien par ici.

— Je ne l'ai pas encore trucidé.

— Très civilisé de ta part, sœurette. Je retourne de ce pas lui dire que le sang n'a pas coulé.

— Tu peux même lui dire que tout roule, ma poule, rétorqua Etta en souriant.

28

Donnie Joe pénétra chez *Lu-Lu* sans saluer personne et fonça droit sur le bar. Le bout du bar. Pas celui qui se trouvait près de la piste de danse où il s'installait généralement, mais l'autre, occupé comme toujours par l'amer et sinistre Arnie Douglas.

— Hé, Arnie, ça te dérangerait si je me joignais à toi ? demanda-t-il en désignant le tabouret libre à ses côtés.

— J'me fiche bien de c'que tu fais, grommela Arnie en attirant sa bière vers lui. Mais viens surtout pas me pommader avec des gracieusetés.

— Ça ne risque pas. Tel que tu me voies, je suis prêt à arracher la tête du premier qui osera sourire dans cette direction.

— Eh ben, assieds-toi, alors.

Donnie Joe se jucha sur le tabouret et agita la main en direction de Mike.

— Qu'est-ce qu'il faut faire pour avoir une bière, et vite ?

— Minute, Donnie Joe. Tu n'es pas mon seul client. Cette neige a fait sortir de bonne heure tous les mabouls du coin.

Un coup d'œil alentour apprit vite à Donnie Joe que le troquet était bondé.

— La moitié des commerces de la ville ont dû boucler plus tôt, poursuivit le barman. Comme d'hab' ?

— Oui, enfin, quand tu pourras me caser dans ton agenda de ministre, bougonna Donnie Joe.

Mike n'était pas du genre à laisser facilement tomber.

— T'es en prise de tête ?

— J'vois pas de quoi tu parles. Arnie et moi, on voudrait juste boire en paix. C'est trop demander, ou quoi ?

Les deux mains levées, Mike fit machine arrière.

— Compris. Ta bière arrive, et j'arrête mes questions.

Arnie se pencha dès que le barman se fut éloigné.

— C'est une femme, c'est bien ça ?

— C'est bien ça, quoi ?

— J'suis sûr qu'c'est une femme qui te prend la tête.

— Je crois que ça ne sert à rien de dire le contraire, rétorqua Donnie Joe en étendant les doigts devant ses yeux pour examiner ses phalanges douloureuses.

— Tu l'as pas battue, quand même ? fit Arnie en se redressant, la mine sévère. Parce que ce genre de conduite, j'aime pas, et peu importe ce qu'elle a fait. Je m'en vais te dénoncer vite fait, moi.

— Bien sûr que non, Arnie. Ce n'est pas contre elle que je suis en rogne, mais je parie qu'en ce moment elle est super fâchée contre moi.

— Laisse-moi deviner. C'est d'Etta Green que tu causes. Et elle est fâchée parce que t'as boxé quelqu'un ?

— Tu parles beaucoup pour quelqu'un qui braille toujours pour qu'on lui fiche la paix.

— La plupart des gens veulent parler de choses comme la météo ou le prix des petits pois. Une perte de temps, si tu veux mon avis. Mais toi, tu viens t'asseoir au milieu de la pire tempête qui soit et tu ne mentionnes pas une seule fois la météo. J'ai trouvé ça intriguant. Et rafraîchissant.

— Ce n'est pas la pire tempête qui soit, Arnie. On va peut-être avoir une dizaine de centimètres de neige à tout casser.

— Change pas de sujet, tu veux ? Comme je disais, j'en ai facilement déduit qu'il s'agissait d'une femme et, sur ce sujet, on peut sympathiser, mon pote.

À cet instant, Mike vint poser une bière devant Donnie Joe.

— Mets-la sur mon compte, lui lança Arnie.

Donnie Joe voulut protester, mais il leva la main et lui dit :

— S'il te plaît. J'insiste.

Donnie Joe haussa une épaule, prit sa bière, en but une grande gorgée avant de la reposer bruyamment sur le bar.

— Si tu continues à parler, je vais devoir aller ailleurs.

— J'comprends, mais comme j'ai payé pour cette bière, tu pourrais au moins me dire comment tu t'es écorché les phalanges.

Donnie Joe secoua la tête, dégoûté par lui-même.

— C'était stupide de ma part. Mais j'ai senti la moutarde me monter au nez en voyant sa gueule arrogante. Il s'est pointé sans prévenir, dégoulinant de charme doucereux, visqueux, même, et j'ai eu envie de le mettre au tapis, sans sommation.

— Et tu l'as fait, reprit Arnie en boxant l'air de son poing.

— Ouais.

— Et après, qu'est-ce que t'as fait ?

— Je me suis tiré. J'ai pris la porte avant qu'Etta me flanque dehors à grands coups de pied.

— Et cette personne que tu as boxée, c'est qui ?

— Son associé dans son restaurant de Chicago. Il est venu ramper à ses pieds comme un minable.

Donnie Joe en était à sa troisième bière quand un grand raffut attira leur attention.

— Il est là ? Où t'es, Donnie Joe ?

Donnie Joe se plaqua les mains sur la tête en reconnaissant cette voix furieuse.

— Super. Manquait plus que lui.

Il se leva et se planta face à l'homme qui fonçait dans sa direction.

— Je suis là, Ray. Viens, approche, parce que j'ai prévu de rester là et de boire ma bière peinard. Tant pis si ça te défrise.

Ray arriva, les poings serrés, la figure marquée de taches rouges.

— En garde, Donnie Joe, bats-toi comme un homme !

— Vas-y, cogne. Si à cause de moi tu t'es senti comme je me suis senti tout à l'heure face à Etta, je mérite que tu m'assommes.

— Hein ? fit Ray en baissant les poings, avant de regarder Arnie : Mais de quoi il parle ?

— L'a été piqué par la flèche de Cupidon, Ray.

— Je n'ai jamais dit que j'étais amoureux ! Et toi, si tu ne cognes pas, je me rassois.

Ray se déballonna aussitôt. Il s'assit sur le tabouret voisin et demanda :

— C'est donc à cause d'Etta, tout ça ? On se demandait combien de temps il te faudrait pour admettre tes sentiments pour elle.

— Qui a dit que j'avais des sentiments pour elle ? Et d'abord, toi, si tu pensais que j'étais amoureux d'Etta, pourquoi est-ce que tu tentais de m'assommer chaque fois qu'on se croisait ?

— La force de l'habitude, mec. Je pense que Sue Ann adore quand elle me croit jaloux, rétorqua Ray.

Avec la même expression de béatitude amoureuse qu'il prenait chaque fois qu'il parlait de sa femme.

— Tu te moques de moi ?

— Non, et puis c'était bon pour ta réputation. Tu baissais, dernièrement, dans le domaine homme à femmes. Les gens me voyaient tout remonté, et ils se disaient « C'est encore à cause de Donnie Joe, ça ». Hé, Mike, tu m'apportes une bière, s'te plaît ?

Mike arriva, les découvrit tous les trois assis ensemble et déclara tout de go :

— Je ne veux pas de grabuge, les gars.

— Y en aura pas, repartit Ray en filant une grande claque dans le dos de son voisin. Donnie Joe est amoureux.

— Eh ben ça, si c'est pas la meilleure de l'année ! s'exclama Mike en faisant claquer son torchon. Sacré vieux filou, va. C'est Etta, pas vrai ?

— Je n'ai jamais dit que j'étais amoureux, insista Donnie Joe.

— Comment t'appellerais ça, alors ? le contra Arnie.

Donnie Joe s'appuya d'un coude sur le bar et fit un effort pour mettre en mots ce qu'il éprouvait pour Etta :

— Je ne sais pas. Je l'aime beaucoup, beaucoup, je le reconnais. Elle est futée, et sexy et tout. De temps en temps, je peux avoir la tête qui tourne un peu quand je pense à elle. Au travail, je perds le fil de ce que je suis en train de faire parce que je me demande ce qu'elle fait. J'ai envie de lui parler de trucs sans importance et d'écouter ce qu'elle a à me dire juste parce qu'elle a une bouche adorable et que je veux regarder bouger ses lèvres. Elle sent bon la vanille, et aussi une sorte de fleur qui n'a encore pas été inventée, je crois. Je sais qu'elle peut être irritable de temps en temps, mais je vous parie qu'elle ne sait pas à quel point elle peut être douce. Cette façon qu'elle a de prendre soin des gens…

— La vache, c'est drôlement poétique, Donnie Joe, l'interrompit Arnie. Ça me fait penser à Lurlene.

Il se tamponna les yeux au souvenir de son ex-femme.

— À moi, ça me fait l'effet d'un super virus, s'esclaffa bruyamment Ray. Te colle pas des peaux de saucisson devant les yeux, Donnie Joe. T'es amoureux cul par-dessus tête.

— Mouais, enchaîna Mike en essuyant son bar. Je dirais que c'est un des pires cas que j'aie vus depuis un bon bout de temps. Croyez-moi, j'en vois un max derrière ce bar.

La porte fut ouverte, et une grande bourrasque glaciale s'engouffra chez *Lu-Lu*. Tous les clients se tournèrent comme un seul homme à l'arrivée de Belle Green. Elle ôta son manteau, s'immobilisa un instant à l'entrée et scruta la foule des consommateurs et danseurs. Dans cette robe blanche, avec ces bottes de cow-boy blanches et sous ce chapeau de cow-boy blanc, on eût dit que la tempête de neige l'avait engendrée et propulsée dans le bar. Le temps se figea alors que les yeux de tous les hommes présents sortaient de leurs orbites et que les avertissements muets mais sans équivoque de leurs épouses faisaient rentrer ces mêmes yeux dans leurs logements.

Arnie se redressa sur son tabouret quand elle se dirigea vers eux.

— J'parie qu'elle veut encore danser avec moi.

— Dans tes rêves, le contra Ray.

Donnie Joe les fusilla des yeux et but une autre gorgée de bière.

— Moi je dis qu'elle est probablement venue me dire qu'Etta ne voudra plus jamais me parler.

— Hello, les hommes, fit Belle en souriant et en arrivant vers eux. Ça vous ennuie si je me joins à vous ?

Tous les buveurs présents dans le coin – à l'exception de Donnie Joe – bondirent de leur tabouret pour le lui offrir. Elle s'installa près de lui et lui déclara :

— Je ne sais pas ce qu'il y a entre ma sœur et toi, le cogneur, mais si tu ne veux pas qu'elle retourne à Chicago, je te conseille de retourner dare-dare à la maison pour t'y opposer.

— Parce qu'elle écoute vraiment ce ver de terre ? Après ce qu'il lui a fait ? repartit Donnie Joe avec la tête de celui qui en boxerait bien encore un ou deux.

— Je n'ai pas entendu toute la conversation, mais assez pour savoir que Diego lui propose la majorité de contrôle dans *Point d'Orgue* si elle y retourne.

— Je n'arrive pas à croire qu'elle puisse encore lui faire confiance.

Ray estima avoir gardé trop longtemps le silence.

— Donnie Joe est amoureux d'Etta, alors il est furax contre le monde entier. Je crois pas qu'on se soit déjà rencontrés. Je m'appelle Ray. Ray Odem.

— Ravie de faire votre connaissance, Ray. C'est vrai, Donnie Joe ?

Fatigué de nier l'évidence, il se leva.

— Et si c'était vrai, hein ? Ce fumier lui propose la seule chose au monde qu'elle veuille vraiment. Son restaurant. Comment je peux rivaliser avec ça, tu peux me dire ?

Arnie se leva à son tour et lui passa un bras sur les épaules.

— Je viens d'avoir une idée qui va la laisser toute chose. Tu sais chanter, ou jouer de la guitare, Donnie Joe ?

— Quoi ? Non.

— Pas grave, moi je joue de la guitare.

— Arnie ? fit Ray, stupéfait. Je ne savais pas que tu savais en jouer.

— J'ai appris quand Lurlene m'a plaqué. Je me disais qu'avec ça je pourrais peut-être la reconquérir un jour, mais j'ai pas encore eu cette chance.

— Pourquoi as-tu demandé si je savais chanter ? voulut savoir Donnie Joe.

— Ben, tiens, la musique, c'est la meilleure façon de se gagner le cœur d'une femme.

— Laisse tomber, alors. Une casserole chante mieux que moi.

La porte principale s'ouvrit une deuxième fois, et ce fut Doug Morton, le cantonnier en charge du chasse-neige, qui entra et se tapa les pieds sur le paillasson intérieur.

— Hé, Mike, les routes deviennent mauvaises dans le coin. Je vais attaquer le centre-ville, mais vous feriez tous mieux de rester ici tant que je n'ai pas fini.

Ce devait être son tour de manier l'engin, car trois villes se partageaient l'unique chasse-neige de la région.

— Combien de temps ça va te prendre ? s'enquit Arnie.

— Oh, une heure ou deux, je pense.

— Tu commences tout de suite ?

— Oui, dès que j'aurai fait le plein de mon thermos.

— Écoutez, dit alors Arnie en se retournant vers Belle et Donnie Joe. On peut le suivre quand il partira, et être à l'auberge en un rien de temps. Ça vous dit ?

— Qu'est-ce que je dois faire ? l'interrogea Donnie Joe, incertain.

— Tu vas chanter, y a rien de plus romantique, repartit Arnie en enfilant son gros manteau.

— Je vais surtout avoir l'air stupide.

— Allez, Donnie Joe. Faut attraper l'amour au collet quand il passe tout près. Conduis-toi en homme, pas en poule mouillée.

Donnie Joe se leva aussitôt et attrapa lui aussi son manteau.

— Je l'aime.

— Voilà, c'est comme ça qu'il faut réagir.

— Je peux le faire, insista Donnie Joe en ajustant son chapeau jusqu'à ce qu'il soit exactement comme il le voulait.

— Sûr que tu peux, l'encouragea Ray.

— Vous êtes sûrs que c'est romantique ?

À la vérité, il avait le jugement un peu embrumé par les trois bières.

— En selle, mec, il est temps d'y aller, ordonna Arnie en jetant un billet sur le bar. Vacherie, heureusement que j'ai ma guitare dans la voiture. J'devais attendre qu'arrive une occasion comme celle-là.

Doug brandit son thermos rempli à bout de bras et cria :

— C'est parti, les gars.

Arnie et Donnie Joe foncèrent droit sur la porte, immédiatement suivis de Belle.

— Attendez-moi ! cria-t-elle. Je ne veux rater ça pour rien au monde !

— Hue, la grise ! brama Ray Odem à pleins poumons en se lançant à leurs trousses.

— Tu peux me dire ce qu'il se passe, Ray ? lui demanda un client en lui attrapant le bras alors qu'il filait vers la porte.

— Un truc complètement dingue, mais j'crois bien que Donnie Joe va aller chanter une sérénade à Etta Green, rétorqua Ray en lui décochant un sourire plein de dents.

La nouvelle fit le tour du bar à la vitesse de l'éclair, et ce fut un bruit de chaises brusquement repoussées qui accompagna Ray alors qu'il passait la porte. Tous les clients se bousculèrent en criant pour suivre la procession.

29

Dans le petit salon, Etta lisait un de ses livres de cuisine préférés. Elle était revenue un bon millier de fois sur les événements de la journée et en avait la tête qui tournait. Mais elle savait qu'un des meilleurs moyens pour apaiser son état de nerfs, à part de cuisiner, c'était d'étudier une recette en vue de la réaliser pour la tester.

Comme le temps exécrable lui interdisait de repartir avant le lendemain matin, elle avait exilé Diego dans la chambre Gâteau aux myrtilles, où il devait faire la sieste avant le dîner. En tout cas, elle était ravie de ne plus l'avoir dans les jambes.

D'après radio Daphné, Belle avait disparu Dieu sait où. Bonté divine. Avec ce temps, il y avait vraiment de quoi se faire du souci. Bien sûr, elle avait aussi remarqué l'absence de la camionnette de Donnie Joe dans son allée. Facile, elle vérifiait toutes les cinq minutes, car elle avait envie de lui parler, de Diego et de plein d'autres choses concernant l'avenir. Lui, au moins, lui donnerait des réponses nettes, et elle en était venue à se fier à son jugement.

Elle jeta son livre sur la table basse, se leva et alla se planter une fois encore devant la fenêtre pour contempler l'allée voisine, toujours déserte. Si elle regardait assez longtemps, elle allait sûrement finir par voir ses phares au bout de la route. Comme par miracle, elle les vit. Des phares.

Peut-être n'était-ce pas Donnie Joe. Il pouvait s'agir de Belle. Elle regarda plus attentivement. En tout cas, il y avait plus d'une voiture. Enfin. Elle allait pouvoir se détendre, une fois tout le monde bien au chaud à la maison. Soudain, elle remarqua qu'une longue file de voitures s'étendait derrière la première. Et aussi que la première n'était pas un véhicule normal mais le chasse-neige municipal, qu'elle s'était bien attendue à voir passer à un moment ou un autre. Quand il obliqua dans l'allée de l'auberge, elle dépendit sa veste de la patère et sortit sur le porche. Dehors, il ne faisait pas encore tout à fait nuit. Les phares suivants décrivirent une courbe parfaite et tournèrent aussi derrière l'engin. L'allée afficha bientôt complet, avec un chasse-neige et une bonne douzaine de voitures. Qui, toutes, klaxonnaient et faisaient des appels de phares.

Seigneur Dieu, il avait dû arriver quelque chose de terrible à quelqu'un qu'elle aimait, pour que tant de gens se pressent devant chez elle, se dit-elle, une main plaquée contre le cœur. De l'autre, elle s'abrita les yeux, et laissa échapper un soupir de soulagement en voyant Belle descendre de sa voiture.

— Dieu soit loué, tu vas bien ! s'écria-t-elle alors que sa sœur gravissait les marches gelées avec mille précautions. Mais que se passe-t-il ? Que font tous ces gens ici ?

— C'est Donnie Joe, lui répondit sa sœur.

Livide, Etta agrippa la balustrade. Que lui était-il arrivé ? Dans sa panique, elle eut tout juste conscience que des gens descendaient de leurs véhicules et s'agglutinaient dans le jardin. En première ligne, Arnie Douglas tirait des accords d'une guitare.

Alors, elle se ressaisit car tous riaient ou souriaient, et la regardaient avec attention.

— Mais qu'est-ce que tout ceci a à voir avec Donnie Joe ? interrogea-t-elle sa sœur en lui empoignant le bras.

— Tu vas bientôt le savoir, ricana Belle.

Attirés par tout ce raffut, Babeth, Noah et Daphné sortirent aussi, à l'instant même ou Donnie Joe émergeait de la foule.

— J'implore ton pardon à l'avance, Etta, mais je me lance quand même.

Arnie se mit à jouer et, d'une voix fausse et éraillée, Donnie Joe entonna :

— *Row, row, row, your canoe gently on the creek. Merrily, merrily, merrily, merrily, you'd make my life a dream*[1].

Tous les gens qui l'entouraient reprirent ce refrain et, bientôt, les harmonies combinées de cette simple mélodie emplirent la nuit d'une musique céleste. Donnie Joe cessa de chanter et approcha du bas des marches. Elle descendit la première vers lui, glissa, et il la rattrapa avant qu'elle tombe.

— Au bar, les types ont pensé qu'une sérénade était une bonne idée, vu les circonstances. C'est la seule chanson que je connais et qu'Arnie peut jouer.

— Et quelles sont les circonstances, Donnie Joe ?

1. Comptine américaine détournée, qui dit à peu près ceci : Rame, rame, rame, ton canoë passe la rivière. Gaiment, gaiement, gaiement, gaiement, tu feras de ma vie un rêve. *(N.d.T.)*

Elle avait appuyé une main sur son torse pour maintenir son équilibre, et elle sentait son cœur battre furieusement vite.

— J'ai beaucoup réfléchi à l'avenir, ces temps derniers. Surtout pour l'auberge. La phase un, la phase deux, et toutes les suivantes. Et chaque fois que je me les représente, elles ne veulent plus rien dire si tu n'es pas là.

— Donnie Joe…

— Laisse-moi terminer, tu veux ?

La foule était passée de rames et de canoës à « *99 Bottles of Beer on the Wall*[1] », et une bataille de boules de neige venait tout juste de commencer.

— D'accord, fit-elle en souriant.

— Je sais que Diego est venu t'offrir de te rendre ton restaurant – en gros, de remettre ton monde à l'endroit. Et je sais aussi que ce serait égoïste de te demander de rester ici. Avec moi.

— Avec toi ? Que me demandes-tu, en ce cas ?

Il commença par baisser la tête, puis il la releva et la regarda dans les yeux.

— Je t'aime, Etta. Laisse-moi juste le temps de trouver comment m'intégrer à ta vie. Je me fous que ça soit ici, à Chicago, ou à Perpète-les-Alouettes.

Elle fit courir les doigts sur son si beau visage. Il n'y avait pas trente secondes, elle se désespérait qu'il lui fût arrivé quelque chose de terrible. Son monde s'était écroulé en cet instant alors qu'elle affrontait une épouvantable réalité : la vie sans Donnie Joe lui serait quasiment insupportable. Elle avait compris qu'elle donnerait tout ce qu'elle avait pour qu'il fût de nouveau là, à ses côtés.

---

1. L'équivalent américain, en moins recherché, de *Boire un petit coup c'est agréable… (N.d.T.)*

Et voilà qu'il était là. Face à elle, et qu'il lui déclarait son amour. Qu'il lui donnait une chance de trouver sa place. Avec lui. Ici. Comme finalement, elle l'avait toujours voulu. Miracle ? Deuxième chance ? Ou coup de folie provoqué par ces intempéries inhabituelles ? Oh, et puis après ? À quoi bon s'interroger sur l'origine de sa bonne fortune ?

Elle leva une main et claqua dans ses doigts.

— Hé, tu y crois, toi ? Ça a marché.

— Qu'est-ce qui a marché ?

— J'ai claqué des doigts, et l'homme de mes rêves est apparu juste devant moi. Moi aussi, je t'aime, Donnie Joe. Et j'avais déjà dit à Diego d'aller se faire pendre ailleurs.

Donnie Joe laissa échapper un hurlement de joie, puis il la souleva et l'embrassa alors que la foule applaudissait en riant.

— Tu vois que c'était ça qu'il fallait faire, Donnie Joe ! hurla Arnie.

Le chasse-neige klaxonna deux fois, puis décrivit un large cercle et reprit sa route pour aller déneiger les rues du centre-ville d'Everson. Arnie joua un tango à la guitare, des couples se formèrent et dansèrent sous le clair de lune. Daphné attira sa mère au bas des marches et elles se mirent aussi à danser, avant de héler Babeth et Noah pour les inviter à les rejoindre.

Une fenêtre de l'étage fut ouverte à la volée et la tête de Diego y apparut.

— Hé, y en a qui veulent dormir dans le coin, moins de bruit !

Pour toute réponse, il reçut une avalanche de boules de neige dans la figure et dut battre en retraite.

— Mes chers amis, nous sommes réunis ici afin de célébrer l'union de cet homme et de cette femme.

Le pavillon était bourré à craquer. Pratiquement toute la ville d'Everson était venue assister à ce mariage. Certains avaient pensé qu'il ne se ferait jamais mais l'amour, le vrai, finit toujours par gagner.

Noah s'est surpassé, songea Etta en observant les arrangements floraux disposés sur l'autel. Daphné portait une adorable robe assortie à celle de Belle, demoiselle d'honneur. Irène Cornwell s'était avérée avoir la planification de mariages dans le sang. Son attention aux détails les plus insignifiants élevait l'ordinaire vers l'extraordinaire. La structure de bois avait été transformée en pays de conte de fées. Comme l'avait prédit Donnie Joe des mois auparavant. Des guirlandes lumineuses, des chandeliers et des lanternes de papier projetaient partout des ombres fantastiques, même dans les coins les plus reculés.

Quant au gâteau de mariage, c'était un chef-d'œuvre réalisé par Henry Barron, dernier arrivé dans l'équipe croissante de l'*Hazelnut Inn*. Etta n'avait même pas eu à lutter pour le débaucher de *Point d'Orgue*.

Pas de doute, ce tout premier mariage célébré à l'*Hazelnut Inn* était un triomphe, le premier d'une longue série. Et pas de doute non plus, de là-haut, mamie Hazel leur souriait à tous.

— Je vous déclare à présent mari et femme. Noah, tu peux embrasser Babeth.

Babeth souleva son voile et se tourna vers le seul homme qu'elle ait jamais aimé. Pas un œil ne resta sec dans le pavillon.

Les toasts furent portés, le repas servi, le gâteau coupé. Un orchestre spécialisé dans les danses de salon – et demandé spécialement par les nouveaux mariés – se mit à jouer et ils se lancèrent sur la piste improvisée. Leur première danse fut un fox-trot.

Daphné vint rejoindre Etta et Donnie Joe. Juché sur son épaule, Gabe ronronnait bruyamment. Elle étudia les nouveaux mariés, et annonça tout de go :

— Ils font un joli couple, vous ne trouvez pas ?

— Mais si, répondit Etta en riant. Je n'en ai même jamais vu de plus joli.

— Alors, cousine Babeth est ma grand-mère, maintenant ?

Etta réfléchit un instant.

— Je crois bien, puisqu'elle vient d'épouser ton grand-père.

— Hou là, enchaîna Donnie Joe en souriant. Deux grands-parents pour le prix d'un. Quelle chance tu as, ma Daphné.

La petite fille éclata de rire, et ce son joyeux et insouciant empli Etta de joie.

— Gabe veut danser, maintenant, annonça ensuite gravement Daphné. À plus !

Elle fit remonter le chat plus haut sur son épaule et se mit à tourbillonner, le chat jaune bien arrimé.

Dès que les autres danseurs se joignirent à Babeth et Noah, Donnie Joe lui tendit la main.

— On y va ?

Elle acquiesça d'un signe de tête et il l'emmena sur la piste. Où il la dévisagea intensément.

— Tu as les yeux rouges d'avoir pleuré. Mais qu'est-ce qu'elles ont, les femmes, avec le mariage ?

— Oh, hé, tu as pleuré aussi. N'essaie même pas de le nier, rétorqua-t-elle en se nichant contre lui. Vas-tu me faire encore tourbillonner ?

— Vas-tu encore essayer de mener la danse ? la contra-t-il.

— Non, j'aimerais juste être prévenue un peu av... argh !

Elle poussa un cri quand il la souleva et la fit tourbillonner avant de la reposer sur ses pieds.

— ... Avant que tu le fasses, termina-t-elle, hors d'haleine.

— À ton avis, ce sera quoi, notre première danse ?

— Nous dansons tout le temps. De quoi parles-tu ?

— À notre mariage. Country ou valse ? Qu'est-ce que tu en penses ?

— Est-ce une demande en mariage ? l'interrogea-t-elle en cessant de danser.

— Je ne sais pas. Vas-tu te mettre à pleurer si je le fais ?

— Oui, affirma-t-elle.

Il sourit, et reprit :

— Je t'ai préparé une surprise, pour plus tard.

— Alors, tu ne fais pas ta demande maintenant ?

— Dès que Babeth et Noah auront quitté les lieux pour leur voyage de noces, je t'enlève et je t'emmène quelque part.

— Que fais-tu de tout le nettoyage et du rangement ?

— Irène a embauché une tonne de gens pour s'en occuper. Et Belle sera là pour assurer la supervision.

Belle s'était effectivement transformée en parfaite aubergiste, permettant ainsi à sa sœur de se consacrer exclusivement à la cuisine. Elles formaient enfin une équipe pour la première fois de leur vie, et s'étaient vraiment rapprochées.

Quand, plus tard, Babeth jeta son bouquet, cela ne surprit même pas Etta qu'il lui atterrisse directement entre les mains sans qu'elle eût rien fait pour l'attraper. Quand l'heureux couple s'en alla, Donnie Joe l'attira à l'écart et la fit monter dans une des voiturettes de golf.

— Allez, grimpez, mademoiselle. On s'en va.

— Est-ce que ça fait partie de la surprise ? Parce que je ne suis pas vêtue pour ce genre de choses, lui demanda-t-elle en baissant les yeux vers son élégante robe de demoiselle d'honneur et ses escarpins.

— Ne t'en fais pas, tu ne porteras plus ça bien longtemps.

Le regard qu'il lui lança suffit à la faire grimper dans la voiturette aussi vite que sa tenue le lui permettait.

Ils traversèrent le pâturage et longèrent le pavillon dans lequel s'activait déjà l'équipe de nettoyage. Ils passèrent la barrière et s'arrêtèrent sur la berge de la rivière, où un canoë les attendait. Il l'aida à descendre de voiture et à grimper dedans, puis s'assit face à elle.

— Je te laisse ramer, mais j'aimerais bien accoster de l'autre côté avant demain matin.

Ils atteignirent l'autre rive sans incident, et il l'aida à descendre de l'embarcation. Ils gravirent la montée main dans la main. Elle eut un sursaut en parvenant au sommet. Une guirlande clignotante avait été accrochée tout autour de la vieille bâtisse dissimulant le plus gros de ses défauts. Alors qu'ils en approchaient, elle sentit croître la tension de Donnie Joe. Il ouvrit très cérémonieusement la porte et lui fit signe d'entrer.

— J'espère que ça va te plaire.

Elle n'était pas revenue ici depuis la nuit où ils avaient fait l'amour pour la première fois. Quelle que fût donc l'allure de cette maison, elle en garderait toujours au cœur un souvenir précieux. À peine entrée, cependant, elle fit un tour sur elle-même, ébahie.

— Quand as-tu fait tout cela ?

Tous les carreaux des fenêtres avaient été remplacés, le plancher poncé et reverni, les murs repeints de frais et il y avait un nouveau manteau sur la cheminée. Un joli bouquet de fleurs trônait sur une petite table ronde. Une causeuse et un fauteuil à l'apparence très confortable étaient installés de part et d'autre d'un tapis. Et, cerise sur le gâteau, une cible de fléchettes avait été accrochée sur le mur du fond.

— La salle de bains est aussi en état, à présent. Mais je n'ai pas tout changé, répondit-il en s'écartant, afin qu'elle pût voir le matelas gonflable surmonté de sa pile de duvets.

Elle sourit.

— Certaines choses n'ont aucun besoin d'amélioration.

— C'est bien ce que je pensais.

Il l'attira à lui mais, au lieu de l'embrasser, il mit un genou à terre. Même si elle s'y attendait, son cœur se mit à battre à coups redoublés.

— Tu sais que tu as mon cœur entre les mains. Etta Green, veux-tu m'épouser ?

Dans ses yeux, elle eut un aperçu du petit garçon têtu et courageux qui avait grandi dans cette masure en rêvant d'avoir plus dans la vie. Elle vit l'homme grand, bon et drôle qu'il était devenu aujourd'hui. Tous les deux, elle les aimait de tout son cœur. Incapable de rester debout une seconde de plus, elle tomba à genoux elle aussi.

— Oui ! Je t'aime tant, Donnie Joe. Oui, c'est ma réponse, pour toujours.

Alors, il l'embrassa. Elle crut que son cœur allait exploser de bonheur. Il prit bien trop de précautions pour la débarrasser de sa belle robe. Elle l'avait déjà mis torse nu qu'il en était encore à extraire un par un les petits boutons de perle de leur boutonnière.

N'y tenant plus, elle s'impatienta :

— Dites-moi, cher monsieur, je croyais que vous étiez imbattable dans le déshabillage des femmes ! Un baiser, et pouf, plus de vêtements.

Il lui posa un baiser sur l'épaule et fit enfin glisser sa robe.

— Désolé, mais j'ai des projets pour toi, et être nue n'y figure pas.

Elle pivota sur elle-même, et la robe tomba sur le sol. Dessous, elle portait de la lingerie noire outrageusement sexy, et elle eut le plaisir insigne de voir ses yeux s'embrumer de désir.

— Je parie que je peux te faire changer d'avis.

— Arrête de me distraire de ma mission, femme.

Elle s'assit au bord du matelas et entreprit de délacer ses chaussures.

— Enlève au moins ton pantalon. Cela ira si l'un de nous deux est nu, n'est-ce pas ?

— D'accord, si ça peut te faire plaisir.

Il s'en fut à un tiroir, en sortit un objet plié, et revint se placer face à elle.

— Je finis de me déshabiller pendant que tu enfiles ceci, lui proposa-t-il en brandissant un tablier jaune au logo de l'*Hazelnut Inn*.

— Tu te moques de moi, n'est-ce pas ? Non, il ne se moque pas de moi…

Très intéressée, elle le regarda achever de se dévêtir, avant de pousser un soupir en le voyant s'étirer dans la lueur du feu, les mains derrière la tête. Elle se leva, fit passer le tablier par-dessus sa tête et le noua dans son dos ainsi qu'il le lui avait demandé. Son regard l'incendia alors qu'elle ôtait ses sous-vêtements.

Mais elle avait eu raison. Le tablier ne resta pas très longtemps en place.

Il lui rendit hommage par une succession de baisers et de caresses imperceptibles et fit des miracles sur son corps. Elle en cria de plaisir. Les mains de Donnie Joe étaient partout à la fois, rapides, caressantes, attentionnées.

Elle ne fut pas en reste et traça son propre chemin sur son torse, son dos, ses jambes, son ventre, déterminée à lui donner autant de plaisir qu'il le faisait pour elle. Durant leur étreinte ultime, ils se figèrent tous deux et luttèrent pour prolonger l'instant, pour capter la vénération passagère dont ils étaient tous deux esclaves. Cependant son corps avait une faim qui exigeait l'assouvissement, et elle perdit bientôt la tête en dansant au rythme qui l'y amena. Il la rejoignit très vite et s'écroula contre elle.

Elle l'écouta haleter. Donnie Joe lui avait fait l'amour bien des fois depuis le soir de la sérénade, mais aujourd'hui c'était différent. Elle allait épouser cet homme, lier son avenir au sien et, enfin, trouver sa place.

Il se frotta langoureusement contre elle et fit renaître son désir avant de l'interroger :

— Prête pour la phase trois ?

Elle lui caressa le dos et lui posa un baiser dans le cou.

— La phase trois comprend-elle des tyroliennes et des voyages en montgolfière pour les clients ?

Il la fit rouler sous lui.

— Ne sois pas bête. Ça, c'est la phase quatre.

— Mais alors, quelle est la trois ?

Elle lui embrassa le menton.

— La trois, c'est celle où on discute enfants. Si on en veut ou pas. Et des chats. Un ou deux copains pour Gabe, je pense qu'il apprécierait, qu'en dis-tu ? Et des chiens aussi, peut-être ?

— J'ai toujours voulu une perruche.

— Alors là, je parie que Gabe adorerait ça.

— D'accord, pas de perruche, renonça-t-elle en souriant.

Pelotonnée entre les bras de Donnie Joe, Etta s'endormit ce soir-là au son de sa voix alors que son cœur battait tout près du sien.

AVENTURES & PASSIONS

1er décembre

Emily Larkin

Sortilèges amoureux - L'honneur d'Eleanor

Inédit

Pour ses vingt-trois ans, Eleanor prie sa bonne fée de lui accorder le don magique de retrouver les personnes disparues car elle est hantée par sa sœur Sophia dont elle n'a plus de nouvelles. La jeune femme, qui ne peut se lancer dans ses recherches seule, demande l'aide de Mordecai Black. Contre toute attente, ce fils illégitime d'un comte, qui est réputé pour ses frasques, accepte. Alors que les deux limiers enquêtent, Eleanor découvre que l'infâme Mordecai n'est pas celui qu'il prétend être et cache des trésors de douceur qui la troublent chaque jour davantage.

✦

Eloisa James

Les Wildes - La petite souris en robe de bal

Inédit

Mlle Viola Astley souffre d'une timidité maladive qui lui fait envisager ses débuts à Londres avec angoisse. L'arrivée d'un séduisant pasteur lui semble la solution idéale pour se dérober à ces insupportables mondanités. À peine a-t-elle réussi à attirer l'attention du jeune homme que le duc de Wynter, qui veut épouser une Wilde, vient compromettre ses plans en lui déclarant sa flamme. Or pour appprivoiser son cœur le duc, qui n'a jamais essuyé le moindre refus, ne reculera devant aucune folie...

Kinley MacGregor

Les aventuriers des mers - Pirate de mes rêves

Inédit

Serenity James est obstinée et courageuse. Journaliste, elle peine à se faire une place dans le quotidien que dirige son père. Pour obtenir le respect auquel elle aspire, elle se lance dans la rédaction d'un article sur le plus célèbre et le plus redouté des pirates : Morgan Drake. Or, celui-ci n'entend pas laisser cette péronnelle à lunettes dévoiler ses secrets et l'enlève. Si les exploits du célèbre flibustier avaient enfiévré l'imagination de Serenity, la jeune femme découvre à présent qu'elle rêvait depuis toujours de son étreinte passionnée.

✦

Julia Quinn, Stephanie Laurens,
Karen Ranney, Christina Dodd

Mariages à l'écossaise

Inédit

L'Écosse, terre de légende à la beauté sauvage, où les clans, les lairds portent haut le sens de l'honneur et de la passion. L'Écosse, théâtre idéal de la romance, a inspiré quatre célèbres romancières : Julia Quinn, Stephanie Laurens, Karen Ranney et Christina Dodd. Rassemblées en un seul volume, quatre histoires enchanteresses dans lesquelles les héroïnes sont confrontées aux émois du cœur et à des choix cornéliens. Quatre histoires émouvantes qui invitent au voyage et au rêve.

Lisa Kleypas

La ronde des saisons - Retrouvailles

Pour hériter de l'entreprise familiale, Rafael Bowman, un Américain à la vie dissolue, est contraint par son père d'épouser lady Natalie, jeune fille de bonne famille de l'aristocratie britannique. Sauf que, le jour de leur première rencontre, il tombe éperdument amoureux de... Hannah, la cousine et la dame de compagnie de Lady Natalie. Que faire ? Par bonheur, les sœurs du jeune homme et leurs amies, les quatre «laissées-pour-compte», sont ravies de jouer les marieuses ! Quelle meilleure occasion que Noël pour offrir à Rafael le plus beau des cadeaux ?

✦

Julie Garwood

La fiancée offerte

C'est jour de tournoi à la cour de Guillaume le Conquérant. Le vainqueur des joutes épousera la belle captive saxonne, lady Nicholaa. Alors que les festivités battent leur plein, un cri déchire le silence. Une petite fille hurle de terreur : le bas de sa robe vient de prendre feu ! Lady Nicholaa se précipite, prend l'enfant dans ses bras, éteignant les flammes de ses mains nues, sauvant ainsi la nièce du roi. Ce dernier pour la récompenser décide de lui laisser choisir son époux. Voilà l'occasion inespérée de se venger de Royce, de ses humiliations et de ses caresses un peu trop osées...

11592

Composition
FACOMPO

Achevé d'imprimer en Italie
par GRAFICA VENETA
le 3 novembre 2021

Dépôt légal : novembre 2021
EAN 9782290360231
OTP L21EPSN002385N001

ÉDITIONS J'AI LU
87, quai Panhard-et-Levassor, 75013 Paris
Diffusion France et étranger : Flammarion